STACY WILLINGHAM
DAS SIEBTE MÄDCHEN

Thriller   Aus dem Englischen von Alice Jakubeit

ROWOHLT TASCHENBUCH VERLAG

Die Originalausgabe erschien 2022 unter dem Titel «A Flicker in the Dark» bei Minotaur Books / St. Martin's Publishing Group, New York.

Deutsche Erstausgabe
Veröffentlicht im Rowohlt Taschenbuch Verlag, Hamburg, September 2022
Copyright © 2022 by Rowohlt Verlag GmbH, Hamburg
«A Flicker in the Dark» Copyright © 2022 by Stacy Willingham
Redaktion Peter Hammans
Covergestaltung Hafen Werbeagentur, Hamburg,
nach dem Original von HarperCollins UK
Coverabbildung Angela Ward-Brown / Trevillion Images;
Tabitha Genoveva Harter / plainpicture
Satz DTL Dorian bei Pinkuin Satz und Datentechnik, Berlin
Druck und Bindung CPI books GmbH, Leck, Germany
ISBN 978-3-499-00660-9

Die Rowohlt Verlage haben sich zu einer nachhaltigen Buchproduktion verpflichtet. Gemeinsam mit unseren Partnern und Lieferanten setzen wir uns für eine klimaneutrale Buchproduktion ein, die den Erwerb von Klimazertifikaten zur Kompensation des CO_2-Ausstoßes einschließt.
www.klimaneutralerverlag.de

Für meine Eltern, Kevin und Sue.
Danke für alles.

Wer mit Ungeheuern kämpft, mag zusehn, daß er nicht dabei zum Ungeheuer wird. Und wenn du lange in einen Abgrund blickst, blickt der Abgrund auch in dich hinein.

— *Friedrich Nietzsche*

PROLOG

Ich dachte, ich wüsste, was Ungeheuer sind.

Als kleines Mädchen stellte ich sie mir als geheimnisvolle Schatten vor, die hinter meinen Kleiderbügeln, unter meinem Bett oder im Wald lauerten. Sie waren etwas, das ich körperlich hinter mir spürte und das immer näher kam, wenn ich im grellen Licht der untergehenden Sonne von der Schule nach Hause ging. Ich hätte dieses Gefühl nicht beschreiben können, aber ich *wusste* einfach irgendwie, dass sie da waren. Mein Körper spürte sie, er spürte die Gefahr, ebenso wie man ein Kribbeln an der Schulter spürt, kurz bevor jemand einen unverhofft dort berührt, oder man erkennt, dass dieses Gefühl, das sich nicht abschütteln ließ, von einem Paar Augen herrührte, deren Blick sich einem aus dem dichten Unterholz in den Hinterkopf bohrte.

Doch dann dreht man sich um, und die Augen sind fort.

Ich erinnere mich noch, wie der unebene Boden der Schotterstraße, die zu mir nach Hause führt, meinen schmalen Fesseln zu schaffen machte, wenn meine Schritte immer schneller wurden und ich die wabernden Auspuffgase des davonfahrenden Schulbusses hinter mir ließ. Der Sonnenschein, der durch die Äste der Bäume strömte, ließ die Schatten im Wald tanzen, und mein eigener Schatten war so groß wie ein Tier, das gleich seine Beute schlagen wird.

Mehrmals atmete ich tief durch. Zählte bis zehn. Schloss die Augen und kniff sie fest zusammen.

Und dann rannte ich los.

Jeden Tag rannte ich über dieses einsame Stück Straße auf mein Elternhaus in der Ferne zu, doch anstatt näher zu rücken, schien es sich immer weiter zu entfernen. Mit meinen Sneakers wirbelte ich Grasbüschel, Steinchen und Staub in die Luft bei meinem Wettlauf gegen ... irgendetwas. Gegen das, was *da drin* war und mich beobachtete. Wartete. Auf mich. Manchmal stolperte ich über meine Schnürsenkel. Aber irgendwann hastete ich endlich die Treppe unseres Hauses hinauf und stürzte mich in die Geborgenheit der ausgestreckten Arme meines Vaters, der mir zuflüsterte: *Ich hab dich, ich bin ja da*, sein warmer Atem an meinem Ohr. Dann verwuschelte er mir das Haar. Meine Lunge brannte, so heftig keuchte ich; mein Herz hämmerte im Brustkasten, und in meinem Kopf bildete sich ein einziges Wort: *Sicherheit*.

Dachte ich jedenfalls.

Das Fürchten zu lernen, sollte eine langsame Entwicklung sein – ein gradueller Prozess vom Nikolaus im örtlichen Einkaufszentrum bis zum Schwarzen Mann unterm Bett; vom für Kinder nicht geeigneten Spielfilm, den die Babysitterin einen sehen lässt, bis zu dem Mann in dem Auto mit den getönten Scheiben, der einen eine Sekunde zu lange anstarrt, während man in der Abenddämmerung auf dem Bürgersteig vorbeigeht, aus dem Augenwinkel beobachtet, wie er einem fast unmerklich hinterherfährt und einem das Herz erst bis zum Hals, dann bis hinter die Augen schlägt. Es ist ein Lernprozess, eine allmähliche Entwicklung von einer wahrgenommenen Bedrohung zur nächsten, und jede neue ist realistischer und gefährlicher als die davor.

Allerdings nicht bei mir. Bei mir war die Angst etwas, das mit einer Wucht über mich hereinbrach, die mein heranwachsender Körper bislang nicht gekannt hatte. Sie war so beklemmend, dass selbst das Atmen schmerzte. Und in dem Augenblick, in dem es geschah, erkannte ich, dass Ungeheuer sich nicht in Wäldern verstecken; sie sind keine Schatten zwischen den Bäumen, kein unsichtbares Etwas, das in dunklen Ecken lauert.

Nein, die wahren Ungeheuer wandeln mitten unter uns.

Ich war zwölf Jahre alt, als diese Schatten allmählich Gestalt annahmen und ein Gesicht bekamen. Sich von einem Gespenst in etwas Konkreteres verwandelten. In etwas Realeres. Und ich allmählich erkannte, dass die Ungeheuer womöglich mitten unter uns lebten.

Insbesondere ein Ungeheuer lernte ich mehr als alle anderen fürchten.

MAI
2019

KAPITEL EINS

Mein Hals juckt.

Zuerst kaum merklich. Die Spitze einer Feder, die über meine Speiseröhre streicht, von oben nach unten. Ich schiebe die Zunge nach hinten und versuche, die juckende Stelle zu erreichen.

Es funktioniert nicht.

Hoffentlich werde ich nicht krank. Hatte ich in letzter Zeit Kontakt zu einem Kranken? Zu jemandem mit einer Erkältung?

Da kann man sich eigentlich nie sicher sein. Ich verbringe den ganzen Tag mit anderen Menschen. Keiner von ihnen sah krank aus, aber eine Erkältung kann ansteckend sein, bevor Symptome auftreten.

Erneut versuche ich, die juckende Stelle zu erreichen.

Vielleicht ist es ja Heuschnupfen. Die Belastung mit Ambrosiapollen ist erhöht. Sehr sogar. Eine Acht auf der zehnstufigen Allergieskala. Das Rädchen in meiner Wetter-App war vollständig rot.

Ich trinke einen Schluck Wasser und bewege es eine Weile im Mund, ehe ich es hinunterschlucke.

Auch das hilft nicht. Ich räuspere mich.

«Ja?»

Ich hebe den Blick und sehe meine Klientin an. Steif wie ein Brett sitzt sie vor mir, als ob sie auf meinem großen Ledersessel festgeschnallt wäre. Ihre Hände liegen völlig verkrampft im Schoß. Die glänzenden Narben auf der ansonsten makellosen Haut sind nur schwach sichtbar. Mir fällt ein Armband auf, der Versuch, die hässlichste Narbe – gezackt und dunkelviolett – zu verdecken. Holzperlen mit einem Silberkreuz als Anhänger, es erinnert an einen Rosenkranz.

Ich wende den Blick wieder ihrem Gesicht zu, ihrer Miene, ihren Augen. Keine Tränen, aber es ist noch früh.

«Tut mir leid», sage ich und sehe auf meine Notizen. «Lacey. Ich habe einfach nur so einen Juckreiz im Hals. Bitte erzähl weiter.»

«Oh, okay. Na ja, jedenfalls, wie gesagt … ich werde manchmal einfach so wütend, wissen Sie? Und ich weiß eigentlich nicht, warum, ja? Es ist irgendwie, als würde diese Wut sich einfach immer weiter aufbauen, und dann, ganz plötzlich, muss ich –»

Sie senkt den Blick auf ihre Arme und spreizt die Hände. Überall in den Hautfalten zwischen ihren Fingern hat sie winzige Narben, wie gläserne Haare.

«Es ist befreiend», sagt sie. «Es hilft mir, runterzukommen.»

Ich nicke und versuche, den Juckreiz im Hals zu ignorieren. Er wird stärker. Vielleicht ist es bloß Staub, sage ich mir – es ist staubig hier drin. Ich werfe einen kurzen Blick auf die Fensterbank, das Bücherregal, die gerahmten Urkunden an der Wand, allesamt mit einer feinen grauen Schicht bedeckt, die im Sonnenlicht glitzert.

Konzentriere dich, Chloe.

Ich sehe wieder das junge Mädchen an.

«Und was glaubst du, woran das liegt, Lacey?»

«Das habe ich doch gesagt. Ich weiß es nicht.»

«Und wenn du eine Vermutung anstellen müsstest?»

Sie seufzt, blickt zur Seite und starrt angelegentlich auf nichts im Besonderen. Sie weicht meinem Blick aus. Bald werden die Tränen fließen.

«Ich meine, wahrscheinlich hat es was mit Dad zu tun»,

sagt sie schließlich, und ihre Unterlippe bebt ganz leicht. Sie streicht sich das blonde Haar aus der Stirn. «Damit, dass er weggegangen ist und alles.»
«Wann ist dein Vater fortgegangen?»
«Vor zwei Jahren.» Und wie aufs Stichwort tritt eine einzelne Träne aus ihrem Tränenkanal und gleitet ihre sommersprossige Wange hinab. Zornig wischt sie sie fort. «Er hat sich nicht mal verabschiedet. Er hat uns nicht mal erklärt, warum, verdammt noch mal. Er ist einfach *abgehauen*.»
Ich nicke und mache mir weitere Notizen.
«Könnte man sagen, dass du immer noch ziemlich wütend auf deinen Vater bist, weil er dich einfach so verlassen hat?»
Wieder bebt ihre Lippe.
«Und weil er sich nicht verabschiedet hat, konntest du ihm nicht sagen, wie du dich damit fühlst?»
Sie nickt dem Bücherregal in der Ecke zu, meinem Blick weicht sie immer noch aus.
«Ja», sagt sie, «ich denke, das könnte man so sagen.»
«Bist du sonst noch auf jemanden wütend?»
«Auf Mom, schätze ich. Ich weiß eigentlich nicht, wieso. Ich habe immer gedacht, dass sie ihn vertrieben hat.»
«Okay», sage ich. «Sonst noch jemand?»
Sie zögert und knibbelt mit dem Fingernagel an einer Hautwulst.
«Auf mich selbst», flüstert sie schließlich und macht sich nicht mehr die Mühe, die Tränen fortzuwischen, die sich in ihren Augenwinkeln sammeln. «Weil ich nicht gut genug war, nicht so gut, dass er bleiben wollte.»
«Es ist in Ordnung, wütend zu sein», sage ich. «Wir sind alle wütend. Und jetzt, wo du aussprechen kannst, *warum* du wütend bist, können wir gemeinsam daran arbeiten, wie du ein

bisschen besser damit umgehst. Und zwar so, dass es dir nicht wehtut. Klingt das nach einem Plan?»

«Es ist so bescheuert», murmelt sie.

«Was denn?»

«Alles. Er, das hier. Dass ich hier bin.»

«Was ist bescheuert daran, dass du hier bist, Lacey?»

«Ich sollte nicht hier sein *müssen*.»

Jetzt schreit sie. Ich lehne mich unauffällig zurück, verschränke die Hände und lasse sie schreien.

«Ja, ich bin wütend! Na und? Mein Dad hat mich verdammt noch mal verlassen. Er hat mich *verlassen*! Wissen Sie, wie das ist? Wissen Sie, wie das ist, wenn man ein Kind ohne Vater ist? Wenn man in der Schule von allen angestarrt wird? Wenn sie hinter deinem Rücken über dich reden?»

«Ehrlich gesagt, ja. Ich weiß, wie das ist. Das ist kein Spaß.»

Jetzt ist sie still, die Hände in ihrem Schoß zittern. Mit Daumen und Zeigefinger reibt sie über das Kreuz an ihrem Armband. Rauf und runter, rauf und runter.

«Hat Ihr Vater Sie auch verlassen?»

«So ähnlich.»

«Wie alt waren Sie da?»

«Zwölf», sage ich.

Sie nickt. «Ich bin fünfzehn.»

«Mein Bruder war fünfzehn.»

«Dann kapieren Sie's also?»

Diesmal nicke ich und lächle. Vertrauen herzustellen – das ist der schwierigste Teil.

«Ich kapier's.» Ich beuge mich vor und stelle auch räumlich Nähe her. Jetzt wendet sie sich mir zu, sieht mich mit tränennassen Augen durchdringend, ja flehend an. «Und wie ich es kapiere.»

KAPITEL ZWEI

Meine Branche lebt von Klischees – das weiß ich. Aber es gibt einen Grund für diese Klischees.

Sie entsprechen der Wahrheit.

Wenn eine Fünfzehnjährige sich mit der Rasierklinge schneidet, dann hat das wahrscheinlich etwas mit einem Gefühl von Unzulänglichkeit zu tun, mit dem Bedürfnis, körperliche Schmerzen zu spüren, um den seelischen Schmerz zu überdecken. Wenn ein Achtzehnjähriger Schwierigkeiten mit der Aggressionsbewältigung hat, dann hat das garantiert etwas mit einem ungelösten Elternkonflikt zu tun, mit Verlassenheitsgefühlen, mit dem Bedürfnis, sich zu beweisen, stark zu wirken, obwohl er innerlich zerbricht. Wenn eine Zwanzigjährige im ersten Studienjahr sich betrinkt, mit jedem Typen schläft, der ihr einen Wodka Tonic für zwei Dollar ausgibt, und sich dann am nächsten Morgen die Augen ausweint, dann riecht das nach geringem Selbstbewusstsein und einem gesteigerten Bedürfnis nach Aufmerksamkeit, weil sie zu Hause darum kämpfen musste. Ein innerer Konflikt zwischen der Person, die sie ist, und der Person, die zu sein andere ihrer Meinung nach von ihr erwarten.

Vaterprobleme. Einzelkindsyndrom. Scheidungsfolgen.

Das sind Klischees, aber sie entsprechen der Wahrheit. Und ich darf das sagen, denn ich bin selbst ein Klischee.

Ich sehe auf meine Smartwatch, auf deren Display die Dauer der Aufnahme der heutigen Sitzung blinkt: 1:01:52. Ich sende die Aufnahme an mein Smartphone und beobachte, wie der kleine Timer sich von Grau zu Grün verfärbt, während die Datei hinüber zu meinem Telefon saust und simultan mit meinem Laptop synchronisiert wird. *Technologie*. Als ich ein junges Mädchen war, nahmen die Ärzte meine Akte zur Hand und blätterten sie Seite für Seite durch, während ich in einem der typischen abgewetzten Ledersessel saß und die Aktenschränke mit den gesammelten Problemen anderer Leute betrachtete. Problemen von Leuten wie mir. Da fühlte ich mich irgendwie gleich weniger allein. Normaler. Diese Aktenschränke aus Metall mit ihren vier Schubladen verkörperten für mich die Möglichkeit, dass ich eines Tages irgendwie meinen Schmerz würde ausdrücken – darüber sprechen, ihn herausschreien, darüber weinen – können, und wenn meine sechzig Minuten dann herum waren, konnten wir die Akte einfach zuklappen und zurück in die Schublade stecken, diese abschließen und den Inhalt bis zum nächsten Mal vergessen.

So, Feierabend.

Ich blicke auf den Desktop meines Computers, wo meine Klienten jetzt nur noch ein Wald aus Icons sind. Einen festen *Feierabend* gibt es allerdings nicht. Sie finden immer Möglichkeiten, an mich heranzukommen – E-Mail, Social Media –, jedenfalls war das so, bis ich aufgegeben und meine Profile gelöscht habe, weil ich es müde war, die panischen Direktnachrichten zu sichten, die meine Klienten mir schickten, wenn sie an einem Tiefpunkt waren. Ich bin immer im Dienst, allzeit bereit, ein rund um die Uhr geöffneter Laden, dessen Neonschild *Open* in der Dunkelheit flackert und sein Möglichstes tut, nicht zu erlöschen.

Jetzt erscheint auf dem Laptop die Benachrichtigung, dass die Aufzeichnung angekommen ist. Ich klicke die Datei an und benenne sie: *Lacey Deckler, Sitzung 1*. Dann blicke ich hoch und mustere mit zusammengekniffenen Augen die staubige Fensterbank. Im grellen Licht der untergehenden Sonne fällt noch stärker ins Auge, wie schmutzig es hier ist. Ich räuspere mich und huste mehrmals, dann beuge ich mich zur Seite, ziehe die unterste Schreibtischschublade auf und sichte meine ganz persönliche Büro-Apotheke. Sie besteht aus diversen Tablettenfläschchen, deren Spektrum von einfachem Ibuprofen bis zu schwieriger auszusprechenden, verschreibungspflichtigen Wirkstoffen reicht: Alprazolam, Chlordiazepoxid, Diazepam. Ich schiebe sie alle beiseite und nehme eine Schachtel Vitamin C heraus, schütte den Inhalt eines Tütchens in mein Wasserglas, rühre mit dem Finger um und trinke einige Schlucke.

Dann schreibe ich eine E-Mail.

> *Shannon,*
> *schönen Freitag! Hatte gerade eine großartige erste Sitzung mit Lacey Deckler – danke für die Überweisung. Wollte nachfragen betr. Medikation. Wie ich sehe, hast du noch nichts verschrieben. Angesichts unserer heutigen Sitzung glaube ich, dass Prozac in niedriger Dosierung ihr guttun würde – deine Meinung? Bedenken?*
>
> *Chloe*

Ich drücke auf *Senden*, lehne mich zurück und trinke die nach Mandarinen schmeckende Flüssigkeit aus. Das Präparat hat sich nicht ganz aufgelöst, und der Bodensatz fließt wie Kleister durch meine Kehle, langsam und zäh. Hinterher habe ich lauter orange Körnchen zwischen den Zähnen und auf der Zunge. Nach wenigen Minuten bekomme ich eine Antwort.

Chloe,
wie immer gern geschehen! Einverstanden. Bestell es ruhig für sie.
PS: Wann gehen wir was trinken? Ich will alles wissen zum bevorstehenden GROSSEN TAG!

Dr. Shannon Tack

Ich nehme mein Festnetztelefon, rufe in Laceys Apotheke an, derselben CVS-Filiale, in der ich selbst Kundin bin – sehr praktisch –, und lande direkt bei der Voicemail. Ich hinterlasse eine Nachricht.

«Hi. Ja, hier ist Dr. Chloe Davis – C h l o e D a v i s –. Ich möchte ein Medikament für Lacey Deckler bestellen – L a c e y D e c k l e r –, geboren am 16. Januar 2004. Ich habe der Patientin zunächst 10 Milligramm Prozac täglich verschrieben, für acht Wochen. Kein automatisches Folgerezept bitte.»

Ich halte inne und trommle mit den Fingern auf meinem Schreibtisch.

«Außerdem möchte ich ein Medikament für einen weiteren Patienten bestellen, eine Folgeverordnung: Daniel Briggs – D a n i e l B r i g g s –, geboren am 2. Mai 1982. Xanax, 4 Milligramm täglich. Noch einmal, hier spricht Dr. Chloe Davis. Telefon 555-212-4524. Vielen Dank.»

Ich lege auf und lasse den Blick kurz auf dem Telefon ruhen. Dann sehe ich zum Fenster. Die untergehende Sonne taucht meine Mahagonimöbel in ein Orange, das dem Bodensatz in meinem Glas ähnelt. Ich sehe auf die Uhr – halb acht – und klappe gerade meinen Laptop zu, da erwacht das Telefon wieder zum Leben, und ich fahre zusammen. Irritiert starre ich es an – die Praxis ist jetzt geschlossen, zudem ist heute Freitag. Schließlich packe ich weiter meine Sachen zusammen und ignoriere das Klingeln, bis mir klar wird, dass es die Apotheke sein könnte, mit einer Nachfrage zu meiner Bestellung. Ich lasse es ein weiteres Mal klingeln, dann nehme ich ab.

«Dr. Davis», melde ich mich.

«Chloe Davis?»

«Dr. Chloe Davis», korrigiere ich. «Ja, am Apparat. Wie kann ich Ihnen helfen?»

«O Mann, ist nicht leicht, Sie zu fassen zu kriegen.»

Die Stimme gehört einem Mann. Er lacht, aber es klingt irgendwie verärgert.

«Verzeihung, aber sind Sie ein Klient von mir?»

«Nein, aber ich habe den ganzen Tag versucht, Sie zu erreichen. Den *ganzen* Tag. Ihre Empfangsdame hat sich geweigert, mich durchzustellen, deshalb dachte ich, ich probiere es mal außerhalb der Praxiszeiten und lande dann vielleicht direkt bei Ihrer Voicemail. Damit, dass Sie abnehmen, habe ich nicht gerechnet.»

Ich runzle die Stirn.

«Nun, dies ist meine Praxis. Ich nehme hier keine Privatanrufe entgegen. Melissa stellt nur meine Klienten durch –» Ich breche ab. Warum erkläre ich eigentlich einem Fremden mich selbst und die Abläufe in meiner Praxis? «Dürfte ich fragen, warum Sie anrufen? Wer sind Sie?», erkundige ich mich in scharfem Ton.

«Mein Name ist Aaron Jansen. Ich bin Reporter bei der *New York Times.*»

Mir stockt der Atem. Ich huste, es klingt allerdings eher wie ein Würgen.

«Alles in Ordnung bei Ihnen?», fragt er.

«Ja. Ich erhole mich gerade von irgendeiner Halsgeschichte. Tut mir leid – *New York Times?*»

Sobald die Frage heraus ist, könnte ich mich in den Hintern treten. Ich weiß doch, warum dieser Mann anruft. Ehrlich gesagt hatte ich damit gerechnet. Oder jedenfalls hatte ich mit etwas in der Art gerechnet. Nicht unbedingt mit der *Times*, aber doch mit irgend so etwas.

«Sie wissen doch.» Er zögert. «Die Zeitung?»

«Ja, ich weiß, wer Sie sind.»

«Ich schreibe einen Artikel über Ihren Vater und würde mich gern einmal mit Ihnen zusammensetzen. Kann ich Sie zu einem Kaffee einladen?»

«Tut mir leid», sage ich erneut. Warum entschuldige ich mich ständig? Ich atme tief durch und versuche es noch einmal. «Ich habe nichts dazu zu sagen.»

«Chloe», sagt er.

«Dr. Davis.»

«*Dr. Davis*», wiederholt er und seufzt. «Der Jahrestag steht bevor. Zwanzig Jahre. Das wissen Sie sicher.»

«Natürlich weiß ich das», fahre ich ihn an. «Es ist zwanzig Jahre her, und nichts hat sich geändert. Die Mädchen sind noch immer tot, und mein Vater sitzt noch immer im Gefängnis. Warum sind Sie noch immer daran interessiert?»

Aaron schweigt, und ich weiß, ich habe schon zu viel gesagt. Ich habe diesen kranken Journalistentrieb bereits befriedigt, diesen Drang, bei anderen alte Wunden aufzureißen, kurz bevor sie verheilt gewesen wären. Jetzt hat er garantiert diesen metallischen Geschmack im Mund und will mehr, ein Hai, der vom Blut im Wasser angezogen wird.

«Aber Sie haben sich verändert», sagt er. «Sie und Ihr Bruder. Die Öffentlichkeit würde gern wissen, wie es Ihnen geht – wie Sie damit zurechtkommen.»

Ich verdrehe die Augen.

«Und Ihr Vater», fährt er fort. «Vielleicht hat *er* sich verändert. Haben Sie mit ihm gesprochen?»

«Ich habe meinem Vater nichts zu sagen. Und Ihnen habe ich auch nichts zu sagen. Bitte rufen Sie nicht mehr hier an.»

Ich lege auf und knalle das Telefon heftiger als beabsichtigt auf die Station. Als ich den Blick senke, sehe ich, dass meine Hände zittern. Um sie zu beschäftigen, streiche ich mir das Haar hinters Ohr und sehe wieder zum Fenster, wo die Farbe des Himmels sich allmählich in ein tiefes Tintenblau verwandelt. Die Sonne sitzt auf dem Horizont wie eine Blase, die gleich platzt.

Schließlich drehe ich mich wieder zum Schreibtisch um, nehme meine Tasche, schiebe den Stuhl zurück und stehe auf. Ich sehe die Schreibtischlampe an, atme tief durch, dann schalte ich sie aus und gehe den ersten zittrigen Schritt in die Dunkelheit hinein.

KAPITEL
DREI

Über den Tag verteilt wenden wir Frauen unbewusst viele subtile Strategien an, um uns zu schützen. Vor Schatten und unsichtbaren Räubern. Vor abschreckenden Beispielen und modernen Mythen. So subtil sogar, dass es uns selbst kaum bewusst ist.

Wir machen vor Einbruch der Dunkelheit Feierabend. Drücken mit einer Hand die Handtasche an die Brust und halten mit der anderen die Schlüssel wie eine Waffe, während wir zu unserem Auto gehen, das wir strategisch günstig unter einer Straßenlaterne geparkt haben für den Fall, dass wir es doch nicht schaffen, Feierabend zu machen, bevor es dunkel wird. Am Auto angekommen, sehen wir zuerst auf den Rücksitz, bevor wir die Fahrertür entriegeln. Wir halten das Telefon fest in der Hand, den Zeigefinger nur ein Wischen vom Notruf entfernt. Steigen ein. Verriegeln die Türen wieder. Trödeln nicht herum. Fahren zügig los.

Ich verlasse den Parkplatz neben meinem Praxisgebäude und fahre stadtauswärts. Als ich an einer roten Ampel halten muss, werfe ich einen Blick in den Rückspiegel – aus Gewohnheit vermutlich – und zucke zusammen. Ich sehe mitgenommen aus. Es ist schwül draußen, so schwül, dass ein dünner Film meine Haut überzieht und mein normalerweise glattes braunes Haar sich an den Spitzen ein wenig gelockt hat, auf eine Art, wie es nur der Sommer in Louisiana fertigbringt.

Sommer in Louisiana.

Wie emotional aufgeladen diese Worte sind. Ich bin hier aufgewachsen. Nun ja, nicht direkt hier. Nicht in Baton Rouge. Aber in Louisiana. In einer kleinen Stadt namens Breaux

Bridge – der Flusskrebshauptstadt der Welt. Auf diese Auszeichnung sind wir aus irgendeinem Grund stolz. Genauso wie Cawker City, Kansas, bestimmt stolz auf sein über zwei Tonnen schweres Garnknäuel ist. So etwas verleiht einem ansonsten unbedeutenden Ort eine oberflächliche Bedeutung.

Breaux Bridge hat außerdem nicht einmal zehntausend Einwohner, was bedeutet, dass jeder jeden kennt. Und insbesondere kennt jeder mich.

Als ich jung war, lebte ich nur für den Sommer. Ich habe so viele Erinnerungen, die mit den Sümpfen verknüpft sind: Alligatoren suchen im Lake Martin und kreischen, wenn ich ihre wachsamen Augen in einem Algenteppich lauern sah. Das Lachen meines Bruders, wenn wir wegrannten und dabei schrien: «*See ya later, alligator!*» Perücken aus dem Louisianamoos basteln, das in unserem riesigen Garten hing, und danach tagelang die Herbstmilben aus meinem Haar pflücken und klaren Nagellack auf die juckenden roten Quaddeln auf der Haut streichen. Mit einer Drehung den Schwanz eines frisch gekochten Krebses abziehen und den Kopf aussaugen.

Aber die Erinnerungen an den Sommer bringen auch Erinnerungen an Angst mit sich.

Ich war zwölf, als die Mädchen verschwanden. Mädchen, die kaum älter waren als ich. Das war im Juli 1999, und anfangs zeichnete sich nur ein weiterer heißer, schwüler Sommer in Louisiana ab.

Bis er das eines Tages nicht mehr war.

Ich weiß noch, wie ich frühmorgens in die Küche kam und mir den Schlaf aus den Augen rieb. Meine mintgrüne Decke schleifte hinter mir über den Linoleumboden. Mit dieser Decke hatte ich schon als Baby geschlafen. Als ich meine Eltern dicht nebeneinander vor dem Fernseher sitzen und besorgt miteinander flüstern sah, zwirbelte ich den Stoff zwischen den Fingern, ein nervöser Tic von mir; die Kanten der Decke waren schon ganz ausgefranst.

«Was ist denn los?»

Sie drehten sich um und rissen die Augen auf, als sie mich sahen. Dann schalteten sie den Fernseher aus, ehe ich etwas sehen konnte.

Dachten sie jedenfalls.

«Ach, Liebes», sagte mein Vater, kam zu mir und umarmte mich fester als sonst. «Nichts ist los, Liebling.»

Aber es war nicht nichts. Schon da wusste ich, dass es nicht nichts war. Die ungewöhnlich feste Umarmung meines Vaters, die bebende Unterlippe meiner Mutter, als sie sich zum Fenster umdrehte – genauso wie Laceys Lippe heute Nachmittag bebte, als sie sich zwang, sich einzugestehen, was sie längst gewusst hatte. Was sie zu verdrängen, zu leugnen versucht hatte. Ich hatte einen kurzen Blick auf die leuchtend rote Schlagzeile am unteren Bildschirmrand erhascht, und sie hatte sich mir bereits ins Gedächtnis gebrannt, eine Ansammlung von Worten, die das Leben, wie ich es bisher gekannt hatte, für immer verändern sollte.

MÄDCHEN AUS BREAUX BRIDGE VERSCHWUNDEN

Wenn man zwölf ist, hat MÄDCHEN VERSCHWUNDEN nicht die gleiche unheilvolle Bedeutung, die es hat, wenn man älter ist. Man denkt nicht automatisch an das Allerschlimmste: Entführung, Vergewaltigung, Mord. Ich weiß noch, dass ich dachte: Wo denn verschwunden? Vielleicht hatte sie sich ja verirrt. Das Haus meiner Familie stand auf einem über vier

Hektar großen Grundstück; ich hatte mich schon oft verirrt, wenn ich im Sumpf auf Krötenfang ging oder die unerforschten Waldstücke erkundete, meinen Namen in irgendeinen Baumstamm ritzte oder aus moosbewachsenen Stöcken Festungen baute. Einmal war ich sogar in einer kleinen Höhle stecken geblieben, dem Bau irgendeines Tiers, dessen unregelmäßiger Eingang zugleich furchteinflößend und verlockend war. Ich weiß noch, wie mein Bruder mir ein altes Seil um den Knöchel band, während ich flach auf dem Bauch lag und mich dann in die kalte, dunkle Leere hineinwand, zwischen den Lippen eine Schlüsselanhänger-Taschenlampe; wie ich mich ganz verschlingen ließ von der Dunkelheit, immer tiefer hineinkroch – und schließlich blankes Entsetzen, als ich merkte, dass ich feststeckte. Als ich im Fernsehen die Bilder von der Suchmannschaft sah, die dichtes Unterholz durchkämmte und durch die Sümpfe watete, fragte ich mich daher unwillkürlich, was passieren würde, falls ich jemals «verschwinden» würde. Ob die Leute nach mir genauso suchen würden wie jetzt nach diesem Mädchen.

Die taucht schon wieder auf, dachte ich. *Und dann ist es ihr bestimmt peinlich, dass man ihretwegen so einen Aufstand gemacht hat.*

Doch sie tauchte nicht wieder auf. Und drei Wochen später verschwand ein weiteres Mädchen.

Vier Wochen danach noch eines.

Am Ende des Sommers waren sechs Mädchen verschwunden. Am einen Tag waren sie noch da, und am nächsten – weg. Spurlos verschwunden.

Nun sind sechs verschwundene Mädchen immer sechs zu viel, aber Breaux Bridge ist so klein, dass eine auffällige Lücke im Klassenzimmer entsteht, wenn nur ein Kind die Schule verlässt, oder es merklich stiller in einem Wohnviertel wird, wenn eine einzige Familie wegzieht. Für eine so kleine Stadt waren sechs vermisste Mädchen eine fast unerträgliche Zerreißprobe. Ihre Abwesenheit war unmöglich zu ignorieren; sie war etwas Böses, das am Himmel über uns hing wie ein aufziehendes Unwetter, das man in den Knochen spürt. Man konnte es spüren, schmecken, in den Augen jedes Menschen lesen, dem man begegnete. Tiefes Misstrauen herrschte in unserer sonst so vertrauensseligen Stadt, ein Argwohn, der sich nicht mehr abschütteln ließ. Uns alle beschäftigte dieselbe unausgesprochene Frage.

Wer ist die Nächste?

Ausgangssperren wurden verhängt; Geschäfte und Restaurants schlossen bei Einbruch der Dunkelheit. Wie allen anderen Mädchen in der Stadt war es auch mir verboten, im Dunkeln draußen zu sein. Sogar tagsüber spürte ich das Böse hinter jeder Ecke lauern. Das beklemmende Vorgefühl, dass ich es sein würde – dass *ich* die Nächste sein würde –, war immer da, immer präsent.

«Dir passiert schon nichts, Chloe. Du hast keinen Grund, dir Sorgen zu machen.»

Ich weiß noch, wie mein Bruder an diesem Morgen seinen Rucksack aufsetzte und sich für das Ferienlager fertig machte; ich weinte wieder, ich hatte Angst, das Haus zu verlassen.

«Sie hat sehr wohl Grund, sich Sorgen zu machen, Cooper. Das ist eine ernste Sache.»

«Chloe ist zu jung. Sie ist erst zwölf. Er mag Teenager, schon vergessen?»

«Cooper, bitte.»

Meine Mutter ging in die Hocke, sah mir in die Augen und strich mir eine Haarsträhne hinters Ohr.

«Es ist eine ernste Sache, Schatz, aber sei einfach vorsichtig. Sei wachsam.»

«Steig nicht zu Fremden ins Auto», sagte Cooper und seufzte. «Geh nicht allein durch dunkle Gassen. Es ist alles ziemlich logisch, Chlo. Stell dich einfach nicht dumm an.»

«Diese Mädchen haben sich nicht dumm angestellt», fuhr meine Mutter ihn an, leise, aber in scharfem Ton. «Sie hatten Pech. Sie waren zur falschen Zeit am falschen Ort.»

Jetzt biege ich auf den Parkplatz der Apotheke ein und halte am Autoschalter. Hinter dem Schiebefenster steht ein Mann und verpackt verschiedene Fläschchen in Papiertüten. Er schiebt das Fenster auf, blickt aber nicht hoch.

«Name?»

«Daniel Briggs.»

Jetzt sieht er mich an: eindeutig kein Daniel. Er tippt etwas auf seiner Computertastatur und fragt dann: «Geburtsdatum?»

«2. Mai 1982.»

Er wendet sich ab und durchsucht den B-Korb. Ich verfolge, wie er eine Papiertüte herauszieht und sich damit wieder zu mir umdreht, und ich umklammere das Steuer, damit er nicht sieht, wie meine Hände zittern. Er hält den Scanner über den Barcode, und ich höre einen Piepton.

«Haben Sie Fragen zu diesem Medikament?»

«Nein.» Ich lächle ihn an. «Alles klar.»

Er reicht mir die Tüte durchs Fenster. Ich nehme sie entgegen und stecke sie tief in meine Handtasche. Dann schließe ich mein Fenster und fahre los, ohne mich auch nur zu verabschieden.

Während ich weiterfahre, scheint meine Handtasche auf dem Beifahrersitz von innen heraus zu strahlen, so intensiv sind mir die Tabletten darin bewusst. Anfangs habe ich darüber gestaunt, wie leicht es war, Rezepte für andere Leute einzulösen; sofern man das Geburtsdatum zum Namen in der Akte kennt, wollen die meisten Apotheker nicht einmal den Führerschein sehen. Und wenn doch, genügen in der Regel einfache Erklärungen.

Ach, Mist, der ist in der anderen Handtasche.

Tatsächlich bin ich seine Verlobte – soll ich Ihnen die Adresse nennen, die in der Akte steht?

Ich biege in mein Wohnviertel ein, den Garden District, und beginne die meilenlange Fahrt die Straße entlang, auf der ich immer mein Orientierungsvermögen verliere, in etwa so wie Taucher, stelle ich mir vor, wenn völlige Dunkelheit sie umgibt, eine Dunkelheit, die so undurchdringlich ist, dass man die Hand vor Augen nicht mehr sieht.

Jeglicher Orientierungssinn – dahin. Jedes Gefühl von Kontrolle – dahin.

Ohne Häuser, die Licht auf die Straße werfen, oder Scheinwerfer, die die verdrehten Arme der Bäume am Straßenrand beleuchten, hat man auf dieser Straße nach Sonnenuntergang das Gefühl, mitten hinein in eine Tintenpfütze zu fahren, in einem gewaltigen Nichts zu verschwinden, in ein bodenloses Loch zu fallen.

Ich halte den Atem an und drücke das Gaspedal noch ein Stückchen weiter durch.

Endlich spüre ich, dass meine Abzweigung naht. Obwohl hinter mir niemand ist, nur tiefe Schwärze, setze ich den Blinker und biege in unsere Sackgasse ab. Als ich die erste Straßenlaterne passiere, die mir die Straße nach Hause zeigt, atme ich erleichtert aus.

Zuhause.

Auch dieses Wort ist emotional aufgeladen. Ein Zuhause ist

nicht nur ein Haus, eine Ansammlung von Ziegelsteinen und Brettern, die von Mörtel und Nägeln zusammengehalten wird. Es ist etwas Emotionaleres. Ein Zuhause bedeutet Sicherheit und Schutz. Es ist der Ort, den man aufsucht, wenn es neun Uhr schlägt und die Sperrstunde beginnt.

Aber was ist, wenn ein Zuhause keine Sicherheit und keinen Schutz mehr bietet?

Was ist, wenn die ausgestreckten Arme, in die man sich auf der Treppe vor dem Haus stürzt, eben die Arme sind, vor denen man davonrennen sollte? Wenn sie demjenigen gehören, der diese armen Mädchen gepackt, ihnen den Hals zugedrückt, ihre Leichen vergraben und sich dann die Hände gewaschen hat?

Was ist, wenn Zuhause der Ort ist, an dem alles begann? Das Epizentrum des Erdbebens, das die Stadt bis ins Mark erschütterte? Das Auge des Hurrikans, der Familien, Menschenleben, dich zerriss? Alles, was du gekannt hattest?

Was dann?

KAPITEL VIER

Mein Auto steht mit laufendem Motor in der Einfahrt. Ich ziehe die Apothekentüte aus der Handtasche, reiße sie auf und hole ein oranges Fläschchen heraus, drehe den Deckel ab und gebe eine Tablette in meine Handfläche. Dann knülle ich die Tüte zusammen und schiebe sie zusammen mit dem Fläschchen ins Handschuhfach.

Ich betrachte die Xanax, diese kleine weiße Tablette in meiner Hand, und muss an den Anruf vorhin in meiner Praxis denken: Aaron Jansen. *Zwanzig Jahre.* Mir wird eng in der Brust, und ich schlucke die Tablette trocken herunter, bevor ich es mir anders überlegen kann. Ich atme auf und schließe die Augen. Schon spüre ich, wie die Beklemmung in meiner Brust sich löst, wie meine Atemwege sich weiten. Mich überkommt dieselbe Ruhe wie immer, wenn meine Zunge eine Tablette berührt. Ich weiß gar nicht, wie ich es beschreiben soll, dieses Gefühl, außer als reine Erleichterung. Die Erleichterung, die einen überkommt, wenn man seinen Kleiderschrank aufreißt und feststellt, dass sich darin nichts als Kleidung verbirgt – der Herzschlag beruhigt sich, und ein euphorischer Schwindel erfasst das Gehirn, weil man erkennt, dass man in Sicherheit ist. Dass sich aus den Schatten nichts auf einen stürzen wird.

Ich öffne die Augen.

Als ich aussteige, liegt etwas Würziges in der Luft. Ich knalle die Tür zu und drücke zweimal auf den Knopf am Schlüssel, der den Wagen verriegelt. Dann hebe ich die Nase zum Himmel und schnüffle, versuche, den Geruch einzuordnen. Meeresfrüchte vielleicht. Irgendetwas Fischiges. Vielleicht grillen die Nachbarn, und kurz bin ich gekränkt darüber, dass sie mich nicht eingeladen haben.

Ich nehme den langen kopfsteingepflasterten Weg zu meiner Haustür in Angriff. Das Haus ragt dunkel vor mir auf. Auf halbem Weg bleibe ich stehen und betrachte es. Damals, als ich es kaufte, vor Jahren, war es genau das. Ein Haus. Eine leere Hülle, der man Leben einhauchen konnte wie einem Luftballon. Es war ein Haus, das bereit war, ein Zuhause zu werden, eifrig und aufgeregt wie ein Kind am ersten Schultag. Doch ich hatte keine Ahnung, wie ich es zu einem Zuhause machen sollte. Das einzige Zuhause, das ich je gekannt hatte, hatte diese Bezeichnung eigentlich nicht verdient – jedenfalls nicht mehr. Nicht im Rückblick. Ich weiß noch, wie ich zum ersten Mal durch die Haustür eintrat, die Schlüssel in der Hand. Das Klackern meiner Absätze auf dem Hartholzboden hallte durch die gewaltige Leere, und die Nagellöcher an den kahlen weißen Wänden zeugten von den Bildern, die dort gehangen hatten – ein Beleg dafür, dass es möglich war. Dass man hier Erinnerungen bilden, ein Leben führen konnte. Ich öffnete den kleinen roten Werkzeugkasten, den Cooper mir geschenkt hatte. Er war mit mir durch den Baumarkt gegangen, und ich hatte mit offenem Mund zugesehen, wie er Schraubenschlüssel, Hammer und Zangen hineinfallen ließ wie süße und saure Gummibärchen im Süßwarengeschäft. Ich hatte nichts zum Aufhängen – keine Bilder, keinen Zierrat –, deshalb schlug ich einen einzelnen Nagel ein und hängte den Metallring mit meinem Hausschlüssel daran auf. Ein einzelner Schlüssel, mehr nicht. Es fühlte sich an wie ein Fortschritt.

Jetzt betrachte ich das, was ich seither getan habe, damit es von außen so wirkt, als hätte ich mein Leben im Griff, das Gegenstück zu dem Make-up, mit dem man ein schillerndes

Hämatom überdeckt, oder dem Rosenkranz an einem vernarbten Handgelenk. Warum mir so viel an der Anerkennung meiner Nachbarn liegt, die mit der Hundeleine in der Hand an meinem Haus vorbeihuschen, weiß ich wirklich nicht. Da ist die Hollywoodschaukel, die an der Verandadecke befestigt ist, aber an der unberührten buttergelben Pollenschicht darauf erkennt man, dass dort nie jemand sitzt. Dann sind da die Pflanzen, die ich voller Begeisterung gekauft, eingesetzt und dann ignoriert habe, bis alle abgestorben waren; die dünnen braunen Ranken meiner zwei Hängefarne erinnern an die Knöchelchen eines Kleintiers, die ich einmal in der achten Klasse im Biologieunterricht beim Sezieren einer Eule fand. Die kratzige braune Fußmatte, auf der «Willkommen!» steht. Der bronzene Briefkasten in Form eines übergroßen Briefumschlags, zum Verrücktwerden unpraktisch, weil der Schlitz zu schmal für eine Hand ist, ganz zu schweigen davon, dass nicht mehr als die zwei, drei Postkarten von ehemaligen Klassenkameraden hineinpassen, die Immobilienmakler wurden, als die Hoffnungen auf gute Abschlüsse sich nicht so recht erfüllten.

Ich gehe weiter und beschließe in diesem Augenblick, den bescheuerten Briefkasten zu entsorgen und einen normalen zu kaufen, wie ihn alle anderen auch haben. Im selben Augenblick erkenne ich, dass mein Haus tot wirkt. Es ist das einzige in der Siedlung ohne erleuchtete Fenster oder das Flackern eines Fernsehers hinter geschlossenen Jalousien. Das einzige ohne jedes Lebenszeichen im Innern.

Ich gehe näher heran. Das Xanax hüllt meinen Verstand in eine erzwungene Ruhe, dennoch nagt etwas an mir. Irgendetwas stimmt hier nicht. Etwas ist *anders*. Ich sehe mich im Garten um: klein, aber gepflegt. Ein gemähter Rasen, gesäumt von Sträuchern und einem unbehandelten Holzzaun; die knorrigen Äste einer Eiche ragen über der Garage auf, in der ich mein Auto nicht ein einziges Mal abgestellt habe. Ich blicke zum Haus wenige Schritte vor mir. Hinter einem Vorhang meine ich eine Bewegung zu erkennen, aber ich schüttele den Kopf und zwinge mich, weiterzugehen.

Mach dich nicht lächerlich, Chloe. Sei vernünftig.

Ich drehe schon den Schlüssel im Schloss, da wird mir klar, was da nicht stimmt, was anders ist.

Das Verandalicht ist aus.

Das Verandalicht, das ich immer, *immer* eingeschaltet lasse – auch wenn ich schlafen gehe; den Lichtstrahl, der deswegen durch die Lücke zwischen den Jalousien auf mein Bett fällt, ignoriere ich –, ist ausgeschaltet. Ich schalte es nie aus. Ich glaube, ich habe den Schalter seit dem ersten Abend nicht mehr angerührt. Deshalb wirkt das Haus so leblos. Ich habe es noch nie so dunkel gesehen, so völlig ohne Licht. Trotz der Straßenlaternen ist es hier draußen *dunkel*. Jemand könnte sich von hinten an mich heranschleichen, und ich würde es nicht einmal –

«ÜBERRASCHUNG!»

Ich stoße einen Schrei aus und suche hektisch in meiner Handtasche nach dem Pfefferspray. Dann geht das Licht an, und ich starre auf eine Menschenansammlung in meinem Wohnzimmer – dreißig, vielleicht sogar vierzig Leute, die lächelnd meinen Blick erwidern. Das Herz schlägt mir bis zum Hals, ich kann kaum sprechen.

«O mein –», stammle ich und sehe mich um, suche nach einem Grund, einer Erklärung. Aber ich finde nichts.

«O mein *Gott*.» Gleich darauf wird mir bewusst, dass meine Hand noch in der Tasche steckt und ich das Pfefferspray mit einer Verzweiflung umklammere, die mich erschreckt. Ich lasse es los und spüre unendliche Erleichterung, während ich meine verschwitzte Handfläche am Innenfutter abwische. «Was ... was soll das?»

«Wonach sieht es denn aus?», ertönt eine Stimme links von mir. Ich drehe mich um. Die Leute bilden ein Spalier, und ein Mann tritt vor. «Es ist eine Party.»

Der Mann ist Daniel, in einer Dark-washed-Jeans und einem schicken blauen Sakko. Er strahlt mich an. Die blendend weißen Zähne kontrastieren mit seiner gebräunten Haut; das strohblonde Haar hat er sich aus dem Gesicht gestrichen. Mein Herz schlägt wieder langsamer. Unwillkürlich betaste ich meine Wange und spüre, wie sie heiß wird. Daniel reicht mir ein Glas Wein. Verlegen lächelnd nehme ich es mit der anderen Hand entgegen.

«Eine Party für uns», sagt er und umarmt mich kurz. Ich rieche sein Duschgel, sein würziges Deo. «Eine Verlobungsparty.»

«Daniel. Was ... was tust du hier?»

«Na ja, ich wohne hier.»

Die Leute lachen schallend, und Daniel drückt lächelnd meine Schulter.

«Du solltest doch auf Dienstreise sein», sage ich. «Ich dachte, du kommst erst morgen zurück.»

«Ach das. Tja, das war gelogen», erwidert er, was noch mehr Gelächter auslöst. «Bist du überrascht?»

Ich lasse den Blick über diesen Pulk von Menschen gleiten, die an ihrem jeweiligen Platz zappeln und mich noch immer erwartungsvoll ansehen, und frage mich, wie laut ich geschrien habe.

«Habe ich etwa nicht überrascht *geklungen*?»

Ich werfe die Hände in die Luft, und alle lachen. In einer Ecke fängt jemand an zu jubeln, und die anderen stimmen ein. Sie pfeifen und klatschen, während Daniel mich noch einmal in die Arme nimmt und auf den Mund küsst.

«Nehmt euch ein Zimmer!», brüllt jemand, und wieder lachen alle. Dann verteilen sie sich auf die verschiedenen Räume, füllen ihre Gläser auf, plaudern miteinander, laden sich Essen auf Pappteller. Jetzt weiß ich auch, wieso es draußen nach Fisch roch: Old Bay, eine Gewürzmischung für Meeresfrüchte und Fisch. Auf einem Picknicktisch draußen auf der hinteren Veranda erspähe ich einen dampfenden Eimer mit Brühe zum Krebskochen und schäme mich, weil ich mich von der fiktiven Party nebenan ausgeschlossen fühlte.

Daniel sieht mich an und grinst, um nicht laut loszulachen. Ich boxe ihn an die Schulter.

«Du bist unmöglich», sage ich, obwohl ich ebenfalls lächle. «Ich hätte mir vor Schreck fast in die Hose gemacht.»

Jetzt lacht er. Es war dieses raumgreifende, dröhnende Lachen, das mich vor zwölf Monaten anzog und nichts von seiner Wirkung auf mich verloren hat. Ich ziehe ihn wieder an mich und küsse ihn noch einmal, diesmal richtig, jetzt, da die aufmerksamen Blicke unserer Freunde nicht mehr auf uns gerichtet sind. Ich spüre die Wärme seiner Zunge in meinem Mund und genieße es, wie seine Gegenwart mich körperlich beruhigt, mein Herz und meine Atmung verlangsamt, genauso wie das Xanax.

«Du hast mir kaum eine Wahl gelassen», sagt er und trinkt einen Schluck Wein. «Ich musste es so machen.»

«Ach ja? Und warum?»

«Weil du dich weigerst, selbst irgendetwas für dich zu organisieren. Kein Junggesellinnenabschied, keine Brautparty.»

«Ich bin keine Studentin mehr, Daniel. Ich bin zweiunddreißig. Findest du das nicht ein bisschen juvenil?»

Er hebt eine Augenbraue.

«Nein, ich finde das nicht *juvenil*. Ich finde, das klingt nach Spaß.»

«Tja, weißt du, ich habe eigentlich niemanden, der mir helfen könnte, so etwas zu planen», sage ich, starre in mein Glas und lasse den Wein darin kreisen. «Du weißt doch, Cooper organisiert garantiert keine Brautparty, und meine *Mutter* –»

«Ich weiß, Chlo. Ich ziehe dich nur ein bisschen auf. Du verdienst eine Party, also habe ich eine Party organisiert. Ganz einfach.»

Mir wird warm ums Herz, und ich drücke seine Hand.

«Danke. Das ist wirklich toll. Ich hätte zwar fast einen Herzinfarkt bekommen ...» Er lacht und leert sein Glas. «... aber es bedeutet mir viel. Ich liebe dich.»

«Ich liebe dich auch. Jetzt lass uns aber zu den anderen gehen. Und trink deinen Wein.» Er tippt mit einem Finger an mein unangerührtes Glas. «Entspann dich ein bisschen.»

Ich hebe das Glas an die Lippen und trinke es aus, dann gehe ich ins Wohnzimmer, wo großes Gedränge herrscht. Jemand nimmt mir mein Glas ab und bietet an, es aufzufüllen, während ein anderer Gast mir einen Teller mit Käse und Crackern vor die Nase hält.

«Du musst ja halb verhungert sein. Arbeitest du immer so lange?»
«Natürlich tut sie das. Das ist Chloe!»
«Ist Chardonnay okay, Chlo? Ich glaube, vorher hattest du Pinot, aber mal im Ernst, wo ist da der Unterschied?»

Minuten vergehen, vielleicht auch Stunden. Jedes Mal, wenn ich in ein anderes Zimmer gehe, kommt jemand mit einem Glückwunsch und einem vollen Glas zu mir, und die immer gleichen Fragen sprudeln, wenn auch in unterschiedlicher Reihenfolge, schneller hervor als der Wein, obwohl sich in einer Ecke bereits die leeren Flaschen türmen.

«Und? Zählt das als ‹was trinken›?»

Ich drehe mich zu Shannon um, die breit grinsend vor mir steht. Lachend zieht sie mich an sich, umarmt mich und drückt mir wie immer einen herzhaften Kuss auf die Wange. Ich denke an ihre E-Mail von heute Nachmittag.

PS: Wann gehen wir was trinken? Ich will alles wissen zum bevorstehenden GROSSEN TAG!

«Du kleine Lügnerin», sage ich und verkneife es mir, die Lippenstiftspuren abzuwischen, die ich auf meiner Wange spüre.

«Schuldig.» Sie lächelt. «Ich musste dafür sorgen, dass du keinen Verdacht schöpfst.»

«Tja, Mission erfüllt. Wie geht's der Familie?»

«Gut», erwidert Shannon und dreht den Ring an ihrem Finger. «Bill ist in der Küche und schenkt sich nach. Und Riley ...»

Sie sucht den Raum ab, lässt den Blick über das Meer der Köpfe wandern, die wie Wellen auf und ab schaukeln. Anscheinend findet sie, was sie gesucht hat, denn sie lächelt und schüttelt den Kopf.

«Riley ist da hinten in der Ecke und telefoniert. *Unerhört*.»

Ich folge ihrem Blick zu einem jungen Mädchen, das auf einem Stuhl lümmelt und in rasanter Geschwindigkeit auf ihrem Telefon herumtippt. Riley trägt ein kurzes rotes Sommerkleid und weiße Sneakers, ihr Haar ist unscheinbar braun. Sie wirkt unfassbar gelangweilt, und unwillkürlich muss ich lachen.

«Na ja, sie ist fünfzehn», wirft Daniel ein. Ich drehe den Kopf, und da steht er und lächelt. Er kommt zu mir, schlingt den Arm um meine Taille und küsst mich auf die Stirn. Ich staune immer wieder darüber, mit welcher Leichtigkeit er sich bereits laufenden Unterhaltungen anschließt, indem er etwas beisteuert, was so passend ist, als hätte er die ganze Zeit dabeigestanden.

«Wem sagst du das», entgegnet Shannon. «Im Moment hat sie Hausarrest, deshalb haben wir sie mitgeschleift. Sie ist nicht allzu glücklich darüber, dass wir sie zwingen, mit einem Haufen *alter Leute* abzuhängen.»

Ich lächle und beobachte gebannt, wie das Mädchen sich geistesabwesend eine Locke um den Finger wickelt und auf der Lippe kaut, während sie eine Nachricht auf ihrem Telefon analysiert, die wohl gerade eingetroffen ist.

«Weshalb hat sie denn Hausarrest?»

«Sie wollte nachts abhauen», sagt Shannon und verdreht die Augen. «Wir haben sie erwischt, als sie um *Mitternacht* aus ihrem Fenster klettern wollte. Sie hat die Nummer mit dem Seil aus Bettlaken abgezogen, wie man es in diesen verflixten Filmen sieht. Zum Glück hat sie sich nicht den Hals gebrochen.»

Ich muss lachen und schlage mir die Hand vor den Mund.

«Als wir uns kennengelernt haben und Bill mir erzählte, er hätte eine zehnjährige Tochter, habe ich mir nicht viel dabei gedacht, das schwöre ich euch», fährt Shannon leise fort und betrachtet ihre Stieftochter. «Ehrlich, ich dachte sogar, ich hätte Schwein gehabt. Ein Kind *on demand*, mit dem ich mir den Part mit den schmutzigen Windeln und dem Geschrei die ganze Nacht über erspare. Sie war so ein Schatz. Aber sobald sie Teenager sind, ändert sich alles, das ist wirklich erstaunlich. Sie verwandeln sich in Ungeheuer.»

«Das bleibt nicht lange so», sagt Daniel lächelnd. «Eines Tages sind das nur noch ferne Erinnerungen.»

«Himmel, das hoffe ich.» Shannon lacht und trinkt noch einen Schluck Wein. «Er ist wirklich ein Engel, weißt du.»

Die letzte Bemerkung ist nur an mich gerichtet, aber sie deutet dabei auf Daniel und klopft ihm auf die Brust.

«Das Ganze hier zu organisieren. Du kannst dir nicht vorstellen, wie lange er gebraucht hat, um alle zur selben Zeit hier zusammenzubekommen.»

«Ja, ich weiß», sage ich. «Ich habe ihn nicht verdient.»

«Gut, dass du nicht eine Woche früher gekündigt hast, hm?»

Sie stupst mich an, und ich lächle. Unsere erste Begegnung ist mir immer noch sehr deutlich in Erinnerung. Es war eines dieser zufälligen Zusammentreffen, die genauso gut nichts hätten bedeuten können. Man stößt im Bus gegen eine Schulter, murmelt eine kurze Entschuldigung und geht seiner Wege. Man leiht sich von einem Mann an der Bar einen Kuli, wenn der eigene leer ist, oder läuft jemandem mit der Brieftasche, die er gerade im Einkaufswagen vergessen hat, zum Auto hinterher. Meistens enden solche Begegnungen mit einem Lächeln und einem Dank, mehr wird daraus nicht.

Aber manchmal wird eben doch etwas daraus. Oder sogar alles.

Daniel und ich sind einander im Baton Rouge General Hospital begegnet. Er kam herein, ich ging hinaus. Vielmehr wankte ich unter dem Gewicht des brechend vollen Umzugskartons hinaus, der den Inhalt meines Büros enthielt. Ich wäre einfach an ihm vorbeigegangen – der Karton verstellte mir die Sicht, und ich hatte den Blick auf meine Füße gesenkt. Ich wäre einfach an ihm vorbeigegangen, wenn ich nicht seine Stimme gehört hätte.

«Brauchen Sie Hilfe?»

«Nein, nein», wehrte ich ab, verlagerte das Hauptgewicht von einem Arm auf den anderen und blieb nicht einmal stehen. Die Automatiktür war nur einen Meter entfernt, nicht einmal, und draußen stand mit laufendem Motor mein Wagen. «Ich habe alles im Griff.»

«Warten Sie, ich helfe Ihnen.»

Ich hörte von hinten Schritte auf mich zukommen und spürte gleich darauf, wie das Gewicht abnahm, als er seine Arme zwischen meine schob.

«Du liebe Güte», ächzte er. «Was haben Sie denn da drin?»

«Hauptsächlich Bücher.» Er nahm mir den Karton ab, und ich strich mir eine Haarsträhne aus der verschwitzten Stirn. In diesem Augenblick sah ich zum ersten Mal sein Gesicht: blondes Haar, blonde Wimpern und Zähne, die das Produkt teurer kieferorthopädischer Behandlungen in seiner Jugend plus vielleicht der einen oder anderen Bleaching-Behandlung waren. Als er sich mein bisheriges Berufsleben auf eine Schulter hievte, zeichnete sich unter seinem hellblauen Hemd ein kräftiger Bizeps ab.

«Gefeuert worden?»

Ich riss den Kopf zu ihm herum und öffnete den Mund, um ihn zu berichtigen, doch da sah er mich ebenfalls an, und seine Augen waren sanft. Sein Blick wurde weich, während er mein Gesicht betrachtete, mich von oben bis unten musterte. Er sah mich an wie eine alte Freundin, schien nach etwas Vertrautem in meinen Zügen zu suchen. Dann verzogen sich seine Lippen zu einem wissenden Grinsen.

«War nur ein Scherz», sagte er und wandte seine Aufmerksamkeit wieder meinem Karton zu. «Sie wirken zu glücklich, um gefeuert worden zu sein. Außerdem, würden Sie dann nicht von zwei Wachmännern herausgeschleift und aufs Pflaster geschleudert werden? Läuft das nicht so?»

Ich lächelte und lachte dann laut auf. Mittlerweile hatten wir mein Auto erreicht, und er stellte den Karton aufs Dach, verschränkte die Arme vor der Brust und wandte sich mir zu.

«Ich habe gekündigt», erklärte ich, und dieser Satz hatte etwas derartig Endgültiges, dass ich beinahe in Tränen ausgebrochen wäre. Die Arbeitsstelle im Baton Rouge General Hospital war meine erste gewesen; meine bisher einzige. Meine Kollegin Shannon war mittlerweile meine engste Freundin. «Heute war mein letzter Tag.»

«Na, dann herzlichen Glückwunsch. Wo geht's jetzt hin?»

«Ich eröffne eine eigene Praxis. Ich bin Psychologin.»

Er pfiff durch die Zähne und spähte in meinen Karton. Offenbar fiel ihm etwas ins Auge, denn er wandte den Kopf und zog ein Buch heraus.

«Haben Sie's mit Mord?», fragte er und betrachtete den Einband.

Mir wurde eng um die Brust, und mein Blick zuckte zu meinem Karton, in dem sich, wie mir jetzt wieder einfiel, neben all meinen Psychologielehrbüchern jede Menge Titel über wahre Kriminalfälle befanden: *Der Teufel von Chicago*, *Kaltblütig*, *Die Bestie von Florenz*. Doch im Gegensatz zu den meisten Menschen las ich so etwas nicht zur Unterhaltung, sondern zu Forschungszwecken. Ich las diese Bücher, um zu verstehen, um die Menschen zu analysieren, die das Töten zu ihrem Lebenszweck gemacht haben, und ich verschlang ihre Geschichten beinahe so, als wären sie Klienten von mir, die auf meinem Ledersessel saßen und mir ihre Geheimnisse ins Ohr flüsterten.

«Das könnte man vermutlich so sagen.»

«Nichts für ungut», fügte er hinzu und drehte das Buch so, dass ich den Einband sehen konnte – *Mitternacht im Garten von Gut und Böse*. Er schlug es auf und blätterte durch die Seiten. «Das ist ein tolles Buch.»

Ich wusste nicht, was ich darauf antworten sollte, und lächelte höflich.

«Jetzt muss ich wirklich los», sagte ich stattdessen, deutete auf meinen Wagen und reichte ihm die Hand. «Danke für Ihre Hilfe.»

«Das Vergnügen war ganz meinerseits, Dr. ...»

«Davis», sagte ich. «Chloe Davis.»

«Tja, Dr. Chloe Davis, wenn Sie noch mal Kartons tragen müssen ...» Er zog seine Brieftasche aus der Gesäßtasche, entnahm ihr eine Visitenkarte und steckte sie ins aufgeschlagene Buch, klappte es zu und reichte es mir. «Dann wissen Sie, wo Sie mich finden.»

Er lächelte mich an, zwinkerte mir zu und ging zurück ins Gebäude. Als die Automatiktür sich hinter ihm schloss, sah ich auf das Buch in meinen Händen und strich über den glänzenden Einband. Dort, wo seine Visitenkarte steckte, klafften die Seiten ein wenig auseinander. Ich steckte einen Fingernagel hinein und schlug das Buch wieder auf. Während ich seine Karte betrachtete und den Namen darauf las, spürte ich eine mir fremde Regung in der Brust.

Irgendwie wusste ich, dass ich Daniel Briggs nicht zum letzten Mal gesehen hatte.

KAPITEL
FÜNF

Ich entschuldige mich bei Shannon und Daniel und schlüpfe durch die Terrassentür hinaus. Als ich endlich auf der Veranda hinter dem Haus stehe, merke ich, dass sich in meinem Kopf alles dreht – der Wein in meiner Hand ist die vierte Sorte. Meine Ohren dröhnen vom endlosen Small Talk, mein Kopf von der Flasche Wein, die ich mittlerweile intus habe. Draußen ist es immer noch schwül, aber es weht eine erfrischende Brise. Im Haus wird es allmählich stickig, die Körperwärme von vierzig angetrunkenen Menschen heizt die Wände auf.

Nach einer Weile schlendere ich zu dem Picknicktisch, wo haufenweise Flusskrebse, Mais, Würstchen und Kartoffeln auf Zeitungspapier liegen und wundersamerweise noch immer dampfen. Ich stelle mein Glas ab, nehme mir einen Krebs, drehe ihm den Kopf ab und lasse den Saft daraus einfach über mein Handgelenk rinnen.

Dann höre ich etwas hinter mir – Schritte. Eine Stimme ertönt.

«Nicht erschrecken, ich bin's nur.»

Ich drehe mich um und blicke in die Dunkelheit, bis ich die Gestalt vor mir erkenne, zwischen deren Fingern die kirschrote Spitze einer Zigarette glüht.

«Ich weiß, dass du keine Überraschungen magst.»

«Coop!»

Ich lasse den Krebs auf den Tisch fallen, gehe zu meinem Bruder, lege ihm die Arme um den Hals und atme seinen vertrauten Geruch ein: Nikotin und Minze. Den Seitenhieb auf die Überraschungsparty lasse ich unkommentiert, so perplex bin ich darüber, ihn hier zu sehen.

«Hey, Schwesterchen.»

Ich löse mich von ihm und mustere sein Gesicht. Er sieht älter aus als beim letzten Mal, aber das ist bei Cooper normal. Er scheint innerhalb von Monaten um Jahre zu altern; das Haar an den Schläfen ergraut immer mehr, und die Sorgenfalten auf seiner Stirn scheinen sich täglich tiefer einzugraben. Trotzdem ist Coop einer dieser Männer, die mit zunehmendem Alter immer attraktiver werden. Meine Mitbewohnerin auf dem College nannte ihn distinguiert, als sie entdeckte, dass die Stoppeln an seinem Hals stellenweise grau waren. Aus irgendeinem Grund ist das bei mir hängen geblieben. Es war eigentlich eine ziemlich zutreffende Beschreibung. Er wirkt reif, geschmeidig, nachdenklich, still. Als hätte er in seinen fünfunddreißig Jahren mehr von der Welt gesehen als andere Menschen in ihrem ganzen Leben. Ich löse mich von ihm.

«Ich habe dich drinnen gar nicht gesehen!», sage ich lauter als beabsichtigt.

«Die sind regelrecht über dich hergefallen.» Er lacht, zieht ein letztes Mal an seiner Zigarette, lässt sie zu Boden fallen und tritt sie aus. «Was ist das für ein Gefühl, wenn einem vierzig Leute auf einmal auf die Pelle rücken?»

Ich zucke die Achseln. «Das beste Training für die Hochzeit, schätze ich.»

Sein Lächeln verliert an Strahlkraft, aber er fängt sich schnell. Wir ignorieren es beide.

«Wo ist Laurel?», frage ich.

Er steckt die Hände in die Taschen und sieht mir über die Schulter; sein Blick wird distanziert. Da weiß ich, was jetzt kommt.

«Sie ist nicht mehr aktuell.»

«Das tut mir leid. Ich mochte sie. Sie schien nett zu sein.»

«Ja.» Er nickt. «Das war sie. Ich mochte sie auch.»

Eine Weile schweigen wir und lauschen dem Stimmengewirr drinnen. Wir verstehen beide, wie kompliziert es ist, nach allem, was wir durchgemacht haben, eine Beziehung aufzubauen; dass es meistens einfach nicht funktioniert.

«Und? Bist du aufgeregt?», fragt er und deutet mit dem Kinn aufs Haus. «Wegen der Hochzeit und so?»

Ich lache. «Und so? Du bist immer so charmant.»

«Du weißt, was ich meine.»

«Klar, weiß ich, was du meinst. Und ja, ich bin aufgeregt. Du solltest ihm eine Chance geben.»

Cooper sieht mich an und kneift die Augen zusammen. Ich schwanke ein bisschen.

«Wovon redest du?», fragt er.

«Von Daniel. Ich weiß, dass du ihn nicht leiden kannst.»

«Wie kommst du denn darauf?»

Jetzt kneife ich die Augen zusammen.

«Müssen wir das wirklich noch mal durchkauen?»

«Ich mag ihn!» Er hebt kapitulierend die Hände. «Was macht er noch gleich?»

«Pharmaberater.»

«Farmberater?», spöttelt er. «Echt jetzt? So kommt er mir gar nicht vor.»

«Pharmazie», sage ich. «Mit ph.»

Cooper lacht, zieht das Zigarettenpäckchen aus der Tasche und steckt sich noch eine zwischen die Lippen. Er bietet mir auch eine an, aber ich schüttele den Kopf.

«Das passt schon eher», sagt er. «So, wie seine Schuhe glänzen, kann er nicht viel Zeit mit Farmern verbringen.»

«Ach, Coop.» Ich verschränke die Arme. «Genau das meine ich.»

«Ich finde bloß, es geht so schnell.» Cooper klappt sein Feuerzeug auf, hält die Flamme an die Zigarette und inhaliert. «Ihr kennt euch jetzt seit – wie lange? Ein paar Monate?»

«Seit einem Jahr. Wir sind seit einem Jahr zusammen.»

«Ihr *kennt* euch seit einem Jahr.»

«Und?»

«Und wie gut kann man jemanden in einem Jahr kennenlernen? Hast du überhaupt schon seine Familie getroffen?»

«Na ja, nein», gebe ich zu. «Sie stehen sich nicht sehr nahe. Aber komm schon, Coop. Willst du ihn wirklich nach seiner Familie beurteilen? Ausgerechnet du müsstest es doch besser wissen. Familien können zum Kotzen sein.»

Cooper zuckt die Achseln und zieht anstelle einer Antwort noch einmal an seiner Zigarette. Seine Scheinheiligkeit nervt mich. Mein Bruder hatte schon immer die Fähigkeit, ganz beiläufig etwas zu sagen, das mir unter die Haut geht, an mir nagt und mich völlig fertigmacht. Und obendrein tut er noch so, als hätte er es gar nicht darauf angelegt. Als wäre ihm gar nicht klar, wie verletzend seine Worte sind, wie sehr sie schmerzen. Unvermittelt ist mir danach, ihn ebenfalls zu verletzen.

«Schau, es tut mir leid, dass es nicht funktioniert hat mit Laurel, oder auch mit den anderen, wo wir schon dabei sind, aber das gibt dir nicht das Recht, eifersüchtig zu sein», sage ich. «Wenn du dir nur erlauben würdest, dich anderen zu öffnen, anstatt immer so gemein zu sein ... du würdest dich wundern, was du alles herausfindest.»

Cooper ist still, und ich weiß, ich bin zu weit gegangen. Das ist der Wein, denke ich. Er macht mich ungewöhnlich direkt. Ungewöhnlich gemein. Cooper zieht heftig an seiner Zigarette und stößt den Rauch aus. Ich seufze.

«Ich hab's nicht so gemeint.»

«Nein, du hast recht.» Er geht zum Verandageländer, lehnt sich dagegen und kreuzt die Beine. «Das kann ich zugeben. Aber der Mann schmeißt gerade eine Überraschungsparty für dich, Chloe. Du hast Angst vor der Dunkelheit. Scheiße, du hast vor allem Angst.»

Ich klopfe mit dem Finger gegen mein Weinglas.

«Er hat alle Lampen im Haus ausgemacht und die Leute aufgefordert zu schreien, wenn du reinkommst. Er hat dich zu Tode erschreckt. Ich habe gesehen, wie du die Hand in die Tasche gesteckt hast. Ich weiß, was du da gesucht hast.»

Ich schweige. Es ist mir peinlich, dass er das bemerkt hat.

«Wenn er wirklich wüsste, wie verdammt paranoid du bist, meinst du wirklich, er hätte das getan?»

«Er hat es gut gemeint. Das weißt du.»

«Bestimmt, aber darum geht es nicht. Er *kennt* dich nicht, Chloe. Und du kennst ihn nicht.»

«Doch», fauche ich. «Er kennt mich, Cooper. Er lässt bloß nicht zu, dass ich ständig selbst vor meinem eigenen Schatten erschrecke. Und dafür bin ich dankbar. Das ist nur gesund.»

Cooper seufzt, zieht ein letztes Mal an der Zigarette und schnippt sie übers Geländer.

«Ich sage ja nur, wir sind anders als die, Chloe. Du und ich, wir sind anders. Wir haben heftigen Scheiß durchgemacht.»

Er deutet aufs Haus, und ich drehe mich um und mustere die Leute drinnen. All die Freunde, die zu einer Familie geworden sind, die dort lachen und sich völlig unbekümmert unterhalten – und plötzlich empfinde ich anstelle der Liebe, die mich noch vor wenigen Minuten erfüllt hat, innere Leere. Denn Cooper hat recht. Wir sind anders.

«Weiß er es?», fragt er sanft. Leise.

Ich funkle ihn an. Anstatt ihm zu antworten, kaue ich auf der Innenseite meiner Wange.

«Chloe?»

«Ja», sage ich schließlich. «Ja, natürlich weiß er es, Cooper. Natürlich habe ich es ihm gesagt.»

«Was hast du ihm gesagt?»

«Alles, okay? Er weiß alles.»

Sein Blick zuckt wieder zum Haus, wo die nur gedämpft zu hörende Party ohne uns weitergeht, und wieder schweige ich. Die Innenseite meiner Wange ist schon ganz wund. Ich glaube, ich schmecke Blut.

«Was ist das zwischen euch beiden?», frage ich schließlich mit kraftloser Stimme. «Was ist passiert?»

«Nichts ist passiert. Es ist bloß ... ich weiß auch nicht. Weil du so bist, wie du bist und so, und unsere Familie ... Ich hoffe einfach, er ist aus den richtigen Gründen bei dir. Mehr will ich gar nicht sagen.»

«Aus den *richtigen Gründen*?», fahre ich ihn an, lauter, als ratsam ist. «Was soll das denn verdammt noch mal heißen?»

«Chloe, beruhige dich.»

«Nein. Nein, ich beruhige mich nicht. Denn im Prinzip hast du gerade gesagt, dass er mich unmöglich *wirklich* lieben kann, Cooper. Dass er sich unmöglich *wirklich* in jemanden verliebt haben kann, der so verkorkst ist wie ich. Wie die *angeknackste Chloe*.»

«Ach komm, jetzt sei nicht so melodramatisch.»

«Ich bin nicht melodramatisch», fauche ich. «Ich bitte *dich* bloß, ausnahmsweise mal nicht egoistisch zu sein. Ich bitte dich, ihm eine Chance zu geben.»

«Chloe –»

«Ich will dich bei dieser Hochzeit dabeihaben», falle ich ihm ins Wort. «Wirklich. Aber sie findet mit dir oder ohne dich statt, Cooper. Wenn du mich unbedingt vor die Wahl stellen willst –»

Da höre ich, dass hinter mir die Terrassentür aufgeschoben wird, und fahre herum. Daniel lächelt mich an, aber ich sehe, dass sein Blick zwischen Cooper und mir hin und her zuckt und ihm eine Frage auf der Zunge liegt. Wie lange hat er da hinter der Terrassentür gestanden? Was hat er gehört?

«Alles in Ordnung?», fragt er und kommt zu uns herüber. Er legt mir den Arm um die Taille und zieht mich an sich, weg von Cooper, so kommt es mir vor.

«Ja.» Ich zwinge mich, mich zu beruhigen. «Ja, alles in Ordnung.»

«Cooper», sagt Daniel und reicht ihm die Hand. «Schön, dich zu sehen, Mann.»

Cooper lächelt und wechselt einen festen Händedruck mit meinem Verlobten.

«Ich hatte übrigens noch keine Gelegenheit, dir zu danken. Für deine Hilfe.»

Mit gerunzelter Stirn sehe ich Daniel an. «Hilfe wobei?»

«Hierbei.» Daniel lächelt. «Bei der Party. Hat er dir das nicht erzählt?»

Ich sehe wieder meinen Bruder an, und mir geht durch den Kopf, was ich im Zorn gerade zu ihm gesagt habe. Es drückt mir das Herz ab.

«Nein.» Ich sehe Cooper unverwandt an. «Das hat er mir nicht erzählt.»

«Ach, na ja», sagt Daniel, «dieser Mann war meine Rettung. Ohne ihn hätte ich das nicht durchziehen können.»

«Kein Ding», erwidert Cooper und blickt auf seine Füße. «Ich habe gern geholfen.»

«Von wegen kein Ding», sagt Daniel. «Er war ganz früh hier und hat die Flusskrebse gedämpft. Stundenlang war er da zugange, und er hat sie genau richtig gewürzt.»

«Warum hast du nichts gesagt?», frage ich.

Verlegen zuckt Cooper die Achseln. «Es war keine große Sache.»

«Wie auch immer, lasst uns wieder reingehen.» Daniel zieht mich zur Tür. «Da sind ein paar Leute, die ich Chloe gern vorstellen würde.»

«Noch fünf Minuten», sage ich und rühre mich nicht vom Fleck. So kann ich meinen Bruder nicht stehen lassen, aber ich kann mich auch nicht vor Daniel bei ihm entschuldigen, ohne dass er mitbekommt, worüber wir uns unterhalten haben, bevor Daniel herauskam. «Ich komme gleich nach.»

Daniel sieht zuerst mich an, dann Cooper. Er scheint etwas einwenden zu wollen, sein Mund ist schon leicht offen. Doch dann lächelt er bloß und drückt meine Schulter.

«Na gut», sagt er und grüßt meinen Bruder zum Abschied. «Dann in fünf Minuten.»

Daniel schließt die Tür hinter sich, und ich warte, bis er außer Sicht ist, bevor ich mich wieder zu meinem Bruder umdrehe.

«Cooper», sage ich schließlich und lasse die Schultern hängen. «Es tut mir leid. Das wusste ich nicht.»

«Schon gut», sagt er. «Ehrlich.»

«Nein, es ist nicht gut. Du hättest etwas sagen sollen. Da benehme ich mich so mies, nenne dich *egoistisch* –»

«Schon gut», sagt er nochmals, stößt sich vom Geländer ab, kommt zu mir und schließt mich in die Arme. «Ich würde alles für dich tun, Chloe. Das weißt du doch. Du bist meine kleine Schwester.»

Ich seufze, schlinge ebenfalls die Arme um ihn und lasse

meine Schuldgefühle und meine Wut von mir abfallen. Das ist Coopers und mein üblicher Tanz. Wir sind unterschiedlicher Meinung, wir schreien, wir streiten, wir reden monatelang nicht miteinander, aber hinterher ist es, als wären wir wieder Kinder, die barfuß durch die Sprinkler im Garten rennen, im Keller aus Umzugskartons Festungen bauen, sich stundenlang unterhalten, ohne auch nur zu merken, dass die Menschen um uns herum sich in Luft auflösen. Manchmal glaube ich, ich nehme es Cooper übel, dass er mich daran erinnert, wer ich bin und wer unsere Eltern sind. Seine bloße Existenz ruft mir in Erinnerung, dass das Bild, das ich der Welt zeige, nicht echt, sondern sorgfältig konstruiert ist. Dass ich nur ein kurzes Straucheln davon entfernt bin, in Millionen Stücke zu zerschellen und preiszugeben, wer ich wirklich bin.

Es ist eine komplizierte Beziehung, aber wir sind eine Familie. Wir sind die einzige Familie, die wir haben.

«Ich liebe dich», sage ich und drücke ihn fester an mich. «Und ich sehe, dass du dir Mühe gibst.»

«Das tue ich», erwidert Cooper. «Ich will dich nur schützen.»

«Ich weiß.»

«Ich will das Beste für dich.»

«Ich weiß.»

«Wahrscheinlich bin ich es einfach nur gewohnt, der Mann in deinem Leben zu sein, weißt du? Derjenige, der sich um dich kümmert. Und jetzt wird das jemand anderes sein. Es ist schwer, loszulassen.»

Ich lächele, dann kneife ich die Augen zu, bevor mir eine Träne entwischen kann. «Ach, dann hast du also doch ein Herz?»

«Ach komm, Chlo», flüstert er. «Ich meine es ernst.»

«Ich weiß», sage ich noch einmal. «Ich weiß das. Es wird schon alles gut gehen.»

Eine Weile stehen wir schweigend so da und halten uns umarmt, während die Leute auf der Party, die meinetwegen stattfindet, gar nicht merken, dass ich schon wer weiß wie lange verschwunden bin. Als ich meinen Bruder so in den Armen halte, muss ich mit einem Mal an den Anruf von vorhin denken – Aaron Jansen. *New York Times.*

«*Aber Sie haben sich verändert*», sagte dieser Reporter. «*Sie und Ihr Bruder. Die Öffentlichkeit würde gern wissen, wie es Ihnen geht – wie Sie damit zurechtkommen.*»

«Hey, Coop», sage ich und hebe den Kopf. «Kann ich dich was fragen?»

«Klar.»

«Hast du heute einen Anruf bekommen?»

Verwirrt sieht er mich an. «Was für einen Anruf?»

Ich zögere.

«Chloe.» Er spürt, dass ich einen Rückzieher machen will, und packt meine Arme. «Was für einen Anruf?»

Ich öffne den Mund, aber er lässt mich nicht zu Wort kommen.

«Ach, weißt du, was? Ja, habe ich. Aus Moms Heim. Sie haben mir eine Nachricht hinterlassen, aber ich habe es total vergessen. Haben sie dich auch angerufen?»

Ich atme aus und nicke rasch. «Ja», lüge ich. «Ich war nur gerade auch nicht da.»

«Wir müssen sie mal wieder besuchen. Ich bin dran. Tut mir leid, ich hätte es nicht aufschieben dürfen.»

«Schon gut», erwidere ich. «Wirklich, ich kann auch hinfahren, falls du keine Zeit hast.»

«Nein.» Er schüttelt den Kopf. «Nein, du hast genug um die

Ohren. Ich fahre dieses Wochenende hin, versprochen. Und das ist wirklich alles?»

Erneut denke ich an Aaron Jansen und unsere Unterhaltung am Telefon in meiner Praxis – nicht dass man dieses Telefonat wirklich eine Unterhaltung nennen könnte. *Zwanzig Jahre.* Vermutlich sollte ich meinem Bruder davon erzählen – dass die New York Times in unserer Vergangenheit herumschnüffelt. Dass dieser Aaron Jansen einen Artikel über Dad schreibt, über uns. Aber dann wird mir klar: Wenn Jansen Coopers Telefonnummer oder Adresse hätte, hätte er ihn längst angerufen. Das hat er selbst gesagt: Er hatte den ganzen Tag versucht, mich zu erreichen. Wenn er mich nicht erreichen konnte, hätte er es dann nicht bei meinem Bruder versucht? Bei dem anderen Davis-Kind? Wenn er Coop bis jetzt noch nicht angerufen hat, bedeutet das, dass er weder seine Telefonnummer noch seine Adresse und auch sonst nichts über ihn in Erfahrung bringen konnte.

«Ja», sage ich. «Das ist alles.»

Ich beschließe, Cooper nicht damit zu belasten. Im besten Fall würde die Neuigkeit, dass ein *Times*-Reporter mich angerufen hat, weil er schmutzige Details über unsere Familie sucht, ihn so wütend machen, dass er die Zigaretten aus dem Päckchen in seiner Gesäßtasche hintereinanderweg raucht. Im schlimmsten Fall würde er ihn selbst anrufen und ihm sagen, er solle sich verpissen. Und dann *hätte* Jansen seine Telefonnummer, und wir wären beide geliefert.

«Tja, hey, dein Bräutigam wartet», sagt Cooper und tätschelt mir den Rücken. Er geht um mich herum und steigt die Treppe hinab in den Garten. «Du solltest wieder reingehen.»

«Du kommst nicht mit rein?», frage ich, obwohl ich die Antwort schon kenne.

«Mir reicht das an Socializing für einen Abend. *See ya later, alligator.*»

Lächelnd nehme ich mein Weinglas und hebe es zum Kinn.

Ich werde es nicht leid, diesen Spruch aus der Kindheit aus dem Mund meines nahezu mittelalten Bruders zu hören. Es irritiert mich – fast –, dass ich dabei seine Teenagerstimme im Ohr habe, was mich um Jahrzehnte zurückversetzt in die Zeit, als das Leben noch einfach war, als wir Spaß hatten und frei waren. Doch zugleich passt es auch, denn unsere Welt hat vor zwanzig Jahren aufgehört, sich weiterzudrehen. Wir sind in der Zeit gestrandet, für immer jung. Genau wie diese Mädchen damals.

Ich trinke meinen Wein aus und winke in seine Richtung. Die Dunkelheit hat ihn bereits verschluckt, aber ich weiß, er steht noch da. Und wartet.

«*In a while, crocodile*», flüstere ich und starre in die Schatten.

Da zerreißt das Knistern des Laubs unter seinen Füßen die Stille, und gleich darauf ist er fort.

JUNI
2019

KAPITEL SECHS

Ruckartig öffne ich die Augen. In meinem Kopf pocht es, ein rhythmisches Klopfen wie von einer Schamanentrommel, die das Zimmer vibrieren lässt. Ich drehe mich auf die Seite und sehe auf den Wecker. Viertel vor elf. Wie zum Teufel kann ich so lange geschlafen haben?

Ich setze mich auf, reibe mir die Schläfen und kneife die Augen zusammen, so hell ist es in unserem Schlafzimmer. Als ich hier einzog – damals, als es noch *mein* Schlafzimmer war, nicht *unseres*, ein *Haus*, kein *Zuhause* –, wollte ich alles weiß haben. Wände, Teppich, Bettzeug, Vorhänge. Weiß ist sauber, rein, sicher.

Doch im Moment ist weiß vor allem hell. Viel, viel zu hell. Die Leinenvorhänge an den deckenhohen Fenstern sind witzlos, merke ich, sie schirmen das blendend helle Sonnenlicht kaum ab. Ich stöhne.

«Daniel?», rufe ich und hole ein Fläschchen Ibuprofen aus meinem Nachttisch. Auf einem Marmoruntersetzer steht ein Glas Wasser. Es ist ganz frisch – das Eis ist noch nicht geschmolzen, die Würfel dümpeln an der Wasseroberfläche wie Bojen an einem windstillen Tag. Kondenswasser läuft am Glas hinab und sammelt sich auf dem Untersetzer. «Daniel, warum sterbe ich?»

Mein Verlobter, der gerade ins Schlafzimmer kommt, lacht leise. Er trägt ein Tablett mit Pfannkuchen und Puten-Bacon, und sofort frage ich mich, womit ich eigentlich jemanden verdient habe, der mir tatsächlich das Frühstück ans Bett bringt. Fehlt nur noch die selbst gepflückte Wildblume in einer kleinen Vase, dann könnte es eine Szene aus einem

Kitschfilm sein – abgesehen von meinem mörderischen Kater.

Vielleicht ist das Karma, überlege ich. *Ich habe eine beschissene Herkunftsfamilie erwischt, und zum Ausgleich bekomme ich jetzt einen perfekten Ehemann.*

«Zwei Flaschen Wein schaffen das», antwortet er und küsst mich auf die Stirn. «Vor allem, wenn man nicht bei einer Weinsorte bleibt.»

«Die Leute haben mir nun mal ständig was in die Hand gedrückt.» Ich nehme mir ein Stück Bacon und beiße ab. «Ich weiß nicht mal, was ich da alles getrunken habe.»

Plötzlich fällt mir das Xanax ein, die kleine weiße Tablette, die ich eingeworfen hatte, kurz bevor mir das erste Glas in die Hand gedrückt wurde. Kein Wunder, dass ich mich so miserabel fühle; kein Wunder, dass die Erinnerungen an den vergangenen Abend so verschwommen sind, als betrachtete ich sie durch den Boden eines mattierten Glases. Ich werde rot, aber Daniel fällt es nicht auf. Er lacht und streicht mir durch das zerzauste Haar. Sein eigenes sitzt perfekt. Jetzt fällt mir auch auf, dass er geduscht hat, sein Gesicht sauber rasiert und sein strohblondes Haar gekämmt und mit Gel frisiert ist; der Scheitel ist wie mit der Rasierklinge gezogen. Er riecht nach Aftershave und seinem Herrenduft.

«Hast du was vor?»

«Ich fahre nach New Orleans.» Er runzelt die Stirn. «Weißt du nicht mehr? Habe ich dir letzte Woche gesagt. Die Tagung?»

«Ach, richtig», sage ich kopfschüttelnd, dabei erinnere mich gar nicht. «Tut mir leid, mein Hirn ist noch benebelt. Aber ... heute ist Samstag. Findet sie übers Wochenende statt? Du bist doch gerade erst nach Hause gekommen.»

Bevor ich Daniel kennenlernte, wusste ich nicht viel über

Pharmavertrieb. Eigentlich war das Einzige, was ich darüber wusste, der Aspekt des Geldes nämlich, dass man in diesem Beruf ziemlich viel davon verdient. Oder jedenfalls verdienen kann, wenn man es gut macht. Aber jetzt weiß ich mehr darüber, zum Beispiel, dass man in diesem Job permanent auf Reisen ist. Daniels Gebiet erstreckt sich über halb Louisiana und bis nach Mississippi hinein, deshalb sitzt er an Wochentagen fast immer im Auto. Früh raus, spät nach Hause, stundenlange Autofahrten von einem Krankenhaus zum nächsten. Außerdem gibt es viele Tagungen: Vertriebstraining, berufliche Fortbildung, digitales Marketing für Medizinprodukte, Seminare zur Zukunft der Pharmabranche. Ich weiß, er vermisst mich, wenn er unterwegs ist, aber ich weiß auch, dass es ihm gefällt – die schicken Hotels, die Abendessen und der Small Talk mit den Ärzten. Und er ist gut darin.

«Heute Abend findet im Hotel ein Netzwerk-Event statt», sagt er bedächtig. «Und morgen ein Golfturnier. Die eigentliche Tagung beginnt am Montag. Erinnerst du dich gar nicht mehr daran?»

Mein Herz setzt kurz aus. *Nein*, denke ich. *Ich erinnere mich gar nicht mehr daran.* Aber ich lächle, schiebe das Frühstückstablett zur Seite und werfe ihm die Arme um den Hals.

«Tut mir leid. Doch, ich erinnere mich. Ich glaube, ich bin immer noch betrunken.»

Wie erwartet lacht Daniel und zerzaust mir das Haar, als wäre ich ein Knirps beim Kinderbaseball, der gleich am Schlag ist.

«Gestern Abend hat Spaß gemacht», sage ich, um das Thema zu wechseln. Ich lege Daniel den Kopf in den Schoß und schließe die Augen. «Danke.»

«Natürlich.» Jetzt malt er mit einem Finger Formen in mein

Haar. Einen Kreis, ein Quadrat, ein Herz. Eine Weile schweigt er; ein Schweigen, das schwer in der Luft hängt. Schließlich sagt er: «Worum ging es in der Unterhaltung mit deinem Bruder? Draußen auf der Veranda?»

«Was meinst du?»

«Du weißt, was ich meine. Die Unterhaltung, bei der ich dazukam.»

«Ach, du weißt schon.» Meine Lider werden wieder schwer. «Bloß Cooper, wie er leibt und lebt. Kein Grund zur Sorge.»

«Worüber auch immer ihr zwei gesprochen habt ... ihr habt schon ein bisschen angespannt gewirkt.»

«Er macht sich Sorgen, dass du mich nicht aus *den richtigen Gründen* heiratest», sage ich und male Anführungszeichen in die Luft. «Aber wie gesagt, so ist mein Bruder eben. Er ist überfürsorglich.»

«Das hat er gesagt?»

Daniel zieht die Hand aus meinem Haar, und ich spüre, wie er sich versteift. Ich wünschte, ich könnte meine Worte zurücknehmen – wieder ist es der Alkohol, den ich immer noch im Blut habe und der dafür sorgt, dass mein Kopf überläuft wie ein zu volles Glas, aus dem sich der Wein auf den Teppich ergießt.

«Vergiss es einfach.» Ich öffne die Augen und rechne damit, dass er mich ansieht, doch er starrt vor sich hin ins Leere. «Er wird noch lernen, dich so zu lieben wie ich, das weiß ich. Er gibt sich Mühe.»

«Hat er gesagt, warum er das denkt?»

«Daniel, im Ernst.» Ich setze mich auf. «Es lohnt nicht, darüber zu reden. Cooper will mich schützen. Das wollte er schon immer, schon als ich noch ein Kind war. Unsere Vergangenheit, du weißt. Er geht sozusagen bei allen Menschen erst mal vom Schlimmsten aus. Da sind wir uns ähnlich.»

«Ja», sagt Daniel. Er starrt immer noch vor sich hin, sein Blick ist glasig. «Ja, vermutlich.»

«Ich weiß, dass du mich aus den richtigen Gründen heiratest.» Als ich ihm die Hand an die Wange lege, zuckt er zusammen, meine Berührung scheint ihn aus seiner Geistesabwesenheit zu reißen. «Du willst meinen knackigen Pilates-Arsch und meinen orgiastischen Coq au Vin.»

Jetzt sieht er mich an und muss unwillkürlich lächeln, schließlich sogar laut lachen. Er drückt meine Hand und steht auf.

«Arbeite nicht wieder das ganze Wochenende», sagt er und streicht seine frisch gebügelte Hose glatt. «Geh raus. Unternimm was Schönes.»

Ich verdrehe die Augen und nehme mir noch ein Stück Bacon, klappe es zusammen und stecke es mir in den Mund.

«Oder mach mit der Hochzeitsorga weiter», fährt er fort. «Der Countdown läuft.»

«Nächsten Monat», sage ich grinsend. Mir ist nicht entgangen, dass wir im Juli heiraten – auf den Monat genau zwanzig Jahre nachdem die ersten Mädchen verschwunden sind. Das wurde mir schon bei der Besichtigung der Cypress Stables klar, der ehemaligen Plantage, wo wir heiraten werden: Eichen, die sich über einen herrlichen kopfsteingepflasterten Gang wölben, weiß lackierte Stühle, die perfekt auf die vier massiven rustikalen Stützpfeiler ausgerichtet sind. Unberührtes Land, so weit das Auge reicht. Am Rand des Grundstücks eine restaurierte Scheune, die man für den Hochzeitsempfang nutzen kann, riesige Holzpfeiler, geschmückt mit Lichterketten, Grünzeug und milchweißen Magnolienblüten. Ein weißer Lattenzaun umgab die ausgedehnte Weide, auf der überall Pferde grasten; erst ganz in der Ferne begrenzte ein Bayou die grüne

Fläche, eine dicke blaue Ader, die sich sanft am Horizont entlangschlängelte.

«Es ist perfekt», sagte Daniel und drückte meine Hand. «Chloe, ist es nicht perfekt?»

Ich nickte und lächelte. Es war perfekt, aber die Weitläufigkeit des Geländes erinnerte mich an zu Hause. An meinen Vater, als er schmutzverkrustet mit einer Schaufel über der Schulter zwischen den Bäumen hervortrat. An den Sumpf, der unser Land wie ein Festungsgraben umgab und die Leute fernhielt, uns aber auch einsperrte. Ich sah mich zum Plantagenhaus hin um und versuchte, mir vorzustellen, wie ich in meinem Hochzeitskleid über die gewaltige, ums Gebäude herum verlaufende Veranda schreite, ehe ich die Treppe hinab zu Daniel gehe. Aus dem Augenwinkel bemerkte ich eine Bewegung, und als ich richtig hinsah, entdeckte ich auf der Veranda ein junges Mädchen, das in einem Schaukelstuhl lümmelte und sich mit einem Bein immer wieder von einem der Verandapfeiler abstieß, sodass der Stuhl sich in einem trägen Rhythmus bewegte. Als sie bemerkte, dass ich sie beobachtete, wurde sie munter, zog ihr Kleid herab und schlug die Beine übereinander.

«Das ist meine Enkelin», sagte die Frau vor uns, und ich sah sie an. «Dieses Land ist seit Generationen im Besitz unserer Familie. Sie kommt manchmal nach der Schule her. Macht ihre Hausaufgaben auf der Veranda.»

«Da kann eine Bibliothek nicht mithalten», warf Daniel lächelnd ein. Er hob den Arm und winkte dem Mädchen zu. Zunächst senkte es verlegen den Kopf, winkte dann aber doch zurück. Daniel wandte sich wieder der Frau zu. «Wir nehmen es. Welche Termine können Sie uns anbieten?»

«Mal sehen», sagte sie und sah auf das Tablet in ihren Händen. Sie drehte es mehrmals, bis die Bildschirmansicht im Hochformat war. «Wir sind dieses Jahr schon fast ausgebucht. Sie sind spät dran!»

«Wir haben uns gerade erst verlobt», sagte ich und drehte den Diamantring an meinem Finger, eine neue Angewohnheit. Der Ring, den Daniel mir geschenkt hatte, war ein Familienerbstück aus der Viktorianischen Zeit, von seiner Ururgroßmutter weitervererbt. Er war eine echte Antiquität, sichtlich getragen, alt auf eine Weise, die man nicht nachahmen konnte. Zahllose Familiengeschichten hatten sich niedergeschlagen in diesem Ring, dessen zentraler Stein ein Diamant mit Ovalschliff war, umgeben von einem Kranz aus Diamanten mit Rosenschliff. Der Ring selbst war aus buttergelbem, aber ein wenig matt gewordenem 14-Karat-Gelbgold. «Wir wollen nicht eines dieser Paare sein, die jahrelang warten und das Unausweichliche bloß hinauszögern.»

«Genau, wir sind alt», sagte Daniel. «Die Uhr tickt.»

Er tätschelte meinen Bauch, und die Frau grinste und wischte über das Tablet, als blätterte sie Seiten um. Ich bemühte mich, nicht zu erröten.

«Wie gesagt, für dieses Jahr sind alle Wochenenden ausgebucht. Wir könnten es 2020 machen, wenn Sie mögen.»

Daniel schüttelte den Kopf.

«Jedes einzelne Wochenende? Das kann ich nicht glauben. Was ist mit den Freitagen?»

«Auch die meisten Freitage sind bereits gebucht, für die Proben. Aber einer scheint noch frei zu sein. Der 26. Juli.»

Daniel sah mich mit erhobenen Augenbrauen an.

«Denkst du, das kannst du dir vormerken?»

Es war ein Scherz, das war mir klar, aber bei dem Wort *Juli* bekam ich Herzflattern.

«Juli in Louisiana», sagte ich und verzog das Gesicht. «Glaubst du, die Gäste kommen mit der Hitze zurecht? Besonders draußen.»

«Da können wir etwas tun», sagte die Frau. «Wir können Zelte und Ventilatoren aufstellen. Was Sie wollen.»

«Ich weiß nicht», sagte ich. «Auch die Insekten können eine echte Plage sein.»

«Wir spritzen das Gelände jedes Jahr», sagte sie. «Ich kann Ihnen garantieren, dass die Insekten kein Problem darstellen. Wir haben ständig Sommerhochzeiten!»

Ich bemerkte, dass Daniel mich fragend von der Seite ansah, so eindringlich, als könnte er meine sich überschlagenden Gedanken entwirren, wenn er sich nur genug anstrengte. Aber ich weigerte mich, den Kopf zur Seite zu drehen und mich ihm zuzuwenden. Ich weigerte mich, ihm die gänzlich irrationale Angst einzugestehen, die meine Beklemmung bei der Aussicht auf den bevorstehenden Juli in etwas Lähmendes verwandelte, in eine Krankheit, die schlimmer wurde, je weiter der Sommer fortschritt. Weigerte mich, die Übelkeit zur Kenntnis zu nehmen, die in mir aufstieg, oder den säuerlichen Gestank des Stallmists in der Ferne, der sich in den Duft der Magnolien mischte, oder das mit einem Mal ohrenbetäubend laute Summen der Fliegen, die irgendwo um etwas Totes kreisen.

«Okay», sagte ich und nickte. Ich sah wieder zur Veranda, doch das Mädchen war fort; der verlassene Schaukelstuhl wiegte sich langsam im Wind. «Dann also im Juli.»

KAPITEL SIEBEN

Daniel setzt den Wagen rückwärts aus der Einfahrt, lässt die Scheinwerfer zum Abschied aufleuchten und winkt mir zu. Ich winke zurück, den seidenen Morgenmantel eng um mich geschlungen, eine dampfende Tasse Kaffee in der Hand.

Dann gehe ich wieder hinein, schließe die Tür und betrachte das leere Haus. Auf diversen Tischen stehen noch Gläser von gestern Abend, der Recyclingeimer in der Küche ist voller leerer Weinflaschen, und über den klebrigen Flaschenöffnungen kreisen Fliegen, die anscheinend über Nacht geboren wurden. Ich beginne, Ordnung zu machen, räume Geschirr ab, stelle es ins leere Landhausspülbecken und versuche, die bohrenden Kopfschmerzen zu ignorieren, die das Beruhigungsmittel und der Wein hinterlassen haben.

Meine Gedanken wandern zu dem Tablettenfläschchen in meinem Auto, dem in Daniels Namen bestellten Xanax, von dem er nichts weiß und das er nicht braucht. Dann denke ich an die Schublade in meiner Praxis mit den diversen Schmerzmitteln, die das Pochen in meinem Schädel mit ziemlicher Sicherheit lindern würden. Das Wissen um diese Medikamente ist verlockend. Ich bin versucht, in die Praxis zu fahren, die Finger auszustrecken und meine Wahl zu treffen, mich auf dem Klientensessel zusammenzurollen und wieder einzuschlafen.

Stattdessen trinke ich meinen Kaffee.

Ich habe meinen Beruf nicht ergriffen, um leicht Zugang zu Medikamenten zu haben – außerdem ist Louisiana nur einer von drei Bundesstaaten, in denen Psychologen selbst Rezepte ausstellen können. Außer bei uns, in Illinois und New Mexico sind wir üblicherweise darauf angewiesen, dass der überweisende Hausarzt oder Psychiater das tut. Hier jedoch nicht. In Louisiana können wir selbst Rezepte ausstellen. Hier muss niemand sonst etwas davon mitbekommen. Noch habe ich nicht entschieden, ob das nun ein glücklicher oder ein gefährlich unglücklicher Zufall ist. Aber wie gesagt: Nicht deshalb habe ich diesen Beruf ergriffen. Ich bin nicht Psychologin geworden, um mir dieses Schlupfloch zunutze zu machen, um anstelle der Drogendealer in der Innenstadt gefahrlos einen Autoschalter nutzen zu können, wo ich statt eines Plastiktütchens eine Papiertüte mit Logo erhalte, inklusive Kassenbon und Coupons für Zahnpasta zum halben Preis und einen Karton Magermilch. Ich bin Psychologin geworden, um Menschen zu helfen – noch ein Klischee, aber es stimmt. Ich wurde Psychologin, weil ich verstehe, was ein Trauma ist; ich verstehe es auf eine Weise, die keine Ausbildung einen je lehren könnte. Ich verstehe, wie das Gehirn jeden anderen Bereich des Körpers sabotieren kann; wie Emotionen alles verzerren können – Emotionen, von denen man nicht einmal wusste, dass man sie hatte. Wie diese Emotionen verhindern, dass man klar sieht, klar denkt, klar handelt. Und wie sie dafür sorgen, dass einem vom Kopf bis zu den Fingerspitzen alles wehtut, ein dumpfer, pochender Dauerschmerz, der niemals vergeht.

In meiner Jugend war ich bei vielen Ärzten – es war ein endloser Kreislauf aus Therapeuten, Psychiatern und Psychologen, die alle dieselben vorgegebenen Fragen stellten und versuchten, mich von den Angststörungen zu kurieren, die als endlose Diashow durch meine Psyche flimmerten. Über Cooper und mich hätte man damals Lehrbücher schreiben können: ich mit meinen Panikattacken, der Hypochondrie, den Schlafstörungen und meiner Angst vor der Dunkelheit – jedes Jahr kam ein neues Problem dazu –, während Cooper sich in selbst zurückgezogen hatte. Ich fühlte zu viel, er zu wenig. Seine laute Persönlichkeit schrumpfte zu einem Flüstern; er verschwand praktisch.

Zusammengenommen waren wir das verkörperte Kindheitstrauma, ein hübsches Gesamtpaket für jeden Arzt in Louisiana. Jeder wusste, wer wir waren; jeder wusste, was mit uns nicht stimmte.

Jeder wusste es, aber niemand konnte es kurieren. Also beschloss ich, es selbst zu tun.

Ich gehe ins Wohnzimmer und lasse mich aufs Sofa fallen. Leider schwappt dabei der Kaffee über. Ich lecke die Tasse ab. Im Hintergrund laufen bereits die Morgennachrichten auf Daniels bevorzugtem Sender. Ich schnappe mir meinen Laptop und drücke mehrfach die Eingabetaste, um es aus dem Tiefschlaf zu wecken. Dann öffne ich mein Mailprogramm und scrolle durch die persönlichen Nachrichten in meinem Posteingang. Beinahe alle haben mit der Hochzeit zu tun.

> *Noch zwei Monate, Chloe! Zurren wir die Torte fest, okay? Haben Sie sich schon zwischen Ihren beiden Optionen entschieden? Karamellguss oder Lemon Curd?*

> *Chloe, hi. Die Floristin muss die Blumenarrangements für die Tische zusammenstellen. Kann ich ihr sagen, dass sie Ihnen 20 Tische in Rechnung stellen soll, oder wollen Sie es auf 10 beschränken?*

Noch vor wenigen Monaten hätte ich mich in allen Fragen mit Daniel beraten. Jedes Detail war etwas, das wir beide gemeinsam entscheiden sollten. Ich hatte mir eine kleine, intime Hochzeit vorgestellt, eine Zeremonie im Freien, gefolgt von einer kleinen Feier für enge Freunde: ein langer, schmaler Tisch mit Daniel und mir am Kopfende, mit unseren Lieblingsspeisen, Rosé und lautem, ungezwungenem Lachen. Aber mit der Zeit wurde daraus etwas völlig anderes. Ein exotisches Haustier, das keiner von uns zu zähmen weiß. Da sind die Entscheidungen, die ständig zu treffen sind, die nicht abreißenden E-Mails zu Details, die mir allzu trivial erscheinen. Daniel überlässt fast alle Entscheidungen mir. Wahrscheinlich hält er das für richtig, weil Bräute im Ruf stehen, alles unter Kontrolle haben zu wollen. Aber durch diese zusätzliche Belastung, diese Verantwortung, die allein auf meinen Schultern ruht, bin ich gestresster denn je. Nur in zwei Punkten lässt Daniel nicht mit sich reden: Er will keinen Fondant auf der Torte und weigert sich, seine Eltern einzuladen, und daran halte ich mich gern.

Ich würde es Daniel gegenüber nie zugeben, aber ich werde froh sein, wenn es vorbei ist. Die ganze Sache. Ich sage stumm Danke für die kurze Verlobungszeit und beantworte die beiden Mails.

Karamell ist gut, danke!

Können wir uns in der Mitte treffen und 15 sagen?

Dann scrolle ich weiter durch meinen Posteingang, bis ich auf eine Mail von meiner Hochzeitsplanerin stoße. Ich klicke sie an und erstarre.

Hi, Chloe. Tut mir leid, dass ich immer wieder nachfrage, aber wir müssen die Details der Zeremonie festlegen, damit ich den Sitzplan erstellen kann. Haben Sie entschieden, wer Sie durch den Mittelgang führen soll? Geben Sie mir doch bei Gelegenheit Bescheid.

Der Mauszeiger schwebt über «Löschen», aber dann habe ich diese lästige Psychologinnenstimme – *meine* Stimme – im Ohr.

Klassische Vermeidungsstrategie, Chloe. Du weißt, dass sich das Problem damit nicht erledigt hat – du schiebst es nur vor dir her.

Ich verdrehe die Augen und trommle mit den Fingern auf die Tastatur. Dieses Konzept, dass der Vater seine Tochter zum Altar führen soll, ist ohnehin völlig veraltet. Bei der Vorstellung, dass mich jemand *übergibt*, dreht sich mir der Magen um – als wäre ich ein Besitz, der an den Meistbietenden versteigert wird. Da können wir auch gleich die Aussteuer wieder einführen.

Blitzartig denke ich an Cooper, der seit meinem zwölften Lebensjahr einer Vaterfigur für mich am nächsten kommt. Ich stelle mir vor, dass er meine Hand hält und mich zu Daniel führt.

Aber dann denke ich an seine Worte gestern Abend. An die Missbilligung in seinem Blick und in seiner Stimme.

Er kennt dich nicht, Chloe. Und du kennst ihn nicht.

Ich klappe den Laptop zu und schiebe ihn ans andere Ende der Couch, sehe dann zum Fernseher hinüber, der immer noch eingeschaltet ist. Am unteren Bildschirmrand ist ein leuchtend roter Balken: EILMELDUNG. Ich nehme die Fernbedienung und schalte die Lautstärke hoch.

```
Die Polizei bittet weiterhin um Hinweise im
Zusammenhang mit dem Verschwinden der fünfzehn-
jährigen Schülerin Aubrey Gravino aus Baton Rouge,
Louisiana. Aubrey wurde vor drei Tagen von ihren
Eltern als vermisst gemeldet; zuletzt wurde sie
Mittwochnachmittag auf dem Heimweg von der Schule
in der Nähe eines Friedhofs gesehen.
```

Dann wird ein Bild von Aubrey gezeigt, und ich zucke zusammen. Als ich zwölf war, kam mir fünfzehn so alt vor. So reif, so erwachsen. Ich malte mir aus, was ich alles tun würde, wenn ich erst fünfzehn wäre – aber seither wurde mir notgedrungen klar, wie schrecklich jung das ist. Wie jung *sie* ist, wie jung sie alle waren. Aubrey kommt mir vage bekannt vor, aber das liegt sicher daran, dass sie wie jede andere Highschool-Schülerin aussieht, die in sich zusammengesunken auf dem Ledersessel in meiner Praxis hockt: so mager, wie es nur der Stoffwechsel einer Heranwachsenden zuwege bringt, die Augen mit schwarzem Kajal umrandet, das Haar unberührt von künstlicher Farbe, Hitze oder was Frauen sich mit zunehmendem Alter sonst noch antun, um jünger zu wirken. Ich zwinge mich, mir nicht vorzustellen, wie sie jetzt wahrscheinlich aussieht: bleich, steif, kalt. Der Tod lässt den Körper altern, die Haut wird grau, die Augen stumpf. Menschen sollten nicht so jung sterben. Das ist widernatürlich.

Aubreys Foto verschwindet vom Fernseher, und ein anderes wird eingeblendet: ein Satellitenbild von Baton Rouge. Sofort wird mein Blick von meinem Haus angezogen und dann von meiner Praxis in der Innenstadt, in der Nähe des Mississippi. Am Cypress Cemetery, dem Friedhof, wo Aubrey zuletzt gesehen wurde, erscheint ein roter Punkt.

> Suchtrupps durchkämmen heute den Friedhof, aber Aubreys Eltern haben noch Hoffnung, dass man ihre Tochter lebend finden kann.

Die Satellitenansicht verschwindet, und ein Film läuft an: Ein Mann und eine Frau, beide in mittlerem Alter und vom Schlafentzug gezeichnet, stehen an einem Pult, die Bildunterschrift weist sie als Aubreys Eltern aus. Der Mann steht still an der Seite, während die Frau, die Mutter, eindringlich in die Kamera blickt.

«Aubrey», sagt sie, «wo du auch bist, wir suchen nach dir, Kleines. Wir suchen nach dir, und wir werden dich finden.»

Der Mann schnieft, wischt sich mit dem Hemdsärmel über die Augen, verschmiert den Rotz von seiner Nase auf dem Handrücken. Seine Frau tätschelt seinen Arm und fährt fort.

«Falls Sie sie in Ihrer Gewalt haben, oder falls Sie Informationen über ihren Verbleib haben, bitte melden Sie sich. Wir wollen einfach nur unsere Tochter zurück.»

Jetzt bricht der Mann in Tränen aus und schluchzt heftig. Die Frau spricht weiter, ohne den Blick von der Kamera abzuwenden. Das ist etwas, was die Polizei einem einschärft, habe ich erfahren. Sehen Sie in die Kamera. Reden Sie mit der Kamera. Reden Sie mit *ihm*.

«Wir wollen unsere Kleine zurück.»

KAPITEL ACHT

Lena Rhodes war das erste Mädchen. Das *Original*. Das Mädchen, mit dem alles begann.

Ich erinnere mich gut an Lena, und zwar nicht so, wie die meisten Menschen sich an tote Mädchen erinnern. Nicht wie Klassenkameraden, die sich Geschichten ausdenken, um sich wichtigzumachen, oder wie frühere Freundinnen, die auf Facebook alte Fotos posten, Insiderwitze und gemeinsame Erinnerungen aufwärmen, wobei sie unterschlagen, dass sie seit Jahren eigentlich nicht mehr miteinander gesprochen haben.

Breaux Bridge erinnert sich an Lena nur anhand des Fotos, das für das Vermisstenplakat ausgewählt wurde, als ob es in ihrem Leben nur diesen einen, in der Zeit eingefrorenen Augenblick gegeben hätte. Oder als zählte nur dieser eine Augenblick. Wie eine Familie ein einzelnes Foto auswählen kann, das für ein ganzes Leben, eine ganze Persönlichkeit stehen soll, werde ich niemals verstehen. Eine solche Aufgabe erscheint mir entmutigend, zu wichtig und zugleich unmöglich. Mit dieser Auswahl entscheidet man auch darüber, was von einem Menschen bleibt. Man wählt den einzelnen Augenblick aus, den alle Welt in Erinnerung behalten wird – diesen Augenblick, und sonst nichts.

Aber ich erinnere mich an Lena. Nicht oberflächlich – ich erinnere mich wirklich an sie. Ich erinnere mich an alle Augenblicke, die guten wie die schlechten. An ihre Intensität und ihre Fehler. Ich erinnere mich an sie, wie sie wirklich war.

Sie war laut, vulgär und fluchte auf eine Weise, die ich sonst nur einmal bei meinem Vater erlebt hatte, als er sich in seiner Werkstatt versehentlich mit dem Beil die Daumenspitze abhackte. Die Unflätigkeiten, die sich aus ihrem Mund ergossen, passten nicht zu ihrem Äußeren, was sie umso faszinierender machte. Lena war groß, schlank und hatte für ihre ansonsten jungenhafte Figur unverhältnismäßig große Brüste. Sie war kontaktfreudig, übersprudelnd, trug das sonnenblumengelbe Haar zu zwei französischen Zöpfen geflochten. Wenn sie vorüberging, sahen die Leute hin, und sie wusste es; Aufmerksamkeit ließ sie im selben Maß wachsen, wie sie mich schrumpfen ließ; die Blicke in ihre Richtung ließen sie erst recht strahlen, sich noch aufrechter halten.

Die Jungen mochten sie. Ich mochte sie. Eigentlich beneidete ich sie. Jedes Mädchen in Breaux Bridge beneidete sie, bis ihr Gesicht an jenem schlimmen Dienstagmorgen im Fernsehen zu sehen war.

Ein Augenblick ragt allerdings besonders heraus. Ein Augenblick mit Lena. Ein Augenblick, den ich niemals vergessen werde, und wenn ich es noch so sehr versuche.

Schließlich war es dieser Augenblick, der meinen Vater ins Gefängnis brachte.

Ich schalte den Fernseher aus und starre mein Spiegelbild auf dem dunklen Bildschirm an. Diese Pressekonferenzen sind alle gleich. Ich habe genug gesehen, um das zu wissen.

Stets übernimmt die Mutter die Kontrolle. Die Mutter hält ihre Gefühle immer im Zaum. Die Mutter spricht immer gleichmäßig, mit fester Stimme, während der Vater im Hintergrund winselt, unfähig, den Kopf so lange zu heben, dass der Mann, der seine Tochter entführt hat, ihm in die Augen sehen kann. Die Gesellschaft will uns glauben machen, es sei andersherum – der Mann in der Familie übernehme die Kontrolle, die

Frau weine still vor sich hin –, aber das stimmt nicht. Und ich weiß auch, warum.

Es liegt daran, dass die Väter in der Vergangenheit denken – Breaux Bridge hat mich das gelehrt. Die Väter der sechs vermissten Mädchen haben mich das gelehrt. Sie schämen sich; sie denken: *Was, wenn?* Sie sollten doch die Beschützer sein, die Männer. Sie sollten ihre Töchter doch behüten, aber sie haben versagt. Doch die Mütter denken in der Gegenwart; sie ersinnen einen Plan. Sie können es sich nicht leisten, in der Vergangenheit zu denken, denn die Vergangenheit ist nicht mehr wichtig – sie ist bloß eine Ablenkung. Zeitverschwendung. In der Zukunft zu denken, können sie sich ebenso wenig leisten, denn die Zukunft ist zu beängstigend, zu schmerzlich – wenn sie ihre Gedanken dorthin wandern lassen, kehren sie vielleicht nie mehr zurück. Sie könnten zusammenbrechen.

Deshalb denken sie lieber nur an heute. Und daran, was sie heute tun können, damit ihre Kleinen morgen wieder da sind.

Bert Rhodes war am Boden zerstört. Nie zuvor hatte ich einen Mann so sehr weinen sehen: Bei jedem gequälten Schluchzen zuckte sein ganzer Körper. Eigentlich war er ein relativ attraktiver Mann, dieser raue Arbeitertyp: muskulöse Arme, die die Nähte seiner Hemdärmel weiteten, sauber rasiertes Kinn, gebräunte Haut. Bei diesem ersten Fernsehinterview hätte ich ihn beinahe nicht wiedererkannt mit diesen tief eingesunkenen Augen und den dunklen Ringen darunter. So in sich zusammengesunken, als könnte er sein eigenes Gewicht nicht mehr tragen.

Mein Vater wurde Ende September festgenommen, beinahe drei Monate nach Beginn seiner Schreckensherrschaft. Und am Abend seiner Verhaftung dachte ich fast sofort an Bert Rhodes – noch bevor ich an Lena, Robin, Margaret, Carrie oder die anderen Mädchen dachte, die im Lauf des Sommers verschwunden waren. Ich erinnere mich daran, dass die Lichter der Streifenwagen unser Wohnzimmer in Rot und Blau tauchten und Cooper und ich zum Fenster rannten, um hinauszusehen, während die bewaffneten Männer schon durch die Haustür hereinstürmten und brüllten: *Keine Bewegung!* Mein Vater auf seinem Fernsehsessel, einem alten, ledernen La-Z-Boy, dessen Sitzfläche in der Mitte ganz weich gescheuert war, hob nicht einmal den Kopf. Auch meine Mutter, die in einer Ecke unkontrolliert schluchzte, beachtete er gar nicht. Ich sehe vor mir, wie die Schalen der Sonnenblumenkerne, die er am liebsten knabberte, an seinen Zähnen, seiner Unterlippe, seinen Fingernägeln hafteten und ihm, als sie ihn aus dem Sessel rissen, die Pfeife aus Walnussholz aus dem Mund fiel und sich die Asche über den Boden verstreute, während die Sonnenblumenkerne aus dem Tütchen auf den Teppich regneten.

Ich erinnere mich daran, wie er mir eindringlich in die Augen sah, ohne zu zwinkern und sehr konzentriert. Zuerst mir, dann auch Cooper.

«Seid brav», sagte er.

Dann zerrten sie ihn hinaus in den schwülen Abend und schlugen seinen Kopf gegen den Streifenwagen, sodass seine dicke Brille zerbrach. Die Lichter der Streifenwagen tauchten seine Haut in ein scheußliches Violett. Sie schoben ihn auf den Rücksitz und schlossen die Tür.

Ich sah ihn still da sitzen und auf das Trenngitter vor sich starren, völlig reglos. Das Einzige an ihm, was sich erkennbar bewegte, war das Blut, das ihm über die Wange lief, ohne dass er sich die Mühe gemacht hätte, es abzuwischen. Ich beobachtete ihn und dachte an Bert Rhodes. Ich fragte mich, ob es ihm besser oder schlechter ginge jetzt, da er die Identität des

Mannes kannte, der ihm seine Tochter genommen hatte. War es jetzt leichter oder schwerer für ihn? Wenn er wählen müsste, wäre es ihm dann lieber, seine Tochter würde von einem Wildfremden – einem Eindringling in seiner Stadt, in seinem Leben – ermordet oder von einem Mann mit einem vertrauten Gesicht, von einem, den er bei sich zu Hause willkommen geheißen hatte? Von seinem Nachbarn, seinem Freund? Eine unmögliche Entscheidung, ich weiß.

In den folgenden Monaten sah ich meinen Vater nur im Fernsehen; die Brille nunmehr zerbrochen, den Blick immer neben sich auf den Boden gerichtet, die Hände hinter dem Rücken in Handschellen, die eingeklemmte Haut an seinen Handgelenken gerötet. Ich drückte mir die Nase am Bildschirm platt und verfolgte, wie die Menschen, die die Straße zum Gericht säumten, ihm etwas zuzischten, wenn er vorüberkam. Sie trugen selbst gebastelte Schilder, auf denen grässliche, gemeine Wörter standen.

Mörder. Perverser.
Ungeheuer.

Auf einigen der Schilder waren die Gesichter der Mädchen abgebildet – der Mädchen, die im Lauf des Sommers in einem traurigen, steten Strom durch die Nachrichten gezogen waren. Mädchen, die kaum älter als ich waren. Ich erkannte sie alle, denn ich hatte mir ihre Züge eingeprägt. Ich hatte sie lächeln sehen, hatte ihnen in die einst verheißungsvollen, lebendigen Augen geblickt.

Lena, Robin, Margaret, Carrie, Susan, Jill.

Dieser Gesichter wegen hatte ich abends Ausgangssperre gehabt. Sie waren der Grund, warum ich im Dunkeln nie allein hatte unterwegs sein dürfen. Mein Vater selbst hatte diese Regel aufgestellt, und er hatte mich windelweich geprügelt, wenn ich nach Einbruch der Dunkelheit nach Hause gestolpert war oder vergessen hatte, abends mein Fenster zu schließen. Er hatte mir reine Angst ins Herz gepflanzt – ein lähmendes Grauen vor dem Unbekannten, der diese Mädchen hatte verschwinden lassen. Vor dem Menschen, der schuld daran war, dass diese Mädchen nur noch Schwarz-Weiß-Fotos auf alter Pappe waren. Der wusste, wo sie waren, als sie ihren letzten Atemzug taten; wie ihre Augen aussahen, als schließlich der Tod kam.

Als er verhaftet wurde, wusste ich es natürlich. Ich wusste es in dem Augenblick, als die Polizei bei uns hereinstürmte, in dem Augenblick, als mein Vater uns in die Augen sah und flüsterte: *Seid brav*. Eigentlich hatte ich es auch vorher schon gewusst, als ich mir schließlich gestattet hatte, zwei und zwei zusammenzuzählen. Als ich mich gezwungen hatte, mich umzudrehen und mich der Gestalt zu stellen, die ich hinter mir lauern spürte. Aber erst in diesem Augenblick, allein im Wohnzimmer, die Nase an den Fernsehschirm gedrückt, während meine Mutter im Schlafzimmer langsam zusammenbrach und Cooper draußen hinter dem Haus zu nichts zusammenschrumpfte – erst *da*, während ich die Ketten an den Knöcheln meines Vaters rasseln hörte und sein ausdrucksloses Gesicht beobachtete, als er vom Streifenwagen ins Gefängnis, von dort in den Gerichtssaal und dann wieder zurückverlegt wurde –, brach die Erkenntnis mit voller Wucht über mich herein und begrub mich lebendig unter den Trümmern.

Die Erkenntnis, dass er dieser Mann war.

KAPITEL NEUN

Mit einem Mal erscheint mir mein Haus sowohl zu groß als auch zu klein. Ich fühle mich beengt, eingeschlossen hier in diesen vier Wänden, in dieser klimatisierten, abgestandenen Luft. Zugleich ist es unfassbar einsam hier. Das Haus ist zu groß für die stillen Gedanken einer einzelnen Person. Unvermittelt überkommt mich der Drang rauszugehen.

Ich stehe auf und gehe ins Schlafzimmer, wo ich meinen weiten Morgenmantel gegen eine Jeans und ein graues T-Shirt eintausche, meine Haare zu einem Knoten hochstecke und beim Make-up auf alles verzichte, was mehr Aufwand bedeutet, als Lippenbalsam aufzutragen. Innerhalb von fünf Minuten bin ich durch die Tür, und sobald meine flachen Schuhe das Pflaster berühren, beruhigt sich mein wild hämmerndes Herz.

Ich setze mich ins Auto, lasse den Motor an, fahre mechanisch durch meine Siedlung und in die Stadt. Schon strecke ich die Hand nach dem Radio aus, doch dann halte ich inne und lege sie wieder aufs Lenkrad.

«Schon gut, Chloe», sage ich laut, und in meinem stillen Auto klingt meine Stimme unangenehm schrill. «Was macht dir zu schaffen? Verbalisiere es.»

Ich trommele mit den Fingern aufs Lenkrad, beschließe, links abzubiegen, und setze den Blinker. Ich rede so mit mir selbst wie sonst mit meinen Klienten.

«Ein Mädchen wird vermisst», sage ich. «Ein Mädchen hier aus der Stadt wird vermisst, und das erschüttert mich.»

Wäre dies eine Therapiesitzung, würde ich jetzt fragen: *Warum? Warum erschüttert es Sie?*

Die Gründe liegen auf der Hand, ich weiß. Ein junges Mädchen wird vermisst. Fünfzehn Jahre alt. Zuletzt gesehen in fußläufiger Entfernung zu meiner Praxis und meinem Leben.

«Du kennst sie nicht», sage ich laut. «Du kennst sie nicht, Chloe. Sie ist nicht Lena. Sie ist keines der Mädchen von damals. Das hat nichts mit dir zu tun.»

Ich atme aus, bremse ab, weil die Ampel gleich rot wird, und betrachte meine Umgebung. Eine Mutter führt ihre Tochter an der Hand über die Straße; ein paar Teenager fahren links von mir Rollschuh, geradeaus joggt ein Mann mit seinem Hund. Die Ampel wird grün.

«Das hat nichts mit dir zu tun», wiederhole ich, fahre auf die Kreuzung und biege rechts ab.

Bisher bin ich ziellos dahingefahren, aber jetzt bemerke ich, dass ich in der Nähe meiner Praxis bin, wenige Blocks entfernt vom sicheren Hafen meiner Schreibtischschublade mit den Tabletten. Nur eine Kapsel trennt mich von einem langsameren Herzschlag und einer regelmäßigen Atmung, auf einem großen Ledersessel hinter einer abgeschlossenen Tür und Verdunkelungsvorhängen.

Kopfschüttelnd verwerfe ich diesen Gedanken.

Ich habe kein Problem. Ich bin nicht abhängig oder so. Ich gehe nicht in Bars und trinke mich ins Koma, mir bricht nicht der kalte Schweiß aus, wenn ich mir das abendliche Glas Merlot versage. Ich könnte Tage, Wochen, Monate ohne eine Tablette, ein Glas Wein oder eine andere Substanz zur Betäubung der Angst auskommen, die unterschwellig immer präsent ist; es fühlt sich an, als hätte man eine Gitarrensaite angeschlagen, deren Vibrationen meine Knochen in Schwingung versetzen. Aber ich habe das im Griff. All meine Störungen, all diese großen Worte, die ich schon so lange bekämpfe – *Schlafstörungen, Nyktophobie, Hypochondrie* –, sie alle haben eines gemeinsam, eine wesentliche Eigenschaft, die sie alle verbindet, und das ist Kontrolle.

Situationen, die ich nicht unter Kontrolle habe, machen mir Angst. Ich stelle mir vor, was mir zustoßen kann, wenn ich schlafe und wehrlos bin. Ich stelle mir vor, dass sich jemand im Dunkeln ungesehen an mich heranpirscht. Ich stelle mir all die unsichtbaren Mörder vor, die meine Körperzellen vom lebensnotwendigen Sauerstoff abschneiden, ehe ich auch nur begreife, dass ich erwürgt werde. Ich stelle mir vor, zu überleben, was ich überlebt habe, zu durchleben, was ich durchlebt habe, und dann an einer Infektion, einem Juckreiz im Hals zu sterben, weil ich mir nicht die Hände gewaschen habe.

Ich stelle mir vor, was Lena empfunden haben muss, als sie nichts mehr unter Kontrolle hatte, während seine Hände sich um ihren Hals legten und zudrückten. Während ihre Luftröhre zusammengedrückt wurde, ihre Augen aus den Höhlen traten, ihr Sichtfeld zuerst hell und dann immer dunkler wurde, bis sie schließlich gar nichts mehr sah.

Meine kleine Apotheke ist meine Rettungsleine. Ich weiß, dass es falsch ist, unnötige Rezepte auszustellen – mehr als falsch, es ist illegal. Ich könnte meine Zulassung verlieren, vielleicht sogar ins Gefängnis kommen. Aber jeder braucht eine Rettungsleine, ein Floß in der Ferne, wenn man merkt, dass man untergeht. Wenn ich feststelle, dass ich die Kontrolle verliere, weiß ich, dass sie da sind, bereit, zu beheben, was in meinem Inneren behoben werden muss. Meistens beruhigt mich schon der Gedanke an diese Tabletten. Einmal habe ich einer Klientin, die unter Klaustrophobie litt, geraten, immer eine einzelne Xanax in der Tasche zu haben, wenn sie ein Flugzeug besteigt; allein das Wissen darum löst im Kopf und im Körper eine Reaktion aus. Ich sagte ihr voraus, dass sie sie wahrscheinlich gar nicht werde einnehmen müssen; zu wissen, dass ein Ausweg zur Hand war, würde bereits genügen, um ihr die Beklemmung zu nehmen.

Und so war es. Natürlich war es so. Ich wusste das aus Erfahrung.

Jetzt entdecke ich in der Ferne das Gebäude mit meiner Praxis; das alte Backsteingebäude ragt hinter moosbewachsenen Eichen auf. Der Friedhof liegt nur wenige Blocks weiter westlich; ich entscheide mich um und fahre dorthin. In der Nähe des schmiedeeisernen Tors, das mich wie ein klaffendes Maul einlädt, manövriere ich den Wagen in eine Parklücke an der Straße und schalte den Motor aus.

Der Cypress Cemetery. Der letzte Ort, an dem Aubrey Gravino lebend gesehen wurde. Ich höre Lärm und sehe aus dem Fenster. Die Mitglieder einer Suchmannschaft wimmeln über den Friedhof wie Ameisen, die über ein vergessenes Stück Fleisch herfallen. Sie stapfen durch die wuchernde Fingerhirse, weichen bröckelnden Grabsteinen aus, trampeln in ihren Sneakers über die unbefestigten Wege zwischen den Gräbern. Über acht Hektar ist dieser Friedhof groß. Die Aussichten, auf einem so weitläufigen Gelände zu finden, wonach sie suchen, erscheinen mir im besten Fall trübe.

Ich steige aus, gehe durchs Tor und nähere mich unauffällig dem Suchtrupp. Das Gelände ist mit Sumpfzypressen gesprenkelt, dem Staatsbaum von Louisiana und insofern Namensgeber des Friedhofs. Die Stämme sind dick und rötlich braun mit einer an Sehnen erinnernden Borkenstruktur, und an den Ästen wuchern Schleier aus Louisianamoos wie Spinnennetze in vergessenen Ecken. Ich ducke mich unter einem Absperrband der Polizei hindurch und bemühe mich, nicht aufzufallen, halte mich von den Polizisten wie auch den Journalisten mit ihren Kameras fern und schlendere aufs Geratewohl zwischen den Dutzenden von Freiwilligen umher, die Aubrey Gravino finden wollen.

Beziehungsweise *nicht* finden wollen. Denn das Letzte, was man bei einer solchen Suche finden will, ist eine Leiche oder, schlimmer noch, Teile davon.

Bei den Suchaktionen in Breaux Bridge wurden keine Leichen gefunden. Auch keine Leichenteile. Als ich die ganzen Leute sah, die sich in der Stadt trafen und Taschenlampen, Walkie-Talkies und Mineralwasser verteilten, Anweisungen brüllten und sich dann zerstreuten wie Mücken, wenn man mit einer zusammengerollten Zeitung nach ihnen schlägt, bettelte ich meine Mutter an, mich mitgehen zu lassen. Natürlich erlaubte sie es nicht. Ich musste zu Hause bleiben und aus der Ferne anhand der schwankenden Lichter beobachten, wie die Leute über die scheinbar unendliche Weite der Viehweiden mit ihrem hohen Gras streiften. Von einem Gefühl tiefer Hilflosigkeit erfüllt, musste ich zuschauen. Und warten. Ohne zu wissen, was sie finden würden. Als der Suchtrupp nach der Festnahme meines Vaters in unserem eigenen Garten war, war es sogar noch schlimmer. Ich klebte am Fenster, während die Polizei unsere vier Hektar Zentimeter für Zentimeter durchkämmte. Doch auch diese Suche ergab nichts.

Nein, diese Mädchen liegen noch immer irgendwo da draußen, und die Erdschicht auf ihren Knochen wird von Jahr zu Jahr dicker. Mittlerweile ist nicht mehr damit zu rechnen, dass sie gefunden werden, das ist mir klar, und das macht mich völlig fertig. Nicht weil es ungerecht ist oder weil ihre Familien dadurch niemals damit abschließen können, auch nicht, weil diese Mädchen einfach irgendwo verrotten, nicht anders als die tote Ratte damals unter unserer hinteren Veranda, und sie zusammen mit ihrer Haut, ihrem Haar und ihrer zerschlissenen Kleidung auch ihre Menschlichkeit einbüßen. Ein ganzes Leben, von dem nicht mehr bleibt als ein Häuflein Gebeine, die sich nicht von Ihren Knochen oder meinen und eigentlich auch nicht von denen jener Ratte unterscheiden. Nein, das alles ist es nicht, was mich nachts wach hält und weshalb ich die Hoffnung nicht aufgebe, dass sie eines Tages doch noch gefunden werden.

Es ist die Erkenntnis, dass überall jederzeit Leichen unter meinen Füßen begraben liegen könnten, von denen die Welt draußen nichts ahnt.

Natürlich liegen hier tatsächlich Leichen unter meinen Füßen begraben. Jede Menge Leichen. Aber Friedhöfe sind etwas anderes. Diese Leichen wurden ordentlich bestattet, nicht einfach abgelegt. Sie liegen hier, damit man sich an sie erinnert, nicht damit man sie vergisst.

«Ich glaube, ich habe etwas gefunden!»

Der Ruf kommt von links, wo eine Frau mittleren Alters mit weißen Sneakers, khakifarbener Cargohose und einem zu großen Poloshirt – der inoffiziellen Uniform der besorgten Bürgerin und Suchaktionsteilnehmerin – auf der Erde kniet und mit zusammengekniffenen Augen etwas betrachtet. Mit dem linken Arm winkt sie den anderen Suchern wie wild zu, in der rechten Hand hält sie ein Walkie-Talkie, das wie ein Spielzeug von Walmart aussieht.

Ich sehe mich um – ich bin ihr am nächsten. Die anderen kommen jetzt auch angelaufen, aber ich bin schon da. Ich trete einen Schritt näher, und sie hebt den Kopf und sieht mich aufgeregt, aber auch flehentlich an, so, als wünschte sie sich einerseits, ihr Fund möge wichtig, möge irgendwie von Bedeutung sein, aber andererseits auch nicht. Ganz entschieden nicht.

«Sehen Sie», sagt sie und winkt mich zu sich. «Da.»

Ich trete noch näher heran, recke den Hals, und als ich sehe, was da im Schmutz liegt, durchfährt es mich wie ein elektrischer Schlag. Ohne nachzudenken, strecke ich die Hand danach aus – reflexartig, so als hätte mir jemand mit dem Hämmerchen aufs Knie geschlagen – und nehme es auf. Von hinten kommt keuchend ein Polizist angerannt.

«Was ist das?», fragt er und beugt sich über mich. Seine Stimme klingt so gepresst, als müsste sie sich zuerst durch ein Meer aus Schleim schieben. Ein Mundatmer. Als er sieht, was ich in der Hand halte, macht er große Augen. «Himmel, nicht anfassen!»

«Tut mir leid», murmle ich und reiche ihm unseren Fund. «Tut mir leid – ich … ich habe nicht nachgedacht. Es ist ein Ohrring.»

Die Frau sieht mich an, während der Polizist sich mit rasselnder Brust hinkniet und einen Arm zur Seite streckt, um die anderen zurückzuhalten. Mit seiner behandschuhten Hand nimmt er mir den Ohrring ab und untersucht ihn. Er ist klein und aus Silber; drei Diamanten bilden ein auf dem Kopf stehendes Dreieck, an dessen Spitze eine einzelne Perle hängt. Ein hübsches Schmuckstück, im Schaufenster eines Juweliers wäre es mir ins Auge gefallen. Zu hübsch für eine Fünfzehnjährige.

«Okay», sagt der Cop. Er streicht sich dünne Haarsträhnen aus der schweißfeuchten Stirn und sackt kaum merklich in sich zusammen. «Okay, das ist gut. Wir tüten ihn ein, aber denken Sie daran: Wir sind hier auf öffentlichem Gelände. Hier sind Tausende von Gräbern, das bedeutet Hunderte von Besuchern täglich. Dieser Ohrring könnte auch jemand anderem gehören.»

«Nein.» Die Frau schüttelt den Kopf. «Nein. Er gehört Aubrey.»

Sie zieht ein doppelt gefaltetes Blatt Papier aus der Hosentasche und faltet es auseinander: Aubreys Vermisstenplakat. Ich erkenne es aus dem Fernsehen wieder. Das eine Foto, das sie von nun an definieren wird. Sie lächelt strahlend, um die Augen den schwarzen Eyeliner, auf dem rosa Lipgloss spiegelt sich das Blitzlicht. Das Foto endet knapp oberhalb ihrer Brust, aber jetzt sehe ich, dass sie eine Halskette trägt, die mir bisher nicht aufgefallen war. Sie ruht zwischen ihren Schlüsselbeinen: eine einzelne Perle an drei kleinen Diamanten. Und da: Hinter ihrem dicken braunen Haar, das sie sich hinter die Ohren gestrichen hat, lugen zwei dazu passende Ohrringe hervor.

KAPITEL ZEHN

Lena war kein nettes Mädchen, aber zu mir war sie nett. Ich werde sie da nicht in Schutz nehmen; ich werde die Fakten nicht beschönigen. Sie war eine Unruhestifterin, eine permanente Nervensäge, der es einen Kick zu geben schien, andere verlegen zu machen und zuzusehen, wie sie sich wanden. Warum sonst sollte eine Fünfzehnjährige in der Schule einen Push-up-BH tragen und ihren französischen Zopf um einen Finger mit abgekautem Nagel wickeln, während sie auf ihrer vollen, weichen Unterlippe kaute? Sie war eine Frau im Körper eines Mädchens oder ein Mädchen im Körper einer Frau; beides schien Sinn zu ergeben. Zugleich zu alt und zu jung – in Figur und Verstand ihren Jahren voraus. Doch es gab verborgene Seiten an ihr, irgendwo unter dem dicken Make-up und dem Zigarettenqualm, der sie einhüllte, wenn die Schulglocke geläutet hatte, und einen daran erinnerte, dass sie nur ein junges Mädchen war. Nur ein verlorenes, einsames Mädchen.

Diese anderen Seiten an ihr sah ich mit zwölf natürlich nicht. Auf mich wirkte sie immer wie eine Erwachsene, obwohl sie im gleichen Alter war wie mein Bruder. Cooper wirkte nie wie ein Erwachsener auf mich mit seinem Rülpsen, seinem Gameboy und seinem Stapel schmutziger Heftchen, die er unter der losen Diele unter seinem Bett versteckte. Den Tag, an dem ich sie fand, werde ich niemals vergessen. Ich hatte sein Zimmer auf der Suche nach Geld durchstöbert, weil ich mir Lidschatten kaufen wollte, ein hübsches helles Rosa, das ich an Lena gesehen hatte. Meine Mutter weigerte sich, mir vor der Highschool Make-up zu kaufen, aber ich wollte diesen Lidschatten haben. Ich wollte ihn so unbedingt haben, dass ich bereit war, dafür zu stehlen. Also schlich ich mich in Coopers Zimmer, hob die knarrende Diele an und entdeckte anstelle von Geld zwei überdimensionale Titten, die ich wie einen Schlag ins Gesicht empfand. Ich fuhr zurück und schlug mir den Kopf am Bett an. Dann erzählte ich sofort Dad davon.

Das Flusskrebsfest fand in jenem Jahr Anfang Mai statt, es war der Prolog für den Sommer. Es war heiß, aber nicht zu heiß. Heiß nach den Maßstäben des empfindlichen Großteils der US-Bundesstaaten, aber nicht *Louisiana-heiß*. Das kam erst im August, wenn der schwüle Atem der Sümpfe morgens durch die Straßen der Stadt schwebte wie eine Regenwolke auf der Suche nach Dürre.

Ebenfalls im August würden drei der sechs Mädchen verschwunden sein.

Ich mache mich gerne lustig über Breaux Bridge – *die Flusskrebshauptstadt der Welt* –, aber das Krebsfest ist wirklich etwas, womit man angeben kann. Das Krebsfest 1999 war mein letztes, aber auch mein schönstes. Ich weiß noch, wie ich allein über den Festplatz schlenderte und die Klänge und Gerüche Louisianas auf mich einwirken ließ. Aus den Lautsprechern an der Hauptbühne drang Swamp Pop, und über allem hing der Geruch von Flusskrebsfleisch, auf alle erdenklichen Arten zubereitet: gebraten, gekocht, als cremige Suppe, als Wurst. Ich hatte mich zum Flusskrebsrennen treiben lassen, und mit einem Mal entdeckte ich rechts von mir Coopers braunen Haarschopf in einer Gruppe von Jugendlichen, die am Auto meines Vaters lehnten. Damals schien er immer von Leuten umringt zu sein – in dieser Hinsicht waren wir grundverschieden. Sie strömten zu ihm, folgten ihm überallhin wie ein Schwarm Mücken an einem schwülen Tag. Das schien ihn jedoch nie zu stören. Irgendwann gehörten sie einfach zu ihm: *die Clique*. Von Zeit zu Zeit schlug er verärgert nach ihnen, und sie gehorchten und zerstreuten sich. Suchten sich jemand anderen, an den sie sich hängen konnten. Aber sie blieben nie lange weg, fanden immer wieder zu ihm zurück.

Mein Bruder schien meinen Blick zu spüren, denn gleich darauf sah er über die Köpfe der anderen hinweg direkt zu mir. Ich winkte und lächelte matt. Es macht mir nichts aus, allein zu sein – wirklich nicht –, aber ich mochte nicht, was die anderen deswegen über mich dachten. Besonders Cooper. Ich beobachtete, wie er sich zwischen seinen Freunden hindurchdrängelte und einen mageren Jungen, der ihm folgen wollte, mit einer knappen Handbewegung entließ. Dann kam er zu mir und legte mir den Arm um die Schultern.

«Wollen wir um eine Tüte Popcorn wetten? Ich wette, dass Nummer sieben gewinnt.»

Ich lächelte, dankbar für seine Gesellschaft – und weil er nie erwähnte, dass ich den Großteil meines Lebens allein verbrachte.

«Abgemacht.»

Ich sah hinüber zu dem Rennen, das gleich beginnen würde. Ich erinnere mich noch an den Schrei des Rennleiters – *Ils sont partis!* –, den Jubel der Zuschauer, die kleinen roten Flusskrebse, die über die Rennbahn, ein mit Sprühfarbe bemaltes, drei Meter langes Holzbrett, klackerten. Innerhalb von Sekunden hatte ich verloren und Cooper gewonnen, und so gingen wir zum Popcornstand, damit er seinen Gewinn einstreichen konnte.

Nie war ich glücklicher als damals in der Warteschlange. Diese ersten Sommertage waren so verheißungsvoll. Es fühlte sich an, als würde unter meinen Füßen der rote Teppich der

Freiheit ausgerollt und sich so weit in die Fernen erstrecken, dass kein Ende in Sicht war. Cooper nahm die Tüte Popcorn, steckte eines in den Mund und leckte das Salz ab, während ich bezahlte. Als wir uns umdrehten, war Lena da.

«Hey, Coop.» Sie lächelte ihn an, dann richtete sie den Blick auf mich. Sie hatte eine Flasche Sprite dabei und drehte den Deckel in einem fort auf und zu. «Hey, Chloe.»

«Hey, Lena.»

Mein Bruder war beliebt, eine Sportskanone, er war im Ringerteam der Highschool von Breaux Bridge. Die Leute kannten seinen Namen. Es verwirrte mich jedes Mal, wenn ich sah, wie mühelos er Freundschaften schloss, während ich für mich blieb. Er war nicht wählerisch darin, mit wem er seine Zeit verbrachte – mal war er mit seinen Ringerkumpels zusammen, ein andermal plauderte er mit ein paar Kiffern. Hauptsächlich schien einen seine Aufmerksamkeit wichtig zu machen, weil sie bewies, dass man es irgendwie wert war, ein so kostbares und seltenes Geschenk zu erhalten.

Auch Lena war beliebt, aber aus den falschen Gründen.

«Wollt ihr 'n Schluck?»

Ich musterte sie aufmerksam: Ihr nackter Bauch schaute unter einem hautengen Shirt mit tiefem Ausschnitt und kurzer Knopfleiste hervor, das zwei Nummern zu klein wirkte, sodass ihr Busen zwischen den Knöpfen herausquoll. An ihrem Bauch sah ich etwas glitzern – ein Bauchnabel-Piercing! Ich riss den Blick davon los und versuchte, nicht noch einmal hinzustarren. Lena lächelte mich an und trank aus ihrer Flasche. Ein Tropfen rann ihr über das Kinn. Sie wischte ihn mit dem Mittelfinger ab.

«Gefällt es dir?» Sie zog das T-Shirt hoch und drehte den Diamanten zwischen den Fingern hin und her. Er hatte einen Anhänger, eine Art Käfer.

«Das ist ein Glühwürmchen», sagte sie, als hätte sie meine Gedanken gelesen. «Die mag ich besonders. Sie leuchten im Dunkeln.»

Sie wölbte die Hände um ihren Bauchnabel und bedeutete mir, hineinzusehen. Ich gehorchte und legte die Stirn an ihre Hände. Das Glühwürmchen leuchtete jetzt neongrün.

«Ich fange sie gern ein», sagte sie und sah auf ihren Bauch. «Dann stecke ich sie in ein Einmachglas.»

«Ich auch», sagte ich, die Stirn immer noch an ihre Hände gelegt. Wenn bei uns abends im Dunkeln die Glühwürmchen zwischen den Bäumen hervorkamen, rannte ich wild um mich schlagend durch sie hindurch und hatte das Gefühl, durch Sterne zu schwimmen.

«Und dann hole ich sie wieder raus und zerquetsche sie zwischen meinen Fingern. Wusstest du, dass du mit ihrem Leuchten deinen Namen auf den Bürgersteig schreiben kannst?»

Ich zuckte zusammen. Einen Käfer mit nackten Händen zu zerquetschen und zu hören, wie der Panzer zerbrach, konnte ich mir nicht vorstellen, aber ihre Flüssigkeit zwischen den Fingern zu verreiben und das Leuchten aus nächster Nähe zu betrachten, war bestimmt cool.

«Da glotzt jemand», sagte Lena und ließ die Hände sinken. Ich drehte den Kopf und folgte ihrem Blick – direkt zu meinem Vater. Er starrte uns über die Menschenscharen hinweg an. Starrte Lena an, die das T-Shirt bis zum BH hochgezogen hatte. Sie lächelte und winkte ihm zu. Er senkte den Kopf und ging weiter.

«Und?» Lena hielt Cooper die Sprite-Flasche vor die Nase und schüttelte sie. «Willst du jetzt was abhaben?»

Er sah zu der Stelle, an der Dad eben noch gestanden hatte,

dann nahm er ihr die Flasche aus der Hand und trank hastig einen Schluck.

«Ich will auch», sagte ich und entriss ihm die Flasche. «Ich hab so einen Durst.»

«Nein, Chloe –»

Aber es war zu spät; die Flasche lag schon an meinen Lippen, die Flüssigkeit lief mir in den Mund und die Kehle hinab. Ich begnügte mich nicht mit einem kleinen Schluck, nein, ich trank gleich einen großen. Einen großen Schluck von etwas, das wie Batteriesäure schmeckte und sich durch meine Speiseröhre brannte. Ich riss die Flasche vom Mund, und Übelkeit stieg in mir auf. Ich blies die Wangen auf und begann zu würgen, doch anstatt mich zu übergeben, zwang ich mich, zu schlucken, damit ich endlich wieder atmen konnte.

«*Bäh*», sagte ich und wischte mir mit dem Handrücken den Mund ab. Meine Kehle brannte; meine Zunge brannte. Kurz geriet ich in Panik, weil ich dachte, ich wäre vergiftet worden. «*Was ist das?*»

Lena kicherte, nahm mir die Flasche aus der Hand und trank sie aus. Sie trank das Zeug wie Wasser. Ich staunte.

«Das ist Wodka, Dummerchen. Noch nie Wodka getrunken?»

Cooper sah sich um, die Hände tief in die Taschen geschoben. Ich konnte nicht sprechen, also sprach er für mich.

«Nein, sie hat noch nie Wodka getrunken. Sie ist zwölf.»

Lena zuckte ungerührt die Achseln. «Mit irgendwas muss man ja anfangen.»

Cooper hielt mir das Popcorn hin, und ich stopfte mir eine Handvoll in den Mund, um den scheußlichen Wodkageschmack loszuwerden. Ich spürte das Brennen vom Hals bis tief in den Magen. Außerdem drehte sich mir der Kopf ein bisschen; es fühlte sich komisch an, aber irgendwie lustig. Ich lächelte.

«Siehst du, sie mag es», sagte Lena und sah mich an. Erwiderte mein Lächeln. «Das war ein beeindruckender Schluck. Und zwar nicht nur für eine Zwölfjährige.»

Sie zog das T-Shirt herunter, bedeckte ihre Haut und ihr Glühwürmchen. Dann warf sie die Zöpfe nach hinten und machte auf dem Absatz kehrt, eine ballerinaartige Bewegung, die ihren ganzen Körper in Bewegung versetzte. Als sie davonging, musste ich ihr einfach hinterhersehen. Sie schwenkte die Hüften im gleichen Rhythmus wie ihr Haar, und ihre Beine waren zwar mager, aber an den richtigen Stellen wohlgeformt.

«Du solltest mich mal mit deinem Auto da abholen», rief sie über die Schulter und hob die Flasche.

Für den Rest des Tages war ich betrunken. Zuerst schien Cooper wütend zu sein, wütend auf mich. Auf meine Dummheit, meine Naivität. Auf mein Nuscheln und anfallartiges Gekicher und weil ich mehrmals gegen Laternenpfähle stieß. Meinetwegen hatte er seine Freunde stehen lassen, und jetzt musste er den Babysitter für mich spielen – weil ich *betrunken* war. Aber woher hätte ich wissen sollen, dass das Alkohol war? Ich hatte nicht gewusst, dass in Sprite-Flaschen Alkohol sein kann.

«Du musst dich entspannen», sagte ich und stolperte über meine eigenen Füße.

Ich sah zu ihm hoch und stellte fest, dass er mich entgeistert anstarrte. Zuerst dachte ich, er sei stinksauer, und bereute meinen Spruch schon. Doch dann ließ er die Schultern sinken, und seine grimmige Miene wich einem Lächeln, dann sogar einem Lachen. Er zerstrubbelte mir das Haar und schüttelte den Kopf, und mir schwoll vor Stolz die Brust. Dann kaufte er mir einen Flusskrebs-Hotdog und sah amüsiert zu, wie ich ihn mit zwei Bissen herunterschlang.

«Das hat Spaß gemacht», sagte ich, als wir Hand in Hand zum Auto gingen. Jetzt fühlte ich mich nicht mehr betrunken, sondern ermattet. Es wurde allmählich dunkel; unsere Eltern waren schon vor Stunden gegangen. Sie hatten uns einen Zwanzigdollarschein für das Abendessen, mir einen Kuss auf die Stirn und uns beiden die Anweisung gegeben, bis acht zu Hause zu sein. Cooper hatte gerade erst den Führerschein gemacht; als er Mom und Dad auf uns zukommen sah, befahl er mir, den Mund zu halten, weil meine Zunge schwer war und ich nuschelte. Also sagte ich nichts, sondern beobachtete alles. Ich beobachtete meine Mutter, die in einem fort plauderte: *Wieder ein erfolgreiches Jahr* und *Himmel, mir tun die Füße weh* und *Komm schon, Richard, lassen wir die Kinder machen*. Ihre Wangen waren gerötet, und der Saum ihres Kleids kräuselte sich im Wind. Wieder spürte ich, wie mir die Brust schwoll, aber diesmal nicht vor Stolz. Diesmal war es Zufriedenheit, Liebe. Liebe zu meiner Mutter, meinem Bruder.

Dann sah ich Dad an, und das schöne Gefühl erstarb sofort. Er wirkte... komisch. Besorgt. Irgendwie abgelenkt, aber nicht von etwas, das um uns herum passierte. Innerlich abgelenkt. Ich befürchtete schon, dass er den Wodka an mir roch, und hielt mir unauffällig die Hand vor den Mund, um an meinem Atem zu schnuppern. Ob er gesehen hatte, wie Lena uns die Sprite-Flasche gab? Immerhin hatte er uns beobachtet. Hatte sie beobachtet.

«Das möchte ich wetten», antwortete mir Cooper und lächelte mich an. «Aber lass es nicht zur Gewohnheit werden, okay?»

«Was denn?»

«Du weißt, was.»

Ich runzelte die Stirn. «Aber du hast es auch getan.»

«Ja. Aber ich bin älter. Das ist was anderes.»

«Lena hat gesagt, mit irgendwas muss man anfangen.»

Cooper schüttelte den Kopf. «Hör nicht auf sie. Du willst nicht wie Lena sein.»

Aber das wollte ich. Ich wollte wie Lena sein. Ich wollte ihr Selbstvertrauen, ihre Ausstrahlung, ihren Esprit. Sie war wie diese Sprite-Flasche; von außen wirkte sie harmlos, aber innen war sie völlig anders. Gefährlich, wie Gift. Aber sie machte auch süchtig, sie war befreiend. Ich hatte einen Vorgeschmack bekommen, und jetzt wollte ich mehr. Als wir an diesem Abend nach Hause kamen, tanzten die Glühwürmchen in unserer Einfahrt und funkelten wie die Sternbilder am Himmel, wie sonst auch. Aber an diesem Abend fühlte es sich anders an. *Sie* kamen mir anders vor. Ich weiß noch, dass ich eines mit der Hand einfing, spürte, wie es sich in meiner Faust bewegte, als ich es ins Haus trug, es behutsam in ein Wasserglas steckte und dieses mit Folie abdeckte. Ich bohrte kleine Luftlöcher hinein und beobachtete stundenlang, wie es, im Dunkeln gefangen, flimmerte, während ich in meinem Bett lag, ruhig atmete und an sie dachte.

Ich prägte mir genau ein, wie ich Lena an diesem Tag erlebt hatte: wie ihr Haar sich an den Spitzen kräuselte, wenn die Luft feucht war, sodass sie eine Art Heiligenschein bekam. Wie sie neckisch mit der Flasche, mit den Hüften, mit den Fingern gewackelt hatte, als sie Dad zuwinkte. Ihre Frisur, ihre Kleidung und vor allem dieses Glühwürmchen an ihrem Bauchnabel und wie es in der Dunkelheit ihrer gewölbten Hände geleuchtet hatte.

Und deshalb erkannte ich es auch sofort wieder, als ich es vier Monate später wiedersah, ganz hinten im Kleiderschrank meines Vaters versteckt.

KAPITEL ELF

Die Entdeckung von Aubreys Ohrring verheißt nichts Gutes. Als ich ihn auf der Erde des Friedhofs liegen sah, gefror mir das Blut in den Adern. Die Bedeutung dieses Funds senkte sich auf den gesamten Suchtrupp herab wie eine Löschdecke und erstickte das Feuer, das die Suchenden eben noch erfüllt hatte. Alle ließen ein wenig die Schultern hängen und den Kopf sinken.

Und ich musste wieder an Lena denken.

Vom Friedhof aus fuhr ich direkt zu meiner Praxis; ich konnte nicht mehr. Ich ertrug die Geräusche nicht – das Kreischen der Zikaden und das Knistern der Schuhe auf verdorrtem Gras, das gelegentliche Schnauben und Ausspucken der Suchenden, der Klaps auf die Haut, der auf das Sirren einer Mücke irgendwo folgte. Die Frau in der Cargohose schien anzunehmen, dass wir jetzt ein Team waren, nachdem der Polizist mit ihrer sicher in einem Beweisbeutel verstauten Entdeckung davongegangen war. Sie stand auf, stemmte die Hände in die Hüften und sah mich erwartungsvoll an, als müsste ich ihr nun sagen, wo wir nach dem nächsten Hinweis suchen sollten. In diesem Augenblick kam ich mir vor wie ein Eindringling, der gar nicht dort hätte sein dürfen. Wie eine Schauspielerin in einem Film, die sich als etwas ausgab, das sie nicht war. Daher drehte ich mich wortlos um und ging davon. Ich spürte Blicke im Rücken, bis ich ins Auto stieg und davonfuhr, und selbst dann hatte ich noch das Gefühl, beobachtet zu werden.

Jetzt parke ich vor meiner Praxis, steige hastig die Treppe hinauf, schließe auf, schalte das Licht in meinem verlassenen

Empfangsbereich ein und gehe in mein Sprechzimmer. Mit jedem Schritt, der mich näher an meinen Schreibtisch heranträgt, lässt das Zittern meiner Hände ein wenig nach. Ich setze mich auf meinen Stuhl und atme auf, beuge mich zur Seite und öffne die oberste Schublade. Ein Meer von Fläschchen starrt mich an, jedes bettelt darum, ausgewählt zu werden. Ich kaue auf der Innenseite meiner Wange und betrachte sie alle, nehme eins in die Hand, dann ein anderes, vergleiche sie und entscheide mich schließlich für 1 Milligramm Ativan, ein Lorazepam-Präparat. Ich mustere die kleine fünfeckige Tablette in meiner Hand, das pudrige Weiß, darauf das erhabene A. Es ist eine niedrige Dosis, argumentiere ich. Gerade ausreichend, um mich in Gelassenheit zu hüllen. Ich schlucke sie trocken herunter und stoße die Schublade mit dem Fuß zu.

Gedankenverloren drehe ich mich auf meinem Bürostuhl um, und mein Blick fällt auf mein Festnetztelefon. Ein rotes Lämpchen blinkt – eine Nachricht. Ich schalte den Lautsprecher ein, und eine mir bekannte Stimme ertönt:

> *Dr. Davis, hier spricht Aaron Jansen von der* **New York Times.** *Wir hatten telefoniert, und ich, ähm, wäre Ihnen dankbar, wenn Sie mir nur eine Stunde Ihrer Zeit schenken und mit mir sprechen. Wir werden diesen Artikel so oder so bringen, und ich würde Ihnen gern die Gelegenheit geben, Ihre Sicht zu vertreten. Sie erreichen mich direkt unter dieser Nummer.*

Dann schweigt er, aber ich höre ihn noch atmen. Denken.

Ich werde mich auch an Ihren Vater wenden. Ich dachte bloß, das würden Sie gern wissen.

Klick.

Ich sinke tiefer in meinen Stuhl. Seit zwanzig Jahren meide ich meinen Vater mit Bedacht, in jeder Hinsicht. Ich spreche nicht mit ihm, denke nicht an ihn, rede nicht über ihn. Anfangs, gleich nach seiner Festnahme, war das schwer. Die Leute belästigten uns, tauchten nachts vor unserem Haus auf, schrien Obszönitäten und schwenkten Schilder, als hätten auch wir an der Ermordung dieser unschuldigen jungen Mädchen teilgehabt. Als hätten wir irgendwie davon gewusst, aber weggesehen. Sie bewarfen unser Haus mit Eiern, schlitzten die Reifen am Pick-up meines Vaters auf, der noch im Hof stand, und sprühten mit roter Farbe PERVERSER auf die Seitenwand. Eines Nachts warf jemand mit einem Stein die Scheibe im Schlafzimmer meiner Mutter ein, während sie schlief, sodass Glasscherben auf sie herabregneten. In den Nachrichten war von nichts anderem die Rede als von der Entdeckung, dass Dick Davis der Serienmörder von Breaux Bridge war.

Überhaupt, dieses Wort, *Serienmörder*. Es klang so offiziell. Aus irgendeinem Grund hatte ich meinen Vater bisher nicht als *Serienmörder* betrachtet, erst seit er überall in den Zeitungen so genannt wurde. Diese Bezeichnung erschien mir zu harsch für meinen Vater, der ein sanfter Mann mit einer sanften Stimme war. Er hatte mir beigebracht, Fahrrad zu fahren, indem er neben mir herlief und den Lenker festhielt. Als er zum ersten Mal losließ, fuhr ich gegen einen Zaun, knallte mit Wucht gegen den hölzernen Zaunpfahl und spürte einen heftigen Schmerz in der Wange. Dad eilte zu mir und nahm mich auf den Arm, und als Nächstes erinnere ich mich an die Wärme des feuchten Waschlappens, den er auf die Platzwunde unter meinem Auge drückte. Mit dem Hemdsärmel trocknete er meine Tränen und küsste mich auf das zerzauste Haar. Dann band er meinen Helm fester und ließ es mich noch einmal probieren. Dad war es, der mich abends zudeckte und mir selbst verfasste Gutenachtgeschichten vorlas. Er rasierte sich Comicschnurrbärte, nur um mich lachen zu sehen, wenn er aus dem Bad kam, und dann tat er so, als wüsste er nicht, warum ich mich aufs Sofa schmiss und mir die Lachtränen übers Gesicht liefen. Dieser Mann konnte kein *Serienmörder* sein. Serienmörder taten so etwas nicht ... oder?

Doch er ist einer, und sie tun so etwas. Er hat diese Mädchen getötet. Er hat Lena getötet.

Wieder denke ich daran, wie er sie damals beim Flusskrebsfest beobachtete, den Blick über ihren fünfzehnjährigen Körper wandern ließ wie ein Wolf, der ein zum Sterben verurteiltes Tier beäugt. Für mich wird dies immer der Augenblick sein, mit dem alles begann. Manchmal mache ich mir Vorwürfe – schließlich hatte sie mit mir geredet. Sie hatte ihr T-Shirt für mich hochgezogen und mir stolz ihr Bauchnabel-Piercing gezeigt. Hätte mein Vater sie so gesehen, wenn ich nicht dort gewesen wäre? Hätte er dann so an sie *gedacht*? In jenem Sommer kam Lena ein paar Mal zu uns und schaute in meinem Zimmer vorbei, um mir alte Klamotten oder CDs von sich zu schenken. Wenn mein Vater währenddessen hereinkam und sie bäuchlings auf dem Holzboden liegen sah, die Beine in die Luft gereckt, während ihr Po aus den kunstvoll zerrissenen Jeans-Shorts schier herausplatzte, stutzte er. Starrte sie an. Räusperte sich und ging hinaus.

Seine Gerichtsverhandlung wurde im Fernsehen übertragen; ich weiß es, ich habe sie mitverfolgt. Meine Mutter wollte es uns zuerst nicht erlauben, Cooper und mir, und jagte uns aus dem Wohnzimmer, wo sie vor dem Fernseher hockte, die Nase praktisch am Bildschirm. *Das ist nichts für Kinder*, sagte sie. *Geht raus spielen, geht an die frische Luft.* Sie verhielt sich so, als ginge es bloß um einen nicht jugendfreien Film anstatt um unseren Vater, der wegen Mordes vor Gericht stand.

Aber eines Tages änderte sich sogar das.

Ich weiß noch, dass wir die Türklingel als schrill empfanden. Sie hallte durch unser stilles Haus, versetzte die Standuhr in Schwingung und entlockte ihr ein Klirren, bei dem ich eine Gänsehaut bekam. Alle drei hielten wir inne in dem, was wir taten, und starrten zur Haustür. Wir bekamen keinen Besuch mehr – und wenn doch, dann von Leuten, die Höflichkeiten wie Klingeln längst hinter sich gelassen hatten. Sie schrien – oder, schlimmer noch, gaben keinen Laut von sich. Eine Zeit lang fanden wir überall auf unserem Grundstück fremde Fußabdrücke, hinterlassen von irgendeinem Unbekannten, der nachts durch unseren Garten schlich und krankhaft neugierig durch die Fenster hereinspähte. Ich fühlte mich wie im Kuriositätenkabinett, wie im Glaskasten eines Museums, wie etwas Fremdartiges, ein Spuk. Ich erinnere mich noch gut an den Tag, an dem ich ihn endlich erwischte: Als ich nach Hause kam, sah ich jemanden, der bei uns durchs Fenster spähte, weil er dachte, niemand sei zu Hause. Ich schob die Ärmel hoch und stürmte blindlings auf ihn zu, angetrieben vom Adrenalin und meiner Wut.

«WER SIND SIE?», brüllte ich, die herabhängenden Hände zu kleinen Fäusten geballt. Ich hatte es so satt, wie im Schaufenster zu leben. Ich hatte es satt, dass die Leute uns behandelten, als wären wir keine echten Menschen. Er fuhr herum, starrte mich mit weit aufgerissenen Augen an, hob die Hände und wirkte ganz so, als wäre ihm gar nicht in den Sinn gekommen, dass hier noch Leute wohnten. Nun sah ich, dass er auch noch ein Kind war. Kaum älter als ich.

«Niemand», stammelte er. «Ich – ich bin niemand.»

Wir waren so daran gewöhnt – an Eindringlinge, Leute, die ums Haus schlichen, und Drohanrufe –, dass wir, als an jenem Morgen jemand höflich an der Tür klingelte, beinahe Angst hatten herauszufinden, wer hinter der dicken Zedernholzplatte stand und geduldig darauf wartete, dass wir ihn hereinbaten.

«Mom», sagte ich und sah von der Tür zu ihr. Sie saß am Küchentisch, die Hände in ihrem Haar vergraben, das bereits schütter wurde. «Machst du auf?»

Sie sah mich so verwirrt an, als wäre meine Stimme etwas Fremdes für sie, als wären die Wörter nicht mehr verständlich. Ihr Äußeres schien sich von Tag zu Tag mehr zu verändern. Falten gruben sich tiefer in ihre schlaffe Haut, dunkle Schatten lagen unter ihren blutunterlaufenen, müden Augen. Schließlich stand sie wortlos auf und sah durch das kleine, runde Fenster. Die Türangeln quietschten.

«Ach, Theo. Hi. Kommen Sie rein.» Ihre sanfte Stimme klang erstaunt.

Theodore Gates – Vaters Verteidiger. Mit langsamen, schweren Schritten kam er herein. Ich erinnere mich noch an seine glänzende Aktentasche und den dicken Goldring an seinem Ringfinger. Er lächelte mir freundlich zu, aber ich zog eine Grimasse. Ich begriff nicht, wie er nachts schlafen konnte, wenn er verteidigte, was mein Vater getan hatte.

«Kann ich Ihnen einen Kaffee anbieten?»

«Gern, Mona. Doch, das wäre schön.»

Meine Mutter stolperte in der Küche umher und stieß mit der Steinguttasse klirrend gegen die gekachelte Arbeitsfläche. Der Kaffee, den sie einschenkte und geistesabwesend umrührte, obwohl sie keine Kaffeemilch hineingegeben hatte, befand sich seit drei vollen Tagen in der Kanne. Sie reichte Mr. Gates die Tasse. Er trank einen kleinen Schluck, räusperte sich, stellte die Tasse auf den Tisch und schob sie mit dem kleinen Finger von sich.

«Hören Sie, Mona. Ich habe Neuigkeiten. Ich wollte, dass Sie es von mir erfahren.»

Sie schwieg und starrte aus dem kleinen Fenster über der Küchenspüle, dessen Scheibe grün bemoost war.

«Ich habe für Ihren Mann eine Strafminderung gegen ein Schuldeingeständnis ausgehandelt. Es ist eine gute Vereinbarung. Er wird darauf eingehen.»

Da fuhr ihr Kopf in die Höhe, so als hätten seine Worte ein Gummiband in ihrem Nacken straff gezogen.

«In Louisiana gibt es die Todesstrafe», fuhr er fort. «Das dürfen wir nicht riskieren.»

«Kinder: nach oben.»

Sie sah Cooper und mich an. Wir saßen noch auf dem Wohnzimmerteppich, und ich zupfte in einem fort an dem Brandloch, das die Pfeife meines Vaters hinterlassen hatte. Wir gehorchten, standen auf, schlichen schweigend an der Küche vorbei und die Treppe hinauf. In unseren Zimmern angekommen, schlossen wir geräuschvoll die Türen, schlichen auf Zehenspitzen zurück zur Treppe und setzten uns auf die oberste Stufe. Und dann spitzten wir die Ohren.

«Sie können nicht ernsthaft glauben, dass sie ihn zum *Tod* verurteilen», flüsterte Mom. «Es gibt kaum Beweise. Keine Mordwaffe, keine Leichen.»

«Es gibt Beweise. Das wissen Sie. Sie haben sie gesehen.»

Sie seufzte, zog so heftig einen Stuhl vom Tisch ab, dass es laut quietschte, und setzte sich ebenfalls.

«Aber Sie glauben, das reicht für ... den Tod? Ich meine, wir reden hier von der *Todesstrafe*, Theo. Das ist unwiderruflich. Sie können sich nicht sicher sein, ohne jeden Zweifel –»

«Wir reden von sechs ermordeten Mädchen, Mona. *Sechs*. Von handfesten Beweisen, die in Ihrem Haus gefunden wurden, Augenzeugenberichten, die bestätigen, dass Dick zu mindestens der Hälfte von ihnen in den Tagen vor ihrem Verschwinden Kontakt hatte. Und jetzt sind da Geschichten, Mona. Sie haben sie bestimmt auch gehört. Dass Lena nicht die Erste gewesen sei.»

«Das sind wilde Spekulationen», entgegnete sie. «Es gibt keine Beweise, die darauf hindeuten, dass er für dieses andere Mädchen verantwortlich war.»

«Dieses *andere Mädchen* hat einen Namen», stieß er hervor. «Sie sollten ihn laut aussprechen. Tara King.»

«*Tara King*», flüsterte ich, weil ich neugierig war, wie er sich auf meinen Lippen anfühlte. Ich hatte noch nie von Tara King gehört. Cooper schlug mich auf den Arm.

«*Chloe*», zischte er. «*Halt die Klappe.*»

In der Küche war es still – mein Bruder und ich hielten den Atem an und rechneten damit, dass meine Mutter zur Treppe kam. Doch sie sprach weiter. Offenbar hatte sie mich nicht gehört.

«Tara King war eine Ausreißerin. Sie hatte ihren Eltern gesagt, dass sie weggeht, ihnen eine Nachricht hinterlassen. Das war, fast ein Jahr bevor das hier anfing. Es passt nicht ins Muster.»

«Das spielt keine Rolle, Mona. Sie wird noch immer vermisst.

Niemand hat von ihr gehört, und die Juroren sind aufgebracht. In diesem Fall lassen sie sich von ihren Gefühlen leiten.»

Mom schwieg. Ich konnte nicht in die Küche sehen, aber ich konnte mir vorstellen, wie sie dort saß, die Arme fest vor der Brust verschränkt. Ihr Blick ging in die Ferne, immer weiter in die Ferne. Wir verloren meine Mutter, und zwar schnell.

«Es ist schwer, wissen Sie. Wenn ein Fall so viel Aufsehen erregt», sagte Theo. «Sein Gesicht war ständig im Fernsehen. Die Leute haben sich ihre Meinung gebildet, ganz gleich, welche Argumente wir vorbringen.»

«Sie wollen ihn also aufgeben.»

«Nein, ich will, dass er lebt. Wenn wir auf schuldig plädieren, ist die Todesstrafe vom Tisch. Das ist unsere einzige Möglichkeit.»

Es war still im Haus – so still, dass ich schon Angst hatte, sie könnten unsere leisen, langsamen Atemzüge hören.

«Es sei denn, Sie hätten etwas anderes, womit ich arbeiten kann», fügte der Anwalt hinzu. «Etwas, was Sie mir noch nicht erzählt haben.»

Ich hielt den Atem an und spitzte die Ohren. Die Stille war ohrenbetäubend. Ich spürte den Puls an meinen Schläfen, sogar hinter den Augen.

«Nein», sagte Mom schließlich und klang besiegt. «Nein, das habe ich nicht. Sie wissen alles.»

«Tja.» Theo seufzte. «Das habe ich mir gedacht. Und Mona ...»

Ich stellte mir vor, wie meine Mutter ihn mit Tränen in den Augen ansah. All ihr Kampfgeist war erloschen.

«Als Teil der Vereinbarung hat er sich bereit erklärt, die Polizei zu den Leichen zu führen.»

Wieder trat Stille ein, doch diesmal waren wir alle sprachlos. Denn als Theodore Gates an diesem Tag unser Haus wieder verließ, war auf einmal alles anders. Mein Vater war nicht mehr mutmaßlich schuldig; er *war* schuldig. Er gab es zu, nicht nur vor der Jury, sondern auch uns gegenüber. Und da hörte meine Mutter allmählich auf, sich Mühe zu geben. Hörte auf, sich zu kümmern. Die Tage vergingen, und ihre Augen wurden stumpf, als wären sie aus Glas. Sie verließ das Haus nicht mehr, schließlich auch nicht mehr ihr Zimmer, am Ende nicht einmal mehr das Bett, und jetzt hielt niemand Cooper und mich noch davon ab, uns selbst die Nasen am Fernseher platt zu drücken. Dad plädierte auf schuldig, und als die Urteilsverkündung übertragen wurde, sahen wir uns das ganze Ding an.

«Warum haben Sie es getan, Mr. Davis? Warum haben Sie diese Mädchen getötet?»

Ich beobachtete, wie mein Vater dem Blick des Richters auswich und auf seinen Schoß sah. Es war völlig still im Gerichtssaal, der kollektiv angehaltene Atem hing schwer in der Luft. Dad schien über die Frage nachzudenken, wirklich darüber nachzudenken, sehr gründlich, als ob er sich zum ersten Mal wirklich die Zeit nähme, um über das *Warum* nachzudenken.

«In mir ist eine Finsternis», sagte er schließlich. «Eine Finsternis, die nachts hervorkommt.»

Ich sah zu Cooper, suchte in seinem Gesicht nach einer Erklärung, aber er sah wie gebannt auf den Fernseher. Also sah ich ebenfalls wieder hin.

«Was für eine Finsternis?», fragte der Richter.

Mein Vater schüttelte den Kopf, und eine einzelne Träne entwischte und lief ihm über die Wange. Ich hätte geschworen, dass ich die Träne auf den Tisch platschen hörte, so still war es im Gerichtssaal.

«Ich weiß es nicht», sagte Dad leise. «Ich weiß es nicht. Es ist so stark, ich kam nicht dagegen an. Ich habe es versucht, lange. Sehr, sehr lange. Aber ich kam nicht mehr dagegen an.»

«Und Sie wollen behaupten, diese *Finsternis* sei es gewesen, was Sie gezwungen hat, diese Mädchen zu töten?»

«Ja.» Er nickte. Jetzt strömten ihm die Tränen übers Gesicht, und aus den Nasenlöchern tropfte der Rotz. «Ja, das hat sie. Sie ist wie ein Schatten. Ein riesiger Schatten, der immer in einer Ecke schwebt. In jedem Zimmer. Ich habe versucht, mich davon fernzuhalten, habe versucht, im Licht zu bleiben, aber ich habe es nicht mehr geschafft. Die Finsternis hat mich angezogen, sie hat mich ganz verschluckt. Manchmal glaube ich, sie könnte der Teufel selbst sein.»

In diesem Moment wurde mir bewusst, dass ich meinen Vater noch nie weinen gesehen hatte. In den zwölf Jahren, die ich unter seinem Dach verbracht hatte, hatte er in meiner Gegenwart nicht eine einzige Träne vergossen. Die eigenen Eltern weinen zu sehen, sollte eine schmerzliche, sogar unangenehme Erfahrung sein. Nachdem meine Tante gestorben war, platzte ich einmal ins Schlafzimmer meiner Eltern, und meine Mutter lag im Bett und weinte. Als sie den Kopf hob, hatte ihr Gesicht einen Abdruck auf dem Kopfkissen hinterlassen; Tränen, Rotz und Speichel kennzeichneten die Stellen, wo Augen, Nase und Mund gelegen hatten. Es sah aus wie ein verzerrter Smiley. Sie bot einen erschütternden Anblick, beinahe wie aus einer anderen Welt – die fleckige Haut, die gerötete Nase und die verlegene Geste, mit der sie sich das feuchte Haar von der Wange strich und mich anlächelte, als wäre alles in Ordnung. Ich stand wie betäubt da, dann wich ich langsam zurück und schloss wortlos die Tür. Doch als ich meinen Vater im landesweiten Fernsehen sah – als ich sah, wie seine Tränen sich in der

Mulde über seinen Lippen sammelten, bevor sie auf den Notizblock tropften, der vor ihm auf dem Tisch lag –, da empfand ich nur Abscheu.

Seine Gefühle wirkten echt auf mich, aber seine Erklärung klang gezwungen, wie einstudiert. Als läse er aus einem Drehbuch ab und spielte die Rolle des Serienmörders, der seine Sünden beichtet. Er wollte Mitleid, wurde mir klar. Er gab allem Möglichen die Schuld, nur nicht sich selbst. Er bedauerte nicht, was er getan hatte; nur, dass man ihn geschnappt hatte. Und als ich hörte, wie er die Schuld an seinen Taten diesem erfundenen Ding gab – diesem Teufel, der in Ecken lauerte und seine Hände zwang, sich um den Hals der Mädchen zu legen –, stieg eine unerklärliche Wut in mir auf. Ich weiß noch genau, dass ich die Fäuste ballte, und meine Fingernägel sich in die Handflächen bohrten, bis es blutete.

«Scheißfeigling», stieß ich hervor. Cooper sah mich an und wirkte erschüttert über meine Wortwahl und meine Wut.

Und das war das letzte Mal, dass ich meinen Vater sah: sein Gesicht im Fernsehen, als er das unsichtbare Ungeheuer beschrieb, das ihn gezwungen hatte, diese Mädchen zu erwürgen und ihre Leichen im Wald hinter unserem Grundstück zu verscharren. Mein Vater hielt sein Versprechen, die Polizei zu den Leichen zu führen. Ich weiß noch, dass ich die Türen der Streifenwagen zuschlagen hörte, mich aber weigerte, auch nur aus dem Fenster zu sehen, als er die Kriminalpolizisten zwischen die Bäume führte. Sie fanden ein paar Überreste – Haare, Kleiderfasern –, aber keine Leichen. Ein Tier musste der Polizei zuvorgekommen sein, ein Alligator, ein Kojote oder irgendein anderes im Verborgenen lebendes, hungriges Sumpfgeschöpf. Aber ich wusste, dass er die Wahrheit gesagt hatte, denn ich hatte ihn eines Abends gesehen – eine dunkle Gestalt, die zwischen den Bäumen hervorkam, schmutzbedeckt. Mit einer Schaufel über der Schulter war er zurück zu unserem Haus geschlurft, ohne zu ahnen, dass ich ihn vom Fenster meines Zimmers aus beobachtete. Bei dem Gedanken, dass er mir einen Gutenachtkuss gegeben hatte, nachdem er gerade noch eine Leiche vergraben hatte, wünschte ich mir, ich könnte aus meiner Haut fahren und anderswo leben. Irgendwo ganz weit weg.

Ich seufze. Meine Glieder kribbeln vom Ativan. Als ich damals den Fernseher ausschaltete, beschloss ich, dass mein Vater tot war. Das ist er natürlich nicht. Dafür hat sein Schuldeingeständnis gesorgt. Vielmehr verbüßt er sechsmal lebenslänglich im Louisiana State Penitentiary, einem Hochsicherheitsgefängnis, ohne die Möglichkeit einer vorzeitigen Entlassung. Aber für mich ist er tot. Und so gefällt es mir. Bloß wird es unvermutet immer schwerer, mir meine Lüge zu glauben. Immer schwerer, zu vergessen. Vielleicht ist es die Hochzeit, der Gedanke, dass er mich nicht durch den Mittelgang führen wird. Vielleicht ist es der Jahrestag – *zwanzig Jahre* –, der Umstand, dass Aaron Jansen mich zwingt, diesen Meilenstein des Schreckens zur Kenntnis zu nehmen, mit dem ich nichts zu tun haben will.

Vielleicht ist es aber auch Aubrey Gravino. Ein weiteres fünfzehnjähriges Mädchen, das zu früh sterben musste.

Ich sehe auf meinen Schreibtisch, und mein Blick fällt auf den Laptop. Ich klappe ihn auf, sodass der Bildschirm zum Leben erwacht, öffne ein neues Browserfenster, und dann schweben meine Finger über der Tastatur. Schließlich beginne ich zu tippen.

Zuerst google ich *Aaron Jansen, New York Times*. Seitenweise Treffer füllen den Bildschirm. Ich klicke einen an, dann einen anderen. Dann wieder einen anderen. Allmählich kristallisiert sich heraus, dass dieser Mann sein Geld damit verdient, über Mord und das Unglück anderer zu schreiben: eine kopflose Leiche, die im Central Park im Gebüsch gefunden wurde, eine Reihe Frauen, die entlang des sogenannten Highway der Tränen in Kanada verschwanden ... Ich klicke seine Kurzbiografie an. Sein Porträt ist klein, rund, schwarz-weiß. Er ist einer dieser Menschen, bei denen Gesicht und Stimme nicht zusammenpassen, so, als wäre die Stimme nachträglich ergänzt worden und zwei Nummern zu groß. Seine Stimme ist tief und maskulin, aber auf seinem Foto sieht er ganz anders aus. Er ist mager und trägt eine braune Schildpattbrille, die nicht vom Arzt verordnet wirkt. Sie sieht eher aus wie eine Blaufilterbrille – eine Brille für Menschen, die wünschten, sie hätten eine Brille.

Strike Nummer eins.

Er trägt ein tailliertes, durchgeknöpftes Hemd mit Karomuster, die Ärmel bis zum Ellbogen hochgekrempelt, und auf seiner mageren Brust hängt schlapp eine Strickkrawatte.

Strike Nummer zwei.

Ich überfliege den Artikel, suche nach einem Strike Nummer drei. Nach einem weiteren Grund, Aaron Jansen als ein weiteres Journalistenschwein abzutun, das meine Familie nur ausnutzen will. Ich hatte schon früher Anfragen für solche Interviews, jede Menge sogar. Dieses *Ich möchte Ihre Sicht hören* habe ich schon oft gehört. Und ich habe ihnen geglaubt. Habe sie hereingelassen. Ich habe ihnen meine Sicht der Geschichte erzählt, nur um dann ein paar Tage später entsetzt den Artikel zu lesen, in dem meine Familie als eine Art Komplize bei den Verbrechen meines Vaters dargestellt wurde. In dem meiner Mutter ihre Affären vorgeworfen wurden, die im Zuge der Ermittlungen ans Licht kamen; in dem ihr vorgeworfen wurde, weil sie meinen Vater betrogen habe, sei er *emotional verwundbar* und *wütend auf Frauen* geworden. Sie warfen ihr vor, sie hätte die Mädchen in unser Haus gelassen, doch weil sie so mit ihren Verehrern beschäftigt gewesen sei, habe sie nicht bemerkt, wie mein Vater die Mädchen angesehen habe, und ihr sei auch nicht aufgefallen, dass er sich nachts davongeschlichen habe und mit verdreckter Kleidung zurückgekehrt sei. Manche dieser Artikel deuteten sogar an, sie habe davon gewusst – sie habe von der Finsternis im Inneren meines Vaters *gewusst* und einfach weggesehen. Vielleicht sei es das gewesen, was sie zur Untreue getrieben habe: seine Pädophilie, seine Wut. Und dann hätten ihre Schuldgefühle sie in den Wahnsinn getrieben, Schuldgefühle wegen der Rolle, die sie bei alldem gespielt hatte. Das habe dazu geführt, dass sie sich in sich selbst zurückzog und ihre Kinder im Stich ließ, als diese sie am meisten brauchten.

Und die Kinder. Von den Kindern will ich gar nicht erst anfangen. Cooper, der Goldjunge, den mein Vater angeblich beneidet hatte. Vater habe gesehen, wie die Mädchen Cooper mit seinem jungenhaften guten Aussehen, seinen Ringerbizepsen und seinem charmant schiefen Grinsen anhimmelten. Cooper hatte Pornos im Haus versteckt wie jeder normale Jugendliche, doch dank mir hatte mein Vater sie gefunden. Vielleicht sei es das gewesen, was dafür gesorgt habe, dass jene Finsternis aus den Ecken gekrochen kam; vielleicht habe das Blättern in diesen Heften etwas in ihm entfesselt, was er jahrelang unterdrückt hatte. Eine latente Gewaltbereitschaft.

Und dann war da ich, Chloe, die pubertierende Tochter, die begonnen hatte, Make-up zu tragen, sich die Beine zu rasieren und ihr T-Shirt hochzuschieben, um ihren Bauchnabel zu zeigen, so wie Lena es an jenem Tag beim Flusskrebsfest getan hatte. Und in diesem Aufzug sei ich dann zu Hause herumgelaufen. In Gegenwart meines Vaters.

Es war die klassische Täter-Opfer-Umkehr. Mein Vater war einfach nur ein mittelalter weißer Mann, der sein niederträchtiges Handeln nicht erklären konnte. Er gab keine konkreten Erklärungen, nannte keinen plausiblen Grund. Er berief sich einfach auf *die Finsternis*. Und das konnte natürlich nicht sein – die Leute wollten nicht glauben, dass ansonsten durchschnittliche weiße Männer völlig grundlos morden. Und deshalb wurden *wir* der Grund: die Vernachlässigung durch seine Frau, die Demütigung durch seinen Sohn, die erblühende sexuelle Freizügigkeit seiner Tochter. Das alles war zu viel für sein fragiles Ego, und deshalb drehte er irgendwann durch.

Ich erinnere mich noch gut an diese Fragen, die mir vor Jahren gestellt wurden, und an meine Antworten, die verdreht, gedruckt und im Internet archiviert wurden, wo man sie bis in alle Ewigkeit an jedem Computer abrufen kann.

«Was glauben Sie, warum Ihr Vater das getan hat?»

Ich weiß noch, dass ich mit meinem Stift an mein noch makellos glänzendes Namensschildchen klopfte; dieses Interview fand in meinem ersten Jahr im Baton Rouge General Hospital statt. Es sollte eine dieser Wohlfühlreportagen werden, die sie sonntagmorgens bringen: Richard Davis' Tochter war Psychologin geworden, sie hatte ihr Kindheitstrauma in einen Beruf umgemünzt, in dem sie anderen Jugendlichen bei ihren Problemen helfen konnte.

«Ich weiß es nicht», sagte ich schließlich. «Manchmal gibt es auf so etwas keine klare Antwort. Er hatte offensichtlich ein Bedürfnis nach Dominanz, nach Kontrolle, das ich als Kind nicht gesehen habe.»

«Hätte Ihre Mutter es sehen müssen?»

Ich stutzte und sah den Reporter an.

«Es war nicht die Aufgabe meiner Mutter, jedes Warnsignal zu bemerken, das mein Vater zeigte», sagte ich. «Häufig gibt es kein deutliches Zeichen, bis es zu spät ist. Sehen Sie sich doch Ted Bundy oder Dennis Rader an. Sie hatten Freundinnen und Ehefrauen, Familien, die nichts ahnten von dem, was diese Männer nachts taten. Meine Mutter war nicht für ihn oder seine Taten verantwortlich. Sie hatte ihr eigenes Leben.»

«Es macht ganz den Eindruck, als hätte sie in der Tat ihr eigenes Leben gehabt. Bei der Urteilsverkündung kam heraus, dass Ihre Mutter mehrere außereheliche Affären hatte.»

«Ja. Sie war eindeutig nicht perfekt, aber wer ist das schon?»

«Insbesondere eine mit Bert Rhodes, Lenas Vater.»

Ich schwieg und hatte sofort wieder das Bild des völlig aufgelösten Bert Rhodes lebhaft vor Augen.

«Hat sie Ihren Vater emotional vernachlässigt? Hatte sie vor, ihn zu verlassen?»

«Nein.» Ich schüttelte den Kopf. «Nein, sie hat ihn nicht vernachlässigt. Sie waren glücklich – oder jedenfalls dachte ich das. Sie *wirkten* glücklich –»

«Hat sie Sie ebenfalls vernachlässigt? Nach der Urteilsverkündung hat sie versucht, sich umzubringen. Trotz zweier minderjähriger Kinder, die von ihr abhingen.»

Da wusste ich, dass der Artikel bereits geschrieben war; nichts, was ich hätte sagen können, hätte einen Einfluss auf die Darstellung gehabt. Obendrein verwendeten sie meine Worte – meine Worte als Psychologin, meine Worte als seine Tochter –, um ihre haltlose Auffassung zu stützen. Um ihren Standpunkt zu belegen.

Ich schließe die Website der *Times* und öffne ein neues Fenster, doch bevor ich etwas eingeben kann, zuckt eine Eilmeldung über den Bildschirm.

AUBREY GRAVINOS LEICHE GEFUNDEN

KAPITEL ZWÖLF

Ich klicke die Eilmeldung gar nicht erst an, sondern stehe auf und klappe meinen Laptop zu. Der Ativan-Nebel trägt mich aus meiner Praxis hinaus bis in mein Auto. Schwerelos gleite ich die Straße entlang, durch die Stadt, durch mein Wohnviertel, durch meine Haustür und bis auf die Couch, wo mein Kopf tief in die Polster sinkt, während mein Blick sich in die Decke über mir bohrt.

Und dort bleibe ich für den Rest des Wochenendes.

Jetzt ist es Montagmorgen, und das Haus riecht noch immer nach dem künstlichen Zitrusduft des Reinigungsmittels, mit dem ich Samstagvormittag die weinverklebten Oberflächen in der Küche abgewischt habe. Meine Umgebung fühlt sich sauber an, ich aber nicht. Seit ich nach Hause kam, habe ich noch nicht geduscht und kann unter den Fingernägeln noch Friedhofserde sehen, eine Erinnerung an Aubreys Ohrring. Mein Haaransatz ist fettig; wenn ich mit den Fingern hindurchfahre, kleben die Strähnen zusammen, anstatt mir wie sonst luftig in die Stirn zu fallen. Ich muss vor der Arbeit duschen, aber ich kann mich nicht dazu überwinden.

Was du da durchmachst, ähnelt den Symptomen einer posttraumatischen Belastungsstörung, Chloe. Angstgefühle, die anhalten, obwohl keine unmittelbare Gefahr mehr besteht.

Natürlich ist es einfacher, Rat zu erteilen, als ihn auch anzunehmen. Ich komme mir wie eine Heuchlerin vor, eine Hochstaplerin, wenn ich mir das Gleiche sage, was ich einer Klientin raten würde, und es dann bewusst ignoriere.

Mein Telefon neben mir vibriert und wandert über den Marmor der Küheninsel. Ich sehe aufs Display: Eine neue

Textnachricht von Daniel. Ich wische übers Display und überfliege sie.

> *Guten Morgen, Liebling. Ich bin gerade unterwegs zur Eröffnung – werde den Großteil des Tages nicht erreichbar sein. Mach du dir einen schönen Tag. Ich vermisse dich.*

Ich berühre das Display. Daniels Worte nehmen mir einen kleinen Teil der Last von den Schultern. Diese Wirkung, die er auf mich hat ... ich kann sie nicht erklären. Es ist, als wüsste er, wie es mir gerade geht; dass ich untergehe, zu erschöpft bin, um auch nur nach einem Ast zu suchen, an den ich mich klammern kann. Und er ist die Hand, die zwischen den Bäumen hervorgestreckt wird, mich am T-Shirt packt und zurück an Land zieht, in Sicherheit, gerade noch rechtzeitig.

Ich antworte ihm, dann lege ich das Telefon auf die Arbeitsfläche, schalte die Kaffeemaschine ein, gehe ins Bad und drehe das Wasser in der Dusche auf. Als ich mich unter den kräftigen Strahl stelle, fühlt sich das an wie Nadeln auf meinem nackten Körper. Ich lasse mich eine Weile davon bearbeiten, bis meine Haut sich wund anfühlt. Dabei versuche ich, nicht an Aubrey zu denken, deren Leiche auf dem Friedhof gefunden wurde. Ich versuche, nicht an ihre Haut zu denken, verkratzt und schmutzig und von Maden wimmelnd, die sich gierig auf ihre Mahlzeit stürzen. Ich versuche, nicht darüber nachzudenken, wer sie gefunden haben könnte – vielleicht dieser Cop mit der verstopften Nase, der ihren Ohrring sicher in seinem Streifenwagen einschloss. Vielleicht war es aber auch die Frau mit der Cargohose. Ich stelle mir vor, wie sie in einem Graben oder auf einem besonders dicht bewachsenen Flecken Fingerhirse in die Hocke geht und ihr der Schreckensschrei in der Kehle stecken bleibt, sodass nur ein undeutliches Würgen herauskommt.

Lieber denke ich an Daniel. Ich überlege, was er wohl gerade tut – wahrscheinlich betritt er mit einer Kordel um den Hals, an der sein Namensschild hängt, und einem Styroporbecher Gratiskaffee in der Hand einen klimatisierten Vortragssaal in New Orleans und hält Ausschau nach einem freien Stuhl. Er hat mit Sicherheit keine Probleme, Leute kennenzulernen. Daniel kann mit jedem reden. Immerhin ist es ihm gelungen, eine zurückhaltende Fremde, die er zufällig im Krankenhaus traf, innerhalb von Monaten zu seiner Verlobten zu machen.

Unsere erste Verabredung ging allerdings von mir aus. Das kann ich mir zugutehalten. Schließlich war es seine Visitenkarte, die in meinem Buch steckte. Ich hatte seine Telefonnummer, er aber nicht meine. Dunkel erinnere ich mich daran, dass ich das Buch zurück in den Karton steckte, der auf dem Dach meines Autos stand, den Karton auf den Rücksitz hievte, davonfuhr und im Rückspiegel verfolgte, wie Daniel im Baton Rouge General verschwand. Ich weiß noch, dass ich ihn nett fand, gut aussehend. Auf seiner Karte stand *Pharmareferent*, was erklärte, warum er dort war. Außerdem weckte es in mir die Frage, ob er deshalb mit mir geflirtet hatte – ich hätte einfach eine potenzielle Kundin für ihn sein können. Personifizierte Provision.

Ich vergaß seine Visitenkarte nicht. Mir war die ganze Zeit bewusst, dass sie da war und stumm nach mir rief. So lange wie möglich ließ ich sie, wo sie war, rührte diesen speziellen Karton mit Büchern nicht an, bis er drei Wochen später als letzter unausgepackt war. Ich weiß noch, wie ich die Bücher stapelweise mit den staubigen, gebrochenen Rücken voran herausholte und an die entsprechenden Stellen im Bücherregal räumte, bis ich in den fast leeren Karton spähte, und nur noch ein Buch übrig war. Die Statue *Bird Girl* sah mich mit ihren kalten Bronzeaugen an: das Cover von *Mitternacht im Garten von Gut und Böse*. Ich nahm das Buch aus dem Karton, drehte es auf die Seite und fuhr mit den Fingern über den Buchschnitt, der dort, wo seine Visitenkarte steckte, ein wenig auseinanderklaffte. Schließlich schob ich den Daumennagel in die Lücke, schlug das Buch auf und las erneut seinen Namen.

Daniel Briggs.

Ich nahm die Karte heraus und klopfte nachdenklich mit dem Zeigefinger darauf. Seine Telefonnummer forderte mich stumm heraus, ihn anzurufen. Ich konnte nachvollziehen, warum mein Bruder eine Abneigung dagegen hatte, eine Beziehung einzugehen und jemandem zu nahe zu kommen. Einerseits hatte mein Vater mich gelehrt, dass es durchaus möglich ist, jemanden zu lieben, ohne ihn jemals richtig zu kennen, und dieses Wissen hielt mich nachts wach. Jedes Mal, wenn ich merkte, dass ich an einem Mann interessiert war, fragte ich mich unwillkürlich: Was verbirgt er? Was sagt er mir nicht? In welchem dunklen Schrank liegen seine Leichen verborgen? Ich hatte schreckliche Angst, sie zu finden, wie jenes Kästchen hinten in Vaters Schrank, und damit sein wahres Wesen kennenzulernen.

Andererseits hatte Lena mich gelehrt, dass es ebenso möglich ist, jemanden zu lieben und ihn völlig grundlos zu verlieren. Dass man einen wunderbaren Menschen findet und eines Morgens aufwacht und erfährt, dass er spurlos verschwunden ist, sei es gewaltsam oder aus freien Stücken. Was wäre, wenn ich wirklich jemanden fände, jemand Wunderbares, und er mir auch genommen würde?

Wäre es nicht leichter, allein durchs Leben zu gehen?

Also hatte ich das getan, jahrelang. Ich war allein geblieben. Die Highschool durchlief ich wie betäubt. Als Cooper seinen Schulabschluss machte und ich allein zurückblieb, fingen sie an, in der Sporthalle über mich herzufallen, die harten Jungs, die ihre Verachtung für Gewalt gegen Frauen dadurch zum Ausdruck brachten, dass sie mir mit einem Schnappmesser Zickzackmuster in den Unterarm schnitten. *Das ist für deinen Vater*, zischten sie; die Ironie daran entging ihnen. Auf dem Heimweg tropfte Blut von meinen Fingern wie geschmolzenes Wachs von einer Kerze; ich zog eine kleine gepunktete Linie quer durch die Stadt hinter mir her, wie die Linie auf einer Schatzkarte. Ein X zeigt, wo der Schatz vergraben ist. Ich sagte mir, wenn ich es nur aufs College schaffte, konnte ich aus Breaux Bridge weg. Konnte alldem entfliehen.

Und das tat ich dann auch.

An der Louisiana State University, kurz LSU, lernte ich Jungs kennen, aber es blieb meistens oberflächlich: Man knutschte betrunken im hinteren Teil einer überfüllten Bar, dann schlich man sich heimlich in ein Zimmer in einem Studentenwohnheim, wo ich die Tür einen Spaltbreit offen ließ, damit ich die Party, die draußen zugange war, noch gedämpft hören konnte. Beschissene Musik ließ die Wände erbeben, Horden von Mädchen wieherten im Flur und klopften mit der flachen Hand an die Tür, sie tuschelten und starrten uns an, wenn wir zerzaust und mit offenen Reißverschlüssen herauskamen. Der Junge, den ich Stunden zuvor auserkoren hatte, nuschelte irgendetwas. Ich hatte ihn anhand einer detaillierten Checkliste ausgewählt, die das Risiko minimierte, dass er zu anhänglich würde oder mich in der Dunkelheit seines Zimmers im Wohnheim tötete. Er war nie zu groß, nie zu muskulös. Wenn er sich auf mich legte, konnte ich ihn mühelos abwerfen. Er hatte Freunde (ich wollte nicht riskieren, an einen zornigen Einzelgänger zu geraten), aber er war auch nicht der Partyking. (Einen von sich überzeugten Angeber, einen Kerl, für den der Körper einer Frau nur ein Spielzeug ist, wollte ich ebenso wenig.) Er war immer genau im richtigen Ausmaß betrunken – nicht so sehr, dass er keinen mehr hochkriegte, aber doch so, dass er ein bisschen schwankte und glasige Augen hatte. Und auch *ich* war genau richtig betrunken – es musste prickeln und mich selbstbewusster machen, mich zugleich aber ein wenig betäuben und meine Hemmschwelle gerade so weit senken, dass ich ihn meinen Hals küssen ließ, aber nicht so weit, dass meine Wachsamkeit, mein Koordinationsvermögen, mein Gespür für Gefahr litten. Vielleicht würde er sich am nächsten Morgen nicht an mein Gesicht erinnern – an meinen Namen garantiert nicht.

Und so gefiel es mir: Ich genoss die Anonymität, die mir als Kind nicht gewährt worden war, und den Luxus körperlicher Nähe – zu spüren, wie ein anderes Herz an meiner Brust schlug und bebende Finger sich mit meinen verflochten – ohne die Gefahr, verletzt zu werden. Meine einzige halbwegs ernste Beziehung nahm kein gutes Ende; ich war noch nicht bereit dafür. Ich war noch nicht bereit dafür, einem anderen Menschen vollständig zu vertrauen. Aber noch einmal: Ich tat das, um mich normal zu fühlen. Ich tat es, um die Einsamkeit zu übertönen. Die Gegenwart eines anderen Körpers sollte meinen glauben machen, ich sei nicht so allein.

Irgendwie kam das Gegenteil dabei heraus.

Nach dem Studium schenkte die Arbeit im Krankenhaus mir Freundinnen, Kollegen, eine Gemeinschaft, mit der ich mich tagsüber umgeben konnte, ehe ich abends nach Hause in die Einsamkeit fuhr, in der ich mich eingerichtet hatte. Und das funktionierte auch, eine Zeit lang, doch als ich meine eigene Praxis eröffnete, war ich *vollständig* allein. Den ganzen Tag und die ganze Nacht. An dem Tag, an dem ich Daniels Visitenkarte wieder in der Hand hielt, hatte ich seit Wochen mit keinem menschlichen Wesen gesprochen. Meine einzigen Kontakte waren die eine oder andere Textnachricht von Cooper oder Shannon und ein Anruf aus Moms Heim, um mich daran zu erinnern, dass ich sie wieder einmal besuchen sollte. Ich wusste, das würde sich ändern, wenn ich allmählich Klienten gewann, aber das war nicht dasselbe. Außerdem wollten sie mit mir reden, damit ich sie unterstützte, und nicht umgekehrt.

Daniels Visitenkarte verbrannte mir regelrecht die Finger. Ich ging zum Schreibtisch, setzte mich und lehnte mich zurück. Dann nahm ich das Telefon und wählte. Es läutete so lange, dass ich beinahe wieder aufgelegt hätte. Plötzlich eine Stimme.

«Daniel am Apparat.»

Ich schwieg, mir stockte der Atem. Er wartete einige Sekunden, dann fragte er nach.

«Hallo?»

«Daniel», sagte ich endlich. «Hier spricht Chloe Davis.»

Schweigen am anderen Ende – mein Magen krampfte sich zusammen.

«Wir haben uns vor einigen Wochen getroffen», erinnerte ich ihn und wand mich innerlich. «Im Krankenhaus.»

«Dr. Chloe Davis», erwiderte er. Ich hörte ihm an, dass sein Mund sich zu einem Lächeln verzog. «So langsam dachte ich schon, Sie melden sich gar nicht mehr.»

«Ich war mit Auspacken beschäftigt», sagte ich, und mein Herz beruhigte sich wieder. «Ich … hatte Ihre Karte verlegt, aber jetzt habe ich sie wiedergefunden, ganz unten im letzten Karton.»

«Dann sind Sie jetzt vollständig eingezogen?»

«So ungefähr.» Ich sah mich in meinem vollgestellten Sprechzimmer um.

«Na, das ist doch ein Grund zum Feiern. Haben Sie Lust, etwas trinken zu gehen?»

Es war noch nie meine Art gewesen, mit Fremden etwas trinken zu gehen; jedes echte Date, das ich je gehabt hatte, war von gemeinsamen Freunden angebahnt worden, ein gut gemeinter Gefallen, der, wie ich wusste, hauptsächlich von der Befangenheit motiviert war, die sich einstellte, wenn ich in einer Gruppe der einzige Single war. Ich zögerte und hätte beinahe unter dem Vorwand, keine Zeit zu haben, abgelehnt. Doch stattdessen hörte ich mich zusagen, so als bewegten sich meine Lippen im Widerspruch zu dem Gehirn, das sie steuerte. Wäre ich an diesem Tag nicht so ausgehungert nach einem Gespräch gewesen, nach irgendeinem zwischenmenschlichen Kontakt, dann wäre dieses Telefonat vermutlich das Ende gewesen.

Aber das war es nicht.

Eine Stunde später saß ich im River Room an der Bar und ließ den Wein in meinem Glas kreisen. Daniel saß auf dem Barhocker neben mir und betrachtete mich von der Seite.

«Was ist?», fragte ich und strich mir verlegen eine Strähne hinters Ohr. «Habe ich Speisereste zwischen den Zähnen oder so?»

«Nein.» Er lachte und schüttelte den Kopf. «Nein, es ist nur ... ich fasse es nicht, dass ich hier sitze. Mit Ihnen.»

Da sah ich ihn an und versuchte, diese Bemerkung einzuordnen. Flirtete er mit mir, oder war das etwas Fragwürdigeres? Ich hatte Daniel Briggs vor unserem Treffen gegoogelt –

natürlich hatte ich das –, und jetzt würde ich herausfinden, ob er das auch mit mir getan hatte. Die Suche mit Daniels Namen hatte nur eine Facebook-Seite mit verschiedenen Fotos von ihm erbracht. Mit einem Whiskey in der Hand in verschiedenen Dachbars. Mit einem Golfschläger in einer Hand, während er in der anderen ein beschlagenes Bierglas hielt. Im Schneidersitz auf einer Couch, ein Baby im Arm, das der Bildunterschrift zufolge der Sohn seines besten Freundes war. Ich hatte auch sein LinkedIn-Profil gefunden, das seinen Beruf als Pharmareferent bestätigte. In einem Zeitungsartikel aus dem Jahr 2015 wurde die Zeit genannt, die er beim Louisiana Marathon gelaufen war: vier Stunden und neunzehn Minuten. Es war alles sehr durchschnittlich, unschuldig, fast langweilig. Genau das, was ich wollte.

Doch falls er mich ebenfalls gegoogelt hatte, hatte er mehr gefunden. Sehr viel mehr.

«Also», sagte er, «Dr. Chloe Davis, erzählen Sie mir von sich.»

«Wissen Sie, Sie müssen mich nicht ständig so nennen. *Dr. Chloe Davis.* So förmlich.»

Er lächelte und trank einen Schluck Whiskey. «Wie soll ich Sie dann nennen?»

«Chloe.» Ich sah ihn an. «Einfach Chloe.»

«Na gut, *einfach Chloe* –» Lachend schlug ich ihm mit dem Handrücken auf den Arm. Er lächelte zurück. «Aber im Ernst, erzählen Sie mir von sich. Ich sitze hier und trinke was mit einer Wildfremden. Da könnten Sie mir wenigstens versichern, dass Sie nicht gefährlich sind.»

Ich bekam eine Gänsehaut.

«Ich bin aus Louisiana», sagte ich probehalber. Er zuckte nicht einmal mit der Wimper. «Aber nicht aus Baton Rouge. Aus einer Kleinstadt etwa eine Stunde von hier.»

«In Baton Rouge geboren und aufgewachsen», entgegnete er und deutete mit dem Glas auf seine Brust. «Wie kam's, dass Sie hierhergezogen sind?»

«Wegen der Uni. Ich habe an der LSU meinen Doktor gemacht.»

«Beeindruckend.»

«Danke.»

«Irgendein besitzergreifender großer Bruder, von dem ich wissen sollte?»

Wieder setzte mein Herz kurz aus. Das alles konnte unschuldiges Flirten sein, aber auch als Bemerkungen eines Mannes aufgefasst werden, der versuchte, mir etwas zu entlocken, das er bereits selbst in Erfahrung gebracht hatte. Erinnerungen an andere erste Verabredungen stürmten auf mich ein – Erinnerungen an den Augenblick, in dem ich begriffen hatte, dass der Mann, mit dem ich gerade Small Talk machte, schon alles wusste, was es zu wissen gab. Manche von ihnen hatten mich direkt gefragt: «*Sie sind Dick Davis' Tochter, oder?*», und in ihrem Blick hatte die Gier nach Informationen gelegen. Andere dagegen hatten bloß ungeduldig mit den Fingern auf den Tisch getrommelt, während ich sprach, als glaubten sie, die Verwandtschaft mit einem Serienmörder wäre etwas, von dem man meinte, es anderen unbedingt mitteilen zu müssen.

«Woher wissen Sie das?», fragte ich, um einen leichten Ton bemüht. «Ist das so offensichtlich?»

Daniel zuckte die Achseln. «Nein.» Er drehte sich wieder zur Theke um. «Es ist nur so, dass ich mal eine kleine Schwester hatte, und ich war jedenfalls so. Ich kannte jeden Kerl, der sie je angeguckt hatte. O Mann, wenn Sie meine Schwester wären, würde ich jetzt wahrscheinlich irgendwo hier in einer Ecke hocken und Sie überwachen.»

Er hatte mich nicht gegoogelt, sollte ich bei einer späteren Verabredung erfahren. Die Paranoia, die seine Fragen in mir ausgelöst hatte, war nur das: Paranoia. Er hatte nicht einmal von Breaux Bridge, Dick Davis und den verschwundenen Mädchen gehört. Damals war er erst siebzehn gewesen und hatte kaum Nachrichten geschaut. Wahrscheinlich hatte seine Mutter ebenso versucht, ihn davor abzuschirmen, wie meine es bei mir versucht hatte. Als wir eines Abends auf meiner Wohnzimmercouch lagen, erzählte ich ihm die ganze Geschichte; warum ich ausgerechnet diesen Moment wählte, weiß ich auch nicht. Vermutlich hatte ich erkannt, dass ich irgendwann reinen Tisch machen und ihm die Wahrheit über mich und meine Vergangenheit erzählen musste, und dass dieser Augenblick über «alles oder nichts», über unser gemeinsames Leben, unsere Zukunft – oder eben nicht – entscheiden würde.

Also begann ich einfach zu erzählen und beobachtete, wie die Falten auf seiner Stirn sich von Minute zu Minute, von einem grausigen Detail zum anderen, immer weiter vertieften. Und ich erzählte ihm *alles*: von Lena und dem Flusskrebsfest, von der Festnahme meines Vaters, die ich in unserem Wohnzimmer mit angesehen hatte, und was er gesagt hatte, bevor sie ihn in die Nacht hinausbrachten. Ich erzählte Daniel, was ich an meinem Zimmerfenster beobachtete hatte – meinen Vater, die Schaufel –, und dass mein Elternhaus noch immer in Breaux Bridge stand, verlassen, aufgegeben, die Erinnerungen an meine Jugend zu einem echten Spukhaus geronnen, zu einer Gespenstergeschichte, einem Haus, an dem die Kinder mit angehaltenem Atem vorbeirannten aus Angst, die Geister hervorzulocken, die garantiert dort herumspukten. Ich erzählte ihm von meinem Vater, der im Gefängnis saß. Von seinem Schuldeingeständnis und der daraus resultierenden

Strafminderung auf sechsmal lebenslänglich. Ich erzählte ihm, dass ich meinen Vater seit fast zwanzig Jahren weder gesehen noch mit ihm gesprochen hatte. Ich hatte mich ganz und gar in der Vergangenheit verloren und ließ die Erinnerungen aus mir herausströmen wie stinkende Eingeweide aus dem offenen Bauch eines Fischs. Mir war gar nicht klar gewesen, wie dringend ich mir das alles von der Seele reden musste, weil es mich von innen her vergiftete.

Als ich fertig war, schwieg Daniel. Verlegen zupfte ich an einem losen Faden am Sofa.

«Ich fand, das solltest du wissen», sagte ich mit gesenktem Kopf. «Wenn wir weiter, du weißt schon, *zusammen* sein sollen oder so. Und ich verstehe voll und ganz, wenn das zu viel ist. Wenn dir das zu heftig ist, dann glaub mir, ich würde das verstehen –»

Da spürte ich seine Hände auf meinen Wangen. Sanft hob er meinen Kopf an und zwang mich, ihn anzusehen.

«Chloe», sagte er zärtlich. «Es ist nicht zu viel. Ich liebe dich.»

Dann sagte Daniel, er könne meinen Schmerz verstehen; nicht auf diese künstliche Art, in der Freunde und Familie behaupten, zu *wissen, was du durchmachst*, sondern wirklich. Mit siebzehn hatte er seine Schwester verloren; auch sie war verschwunden, im selben Jahr wie die Mädchen in Breaux Bridge. Eine grauenvolle Sekunde lang blitzte das Gesicht meines Vaters vor meinem inneren Auge auf. Hatte er auch außerhalb der Stadt getötet? War er etwa die eine Stunde nach Baton Rouge gefahren und hatte auch hier gemordet? Flüchtig dachte ich an Tara King, das andere vermisste Mädchen, das nicht wie die übrigen war. Die Abweichung. Das eine Mädchen, das nicht ins Muster passte – noch heute, Jahrzehnte später, ein Rätsel. Und Daniel schüttelte zwar den Kopf, erklärte mir aber nichts weiter, sagte mir nur ihren Namen. *Sophie.* Sie war dreizehn gewesen.

«Was ist passiert?», flüsterte ich schließlich, und meine Stimme klang, als käme sie aus großer Ferne. Ich hoffte auf eine Auflösung, auf einen konkreten Beweis dafür, dass mein Vater damit nichts zu tun haben konnte. Aber den bekam ich nicht.

«Wir wissen es eigentlich nicht», sagte Daniel. «Das ist das Schlimmste daran. Sie war bei einer Freundin und ist im Dunkeln nach Hause gegangen. Es waren nur ein paar Blocks; sie hat das ständig gemacht. Und nie ist etwas passiert, bis zu diesem Abend.»

Ich nickte und stellte mir Sophie allein auf einer menschenleeren Straße vor. Da ich nicht wusste, wie sie aussah, lag ihr Gesicht im Dunkeln. Sie war nur ein Körper. Ein Mädchenkörper. Lenas Körper.

Mittlerweile ist meine Haut halb verbrüht und hat einen unnatürlich leuchtenden Rosaton angenommen. Mit den Zehen taste ich nach der Badematte, hülle mich in ein Handtuch und sehe in meinen Schrank. Ich lasse die Finger über eine Handvoll durchgeknöpfte Blusen wandern, wähle aufs Geratewohl eine aus und hänge den Bügel an den Schrankknauf. Dann lasse ich das Handtuch fallen und beginne mich anzukleiden. Dabei denke ich an Daniels Worte. *Ich liebe dich.* Mir war gar nicht klar, wie sehr ich mich nach diesen Worten gesehnt hatte; wie eklatant sie bis zu jenem Augenblick in meinem Leben gefehlt hatten. Als Daniel das schon einen Monat nachdem wir uns kennengelernt hatten, sagte, überlegte ich fieberhaft, wann ich es zuletzt gehört, wann jemand das zu mir und nur zu mir gesagt hatte.

Ich konnte mich nicht erinnern.

Jetzt gehe ich in die Küche, gieße Kaffee in meinen To-go-Becher und lockere mein noch feuchtes Haar auf, damit es schneller trocknet. Man sollte meinen, dass diese eigenartige Übereinstimmung in Daniels und meiner Vergangenheit uns einander entfremdet hätte – mein Vater ein Täter und seine Schwester ein Opfer –, doch das Gegenteil war der Fall. Es brachte uns einander näher, schmiedete ohne Worte ein Band zwischen uns. Und es machte Daniel mir gegenüber beinahe besitzergreifend, aber im positiven Sinn. Er ist fürsorglich. Ebenso wie Cooper, nehme ich an – weil sie beide verstehen, dass das Leben als Frau von Natur aus gefährlich ist. Weil sie beide den Tod verstehen und wissen, wie schnell er einen ereilen kann. Wie unfair er in der Auswahl seines nächsten Opfers sein kann.

Und sie beide verstehen *mich*. Sie verstehen, warum ich so bin, wie ich bin.

Mit dem Kaffee in der einen Hand und meiner Handtasche in der anderen gehe ich zur Tür und trete hinaus in die feuchte Morgenluft. Es ist erstaunlich, was eine einzige Nachricht von Daniel bei mir bewirkt – wie es meine Stimmung und meine Einstellung zum Leben beeinflusst, an ihn zu denken. Ich fühle mich gestärkt, als hätte das Duschwasser nicht nur den Schmutz unter meinen Fingernägeln fortgespült, sondern auch die Erinnerungen, die er geweckt hat; zum ersten Mal, seit ich Aubrey Gravinos Foto im Fernsehen sah, ist dieses Gefühl einer latenten Bedrohung so gut wie verschwunden.

Allmählich fühle ich mich normal. Allmählich fühle ich mich sicher.

Ich steige ins Auto, lasse den Motor an und fahre mechanisch zur Arbeit. Das Radio lasse ich ausgeschaltet, denn ich weiß, es wäre zu verlockend, mir die Nachrichten mit sämtlichen grausigen Details über Aubreys Leiche anzuhören. Ich muss das nicht wissen. Ich will das nicht wissen. Dieser Fund ist sicher die Nachricht des Tages, und ich werde dem nicht ewig ausweichen können, aber im Moment möchte ich sauber bleiben. Ich parke vor meiner Praxis, steige aus und öffne schwungvoll die Eingangstür. Drinnen ist Licht, also ist Melissa, meine Empfangsdame, schon da. Ich betrete den Vorraum, steuere in die Raummitte und rechne damit, dass der übliche Venti-Becher von Starbucks vor ihr auf dem Schreibtisch steht und sie mich in ihrem Singsang begrüßt.

Doch das ist nicht der Anblick, der sich mir bietet.

«Melissa», sage ich und bleibe wie angewurzelt stehen. Sie steht mitten im Raum, ihre Wangen sind fleckig und gerötet. Sie hat geweint. «Alles in Ordnung?»

Sie schüttelt den Kopf und vergräbt das Gesicht in den Händen. Ich höre sie schniefen, dann rinnen die Tränen zwischen ihren Fingern hindurch und tropfen zu Boden.

«Es ist so furchtbar», jammert sie, die Hände noch vor dem Gesicht, und schüttelt immer wieder den Kopf. «Haben Sie die Nachrichten gesehen?»

Ich atme auf und entspanne mich ein wenig. Sie meint Aubreys Leiche. Ganz kurz bin ich verärgert. Ich will im Augenblick nicht darüber reden. Ich will nach vorn blicken; ich will vergessen. Also gehe ich weiter auf mein Sprechzimmer zu.

«Ja», sage ich und stecke den Schlüssel ins Schloss. «Sie haben recht, es ist furchtbar. Aber zumindest können ihre Eltern jetzt damit abschließen.»

Melissa nimmt die Hände vom Gesicht und sieht mich verwirrt an.

«Ihre Leiche», stelle ich klar. «Wenigstens hat man sie gefunden. Das ist nicht immer so.»

Melissa weiß über meinen Vater Bescheid, sie kennt meine

Geschichte. Sie weiß von den Mädchen in Breaux Bridge und dass ihre Eltern nicht das Glück hatten, die Leichen ihrer Töchter zurückzubekommen. Gäbe es eine Skala zur Einordnung von Mordfällen im Hinblick auf die Belastung für Hinterbliebene, stünde *mutmaßlich tot* ganz am Ende. Es gibt nichts Schlimmeres, als nicht Bescheid zu wissen, nicht damit abschließen zu können. Als keine Gewissheit zu haben, auch wenn sämtliche Beweise auf das Entsetzliche hindeuten, von dem man im tiefsten Inneren weiß, dass es wahr ist – sich aber ohne Leiche nicht beweisen lässt. Ein kleiner Zweifel bleibt immer, der berühmte Hoffnungsschimmer. Doch eine falsche Hoffnung ist schlimmer als gar keine.

Melissa schnieft. «Was – wovon reden Sie?»

«Aubrey Gravino», sage ich in schärferem Ton als beabsichtigt. «Man hat ihre Leiche am Samstag auf dem Cypress Cemetery gefunden.»

«Ich rede nicht von Aubrey», entgegnet sie bedächtig.

Ich drehe mich zu ihr um; jetzt bin ich die mit dem verzerrten Gesicht. Der Schlüssel zu meinem Sprechzimmer steckt im Schloss, aber ich habe noch nicht aufgeschlossen. Meine Arme hängen kraftlos in der Luft. Melissa geht zum Couchtisch, nimmt die Fernbedienung und richtet sie auf den Fernseher an der Wand. Normalerweise bleibt er während meiner Praxiszeiten aus, doch nun schaltet sie ihn ein, und auf dem Bildschirm erscheint eine weitere leuchtend rote Schlagzeile:

EILMELDUNG: ZWEITES MÄDCHEN IN BATON ROUGE VERSCHWUNDEN

Darüber prangt das Gesicht eines anderen jungen Mädchens. Ich betrachte es – das strohblonde Haar, das ihr in die blauen

Augen mit den weißblonden Wimpern fällt, und die blassen Sommersprossen überall auf ihrer hellen Porzellanhaut. Ihr makelloser Teint fasziniert mich – ihre Haut sieht aus wie die einer Puppe, unberührbar. Und dann entweicht alle Luft aus meiner Lunge, und meine Arme fallen herab.

Jetzt erkenne ich sie. Ich kenne dieses Mädchen.

«Ich rede von Lacey», sagt Melissa, und eine Träne läuft ihr über die Wange, während sie in die Augen des Mädchens starrt, das noch vor drei Tagen hier im Empfangsbereich saß. «Lacey Deckler wird vermisst.»

KAPITEL DREIZEHN

Robin McGill war das zweite Mädchen meines Vaters, die Fortsetzung. Sie war still, zurückhaltend, blass und spindeldürr, während ihr Haar die Farbe eines glutroten Sonnenuntergangs hatte – praktisch ein Streichholz auf zwei Beinen. Sie war in keinerlei Hinsicht wie Lena, aber das spielte keine Rolle. Es hat sie nicht gerettet. Denn drei Wochen nachdem Lena verschwunden war, war auch Robin fort.

Nach Robins Verschwinden herrschte in der Stadt doppelt so viel Angst wie nach Lenas Entführung. Wenn ein einzelnes Mädchen verschwindet, kann man alle möglichen Erklärungen dafür finden. Vielleicht hatte sie am Sumpf gespielt, war ins Wasser gefallen und von irgendeinem Tier, das dort gelauert hatte, hinabgezogen worden. Ein tragischer Unfall – aber kein Mord. Vielleicht war es ein Verbrechen aus Leidenschaft; vielleicht hatte sie einen Jungen zu sehr verärgert. Oder sie könnte schwanger geworden und weggelaufen sein, eine Theorie, die sich wie ein dichter, stinkender Sumpfnebel in der Stadt hielt, bis eines Tages Robins Gesicht im Fernsehen gezeigt wurde – und jeder wusste, dass Robin nicht schwanger geworden und weggelaufen war. Robin war klug; sie war ein Bücherwurm. Robin blieb für sich und trug nie ein Kleid, das kürzer als wadenlang war. Bis zu Robins Verschwinden hatte ich diese Theorien wirklich geglaubt. Besonders die Theorie der jugendlichen Ausreißerin schien mir in Lenas Fall gar nicht *so* weit hergeholt. Außerdem war das schon einmal passiert. Bei Tara. In einer Kleinstadt wie Breaux Bridge wirkte Mord weitaus abwegiger.

Doch wenn zwei Mädchen innerhalb eines Monats verschwinden, dann ist das kein Zufall. Es ist kein Unfall. Es ist keine Notlage. Das ist Berechnung plus Gerissenheit und weit beängstigender als alles, was wir je erlebt hatten. Oder was wir für möglich gehalten hatten.

Lacey Decklers Verschwinden ist kein Zufall. Das spüre ich. So wie ich es vor zwanzig Jahren gespürt habe, als ich Robins Gesicht in den Nachrichten sah. Ich stehe hier, in meiner Praxis, den Blick auf den Fernseher gerichtet, auf dem mich Laceys sommersprossiges Gesicht ansieht, und fühle mich wieder wie damals mit zwölf, als ich nach dem Sommertageslager kurz vor Anbruch der Abenddämmerung aus dem Schulbus stieg und die alte staubige Straße entlanglief. Ich sehe meinen Vater auf der Veranda hocken und auf mich warten; ich sehe mich auf ihn zurennen, obwohl ich hätte vor ihm davonlaufen müssen. Angst schnürt mir die Kehle zu wie eine Hand, die meinen Hals gepackt hält.

Jemand lauert da draußen. Erneut.

«Alles in Ordnung bei *Ihnen*?» Melissas Stimme reißt mich aus meiner Betäubung. Sie mustert mich besorgt. «Sie sehen irgendwie blass aus.»

«Mir geht's gut», sage ich und nicke. «Es ist nur … Erinnerungen, verstehen Sie?»

Sie nickt; sie weiß, dass sie nicht in mich dringen darf.

«Können Sie meine Termine für heute absagen? Danach können Sie nach Hause gehen. Ruhen Sie sich aus.»

Melissa nickt und wirkt erleichtert. Sie nimmt an ihrem Schreibtisch Platz und setzt das Headset auf. Ich wende mich wieder dem Fernseher zu, greife nach der Fernbedienung und schalte den Ton lauter. Die Stimme des Nachrichtensprechers schwillt immer weiter an, bis sie den Raum erfüllt.

> *Für diejenigen unter Ihnen, die sich gerade erst zuschalten: Wir haben erfahren, dass in der Gegend von Baton Rouge, Louisiana, ein weiteres Mädchen vermisst wird – das zweite innerhalb von nur einer Woche. Noch einmal: Man hat uns bestätigt, dass, zwei Tage nachdem am Samstag die Leiche der fünfzehnjährigen Aubrey Gravino auf dem Cypress Cemetery gefunden wurde, ein weiteres Mädchen als vermisst gemeldet worden ist. Es handelt sich um die fünfzehnjährige Lacey Deckler, ebenfalls aus Baton Rouge. Unsere Reporterin Angela Baker berichtet jetzt live aus der Baton Rouge Magnet High School. Angela?*

Das Moderatorenpult des Nachrichtensprechers und Laceys Foto verschwinden. Jetzt sehe ich eine Highschool, die nur wenige Blocks von meiner Praxis entfernt liegt. Die Reporterin vor Ort nickt und drückt sich einen Finger aufs Ohr, bevor sie beginnt.

> *Danke, Dean. Ich bin hier in der Baton Rouge Magnet High School, wo Lacey Deckler gerade die neunte Klasse absolviert. Laceys Mutter Jeanine Deckler hat den Behörden gesagt, dass sie ihre Tochter am Freitagnachmittag nach dem Lauftraining hier von der Schule abgeholt und zu einem Termin nur wenige Blocks entfernt gefahren hat.*

Mir stockt der Atem; ich sehe zu Melissa, weil ich wissen will, ob sie das gehört hat, aber sie telefoniert und tippt gleichzeitig auf ihrem Laptop, verschiebt die heutigen Termine. Ich habe ein schlechtes Gewissen, weil ich ihr zumute, einen ganzen

Tag einfach so abzusagen, aber ich kann mir nicht vorstellen, meine Klienten jetzt zu empfangen. Es wäre nicht fair, ihnen meine Zeit zu berechnen, wenn ich sie ihnen gar nicht widme. Nicht wirklich jedenfalls. Denn in Gedanken wäre ich woanders. Ich wäre bei Aubrey und Lacey und Lena.

Ich blicke wieder zum Fernseher.

Nach diesem Termin wollte Lacey zu Fuß zu einer Freundin gehen, wo sie das Wochenende verbringen wollte – doch dort ist sie nie angekommen.

Die Kamera schwenkt zu einer Frau, die als Laceys Mutter ausgewiesen wird und weinend erklärt, dass sie zunächst geglaubt habe, Lacey habe einfach ihr Telefon ausgeschaltet, wie sie es manchmal tue: «Sie ist nicht wie die anderen Jugendlichen, die ständig auf Instagram sind. Lacey muss manchmal abschalten. Sie ist sehr sensibel.» Dann erzählt sie, dass der Fund von Aubreys Leiche der Katalysator gewesen sei, den sie brauchte, um ihre Tochter offiziell als vermisst zu melden. Auf eine typisch weibliche Art hat sie das Bedürfnis, der Welt zu beweisen, dass sie eine gute, eine aufmerksame Mutter ist. Dass es nicht ihre Schuld ist. Ich lausche ihrem Schluchzen und ihren Worten – «In meinen schlimmsten Albträumen hätte ich nicht gedacht, dass ihr etwas *passiert* ist, sonst hätte ich sie natürlich früher als vermisst gemeldet ...» –, und dann begreife ich: Lacey hat am Freitag den Ort, an dem sie ihren Termin gehabt hatte, ihren Termin bei mir, verlassen und ist niemals an ihrem nächsten Ziel angekommen. Sie ist bei mir aus der Tür getreten und verschwunden, was bedeutet, dass diese Praxis, *meine* Praxis, der letzte Ort ist, an dem sie lebend gesehen wurde – und ich bin die Letzte, die sie gesehen hat.

«Dr. Davis?»

Diese Stimme gehört nicht Melissa. Ich drehe mich um. Melissa steht mit ihrem Headset hinter dem Schreibtisch und blickt mich an. Die Stimme eben war tiefer, eine Männerstimme. Mein Blick zuckt zur Tür: Zwei Polizisten stehen davor. Ich schlucke.

«Ja?»

Sie treten gemeinsam ein, und der linke, der kleinere der beiden, hebt den Arm und zeigt mir seine Dienstmarke.

«Ich bin Detective Michael Thomas, und dies ist mein Kollege, Officer Colin Doyle», sagt er und deutet mit dem Kopf auf den Mann neben sich. «Wir würden gern mit Ihnen über das Verschwinden von Lacey Deckler sprechen.»

KAPITEL VIERZEHN

Auf der Polizeiwache war es warm – unangenehm warm. Ich erinnere mich noch gut an die vielen kleinen Ventilatoren überall im Büro des Sheriffs, die die abgestandene Luft in alle Richtungen bliesen, und an die Haftnotizen, die im Luftzug an seinem Schreibtisch flatterten. Auch mein dünnes Haar tanzte in diesem Kreuzfeuer und kitzelte mich an der Wange. Ich beobachtete die Schweißtropfen, die Sheriff Dooleys Hals hinabrannen, in seinen Hemdkragen sickerten und dort einen dunklen Fleck hinterließen. Der erste Herbsttag war gekommen und gegangen, doch es herrschte noch immer eine drückende Hitze.

«Chloe, Liebling», sagte meine Mutter und drückte meine Hand. Ihre Handfläche war feucht. «Zeig dem Sheriff doch, was du mir heute Morgen gezeigt hast.»

Ich sah auf das Kästchen in meinem Schoß, um ihn nicht ansehen zu müssen. Ich wollte es ihm nicht zeigen. Ich wollte nicht, dass er wusste, was ich wusste. Ich wollte nicht, dass er sah, was ich gesehen hatte, das, was in diesem Kästchen lag, denn dann wäre alles vorbei. Alles würde sich verändern.

«Chloe.»

Ich blickte hoch. Der Sheriff beugte sich über seinen Schreibtisch zu mir vor. Seine Stimme war tief, sie klang streng, aber zugleich lieb, wahrscheinlich weil seine unverkennbare gedehnte Südstaatensprechweise jedes Wort zähflüssig klingen ließ wie tropfenden Sirup. Er sah auf das Kästchen in meinem Schoß; auf die alte hölzerne Schmuckschatulle, in der meine Mutter ihre Diamantohrringe und Omas alte Broschen aufbewahrt hatte, bis mein Vater ihr vergangenes Jahr zu Weihnachten eine neue geschenkt hatte. In der Schatulle war eine Ballerina, die sich drehte und zu einer zarten Melodie tanzte, wenn man den Deckel aufklappte.

«Schon gut, Schätzchen», sagte der Sheriff. «Du machst das schon richtig. Fang einfach vorn an. Wo hast du das Kästchen gefunden?»

«Heute Morgen war mir langweilig», begann ich, drückte die Schatulle an den Bauch und spielte mit dem Fingernagel an einem Splitter im Holz. «Es ist immer noch so heiß, da wollte ich nicht raus, deshalb bin ich auf die Idee gekommen, mit Make-up zu spielen, was mit meinem Haar zu machen und so.»

Ich wurde rot, aber meine Mutter und der Sheriff gaben vor, es nicht zu bemerken. Ich war immer ein kleiner Wildfang gewesen, war lieber mit Cooper durch den Garten getollt, anstatt mir das Haar zu bürsten, aber seit jenem Tag mit Lena fielen mir nach und nach Dinge an mir auf, die ich bisher nie bemerkt hatte. Zum Beispiel, dass meine Schlüsselbeine vorsprangen, wenn ich meinen Pony hinten feststeckte, oder dass meine Lippen reizvoller wirkten, wenn ich dick Vanille-Lipgloss auftrug. Bei diesem Gedanken ließ ich die Schatulle los und wischte mir mit dem Unterarm über den Mund, mit einem Mal verlegen, weil ich immer noch Lipgloss trug.

«Ich verstehe, Chloe. Erzähl weiter.»

«Ich bin ins Schlafzimmer gegangen und habe den Kleiderschrank durchsucht. Ich wollte nicht herumschnüffeln.» Ich sah Mom an. «Ehrlich, das wollte ich nicht. Ich dachte, ich borge mir ein Tuch oder so aus, das ich mir ins Haar binden kann, aber dann sah ich deine Schmuckschatulle, wo Omas hübsche Anstecknadeln drin waren.»

«Schon gut, Liebes», flüsterte sie, und eine Träne lief ihr über die Wange. «Ich bin nicht böse.»

«Also habe ich sie genommen», sagte ich und blickte wieder auf die Schatulle, «und sie aufgemacht.»

«Und was hast du darin gefunden?», fragte der Sheriff.

Meine Lippen begannen zu beben; ich drückte die Schatulle fester an mich.

«Ich will keine Petze sein», flüsterte ich. «Ich will niemanden in Schwierigkeiten bringen.»

«Wir müssen bloß sehen, was in dem Kästchen ist, Chloe. Bis jetzt kommt niemand in Schwierigkeiten. Schauen wir mal nach, was in dem Kästchen ist, und dann sehen wir weiter.»

Ich schüttelte den Kopf, denn jetzt wurde mir der Ernst der Lage endgültig bewusst. Ich hätte dieses Kästchen niemals Mom zeigen dürfen; ich hätte niemals etwas sagen dürfen. Ich hätte einfach den Deckel zuknallen, das Ding zurück in seine staubige Ecke schieben und vergessen sollen. Aber das hatte ich nicht getan.

«Chloe.» Der Sheriff richtete sich auf. «Das ist jetzt ernst. Deine Mutter hat einen schweren Vorwurf erhoben, und wir müssen sehen, was in der Schatulle ist.»

«Ich habe es mir anders überlegt», sagte ich und geriet in Panik. «Ich glaube, ich war nur durcheinander oder so. Das ist bestimmt gar nicht wichtig.»

«Du warst mit Lena Rhodes befreundet, oder?»

Ich biss mir auf die Zunge und nickte bedächtig. In einer Kleinstadt spricht sich alles schnell herum.

«Ja, Sir», sagte ich. «Sie war immer nett zu mir.»

«Tja, Chloe, jemand hat dieses Mädchen ermordet.»

«Sheriff», sagte meine Mutter und beugte sich vor. Er hob die Hand und sah mich unbeirrt an.

«Jemand hat dieses Mädchen ermordet und sie an einem so schlimmen Ort versteckt, dass wir sie noch nicht finden konnten. Wir waren nicht in der Lage, ihre Leiche zu finden, um sie ihren Eltern zurückzugeben. Wie findest du das?»

«Ich finde das schrecklich», flüsterte ich, und eine Träne lief mir über die Wange.

«Ich auch», sagte er. «Aber das ist noch nicht alles. Als derjenige mit Lena fertig war, hat er nicht aufgehört. Derselbe Mensch hat weitere fünf Mädchen ermordet. Und vielleicht ermordet er noch fünf Mädchen, bevor das Jahr herum ist. Wenn du also etwas darüber weißt, wer dieser Mensch sein könnte, dann müssen wir das erfahren, Chloe. Wir müssen das erfahren, bevor er das noch einmal macht.»

«Ich will Ihnen nichts zeigen, was Dad in Schwierigkeiten bringt», sagte ich, und die Tränen strömten mir über das Gesicht. «Ich will nicht, dass Sie ihn abholen.»

Der Sheriff lehnte sich zurück und sah mich mitfühlend an. Er schwieg eine Weile, dann beugte er sich wieder vor.

«Selbst wenn das ein Menschenleben retten könnte?»

Ich hebe den Kopf und sehe die beiden Männer an, die jetzt vor mir sitzen – Detective Thomas und Officer Doyle. Sie sind in meinem Sprechzimmer, sitzen auf den Sesseln, die normalerweise den Klienten vorbehalten sind, und mustern mich. Und warten. Darauf, dass ich etwas sage, ebenso wie Sheriff Dooley vor zwanzig Jahren darauf wartete.

«Tut mir leid», sage ich und setze mich aufrechter hin. «Ich musste gerade an etwas denken. Können Sie die Frage wiederholen?»

Die beiden Männer wechseln einen Blick, dann schiebt Detective Thomas ein Foto über meinen Schreibtisch.

«Lacey Deckler», sagt er und tippt auf das Foto. «Sagen Ihnen der Name oder das Bild etwas?»

«Ja. Ja, Lacey ist eine neue Klientin. Sie war Freitagnachmittag bei mir. In Anbetracht der Nachrichten sind Sie vermutlich deshalb hier.»

«Das ist richtig», sagt Officer Doyle.

Es ist das Erste, was er sagt, und mein Blick zuckt zu ihm. Ich erkenne diese Stimme wieder. Ich habe sie schon einmal gehört, diese heisere, erstickte Stimme. Ich habe sie diese Woche auf dem Friedhof gehört. Er ist der Polizist, der angerannt kam, als wir Aubreys Ohrring fanden. Der Polizist, der ihn mir aus der Hand nahm.

«Um welche Uhrzeit hat Lacey am Freitagnachmittag Ihre Praxis verlassen?»

«Sie, ähm, war mein letzter Termin.» Ich reiße den Blick von Officer Doyle los und richte ihn wieder auf den Detective. «Also muss sie gegen halb sieben gegangen sein.»

«Haben Sie sie gehen sehen?»

«Ja. Na ja, nein. Ich habe gesehen, wie sie meine Praxis verließ, aber ich habe sie nicht das Gebäude verlassen sehen.»

Officer Doyle mustert mich irritiert, als würde er mich ebenfalls wiedererkennen.

«Also könnte es auch sein, dass sie das Gebäude gar nicht verlassen hat?»

«Ich denke, wir können davon ausgehen, dass sie das Gebäude verlassen hat», erwidere ich und schlucke meine Verärgerung hinunter. «Wenn man den Empfangsraum verlassen hat, kann man eigentlich nirgendwo anders hin. Da ist ein Hausmeisterraum, aber der ist immer abgeschlossen, und ein kleines Bad neben der Haustür. Das ist alles.»

Die Männer nicken, anscheinend zufrieden.

«Worüber haben Sie während Ihres Termins gesprochen?», fragt der Detective.

«Das kann ich Ihnen nicht sagen.» Ich setze mich anders hin. «Die Beziehung zwischen Psychologin und Klientin ist streng vertraulich. Was meine Klienten mir in diesen vier Wänden erzählen, gebe ich nicht weiter.»

«Selbst wenn das ein Menschenleben retten könnte?» Es fühlt sich an wie ein Schlag in die Magengrube, der mir den Atem raubt. Die vermissten Mädchen, die Polizei, die mir Fragen stellt. Es ist zu viel, zu ähnlich. Ich blinzle heftig, in der Hoffnung, dass das grelle Licht in meinem peripheren Gesichtsfeld wieder verschwindet. Ganz kurz fürchte ich, ohnmächtig zu werden.

«Tut – tut mir leid», stammle ich. «Was haben Sie gerade gesagt?»

«Wenn Lacey Ihnen in der Sitzung am Freitag etwas erzählt hat, das ihr möglicherweise das Leben retten könnte, würden Sie es uns sagen?»

«Ja», erwidere ich zittrig und werfe einen Blick auf die Schreibtischschublade mit den Tabletten, meine Rettungsleine, im Moment leider nicht zugänglich. Ich brauche eine. Ich brauche jetzt eine. «Ja, natürlich. Wenn etwas, das sie mir erzählt hat, bei mir auch nur den leisesten Verdacht geweckt hätte, dass sie in Gefahr ist, würde ich es Ihnen sagen.»

«Und warum hat sie dann eine Therapeutin aufgesucht? Wenn alles in Ordnung war?»

«Ich bin Psychologin», sage ich. Meine Hände zittern. «Es war das Erstgespräch; es war im Grunde eine Einführung. Wir haben uns einfach kennengelernt. Sie hat ein paar ... familiäre Probleme, bei denen sie Hilfe benötigt.»

«Familiäre Probleme», wiederholt Officer Doyle. Er sieht mich immer noch argwöhnisch an, jedenfalls kommt es mir so vor.

«Ja. Und es tut mir leid, aber das ist wirklich alles, was ich Ihnen sagen darf.»

Ich stehe auf, ein nonverbaler Hinweis für die beiden, dass es Zeit ist zu gehen. Ich war an dem Ort, wo man Aubreys Leiche gefunden hat – genau dieser Officer kam zu mir, als ich ein Beweisstück in der Hand hielt, Herrgott –, und jetzt bin ich die Letzte, die Lacey gesehen hat, bevor sie verschwand. Diese beiden Zufälle im Verein mit meinem Nachnamen würden mich ins Zentrum der Ermittlungen rücken – wo ich garantiert nicht sein möchte. Ich sehe mich in meinem Sprechzimmer nach Anhaltspunkten um, die ihnen meine Identität, meine Vergangenheit verraten könnten, aber ich habe hier nichts Persönliches. Keine Familienfotos, nichts, was auf Breaux Bridge verweist. Sie haben meinen Namen, nur meinen Namen, aber falls sie mehr wissen wollen, genügt das.

Die beiden sehen einander an und stehen gleichzeitig auf.

«Tja, Dr. Davis, danke für Ihre Zeit», sagt Detective Thomas und nickt mir zu. «Und falls Ihnen etwas einfällt, das unserer Ermittlung dienlich sein könnte, irgendetwas, das wir Ihrer Meinung nach wissen sollten –»

«Dann sage ich es Ihnen.» Ich lächle höflich. Sie wenden sich zur Tür, öffnen sie weit und blicken in das jetzt verlassene Empfangszimmer. Officer Doyle dreht sich noch einmal um.

«Tut mir leid, Dr. Davis, eins noch», sagt er nach kurzem Zögern. «Sie kommen mir sehr bekannt vor, aber ich kann Sie nicht einordnen. Sind wir uns schon einmal begegnet?»

«Nein.» Ich verschränke die Arme. «Nein, ich glaube nicht.»

«Sind Sie sicher?»

«Ich bin mir ziemlich sicher. Wenn Sie mich jetzt bitte entschuldigen, ich habe einen vollen Terminkalender. Mein Neun-Uhr-Termin müsste jede Minute hier sein.»

KAPITEL FÜNFZEHN

Ich gehe hinaus in den Empfangsraum. Es ist so still, dass mein Atem ungewöhnlich laut klingt. Detective Thomas und Officer Doyle sind gegangen. Melissas Handtasche ist fort, ihr Computer ausgeschaltet. Der Fernseher läuft noch, und Laceys Gesicht geistert durch den Raum und erfüllt ihn mit ihrer Präsenz.

Ich habe Officer Doyle angelogen. Wir sind uns bereits begegnet – auf dem Cypress Cemetery, als er mir den Ohrring eines toten Mädchens aus der Hand nahm. Auch das mit dem vollen Terminkalender ist gelogen. Melissa hat alle Termine abgesagt – ich habe sie ausdrücklich darum gebeten. Jetzt ist es Viertel nach neun an einem Montagmorgen, und ich habe nichts anderes zu tun, als in einer leeren Praxis zu sitzen, wo meine finsteren Gedanken mich verschlingen und nur die Knochen wieder auswürgen werden.

Aber ich weiß, das darf ich nicht zulassen. Nicht noch einmal.

Ich halte mein Telefon in der Hand und überlege, mit wem ich sprechen, wen ich anrufen kann. Cooper kommt nicht infrage – er würde sich zu große Sorgen machen, mir Fragen stellen, die ich nicht beantworten möchte, vorschnelle Schlüsse ziehen, was ich zu vermeiden versuche. Er würde mich besorgt ansehen, sein Blick würde kurz zu meinem Schreibtisch zucken, dann wieder zu mir, und insgeheim würde er sich fragen, welche Medikamente ich dort drin, im Dunkeln, verwahre. Welche Art von verdrehten Gedanken sie erzeugen und durch meinen Kopf wirbeln lassen. Nein, ich brauche Gelassenheit, Vernunft, Beruhigung. Mein nächster Gedanke gilt Daniel, aber der ist auf einer Konferenz. Ich darf ihn hiermit nicht belästigen. Es ist nicht etwa so, dass er sich nicht die Zeit nehmen würde, mir zuzuhören – das Gegenteil ist der Fall. Er würde alles stehen und liegen lassen und mir zu Hilfe eilen, und das darf ich nicht zulassen. Ich darf ihn da nicht hineinziehen. Außerdem, was ist dieses *da* eigentlich? Da kommen doch nur meine Erinnerungen, meine Dämonen an die Oberfläche. Es gibt nichts, was er tun könnte, um dieses Problem zu lösen, nichts, was er sagen könnte, das nicht bereits gesagt wurde. Das ist es nicht, was ich jetzt brauche. Ich brauche jemanden, der zuhört.

Dann reiße ich den Kopf hoch. Mit einem Mal weiß ich, wohin ich mich wenden muss.

Ich schnappe mir meine Handtasche und die Schlüssel, schließe meine Praxis ab, setze mich ins Auto und fahre nach Süden. Nach wenigen Minuten passiere ich ein Schild, auf dem *Riverside Assisted Living* steht, und erblicke kurz darauf in der Ferne auch schon das vertraute Ensemble pollengelber Gebäude. Ich habe immer gedacht, diese Farbe sollte Sonnenschein, Glück, Wohlbefinden und dergleichen vermitteln. Es gab eine Zeit, da glaubte ich das tatsächlich und redete mir ein, eine Farbe könne die Stimmung der Bewohner, die dort festsitzen, künstlich heben. Aber mittlerweile ist das einst leuchtende Gelb verblasst, die Verkleidung dank des unbarmherzigen Wirkens von Wetter und Zeit immer mehr ausgeblichen. An manchen Fenstern fehlen die Jalousien, was den Eindruck eines zahnlosen Grinsens erweckt, und in den Rissen auf den Gehwegen wächst Unkraut, als suchte es ebenfalls einen Weg hinaus. Wenn ich mich diesen Gebäuden heute nähere, sehe ich nicht Sonnengelb, die Farbe der Wärme, Energie und Fröhlichkeit, sondern Vernachlässigung, das Gelb fleckiger Bettlaken oder ungepflegter Zähne.

Ich weiß, was ich mir sagen würde, wenn ich eine Klientin von mir wäre..

Du projizierst, Chloe. Ist es möglich, dass du Vernachlässigung an diesen Gebäuden wahrnimmst, weil du das Gefühl hast, dass du jemanden da drin vernachlässigt hast?

Ja, ja. Ich weiß, die Antwort lautet Ja, aber das macht es nicht einfacher. Ich fahre in eine Parklücke in der Nähe des Eingangs, steige aus und schließe die Tür ein bisschen zu heftig, dann betrete ich durch die Automatiktür den Empfangsbereich.

«Na so was, hallo, Chloe!»

Ich drehe mich zum Empfangstresen um und lächle die Frau an, die mir von dort zuwinkt. Sie ist kräftig und vollbusig, trägt das Haar in einem straffen Knoten, und ihre gemusterte Arbeitskleidung ist ausgeblichen und weich. Ich winke zurück, dann gehe ich zu ihr und stütze mich auf den Tresen.

«Hey, Martha. Wie geht's Ihnen heute?»

«Ach, nicht übel, nicht übel. Wollen Sie Ihre Frau Mama besuchen?»

«Ja, Ma'am.» Ich lächle.

«Es ist schon eine Weile her», sagt sie, holt das Gästebuch hervor und schiebt es mir zu. In ihrem Tonfall liegt Kritik, aber das versuche ich zu ignorieren und sehe ins Gästebuch. Martha hat eine frische Seite aufgeschlagen, und ich trage meinen Namen in die oberste Zeile ein. Dabei fällt mein Blick auf das Datum oben rechts: Montag, 3. Juni. Ich schlucke schwer und versuche, den Stich in meiner Brust zu ignorieren.

«Ich weiß», sage ich schließlich. «Ich hatte viel zu tun, aber das ist keine Entschuldigung. Ich hätte längst kommen müssen.»

«Die Hochzeit ist jetzt bald, oder?»

«Nächsten Monat. Ist das zu fassen?»

«Schön für Sie, Herzchen. Schön für Sie. Ihre Mutter freut sich für Sie, das weiß ich.»

Dankbar für diese Lüge, lächle ich sie an. Ich würde gern glauben, dass meine Mutter sich für mich freut, aber in Wahrheit kann man das nicht wissen.

«Nur zu», sagt Martha und nimmt das Gästebuch wieder an sich. «Sie kennen den Weg. Eine Pflegerin müsste gerade bei ihr sein.»

«Danke, Martha.»

Ich drehe mich um und betrachte den Empfangsbereich. Drei Gänge zweigen in unterschiedliche Richtungen davon ab. Der Gang zu meiner Linken führt zur Küche und zur Cafeteria, wo den Bewohnern jeden Tag zur selben Zeit aus gewaltigen Töpfen und Pfannen verschiedene in großen Mengen zubereitete Mahlzeiten serviert werden: wässriges Rührei, Spaghetti Bolognese, Mohn-Hühnchen-Auflauf mit welkem Salat, der in einem versalzenen Dressing ertrinkt. Der mittlere Gang führt zum Aufenthaltsraum, einem weitläufigen Bereich mit Fernsehern, Brettspielen und erstaunlich bequemen Sesseln, auf denen ich schon mehrmals eingeschlafen bin. Ich nehme den rechten Gang, an dem die Zimmer liegen, und gehe über den sich schier endlos erstreckenden marmorierten Linoleumboden zu Zimmer 424.

«Klopf, klopf», sage ich und klopfe zusätzlich an die Tür, die einen Spaltbreit offen steht. «Mom?»

«Immer hereinspaziert! Wir machen uns nur eben noch vorzeigbar.»

Ich strecke den Kopf durch den Türspalt und sehe meine Mutter zum ersten Mal seit einem Monat wieder. Wie immer sieht sie unverändert, aber anders aus. Unverändert so wie in den letzten zwanzig Jahren, aber anders, als mein Kopf sie in

Erinnerung behalten will: jung, schön, voller Leben. In farbenfrohen Sommerkleidern, die ihre gebräunten Knie umspielten, das lange, gewellte Haar mit Spangen an den Seiten zurückgehalten, die Wangen von der sommerlichen Hitze gerötet. Jetzt lugen ihre bleichen, gebrechlichen Beine unter ihrem Bademantel hervor, während sie ausdruckslos in ihrem Rollstuhl sitzt und aus dem Fenster sieht, das auf den Parkplatz hinausgeht. Die Pflegerin bürstet ihr das Haar, das nur noch schulterlang ist.

«Hey, Mom», sage ich und trete näher. Ich setze mich aufs Bett und lächle. «Guten Morgen.»

«Guten Morgen, Herzchen», sagt die Pflegerin. Sie ist neu, ich kenne sie noch nicht. Sie scheint meine Gedanken zu lesen. «Ich heiße Sheryl. Ihre Frau Mama und ich, wir haben uns in den letzten Wochen gut zusammengerauft, nicht wahr, Mona?»

Sie klopft meiner Mutter auf die Schulter und lächelt, streicht noch ein paar Mal mit der Bürste durch ihr Haar, legt diese auf den Nachttisch und dreht den Rollstuhl zu mir um. Selbst nach all den Jahren erschrecke ich beim Anblick ihres Gesichts. Sie ist nicht etwa entstellt oder so; nicht bis zur Unkenntlichkeit verunstaltet. Aber sie ist anders. Die Kleinigkeiten, die sie ausgemacht haben, haben sich verändert. Ihre früher perfekt gezupften Augenbrauen wuchern, was ihrem Gesicht etwas Maskulines verleiht. Ihre Haut ist wächsern und bar jeden Make-ups, ihr Haar mit billigem Shampoo gewaschen, sodass die Spitzen spröde und ungepflegt aussehen.

Und ihr Hals. Diese lange, dicke Narbe quer über ihrem Hals.

«Ich lasse euch dann mal allein», sagt Sheryl und geht zur Tür. «Falls Sie etwas brauchen, rufen Sie einfach.»

«Danke.»

Jetzt bin ich mit meiner Mutter allein. Ihr Blick bohrt sich in meine Augen, und meine Schuldgefühle kommen wieder hoch. Mom kam nach ihrem Selbstmordversuch in ein Heim in Breaux Bridge. Wir waren mit zwölf und fünfzehn noch zu jung, um uns um sie zu kümmern – wir lebten bei einer Tante am Stadtrand –, aber der Plan war, sie wieder aus dem Heim zu holen, sobald wir das konnten. Uns um sie zu kümmern, sobald wir das konnten. Dann wurde Cooper achtzehn, und es war klar, dass sie nicht zu ihm konnte. Er war rastlos. Konnte nicht stillsitzen. Sie brauchte aber einen festen Tagesablauf. Einfache, klare Abläufe. Also beschlossen wir, sie nach Baton Rouge zu holen, als ich an die LSU kam, und ich wollte sie nach dem Studium zu mir nehmen … doch dann fielen uns neue Ausreden ein. Wie sollte ich meine Dissertation schreiben, wenn ich mich um eine pflegebedürftige, psychisch und körperlich schwer beeinträchtigte Mutter kümmern musste? Wie sollte ich jemals jemanden kennenlernen, eine Beziehung beginnen, heiraten – wobei ich meine Aussichten in diesem Punkt auch ohne ihr Zutun ziemlich wirksam sabotierte. Also ließen wir sie hier, in Riverside, und redeten uns immer noch ein, es sei nur vorübergehend. Nach dem Studienabschluss. Wenn wir genügend Ersparnisse hätten. Wenn ich erst meine eigene Praxis eröffnet hätte. Die Jahre vergingen, und wir beruhigten unser schlechtes Gewissen, indem wir sie jedes Wochenende besuchten. Dann besuchten wir sie abwechselnd, einmal Cooper, einmal ich, sodass wir nur jede zweite Woche zu ihr mussten. Aber wir waren immer in Eile, sahen ständig aufs Telefon, weil wir den Besuch bei ihr zwischen anderen Verpflichtungen einschoben. Heute kommen wir meistens erst dann, wenn die Pflegerinnen uns anrufen und dazu auffordern. Sie sind alle nett, aber ich bin sicher, dass sie hinter unserem Rücken über uns reden. Uns dafür verurteilen, dass wir unsere Mutter im Stich lassen, dass wir ihr Schicksal in die Hände fremder Menschen gelegt haben.

Aber was sie nicht verstehen, ist, dass sie uns ebenfalls im Stich gelassen hat.

«Tut mir leid, dass ich dich so lange nicht besucht habe», sage ich und suche in ihrem Gesicht nach irgendeiner Regung, irgendeinem Lebenszeichen. «Die Hochzeit ist im Juli, und bis dahin ist noch viel vorzubereiten.»

Das Schweigen zieht sich in die Länge, es schleppt sich dahin, aber mittlerweile bin ich daran gewöhnt, dass ich hier Selbstgespräche führe. Ich weiß, sie wird mir nicht antworten.

«Ich verspreche, ich bringe Daniel bald mal mit und stelle ihn dir vor», sage ich. «Du wirst ihn mögen. Er ist ein wirklich netter Mann.»

Sie blinzelt mehrmals und klopft mit den Fingern auf die Armlehne. Ich betrachte ihre Hand und frage sie: «Würdest du ihn gern kennenlernen?»

Wieder klopft sie sanft auf die Armlehne, und ich lächle sie an.

Kurz nach Dads Verurteilung fand ich meine Mutter auf dem Boden des Schlafzimmerschranks – genau des Schranks, in dem ich das ominöse Kästchen gefunden hatte. Die Schmuckschatulle, die Dads Schicksal besiegelte. Das Symbolhafte an dieser Handlung entging mir nicht, selbst mit zwölf Jahren nicht. Sie hatte versucht, sich mit einem seiner Ledergürtel zu erhängen, doch die Holzstange war durchgebrochen, und sie war zu Boden gestürzt. Als ich sie fand, war ihr Gesicht blau angelaufen, ihre Augen waren hervorgetreten, die Beine zuckten. Ich weiß noch, wie ich nach Cooper schrie, wie ich ihn anschrie, er sollte etwas sagen, etwas tun. Doch er stand bloß im Flur, wie betäubt, reglos. *TU DOCH WAS!*, schrie ich noch einmal, und da blinzelte er, schüttelte den Kopf, rannte zum Schrank und machte eine Herz-Lungen-Wiederbelebung bei ihr. Irgendwann dämmerte mir, dass ich den Notruf wählen sollte, also tat ich das. Und so gelang es uns, einen Teil von ihr zu retten, nur eben nicht alles.

Sie lag einen Monat im Koma. Cooper und ich waren nicht alt genug, um Entscheidungen in medizinischen Fragen zu treffen, also musste unser Vater vom Gefängnis aus entscheiden. Er wollte den Stecker nicht ziehen. Er konnte sie nicht besuchen, aber man hatte ihm ihren Zustand genauestens geschildert: Sie würde nie mehr laufen, nie mehr sprechen, nie mehr irgendetwas allein tun können. Dennoch weigerte er sich, sie aufzugeben. Auch das Symbolhafte daran entging mir nicht – in Freiheit hatte er seine Tage damit zugebracht, Menschen das Leben zu nehmen, nun aber, wo er in Haft saß, war er anscheinend entschlossen, Leben zu retten. Wochenlang sahen wir unsere Mutter reglos in einem Krankenhausbett liegen, sahen, wie ihre Brust sich mithilfe der Apparate hob und senkte, bis sie eines Morgens aus eigener Kraft eine Bewegung machte – ihre Augen öffneten sich flatternd.

Sie hat ihr Gehvermögen nie mehr zurückerlangt. Sie hat ihr Sprechvermögen nicht mehr zurückerlangt. Infolge der Anoxie – eines schwerwiegenden Sauerstoffmangels im Gehirn – befindet sie sich in einem *minimalen Bewusstseinszustand*, wie die Ärzte es nennen. Sie verwendeten Wörter wie *erheblich* und *irreversibel*. Mom ist nicht ganz da, aber sie ist auch nicht fort. Wie viel sie wirklich versteht, ist unklar. Es gibt Tage, an denen ich mich unwillkürlich über mein oder Coopers Leben auslasse, über all das, was wir gesehen und getan haben in den Jahren, seit sie zu dem Schluss kam, dass wir nicht mehr wichtig genug waren, um unseretwegen am Leben zu bleiben, und irgendwann sehe ich etwas in ihren Augen aufflackern, woran ich erkenne, dass sie mich hört. Sie versteht, was ich sage. Es tut ihr leid.

Bei anderen Gelegenheiten sehe ich in ihren tintenschwarzen Pupillen nur mein eigenes Spiegelbild.

Heute ist ein guter Tag. Sie hört mich. Sie versteht. Sie kann nicht verbal kommunizieren, aber sie kann die Finger bewegen. Im Lauf der Jahre habe ich gelernt, dass ein Klopfen etwas bedeutet – ihre Version eines Nickens, glaube ich, ein subtiler Hinweis darauf, dass sie meinen Erzählungen folgt.

Vielleicht ist das aber auch bloß Wunschdenken. Vielleicht hat es überhaupt nichts zu bedeuten.

Ich sehe meine Mutter an, die lebendige Verkörperung des Leids, das mein Vater verursacht hat. Wenn ich ehrlich zu mir selbst bin, ist das der wahre Grund, warum ich sie all die Jahre in diesem Heim gelassen habe. Ja, es ist eine große Verantwortung, sich um einen Menschen zu kümmern, der so schwer beeinträchtigt ist wie sie – aber ich könnte es, wenn ich wirklich wollte. Ich habe das Geld, um Hilfe zu bezahlen, könnte vielleicht sogar eine Pflegerin einstellen, die bei uns wohnt. Die Wahrheit ist, ich will es nicht. Ich kann mir nicht vorstellen, ihr jeden Tag in die Augen zu sehen und gezwungen zu sein, den Moment, als wir sie fanden, immer wieder zu durchleben. Ich kann mir nicht vorstellen, zuzulassen, dass die Erinnerungen mein Haus fluten, den einen Ort, bei dem ich mir solche Mühe gegeben habe, einen Anschein von Normalität aufrechtzuerhalten. Ich habe meine Mutter im Stich gelassen, weil es so leichter ist. Ebenso wie ich unser Elternhaus aufgegeben habe: Ich weigere mich, unsere Habseligkeiten durchzusehen und das Grauen, das sich dort ereignete, noch einmal zu durchleben. Stattdessen lasse ich es einfach da stehen und verfallen, als würde es weniger real, wenn ich es nicht zur Kenntnis nehme.

«Ich bringe ihn vor der Hochzeit einmal mit», sage ich, und diesmal meine ich es ernst. Ich möchte, dass Daniel meine Mutter kennenlernt, und ich möchte, dass meine Mutter ihn kennenlernt. Ich lege ihr die Hand aufs Bein; es ist so fragil, dass ich fast zurückzucke. Nach zwanzig Jahren ohne Bewegung haben die Muskeln sich zurückgebildet, jetzt ist sie nur noch Haut und Knochen. Aber ich zwinge mich, die Hand auf ihrem Bein liegen zu lassen, und drücke es sanft. «Aber eigentlich, Mom, ist das nicht das, worüber ich reden wollte. Ich bin nicht deswegen hier.»

Ich senke den Blick. Wenn ich es einmal ausgesprochen habe, kann ich es nicht mehr zurücknehmen, nicht mehr herunterschlucken, mache ich mir bewusst. Es wird im Kopf meiner Mutter gefangen sein – wie in einer Schatulle ohne Schlüssel. Und wenn es erst einmal da drin ist, wird sie es nicht wieder loswerden. Sie kann ja nicht darüber reden, kann es nicht verbalisieren, es sich von der Seele reden so wie ich – wie ich es gerade *tue*. Plötzlich kommt mir das unglaublich egoistisch vor. Aber ich kann nicht anders. Ich erzähle es ihr trotzdem.

«Es gibt wieder vermisste Mädchen. Tote Mädchen. Hier in Baton Rouge.»

Ich meine zu sehen, wie ihre Augen sich weiten, aber wie gesagt, vielleicht wünsche ich mir das auch nur.

«Am Samstag hat man auf dem Cypress Cemetery die Leiche einer Fünfzehnjährigen gefunden. Ich war dort, beim Suchtrupp. Sie haben ihren Ohrring gefunden. Und heute Morgen wurde wieder eine als vermisst gemeldet. Noch eine Fünfzehnjährige. Und diesmal *kenne* ich sie. Sie ist eine Klientin von mir.»

Schweigen senkt sich herab, und zum ersten Mal, seit ich zwölf war, sehne ich mich nach der Stimme meiner Mutter. Ich brauche verzweifelt ihre praktischen, aber schützenden Worte, die sich um meine Schultern legen wie eine Decke im Winter und mich behüten. Mich warm halten.

Das ist eine ernste Sache, Schatz, aber sei einfach vorsichtig. Sei wachsam.

«Es fühlt sich vertraut an», sage ich und sehe aus dem Fenster. «Irgendetwas daran fühlt sich einfach … ich weiß nicht … genauso an. Es ist wie ein Déjà-vu. Die Polizei war bei mir, um mit mir zu sprechen, in meiner Praxis, und das hat mich daran erinnert, wie ich …»

Ich breche ab, sehe meine Mutter an, frage mich, ob auch sie sich noch an unsere Unterhaltung in Sheriff Dooleys Büro erinnern kann. An die schwüle Luft, die Haftnotizen, die im Luftzug der Ventilatoren flatterten, das Holzkästchen auf meinem Schoß.

«Ganze Unterhaltungen kommen wieder hoch», fahre ich fort. «So, als würde ich dieselben Unterhaltungen immer wieder führen. Aber dann denke ich an das letzte Mal, dass ich diesen Eindruck hatte …»

Wieder breche ich ab, weil mir einfällt, dass *dies* eine Erinnerung ist, die meine Mutter nicht mit mir teilt. Sie weiß nichts vom letzten Mal, damals auf dem College, als die Erinnerungen wieder über mich hereinbrachen, so realistisch, dass ich die Vergangenheit nicht von der Gegenwart trennen konnte, das *Damals* nicht vom *Jetzt*. Das Reale nicht vom Eingebildeten.

«So kurz vor dem Jahrestag bin ich wahrscheinlich bloß paranoid, ich weiß», sage ich schließlich. «Du weißt schon, noch mehr als sonst, meine ich.»

Ich lache und schlage mir die Hand vor den Mund. Dabei

streife ich meine Wange und spüre Nässe, eine Träne, die mir übers Gesicht läuft. Ich habe nicht gemerkt, dass ich weine.

«Wie auch immer, ich glaube, ich musste das einfach mal laut aussprechen, es jemandem erzählen, damit ich höre, wie albern das klingt.» Ich streife die Träne von meiner Wange und wische mir die Hand an der Hose ab. «O Gott, bin ich froh, dass ich zu dir gekommen bin, bevor ich es jemand anderem erzähle. Ich weiß nicht, warum ich mir solche Sorgen mache. Dad ist im Gefängnis. Er kann ja gar nichts damit zu tun haben.»

Meine Mutter starrt mich an, in ihren Augen stehen Fragen, die sie mir stellen möchte, das weiß ich. Ich sehe auf ihre Hand, ihre Finger zucken fast unmerklich.

«Ich bin wieder da!»

Ich fahre zusammen und drehe mich um. Sheryl steht an der Tür. Ich lege mir die Hand auf die Brust und atme aus.

«Wollte Sie nicht erschrecken, Schätzchen.» Sie lacht. «Habt ihr es gut zusammen?»

«Ja.» Ich nicke. Dann sehe ich wieder meine Mutter an. «Ja, es ist nett, sich mal wieder auf den neuesten Stand zu bringen.»

«Sie haben ja diese Woche allerhand Besuch, nicht wahr, Mona?»

Ich lächle, erleichtert, zu hören, dass Cooper sein Besuchsversprechen eingehalten hat.

«Wann hat mein Bruder vorbeigeschaut?»

«Nein, nicht Ihr Bruder», sagt Sheryl. Sie tritt hinter meine Mutter, legt die Hände auf den Rollstuhl und löst mit dem Fuß die Bremse. «Es war ein anderer Mann. Ein Freund der Familie, hat er gesagt.»

Ich runzle die Stirn.

«Was für ein anderer Mann?»

«Sah irgendwie hipp aus, nicht hier aus der Gegend. Er ist auf Besuch aus der Großstadt, hat er gesagt?»

«Braunes Haar?», frage ich. «Schildpattbrille?»

Sheryl schnippt mit zwei Fingern und deutet dann auf mich. «Genau der!»

Da stehe ich auf und nehme meine Handtasche vom Bett.

«Ich muss los», sage ich, gehe rasch zu meiner Mutter und lege ihr die Arme um den Hals. «Tut mir leid, Mom. Für … alles.»

Dann laufe ich hinaus und den Flur entlang, und meine Wut wächst mit jedem Schritt. Wie kann er es wagen? Wie *kann* er nur? Am Empfang lasse ich mich schwer atmend gegen den Tresen fallen. Ich habe so eine Ahnung, wer dieser geheimnisvolle Besucher gewesen sein könnte, aber ich muss mir Gewissheit verschaffen.

«Martha, ich muss das Gästebuch sehen.»

«Sie haben sich doch schon eingetragen, Herzchen. Wissen Sie noch, als Sie hereinkamen?»

«Nein, ich muss wissen, wer sie zuletzt besucht hat. Am Wochenende.»

«Ich weiß nicht, ob ich Ihnen das erlauben darf, Schätzchen –»

«Irgendjemand hier hat einen Mann zu meiner Mutter gelassen, der dazu nicht befugt ist. Er hat gesagt, er sei ein Freund der Familie, aber das ist er nicht. Er ist gefährlich, und ich muss wissen, ob er hier war.»

«Gefährlich? Schätzchen, wir lassen hier niemanden rein, der –»

«Bitte. Bitte lassen Sie mich nur eben nachsehen.»

Sie fixiert mich kurz, dann holt sie das Buch von ihrem Schreibtisch und reicht es mir. Ich flüstere ein Dankeschön, dann blättere ich durch Seiten voller alter Unterschriften. Endlich komme ich zum Abschnitt für gestern – den Tag, den ich auf meiner Wohnzimmercouch vergeudet habe –, überfliege die Namen, und dann bleibt mir das Herz stehen beim Anblick des einen Namens, von dem ich verzweifelt gehofft hatte, ihn nicht zu sehen.

Da habe ich, in einer schlampigen Schrift, den Beweis, den ich gesucht habe.

Aaron Jansen war hier.

KAPITEL SECHZEHN

Er meldet sich nach zweimaligem Läuten.

«Aaron Jansen.»

«Sie *Arschloch*», sage ich, ohne mich mit einer Begrüßung aufzuhalten, und stürme über den Parkplatz zu meinem Wagen. Sobald ich das Gästebuch zurückgegeben hatte, rief ich die Mailbox in meiner Praxis an und hörte Aarons letzte Nachricht von Freitagabend noch einmal ab.

Sie erreichen mich direkt unter dieser Nummer.

«Chloe Davis», entgegnet er, und in seiner Stimme liegt der Anflug eines Lächelns. «Ich dachte mir schon, dass ich heute vielleicht von Ihnen höre.»

«Sie haben meine *Mutter* besucht? Dazu hatten Sie kein Recht.»

«Ich habe Ihnen in meiner Nachricht auf Ihrer Mailbox gesagt, dass ich mich auch an Ihre Familie wenden werde. Ich habe Sie vorgewarnt.»

«Nein.» Ich schüttele den Kopf. «Nein, Sie haben gesagt, an meinen Vater. Mein Vater interessiert mich einen Scheißdreck, aber meine Mutter ist tabu.»

«Treffen wir uns. Logischerweise bin ich in der Stadt. Dann erkläre ich Ihnen alles.»

«Verpissen Sie sich», fahre ich ihn an. «Ich treffe mich nicht mit Ihnen. Was Sie getan haben, war moralisch verwerflich.»

«Wollen Sie mir wirklich etwas über Moral erzählen?»

Dicht vor meinem Auto bleibe ich stehen.

«Was soll das heißen?»

«Treffen Sie sich einfach heute mit mir. Ich werde mich kurzfassen.»

«Ich bin beschäftigt», lüge ich, schließe meinen Wagen auf und steige ein. «Ich habe Klienten.»

«Dann komme ich zu Ihnen in die Praxis. Ich warte im Wartezimmer, bis Sie eine Lücke haben.»

«Nein –» Ich atme aus, schließe die Augen und lehne die Stirn ans Lenkrad. Dieses Hin und Her ist sinnlos, wird mir klar. Er wird nicht aufgeben. Er ist von New York nach Baton Rouge geflogen, um mich zu treffen, und wenn ich will, dass dieser Mann aufhört, in meinem Leben herumzustochern, werde ich mit ihm sprechen müssen. Von Angesicht zu Angesicht. «Nein, bitte tun Sie das nicht. Ich treffe mich mit Ihnen, okay? Gleich jetzt. Wo wollen Sie hin?»

«Es ist noch früh. Wie wär's mit Kaffee? Ich lade Sie ein.»

«Da gibt es ein Lokal am Fluss», sage ich und kneife mir in die Haut zwischen den Augen. «BrewHouse. Wir treffen uns in zwanzig Minuten dort.»

Ich beende das Gespräch, lege vehement den Rückwärtsgang ein und fahre Richtung Mississippi. Bis zum Café benötige ich nur zehn Minuten, aber ich will vor ihm dort sein. Ich will an einem Tisch meiner Wahl sitzen, wenn er durch die Tür kommt. Ich will bei dieser Unterhaltung hinterm Steuer sitzen, nicht machtlos auf dem Beifahrersitz. Nicht in der Defensive, überrumpelt so wie gerade eben.

Nachdem ich ganz in der Nähe geparkt habe, gehe ich in das kleine Café, ein verborgenes Juwel auf der River Road, halb verdeckt von üppig grünen Virginia-Eichen. Drinnen ist es dämmrig. Ich bestelle einen Latte, und mein Blick fällt auf ein Aushangbrett neben dem Milch-und-Zucker-Stand. Zwischen einem Angebot für Geigenstunden und einer Konzertankündigung hängt ein Bild von Lacey Decklers Gesicht, und obendrüber steht mit Edding VERMISST. Das Blatt verdeckt einen anderen Zettel, von dem nur die Ecken zu sehen sind. Ich schiebe Laceys Bild beiseite, und zum Vorschein kommt Aubreys Vermisstenplakat – sie wurde bereits ersetzt, überklebt wie das Konzertplakat von letzter Woche.

Ich setze mich an einen Ecktisch und wähle einen Stuhl mit Blick zur Tür. Als ich merke, dass ich mit den Fingern nervös an den Rand meines Glases trommele, zwinge ich mich, stillzuhalten, obwohl mir die Nervosität aus allen Poren dringt. Dann warte ich.

Eine Viertelstunde später ist mein Latte kalt. Ich überlege, ob ich das Personal bitten soll, ihn wieder aufzuwärmen, doch bevor ich aufstehen kann, sehe ich Aaron hereinkommen. Ich erkenne ihn sofort von seinem Foto auf der Website der *Times*. Auch heute trägt er ein kariertes Hemd und dieselbe bescheuerte Blaufilterbrille – aber er ist nicht so mager wie auf seinem Foto. Er ist kräftiger gebaut, als ich erwartet hatte; die lederne Laptoptasche, die schwer über einer Schulter hängt, zieht den Stoff über einem Bizeps stramm, mit dem ich nicht gerechnet hätte. Kurz frage ich mich, wann dieses Foto aufgenommen wurde; vielleicht gleich nach dem College. Als er noch ein junger Bursche war. Ich verfolge, wie er durchs Café schlendert, den Kuchen in der Vitrine in Augenschein nimmt und mit zusammengekniffenen Augen die Speisekarte hinter der Kaffeetheke studiert. Er bestellt einen Cappuccino und bezahlt bar. Ehe er die Banknoten hinblättert, leckt er träge seine Finger an. Das Wechselgeld wirft er ins Trinkgeldglas. Während er auf seinen Kaffee wartet, betrachtet er die Kunst an den Wänden. Ich bekomme vom Kreischen der Milchaufschäumdüse eine Gänsehaut.

Aus irgendeinem Grund stört mich seine Gelassenheit. Ich hatte damit gerechnet, dass er hereingerannt kommt, weil er vor mir hier sein will, so wie ich vor ihm hier sein wollte. Ich hatte erwartet, dass er keucht, schwitzt, Aufholjagd spielt. Kalt davon erwischt wird, dass ich schon hier warte. Stattdessen kommt er zu spät. Und tut so, als hätte er alle Zeit der Welt. Er tut so, als wäre *er* derjenige, der hier den Ton angibt – und da begreife ich.

Er weiß, dass ich hier bin. Er weiß, dass ich ihn beobachte.

Diese Gelassenheit, diese Unbekümmertheit. Das ist nur eine Show, die er für mich abzieht. Er versucht, mich aus der Fassung zu bringen, mich zur Weißglut zu treiben. Das kotzt mich mehr an, als es sollte.

«Aaron», rufe ich und winke zu lebhaft. Er reißt den Kopf hoch und sieht zu mir her. «Hier drüben.»

«Chloe, hi», sagt er und lächelt. Er kommt an meinen Tisch und stellt seine Tasche auf den Stuhl. «Danke, dass Sie sich mit mir treffen.»

«Dr. Davis», entgegne ich. «Und Sie haben mir kaum eine andere Wahl gelassen.»

Er grinst. «Ich warte noch auf meinen Cappuccino. Kann ich Ihnen etwas mitbringen?»

«Nein.» Ich deute auf das Glas in meinen Händen. «Ich bin versorgt, danke.»

«Sind Sie schon lange hier? Ihr Getränk sieht kalt aus.»

Ich mustere ihn und frage mich, woher er das wissen kann. Offenbar sieht man mir meine Verwirrung an, denn er grinst kurz, dann deutet er auf mein Glas, in dem der Milchschaum in sich zusammengefallen ist.

«Kein Dampf.»

«Erst ein paar Minuten», sage ich.

«Hm.» Er mustert mein Getränk. «Tja, soll ich den für Sie aufwärmen lassen –»

«Nein. Lassen Sie uns einfach anfangen.»

Er lächelt, nickt. Dann geht er zurück an die Bar, um sein Getränk zu holen.

Tja, damit wäre das geklärt, denke ich, zwinge mich, von meinem lauwarmen Latte zu trinken, und verziehe das Gesicht. *Er ist ein Arschloch.* Aaron setzt sich auf den Stuhl mir gegenüber und zieht ein Notizbuch aus der Tasche, während ich mein Glas abstelle. Ich werfe einen Blick auf seinen Presseausweis, der ordentlich an seiner Hemdtasche klemmt. Ganz oben ist groß das Logo der *New York Times* aufgedruckt.

«Bevor Sie anfangen, sich Notizen zu machen, lassen Sie mich eins klarstellen», sage ich. «Das hier ist kein Interview. Das ist eine sehr offenherzige Unterhaltung, bei der ich Sie auffordere, meine Familie nicht noch einmal zu belästigen.»

«Ich glaube kaum, dass man von Belästigung sprechen kann, wenn ich Sie zweimal anrufe.»

«Sie haben meine Mutter im Pflegeheim aufgesucht.»

«Ja, was das angeht», sagt er und schiebt die Ärmel bis zu den Ellbogen hoch, «ich war zwei, höchstens drei Minuten in ihrem Zimmer.»

«Sicher haben Sie ein paar echt tolle Informationen bekommen.» Ich funkle ihn an. «Sie ist eine richtige Schwätzerin, nicht wahr?»

Er schweigt und sieht mich über den Tisch hinweg an.

«Ehrlich, mir war nicht klar, dass ihre ... Beeinträchtigung ... so schwer ist. Tut mir leid.»

Ich nicke, zufrieden mit diesem kleinen Sieg.

«Aber ich war nicht bei ihr, um mit ihr zu reden», fährt er fort. «Nicht direkt. Ich dachte, vielleicht bekomme ich da irgendeine kleine Information, aber hauptsächlich war ich bei ihr, weil ich wusste, dass ich dann Ihre Aufmerksamkeit habe.

Ich wusste, dass ich Sie damit zwinge, sich mit mir zu treffen.»

«Und wie kommt's, dass Sie sich so unbedingt mit mir treffen wollen? Ich habe es Ihnen doch gesagt. Ich spreche nicht mit meinem Vater. Wir haben keinen Kontakt. Ich kann Ihnen nichts sagen, was für Sie von Wert ist. Ehrlich, Sie vergeuden Ihre Zeit –»

«Die Story hat sich geändert. Darum geht es nicht mehr.»

«Okay», sage ich und frage mich, wohin dieses Gespräch jetzt steuert. «Und worum dann?»

«Um Aubrey Gravino. Und jetzt auch Lacey Deckler.»

Ich spüre, wie sich mein Herzschlag beschleunigt. Mein Blick zuckt durch das Café, aber es ist praktisch leer. Trotzdem flüstere ich.

«Wie kommen Sie darauf, dass ich etwas über diese Mädchen zu sagen habe?»

«Weil ihr Verschwinden ... ich glaube nicht, dass das Zufall ist. Ich glaube, das hat etwas mit Ihrem Vater zu tun. Und ich glaube, Sie können mir helfen, herauszufinden, was das ist.»

Ich schüttle den Kopf und umklammere mit beiden Händen mein Glas, damit er nicht sieht, dass sie zittern.

«Hören Sie, das ist weit hergeholt. Ich weiß, Sie glauben, das gibt eine gute Story ab, aber so etwas passiert ständig, wie Sie sicher wissen – angesichts Ihres Spezialgebiets und so.»

Aaron lächelt beeindruckt.

«Sie haben Nachforschungen über mich angestellt», sagt er.

«Nun ja, Sie wissen alles über mich.»

«Das ist nur gerecht. Aber hören Sie, Chloe. Da sind Parallelen. Parallelen, die Sie nicht leugnen können.»

Ich muss an meine Unterhaltung mit meiner Mutter vorhin denken. An das gruselige Gefühl von Déjà-vu, von dem ich ihr erzählte, die beunruhigende Vertrautheit der Vorfälle. Aber diesen Eindruck habe ich nicht zum ersten Mal, es passiert nicht zum ersten Mal, dass ich die Verbrechen meines Vaters in meiner Einbildung auferstehen lasse. Das ist schon früher vorgekommen, und beim letzten Mal lag ich falsch. Sehr, sehr falsch.

«Sie haben recht, es gibt Parallelen», sage ich. «Eine Jugendliche wurde von irgendeinem Widerling ermordet, der hier durch die Straßen streift. Das ist bedauerlich, aber wie gesagt, es passiert ständig.»

«Der zwanzigste Jahrestag steht kurz bevor, Chloe. Ja, Entführungen passieren ständig, aber Serienmörder gibt es nicht so häufig. Es gibt einen Grund dafür, dass das gerade jetzt passiert, gerade hier. Das wissen Sie.»

«Hoppla, haben Sie gerade Serienmörder gesagt? Das ist aber sehr vorschnell. Wir haben eine Leiche. *Eine.* Nach allem, was wir wissen, könnte Lacey auch bloß ausgerissen sein.»

Ein Hauch von Enttäuschung liegt in Aarons Blick. Jetzt senkt er selbst die Stimme.

«Sie und ich, wir wissen beide, dass Lacey nicht ausgerissen ist.»

Ich seufze und sehe über Aarons Schulter hinweg aus dem Fenster. Der Wind frischt auf, das Louisianamoos schaukelt. Mir fällt auf, dass der Himmel sich rasant von Blau zu einem regenschwangeren Sturmgrau verfärbt. Selbst hier drinnen spüre ich die Schwere, die dem Regen vorausgeht. Lacey auf ihrem Vermisstenplakat sieht mich an; ihr Blick ist mir hierher, an diesen Tisch, gefolgt. Ich kann mich nicht überwinden, ihm zu begegnen.

«Und was genau geht Ihrer Meinung nach hier vor?», frage ich, den Blick immer noch auf die Bäume draußen gerichtet.

«Mein Vater ist im Gefängnis. Er ist ein Ungeheuer, das streite ich gar nicht ab, aber er ist nicht der Schwarze Mann. Er kann niemandem mehr etwas antun.»

«Das weiß ich. Ich weiß, dass er das nicht ist, logisch. Aber ich glaube, es ist jemand, der versucht, *er* zu sein.»

Da wende ich den Blick wieder Aaron zu und kaue innen auf der Lippe.

«Ich glaube, wir haben es hier mit einem Nachahmungstäter zu tun. Und ich wette, dass bis Ende der Woche noch jemand tot ist.»

KAPITEL SIEBZEHN

Jeder Serienmörder hat seine Signatur. Wie ein Maler, der sein Gemälde in einer Ecke signiert, oder ein Regisseur, der in einer Filmszene ein Easter Egg versteckt. Künstler wollen, dass ihr Werk Anerkennung findet, sie wollen sich verewigen. Wollen über ihre Zeit auf Erden hinaus im Gedächtnis bleiben.

Es ist nicht immer so grausig, wie es in Filmen dargestellt wird – verschlüsselte Spitznamen, die in die Haut geritzt werden, abgetrennte Leichenteile, die überall in der Stadt auftauchen. Manchmal ist es etwas so Simples wie ein sauberer Tatort oder die Position der Leichen auf dem Boden. Stalking-Muster, die sich erst im Laufe der Zeit durch die Aussagen mehrerer nichts ahnender Zeugen herausbilden, oder rituelle Vorgehensweisen, die immer wieder vorkommen, bis sich schließlich ein Muster herauskristallisiert. Ein Muster, das sich nicht allzu sehr von der morgendlichen Routine normaler Menschen unterscheidet, die ihr Bett auf die immer gleiche Weise machen oder das Geschirr in der immer gleichen Reihenfolge abspülen, als gäbe es keine andere Art, das zu tun. Der Mensch ist ein Gewohnheitstier, habe ich gelernt, und der Akt, mit dem jemand einem anderen das Leben nimmt, kann viel über diese Person aussagen. Jede Tötungsmethode ist einzigartig, wie ein Fingerabdruck. Aber bei meinem Vater gab es keine Leichen, auf denen er sein Zeichen hätte hinterlassen können, keine Tatorte, die seine Signatur bewahrt hätten, keine Fingerabdrücke, die man hätte analysieren können. Sodass Breaux Bridge sich schließlich fragte: Wie hinterlässt man eine Signatur ohne Leinwand?

Die Antwort lautet: Man kann es nicht.

Die Polizei von Breaux Bridge hat den ganzen Sommer '99 über versucht, wenigstens einen Hinweis auf die Identität des Mörders zu finden. Und sei es auch nur ein Flüstern, das auf einen brauchbaren Verdächtigen hätte deuten können, eine verborgene Signatur an einem Tatort, der nicht zu existieren schien. Aber natürlich fanden sie nichts. Sechs Mädchen tot und nicht ein einziger Zeuge, der einen Mann in der Nähe des Schwimmbads hätte herumlungern sehen, oder ein Auto, das seiner Beute im Schritttempo durch eine nächtliche Straße gefolgt wäre. Am Ende war ich es, die die Antwort fand. Ein zwölfjähriges Mädchen, das mit dem Make-up seiner Mutter Verkleiden spielen wollte und auf der Suche nach einem Tuch für sein Haar den Schrank durchwühlt hatte. Und da, als ich dieses Holzkästchen in Händen hielt, sah ich es – das, was sonst niemand hatte sehen können.

Anstatt Beweise zu hinterlassen, nahm mein Vater sie mit.

«Selbst wenn das ein Menschenleben retten könnte, Chloe?»

Ich verfolgte, wie der Schweiß an Sheriff Dooleys Hals hinunterrann. Er sah mich so eindringlich an, wie ich es noch nie erlebt hatte. Mich und das Kästchen in meinen Händen.

«Wenn du mir dieses Kästchen aushändigst, rettest du vielleicht ein Leben. Denk darüber nach. Was wäre, wenn du Lena hättest das Leben retten können, aber dich dagegen entschieden hättest, weil du Angst hattest, Ärger zu machen?»

Ich sah auf meinen Schoß und nickte knapp. Unvermittelt streckte ich die Arme aus, bevor ich es mir anders überlegen konnte.

Der Sheriff legte seine Hände um meine – seine Gummihandschuhe waren glitschig, aber warm – und nahm mir das Kästchen sanft ab. Er betrachtete den Deckel, legte die Finger an den Rand und öffnete es. Die zarte Melodie ertönte. Ich wich seinem Blick aus und sah lieber die Ballerina an, die sich in langsamen, perfekten Kreisen drehte.

«Das ist Schmuck», sagte ich, den Blick immer noch auf das tanzende Mädchen gerichtet. Es war hypnotisierend, ihr dabei zuzusehen, wie sie sich in diesem verblichenen rosa Tutu drehte, die Arme hoch erhoben. Es erinnerte mich daran, wie Lena sich beim Krebsfest gedreht hatte.

«Das sehe ich. Weißt du, wem der gehört?»

Ich nickte. Mir war klar, dass er eine ausführlichere Antwort wollte, aber ich konnte mich nicht dazu überwinden, es auszusprechen. Nicht freiwillig jedenfalls.

«Wem gehört der Schmuck, Chloe?»

Meiner Mutter entfuhr ein Schluchzen. Ich sah sie an. Sie hatte sich die Hand auf den Mund geschlagen, und ihr Kopf zitterte heftig. Sie hatte den Inhalt dieses Kästchens bereits gesehen; ich hatte ihn ihr gezeigt, zu Hause. Ich hatte gewollt, dass sie mir eine andere Erklärung dafür gab als die, die sich in meinem eigenen Kopf herausbildete. Die einzig plausible Erklärung. Aber das hatte sie nicht gekonnt.

«Chloe?»

Ich sah wieder den Sheriff an.

«Der Bauchnabelring gehört Lena», sagte ich. «Der da, in der Mitte.»

Der Sheriff griff in die Schmuckschatulle und nahm das kleine, silberne Glühwürmchen heraus. Nachdem es Wochen im Dunkeln verbracht hatte, wirkte es tot. Kein Sonnenlicht, das sein Leuchten genährt hätte.

«Woher weißt du das?»

«Ich habe ihn beim Krebsfest an Lena gesehen. Sie hat ihn mir gezeigt.»

Er nickte und legte den Ring zurück.

«Und die anderen Schmuckstücke?»

«Ich kenne diese Perlenkette», sagte meine Mutter mit belegter Stimme. Der Sheriff warf ihr einen kurzen Blick zu, dann griff er wieder in die Schatulle und holte eine Perlenkette heraus. Die Perlen waren groß und rosa, und die Kette wurde im Nacken zugebunden. «Sie gehört Robin McGill. Ich ... ich habe sie an ihr gesehen. Eines Sonntags in der Kirche. Ich habe ihr gesagt, dass ich sie sehr schön fände, dass sie etwas Besonderes sei. Richard war bei mir. Er hat sie auch gesehen.»

Der Sheriff atmete geräuschvoll aus und nickte, dann legte er die Kette zurück. Im Lauf der nächsten Stunde wurde auch der übrige Schmuck identifiziert – Margaret Walkers Diamantohrringe, Carrie Hollis' Sterlingsilber-Armband, Jill Stephensons Saphirring, Susan Hardys Weißgold-Creolen. Auf keinem der Schmuckstücke wurde DNA gefunden – sie waren sorgfältig gereinigt und das Kästchen war abgewischt worden –, aber ihre Eltern bestätigten unsere Vermutungen. Es waren Geschenke gewesen, zum Mittelschulabschluss, zur Konfirmation, zum Geburtstag. Zeichen der Würdigung, mit denen die Meilensteine in der Entwicklung ihrer Töchter gefeiert wurden, die nun für immer durch ihren vorzeitigen Tod in Erinnerung bleiben würden.

«Das hilft uns, Chloe. Danke.»

Ich nickte. Die Melodie des Schmuckkästchens versetzte mich in eine Art Trance. Sheriff Dooley klappte den Deckel zu, und ich riss den Kopf in die Höhe; der Bann war gebrochen. Wieder sah er mich an, die Hand auf dem Deckel des Kästchens.

«Hast du je gesehen, dass dein Vater Umgang mit Lena Rhodes oder einem der anderen Mädchen hatte?»

«Ja», sagte ich und dachte sofort wieder an das Krebsfest. Bei dem er sie und ihren straffen Bauch angestarrt hatte. Den Kopf gesenkt hatte, als er merkte, dass er dabei beobachtet wurde. «Ich habe einmal gesehen, wie er sie auf dem Krebsfest angestarrt hat. Als sie mir ihr Bauchnabelpiercing gezeigt hat.»

«Was hat er getan?»

«Nur ... geguckt», sagte ich. «Sie hatte ihr T-Shirt hochgezogen. Sie hat ihn dabei ertappt, wie er sie ansah, und sie hat gewinkt.»

Meine Mutter neben mir schnaubte und schüttelte den Kopf.

«Danke, Chloe», sagte der Sheriff. «Ich weiß, das war nicht leicht für dich, aber du hast das Richtige getan.»

Ich nickte.

«Gibt es noch etwas, was du uns über deinen Vater sagen möchtest, bevor wir dich gehen lassen? Irgendetwas, das wir wissen müssen?»

Ich atmete aus und schlang mir die Arme fest um den Leib. Es war heiß in diesem Büro, aber mit einem Mal merkte ich, dass ich zitterte.

«Einmal habe ich ihn mit einer Schaufel gesehen», sagte ich und wich dem Blick meiner Mutter aus. Das war ihr neu. «Er ging durch unseren Garten, er kam aus dem Sumpf dahinter. Es war dunkel, aber ... er war da.»

Alle schwiegen. Diese neuerliche Enthüllung legte sich über den Raum wie ein dichter Morgennebel.

«Wo warst du, als du ihn gesehen hast?»

«In meinem Zimmer. Ich konnte nicht schlafen, und ich habe da unter meinem Fenster diese Bank, wo ich gern lese ... tut mir leid, dass ich nicht früher was gesagt habe. Ich ... ich wusste nicht ...»

«Natürlich nicht, Schätzchen», sagte Sheriff Dooley. «Natürlich nicht. Du hast mehr als genug getan.»

Jetzt rollt Donnergrollen durch mein Haus und lässt die Weingläser, die kopfüber unter unserem Getränkeschrank hängen, aneinanderschlagen wie klappernde Zähne. Ein weiteres Sommergewitter zieht heran. Ich spüre die elektrische Aufladung in der Luft, schmecke den bevorstehenden Regen.

«Chlo, hast du mich gehört?»

Ich hebe den Blick von meinem bis zur Hälfte mit Cabernet gefüllten Weinglas. Allmählich verblasst die Erinnerung an Sheriff Dooleys Büro; stattdessen sehe ich Daniel, der an unserer Küchentheke steht, die Ärmel bis zum Ellbogen aufgekrempelt, in einer Hand ein Messer. Er ist heute Nachmittag von seiner Tagung zurückgekehrt; als ich aus der Praxis nach Hause kam, traf ich ihn dabei an, wie er in meiner Gingan-Schürze zu Louis Armstrong durch die Küche tanzte, während auf der Kücheninsel die Zutaten für unser heutiges Abendessen ausgebreitet waren. Bei der Erinnerung daran muss ich lächeln.

«Entschuldige, nein», sage ich. «Wie war das?»

«Ich habe gesagt, du hast mehr als genug getan.»

Ich umklammere den zarten Stiel meines Glases so fest, dass er zu brechen droht, und überlege fieberhaft, worüber wir gerade gesprochen haben. In den letzten Tagen bin ich ständig in Gedanken versunken, in Erinnerungen vertieft. Besonders als Daniel fort und das Haus leer war, fühlte es sich beinahe so an, als lebte ich wieder in der Vergangenheit. Wenn Daniel redet, ist mir häufig nicht klar, ob die Worte wirklich von ihm stammen oder ich sie ihm in den Mund gelegt habe. Ich will etwas sagen, doch er kommt mir zuvor.

«Diese Cops hatten nicht das Recht, einfach so in deiner Praxis aufzutauchen», fährt er fort, den Blick auf das Schneidebrett vor sich gerichtet. Mit schnellen, flüssigen Bewegungen schneidet er ein paar Möhren, schiebt sie an den Rand des Bretts und wendet sich den Tomaten zu. «Gott sei Dank waren noch keine Klienten da. Das hätte deinen Ruf ernsthaft beschädigen können, weißt du?»

«Oh. Ja.» Jetzt erinnere ich mich. Wir sprachen über Lacey Deckler und über Detective Thomas und Officer Doyle, die mich in der Praxis befragt haben. Ich hatte das Gefühl, ich sollte ihm davon erzählen für den Fall, dass bekannt wird, wo Lacey zuletzt lebend gesehen wurde. «Tja, ich nehme an, ich war die Letzte, die sie lebend gesehen hat.»

«Vielleicht ist sie noch am Leben», wendet er ein. «Sie haben ihre Leiche noch nicht gefunden. Es ist jetzt eine Woche her.»

«Das stimmt.»

«Und das andere Mädchen ... wie lange war sie vermisst, bis man sie fand, drei Tage?»

«Ja.» Ich lasse den Wein im Glas kreisen. «Ja, drei Tage. Klingt so, als hättest du das alles verfolgt?»

«Na ja, du weißt schon. Es war in den Nachrichten. Ziemlich schwer zu übersehen.»

«Sogar in New Orleans?»

Daniel schneidet weiter Tomaten. Der Saft der Früchte läuft vom Schneidebrett auf die Arbeitsfläche. Ein weiteres Donnergrollen lässt das Haus vibrieren. Daniel gibt keine Antwort.

«Meinst du, es könnte derselbe Täter sein?», frage ich und bemühe mich, die Frage harmlos erscheinen zu lassen. «Meinst du, sie hängen, du weißt schon ... zusammen?»

Daniel zuckt die Achseln.

«Weiß nicht.» Mit dem Zeigefinger wischt er den Tomatensaft von der Klinge und leckt ihn ab. «Zu früh, um das sagen zu können, denke ich. Was für Fragen haben diese Typen dir denn gestellt?»

«Eigentlich gar nicht viele. Sie wollten, dass ich ihnen erzähle, worüber wir in der Sitzung gesprochen hatten. Logischerweise wollte ich das nicht, und das hat sie ein bisschen gestört.»

«Gut gemacht.»

«Sie haben gefragt, ob ich gesehen hätte, wie sie das Gebäude verließ.»

Daniel blickt mich an und runzelt die Stirn.

«Hast du?»

«Nein. Ich habe sie die Praxis verlassen sehen, aber nicht das Gebäude. Ich meine, ich gehe davon aus, dass sie es verlassen hat. Man kann sonst eigentlich nirgendwohin. Es sei denn, jemand hätte sie drinnen überfallen, aber ...»

Ich halte inne und betrachte den rubinroten Wein in meinem Glas.

«Das kommt mir eher unwahrscheinlich vor.»

Er nickt und wendet sich wieder dem Schneidebrett zu, nimmt das kleingeschnittene Gemüse und gibt es in eine heiße Pfanne. Knoblauchgeruch erfüllt den Raum.

«Abgesehen davon war es ziemlich sinnlos», fahre ich fort. «Ich hatte den Eindruck, dass sie gar nicht so genau wissen, wo sie anfangen sollen.»

Draußen beginnt es wolkenbruchartig zu regnen. Es klingt, als klopften Millionen von Fingern aufs Dach, begierig, nach drinnen zu gelangen. Daniel sieht zum Fenster, geht hin und öffnet es. Das erdige Aroma eines Sommergewitters strömt in die Küche und vermischt sich mit dem Duft des Essens. Ich sehe Daniel eine Weile zu, verfolge, wie er sich ganz natürlich durch die Küche bewegt, das Gemüse mit Pfeffer würzt, eine rosa Scheibe Lachs mit marokkanischen Gewürzen einreibt. Dann wirft er sich ein Geschirrhandtuch über die kräftige Schulter, und mir wird ganz warm ums Herz, so perfekt ist das alles. So perfekt ist er. Ich werde niemals begreifen, warum er mich auserwählt hat, mich, die *angeknackste Chloe*. Er verhält sich, als liebte er mich seit dem Moment, als er mich kennenlernte, seit er meinen Namen erfuhr. Aber es gibt noch so vieles, was er nicht über mich weiß. So vieles, was er nicht versteht. Ich denke an die kleine Geheimapotheke in meiner Praxis – meine Rettungsleine –, diese Sammlung rezeptpflichtiger Medikamente, die ich unter seinem Namen beschafft habe. Ich denke an meine Kindheit, meine Vergangenheit. An das, was ich gesehen habe. An das, was ich getan habe.

Er kennt dich nicht, Chloe.

Ich versuche, Coopers Worte zu verdrängen, aber er hat recht, das weiß ich. Mit Ausnahme meiner Familie weiß Daniel mehr über mich als sonst jemand auf der Welt, aber das will nicht viel heißen. Es ist dennoch nur die Oberfläche. Es ist dennoch inszeniert. Denn wenn ich mich ihm ganz öffnen würde – wenn ich ihm die *angeknackste Chloe* zeigen, ihm den stinkenden Kern offenbaren würde, der in meinem Inneren pulsiert –, würde er nur kurz daran schnuppern und zurückzucken. Er könnte gar nicht mögen, was er dann sähe.

«Genug davon», sagt er jetzt, beugt sich über die Arbeitsfläche und füllt mein Glas auf. «Wie war denn der Rest deiner Woche? Bist du mit den Hochzeitsvorbereitungen weitergekommen?»

Ich denke an Samstagvormittag, als Daniel nach New Orleans fuhr. Ich hatte vor, mich um die Hochzeitsvorbereitungen zu kümmern – ich habe meinen Laptop aufgeklappt und einige E-Mails beantwortet –, doch dann tönte die Nachricht zu Aubrey Gravino durchs Wohnzimmer, und die Erinnerungen schlossen mich in meinem eigenen Kopf ein wie in einem Auto, das im Wasser versinkt. Ich denke daran, wie ich das Haus verließ und gedankenverloren durch die Stadt fuhr, wie ich auf den Suchtrupp auf dem Cypress Cemetery stieß, wie die Frau in der Cargohose Aubreys Ohrring fand, und dass ich den Friedhof, nur Minuten bevor man ihre Leiche entdeckte, verließ. Ich denke an Aaron Jansen, der bei meiner Mutter war, und seine Theorie, die ich schon die ganze Woche aktiv zu leugnen versuche. Jetzt ist Freitag; Aaron hat vorhergesagt, bis Montag werde eine weitere Leiche auftauchen. Bislang ist das nicht geschehen, und mit jedem Tag, der vergeht, wird mir eine kleine Last von den Schultern genommen. Noch kann ich hoffen, dass er sich irrt.

Kurz überlege ich, was ich Daniel erzählen soll, und komme zu dem Schluss, dass ich noch nicht bereit dafür bin, mich ihm zu öffnen – jedenfalls nicht, was diese Seite von mir betrifft. Die Seite, die ihre Nerven medikamentös beruhigt. Die Seite, die sich einem Suchtrupp auf einem Friedhof anschließt, um Antworten auf die Fragen zu finden, die ich mir seit zwanzig Jahren stelle. Denn Daniel lässt nicht zu, dass ich mich verstecke; er lässt nicht zu, dass ich Angst habe. Er gibt Überraschungspartys für mich, plant für Juli eine Hochzeit und spuckt allen meinen Ängsten ins Gesicht. Wenn er wüsste, womit ich die Woche verbracht habe, während er fort war – dass ich mich völlig betäubt, das fiktionale Szenario eines Reporters in Erwägung gezogen, meine Mutter in all das hineingezogen habe, obwohl sie sich nicht wehren, nicht widersprechen kann –, er würde sich schämen. *Ich* schäme mich.

«Sie war gut», sage ich schließlich. «Ich habe mich für Karamelltorte entschieden.»

«Fortschritt!», ruft Daniel, beugt sich über die Kücheninsel und küsst mich auf den Mund. Ich erwidere den Kuss, dann ziehe ich mich ein Stück zurück und mustere ihn. Er studiert meine Miene, mustert seinerseits mein Gesicht.

«Was ist?», fragt er dann, vergräbt eine Hand in meinem Haar und umschließt damit meinen Hinterkopf. Ich lehne mich in seine Handfläche hinein. «Chloe, was ist los?»

«Nichts», sage ich und lächle. Donner grollt durch den Raum, und ich spüre, wie meine Haut kribbelt; vielleicht ist es eine Reaktion auf den Blitz, der draußen durch den Himmel zuckt, vielleicht aber auch auf Daniels Finger, die meinen Hals liebkosen und in kreisenden Bewegungen über die zarte Haut gleich unter meinem Ohr streichen. Ich schließe die Augen. «Ich freue mich einfach, dass du wieder zu Hause bist.»

KAPITEL ACHTZEHN

Als ich aufwache, regnet es noch immer. Es ist ein langsamer, träger Regen, der einen dazu verführt, wieder einzuschlafen. Ich liege im Dunkeln und spüre Daniels Wärme neben mir, seine nackte Haut an meiner. Er atmet langsam und regelmäßig. Ich lausche dem Nieseln draußen, dem leisen Donnergrollen. Nach einer Weile schließe ich die Augen und stelle mir Lacey vor, deren Leiche irgendwo halb vergraben liegt, während der Regen alle etwaigen Spuren fortspült.

Es ist Samstagmorgen. Eine Woche seit dem Fund von Aubreys Leiche. Fünf Tage seit der Nachricht von Laceys Verschwinden und meinem Treffen mit Aaron Jansen.

«Wie kommen Sie darauf, dass dies das Werk eines Nachahmungstäters ist?», fragte ich ihn, mit hochgezogenen Schultern über meinen kalten Kaffee gebeugt. «Bisher wissen wir kaum etwas über diese Fälle.»

«Der Ort, das Timing. Zwei fünfzehnjährige Mädchen, die das Profil der Opfer Ihres Vaters haben, werden nur Wochen vor dem zwanzigsten Jahrestag von Lena Rhodes' Verschwinden vermisst beziehungsweise tot aufgefunden. Nicht nur das, sondern es geschieht in Baton Rouge – in der Stadt, in der Dick Davis' Familie heute lebt.»

«Okay, aber da sind auch Unterschiede. Die Leichen der Opfer meines Vaters wurden nie gefunden.»

«Stimmt», sagte Aaron. «Aber ich glaube, dieser Nachahmungstäter *will*, dass die Leichen gefunden werden. Er will Anerkennung für sein Werk. Er hat Aubrey auf einem Friedhof abgelegt, an dem Ort, an dem sie zuletzt gesehen wurde. Es war nur eine Frage der Zeit, bis man sie findet.»

«Richtig, aber das meine ich ja. Das erweckt nicht den Eindruck, als würde er meinen Vater nachahmen. Eher erweckt es den Eindruck, als hätte er Aubrey aufs Geratewohl ausgesucht, sie an Ort und Stelle getötet und ihre Leiche überhastet liegen lassen. Das war kein geplantes Verbrechen.»

«Oder der Ort, an dem er sie abgelegt hat, ist wichtig. Er hat eine besondere Bedeutung. Vielleicht hat er an ihrer Leiche Spuren hinterlassen, die wir finden sollen.»

«Der Cypress Cemetery hat keine besondere Bedeutung für meinen Vater», entgegnete ich, allmählich ein bisschen aufgebracht. «Der Zeitpunkt des Mordes, das ist einfach ein Zufall –»

«Ach so, dann ist es also Zufall, dass Lacey als Nächste entführt wurde, nur Minuten nachdem sie aus *Ihrer* Praxis gekommen ist?»

Ich zögerte.

«Ich wäre nicht überrascht, wenn Sie diesen Kerl schon mal hier in der Gegend gesehen hätten, Chloe. Nachahmungstäter – sie tun das aus einem bestimmten Grund. Vielleicht verehrt er den Mann, dem er nachzueifern versucht, vielleicht will er ihn auch herabsetzen, aber so oder so, er ahmt seinen Stil nach. Sein Opfer. Er versucht, so zu *werden* wie der Killer, der vor ihm kam, ihn vielleicht sogar bei seinem eigenen Spiel zu schlagen.»

Ich hob die Augenbrauen und trank noch einen Schluck Kaffee.

«Nachahmungstäter morden, weil sie von einem anderen Mörder besessen sind», fuhr Aaron fort, legte die Unterarme auf den Tisch und beugte sich vor. «Sie wissen alles über ihn – und das bedeutet, dieser Täter könnte Sie sehr wohl kennen. Er könnte Sie beobachten. Er könnte gesehen haben, wie Lacey aus Ihrer Praxis kam. Ich bitte Sie nur, hier Ihrem Bauchgefühl zu vertrauen. Achten Sie auf das, was vorgeht, und auf Ihren Instinkt.»

Mir fiel wieder ein, dass ich einen Blick im Rücken gespürt hatte, als ich vom Cypress Cemetery zurück zu meinem Wagen ging, um zur Praxis zu fahren. Ich setzte mich anders hin, von Minute zu Minute wurde mir mulmiger zumute. Über meinen Vater zu reden, weckte immer starke Schuldgefühle in mir, doch ich konnte nie sagen, was die Ursache war. Fühlte ich mich schuldig, weil ich ihn verraten hatte? Weil ich mit dem Finger auf ihn gezeigt und ihn dadurch für den Rest seiner Tage in einen Käfig gesperrt hatte? Oder fühlte ich mich schuldig, weil ich sein Blut, seine DNA, seinen Nachnamen teilte? So oft schon hatte ich den überwältigenden Drang verspürt, mich zu entschuldigen, wenn die Rede auf meinen Vater kam. Ich wollte mich bei Aaron entschuldigen, bei Lenas Eltern, bei ganz Breaux Bridge. Ich wollte mich überall für meine bloße Existenz entschuldigen. Es hätte so viel weniger Leid auf der Welt gegeben, wenn Richard Davis nie geboren worden wäre.

Doch er wurde geboren – und deshalb auch ich.

Ich spüre eine Bewegung neben mir und sehe Daniel an. Er ist wach und sieht mich an. Daniel beobachtet mich, er muss meine Augenbewegungen gesehen haben, während ich die Unterhaltung mit Aaron noch einmal durchlebte.

«Guten Morgen.» Daniel seufzt, seine Stimme ist noch belegt vom Schlaf. Er zieht mich an sich. Seine Haut ist warm, vermittelt mir Sicherheit. «Woran denkst du?»

«An nichts.» Ich kuschele mich an ihn, streife seine Hüften und lächle, als ich an meinem Bein die Wölbung in seinen Boxershorts spüre. Daraufhin drehe ich mich zu ihm um, schlinge die Beine fest um seine Hüften, und gleich darauf lieben wir uns in einvernehmlichem, schlaftrunkenem Schweigen. Unsere Körper sind aneinandergepresst, ein wenig feucht vom Morgenschweiß, und er küsst mich hart, seine Zunge tief in meinem Mund, seine Zähne auf meiner Lippe. Seine Hände wandern über meinen Körper, meine Beine hinauf und über meinen Bauch, dann über meine Brust und weiter hinauf zu meiner Kehle.

Ich küsse ihn und versuche zu ignorieren, dass er mir die Hände um den Hals gelegt hat. Warte darauf, dass er sie woandershin wandern lässt, egal wohin. Aber das tut er nicht. Er macht weiter, seine Hände bleiben dort liegen, während er härter und härter in mich stößt, schneller und schneller. Plötzlich beginnt er zuzudrücken, und mir entfährt ein Schrei. Mit einem Ruck reiße ich mich los und rücke möglichst weit von ihm ab.

«Was ist denn?», fragt er verdutzt und setzt sich auf. «Habe ich dir wehgetan?»

«Nein.» Aber das Herz schlägt mir bis zum Hals. «Nein, hast du nicht. Es ist nur –»

Ich mustere ihn, sehe seinen verwirrten Blick. Die Sorge, mir wehgetan zu haben, die Verletzung bei der Vorstellung, dass ich körperlich vor seiner Berührung zurückgewichen bin, vor seinen Fingern, die wie Streichhölzer Brandnarben auf meiner Haut hinterließen. Doch dann denke ich daran, wie er mich gestern Abend in der Küche geküsst hat. Wie er mit den Fingern den Puls an meinem Hals gefühlt hat, wie er meinen Hals sanft, aber fest gepackt hielt.

Ich lehne den Kopf ans Kissen und seufze.

«Tut mir leid», sage ich und kneife die Augen zu. Ich muss mir das aus dem Kopf schlagen. «Ich bin im Moment einfach sehr angespannt. Aus irgendeinem Grund bin ich schreckhaft.»

«Schon gut.» Er schlingt mir die Arme um die Taille. Ich weiß, ich habe den Augenblick ruiniert – seine Erregung ist dahin, und meine ebenfalls –, aber er hält mich dennoch fest umarmt. «Es ist ja auch viel los im Moment.»

Ich weiß, er weiß, dass ich an Aubrey und Lacey denke, aber keiner von uns spricht es aus. Eine Weile liegen wir schweigend da und lauschen dem Regen. Als ich gerade den Eindruck habe, er sei wieder eingeschlafen, höre ich ihn flüstern.

«Chloe?»

«Hm?»

«Möchtest du mir vielleicht etwas sagen?»

Mein langes Schweigen sagt ihm alles, was er wissen muss.

«Du kannst mit mir reden», sagt er. «Über alles. Ich bin dein Verlobter. Dafür bin ich da.»

«Ich weiß.» Und ich glaube ihm. Schließlich habe ich Daniel alles über meinen Vater und meine Vergangenheit erzählt. Doch es ist eines, ihm distanziert meine Erinnerungen zu schildern, wie simple Fakten, wie etwas, das nun einmal passiert ist, und mehr nicht. Sie in seiner Gegenwart noch einmal zu durchleben, ist etwas völlig anderes. Das Gesicht meines Vaters in jeder dunklen Ecke zu sehen, die Worte meiner Mutter in den Stimmen anderer widerhallen zu hören. Und es ist sogar noch schlimmer, denn das *ist* schon einmal geschehen – dieses Gefühl von Déjà-vu hatte ich schon einmal. Nie werde ich Coopers Miene an jenem Tag vor Jahren vergessen, als ich versuchte, mich ihm zu erklären, ihm meinen Gedankengang zu erklären. Seinen Blick, in dem sich Sorge mit echter Angst paarte.

«Mir geht's gut», sage ich. «Wirklich. Es ist bloß alles ein bisschen viel auf einmal. Diese verschwundenen Mädchen, der bevorstehende Jahrestag –»

Unvermittelt vibriert mein Telefon auf dem Nachttisch, und das Display leuchtet hell in unserem noch dunklen Schlafzimmer. Ich stütze mich auf einen Ellbogen und betrachte mit zusammengekniffenen Augen die mir unbekannte Telefonnummer im Display.

«Wer ist das?»

«Ich weiß nicht. Mit der Arbeit dürfte es nichts zu tun haben, so früh am Samstagmorgen.»

«Na los, geh ran», sagt Daniel und dreht sich um. «Man weiß nie.»

Ich nehme das Telefon und lasse es noch kurz in der Hand vibrieren, dann wische ich übers Display und halte mir das Gerät ans Ohr. Bevor ich mich melde, räuspere ich mich.

«Dr. Davis am Apparat.»

«Hi, Dr. Davis, hier spricht Detective Michael Thomas. Wir waren neulich wegen des Verschwindens von Lacey Deckler bei Ihnen in der Praxis.»

«Ja.» Ich sehe zu Daniel hinüber, der jetzt selbst sein Telefon in der Hand hält und E-Mails sichtet. «Ich erinnere mich. Wie kann ich Ihnen helfen?»

«Heute früh wurde Laceys Leiche in der Gasse hinter Ihrer Praxis gefunden. Tut mir leid, dass Sie das am Telefon erfahren müssen.»

Ich schnappe nach Luft und schlage mir instinktiv die Hand auf den Mund. Daniel sieht mich an und lässt das Telefon sinken. Ich schüttle wortlos den Kopf, während mir bereits die Tränen in die Augen treten.

«Sie müssten bitte heute Morgen ins Leichenschauhaus kommen und sich die Leiche ansehen.»

«Ich, ähm ...» Ich zögere, frage mich, ob ich mich verhört habe. «Tut mir leid, Detective, ich bin Lacey nur einmal begegnet. Bestimmt sollte besser ihre Mutter sie identifizieren, oder? Ich kannte sie ja kaum –»

«Sie wurde bereits identifiziert», sagt er. «Aber sie wurde gleich außerhalb Ihrer Praxis gefunden, das ist der letzte Ort, an dem ihre Mutter sie gesehen hat, als sie sie dort absetzte. Deshalb kann man wohl davon ausgehen, dass Sie die Letzte sind, die Lacey gesehen hat. Wir möchten, dass Sie sich die Leiche anschauen und uns sagen, ob etwas anders wirkt als während Ihrer Sitzung. Ob irgendetwas fehl am Platze wirkt.»

Ich atme aus und lege mir die Hand auf die Stirn. Es kommt mir vor, als würde es wärmer im Schlafzimmer und der Regen draußen lauter.

«Ich weiß wirklich nicht, ob ich Ihnen groß helfen kann. Wir haben eine Stunde miteinander verbracht. Ich weiß ja kaum noch, was sie anhatte.»

«Alles könnte uns nutzen», sagt er. «Vielleicht hilft ihr Anblick Ihrem Gedächtnis auf die Sprünge. Je eher Sie hier sein können, desto besser.»

Ich nicke, stimme zu, lege auf und lasse mich zurück aufs Kissen sinken.

«Lacey ist tot», sage ich, weniger zu Daniel als vielmehr, um es mir selbst einzugestehen. «Man hat ihre Leiche in der Nähe meiner Praxis gefunden. Sie wurde gleich außerhalb meiner Praxis *getötet*. Ich war wahrscheinlich noch da.»

«Ich weiß, worauf du hinauswillst», sagt Daniel und lehnt sich ans Kopfteil. Er tastet nach meiner Hand, und unsere Finger verschränken sich. «Du hättest nichts tun können, Chloe. Nichts. Du konntest das nicht wissen.»

Ich denke an meinen Vater mit der Schaufel über der Schulter. Ein schwarzer Umriss, der langsam durch unseren Garten ging. Als hätte er alle Zeit der Welt. Während ich oben mit meiner kleinen Leselampe auf meiner Bank hockte und aus dem Fenster sah. Die ganze Zeit dabei, ohne auch nur zu ahnen, was ich da mit ansah.

Tut mir leid, dass ich nicht früher was gesagt habe. Ich ... ich wusste nicht ...

Hat Lacey mir etwas gesagt, das ihr das Leben hätte retten können? Habe ich an jenem Tag jemand Verdächtigen gesehen, der in der Nähe der Praxis herumlungerte, ohne dass es mir aufgefallen wäre? Wie schon einmal?

Aarons Worte hallen durch meinen Kopf.

Dieser Täter könnte Sie sehr wohl kennen. Er könnte Sie beobachten.

«Ich muss los.» Ich entziehe Daniel meine Hand und schwinge die Beine aus dem Bett. Als ich die Decke abstreife, fühle ich mich verwundbar; meine Nacktheit ist nichts Machtvolles, Intimes mehr wie noch vor wenigen Minuten. Jetzt riecht sie nach Verwundbarkeit, nach Scham. Zügig gehe ich durchs dunkle Schlafzimmer und spüre, dass Daniels Blick mir folgt, bis ich ins Bad gehe und die Tür hinter mir schließe.

KAPITEL NEUNZEHN

«Die Todesursache war Strangulation.»

Ich stehe über Laceys Leiche gebeugt. Ihr bleiches Gesicht hat einen eisigen Blauton angenommen. Der Rechtsmediziner steht links von mir und hält ein Klemmbrett in der Hand; Detective Thomas zu meiner Rechten ist mir zu nahe. Ich weiß nicht, was ich sagen soll, also sage ich nichts, sondern lasse den Blick über dieses Mädchen wandern, das ich kaum kannte. Das Mädchen, das vor einer Woche in meine Praxis kam und mir von seinen Problemen erzählte. Und darauf vertraute, dass ich eine Lösung dafür finde.

«Man erkennt es an den Hämatomen, genau dort», fährt der Rechtsmediziner fort und deutet mit einem Stift auf Laceys Hals. «Man kann die Fingerabdrücke sehen. Die gleiche Größe und der gleiche Abstand wie bei denen an Aubreys Hals. Auch die gleichen Fesselspuren an Hand- und Fußgelenken.»

Ich sehe ihn an und schlucke.

«Dann meinen Sie, es gibt da einen Zusammenhang? Es ist derselbe Täter?»

«Damit befassen wir uns ein andermal», mischt sich Detective Thomas ein. «Im Moment konzentrieren wir uns auf Lacey. Wie gesagt, sie wurde in der Gasse hinter Ihrer Praxis gefunden. Gehen Sie da manchmal hin?»

«Nein», sage ich und betrachte die Leiche vor mir. Ihr blondes Haar ist nass vom Regen und klebt an ihrem Gesicht; es sieht aus wie ein Netz aus Besenreisern. Ihre Haut ist jetzt noch bleicher, wodurch ihre zahllosen Narben, diese schmalen roten Striche kreuz und quer auf ihren Armen, ihrer Brust, ihren Beinen, noch deutlicher hervortreten. «Nein, da gehe ich so gut wie nie hin. Die ist eigentlich nur für die Müllwagen, um den Container zu leeren. Alle parken vorn.»

Er nickt und atmet geräuschvoll aus. Etwa eine Minute stehen wir schweigend da, während er mir Gelegenheit gibt, das alles auf mich wirken zu lassen, den grausigen Anblick zu verdauen. In diesem Augenblick wird mir klar, dass mein Leben zwar massiv vom Tod beeinflusst ist, ich aber zum ersten Mal eine echte Leiche sehe. Zum ersten Mal wirklich einer ins Auge sehe. Vermutlich soll das jetzt meine Erinnerung beflügeln – an Laceys Gesicht, wie es vorher aussah, an jenem Nachmittag in meiner Praxis –, aber in meinem Kopf herrscht Leere. Ich kann kein Bild der rosigen Lacey mit den ruhelosen Fingern und den Tränen in den Augen heraufbeschwören, die auf meinem Sessel saß und über ihren Vater sprach. Ich sehe nur diese Lacey. Die tote Lacey. Lacey auf einem Metalltisch, Lacey, die von Fremden betastet wird.

«Erscheint Ihnen irgendetwas anders?», souffliert Detective Thomas schließlich. «Fehlen Kleidungsstücke?»

«Das kann ich wirklich nicht sagen», erwidere ich und lasse den Blick erneut über die Leiche wandern. Sie trägt ein schwarzes T-Shirt, ausgeblichene Jeans-Shorts und schmutzige Converse-Sneakers mit Kritzeleien an den Seiten. Ich versuche, mir vorzustellen, wie sie die Schuhe in der Schule mit einem Kugelschreiber bemalt hat, um sich die Zeit zu vertreiben. Aber ich kann es nicht. «Wie gesagt, ich habe eigentlich nicht darauf geachtet, was sie trug.»

«Okay. Macht nichts. Versuchen Sie es weiter. Lassen Sie sich Zeit.»

Ich nicke und frage mich, ob auch Lena eine Woche nach ihrem Tod so aussah. Als sie irgendwo auf einem Feld oder in einem flachen Grab lag. Bevor ihre Haut sich ablöste und ihre

Kleidung vermoderte. Ich frage mich, ob sie so aussah. Wie Lacey. Bleich und aufgedunsen in der schwül-heißen Luft.

«Hat sie mit Ihnen darüber gesprochen?»

Detective Thomas deutet mit dem Kinn auf ihre Arme, auf die winzigen Schnitte. Ich nicke.

«Ein bisschen.»

«Was ist damit?»

Er blickt auf die größere Narbe an ihrem Handgelenk, diesen dicken, wulstigen, violetten Blitz, der auch mir bei unserer Sitzung aufgefallen war.

«Nein.» Ich schüttle den Kopf. «Nein, dazu sind wir nicht gekommen.»

«Eine verdammte Schande», sagt er leise. «Sie war zu jung, um solchen Kummer zu haben.»

«Ja.» Ich nicke. «Ja, das war sie.»

Eine Weile ist es still im Raum. Alle drei nehmen wir uns einen Moment Zeit, um nicht nur den gewaltsamen Tod dieses Mädchens, sondern auch die Gewalt in ihrem Leben zu betrauern.

«Haben Sie denn nicht gleich in der Gasse gesucht?», frage ich schließlich. «Ich meine, gleich nachdem sie als vermisst gemeldet worden war?»

Detective Thomas sieht mich an, und Verärgerung huscht über sein Gesicht. Dass dieses Mädchen nur wenige Schritte von dort entfernt lag, wo sie zuletzt gesehen worden war, und sie beinahe eine Woche gebraucht haben, um sie zu finden, macht keinen guten Eindruck, und er weiß es.

«Doch», sagt er schließlich und seufzt laut. «Doch, das haben wir. Entweder wurde sie irgendwie übersehen oder erst später an der Stelle abgelegt. An einem anderen Ort getötet und dann erst dort hingebracht.»

«Es ist ein ziemlich kleiner Bereich», sage ich. «Eng. Der Müllcontainer nimmt den größten Teil der Gasse ein. Ich verstehe nicht, wie Sie sie übersehen konnten, wenn Sie dort gesucht haben. Da gibt es nicht viele Verstecke –»

«Woher wissen Sie das, wenn Sie kaum da hingehen?»

«Ich kann die Gasse von meinem Empfangsraum aus sehen. Das Fenster geht in diese Richtung.»

Er mustert mich, und ich sehe ihm an, dass er versucht, sich darüber klar zu werden, ob er mich gerade bei einer Lüge ertappt hat.

«Offensichtlich habe ich nicht gerade eine tolle Aussicht», füge ich hinzu und versuche zu lächeln.

Er nickt. Entweder hat meine Antwort ihn zufriedengestellt, oder er legt sich die Frage auf Wiedervorlage.

«Da wurde sie auch gefunden», sagt er schließlich. «Von den Müllmännern. Sie war hinter dem Müllcontainer eingeklemmt. Als der Container zum Leeren angehoben wurde, fiel die Leiche zu Boden.»

«Dann wurde sie auf jeden Fall bewegt», wirft der Rechtsmediziner ein und klopft auf die Rückseite von Laceys Armen. «Das da sind Leichenflecke. Die Häufung dort weist darauf hin, dass sie auf dem Rücken lag, als sie starb, dass sie also nicht saß. Oder irgendwo *eingeklemmt* war.»

Mir dreht sich der Magen um, und ich versuche, den Blick abzuwenden, doch ich kann es nicht, ich muss ihre Leiche nach Verletzungen absuchen. Hauptsächlich hat sie Hämatome. Stellenweise wirkt ihre Haut dort marmoriert, wo die Schwerkraft das Blut hat zusammenfließen lassen. Der Rechtsmediziner sprach von Fesselspuren, und ich mustere ihre Arme von den Schultern bis zu den Fingerspitzen.

«Was wissen Sie sonst noch?», frage ich.

«Sie wurde betäubt», sagt der Rechtsmediziner. «Wir haben eine hohe Konzentration von Diazepam in ihrem Haar gefunden.»

«Diazepam. Das ist Valium, ja?», fragt Detective Thomas. Ich nicke. «Hat Lacey angstlösende Medikamente genommen? Oder etwas gegen Depressionen?»

«Nein.» Ich schüttle den Kopf. «Nein, ich habe ihr eines verschrieben. Aber sie hatte noch nicht damit angefangen.»

«Dem Haarwachstum zufolge wurde das Medikament etwa vor einer Woche eingenommen», fügt der Rechtsmediziner hinzu. «Also zum Zeitpunkt ihrer Ermordung.»

Auf diese neue Enthüllung hin sieht Detective Thomas den Rechtsmediziner an, und mit einem Mal kann ich Ungeduld im Raum spüren.

«Wann können wir den vollständigen Autopsiebericht haben?»

Der Mann sieht zuerst den Detective an, dann mich.

«Je eher ich anfangen kann, desto eher habe ich ihn für Sie fertig.»

Ich spüre, dass beide Männer mich ansehen, ein nonverbaler Hinweis darauf, dass ich alles andere als hilfreich war. Aber ich betrachte noch immer Laceys Arm. Die winzigen Narben, mit denen die Haut übersät ist, die Fesselspuren und die gezackte rote Quernarbe am Handgelenk.

«Tja, nichts für ungut, Dr. Davis, aber ich habe Sie eigentlich nicht zum Plaudern hergeholt», sagt Detective Thomas. «Wenn Sie sich sonst an nichts erinnern, können Sie gehen.»

Ich schüttle den Kopf, ohne den Blick von Laceys Handgelenk abzuwenden.

«Doch, mir ist noch etwas aufgefallen», sage ich und stelle mir vor, wie sie die Rasierklinge geführt haben muss, um eine solch krumme Narbe zu hinterlassen. Es muss eine ziemliche Sauerei gewesen sein. «Etwas, das anders ist als an dem Tag, an dem Lacey ihre Sitzung bei mir hatte.»

«Okay.» Er verlagert das Gewicht auf den anderen Fuß und mustert mich aufmerksam. «Lassen Sie hören.»

«Diese Narbe. Die ist mir am Freitag auch aufgefallen. Sie hat versucht, sie unter einem Armband zu verstecken. Holzperlen mit einem kleinen Silberkreuz daran.»

Jetzt betrachtet Detective Thomas Laceys Arm, ihr nunmehr nacktes Handgelenk. Ich sehe diesen Rosenkranz vor mir, über der Narbe, vielleicht eine Mahnung für den Fall, dass sie noch einmal das Bedürfnis verspürte, sich zu ritzen. Sie trug dieses Armband definitiv, als sie in meinem Sprechzimmer saß und auf meinem Ledersessel herumrutschte. Und es lag noch um ihren Arm, als sie aufstand und ging. Als sie draußen vor der Tür von jemandem überfallen wurde. Als sie betäubt wurde. Und als sie getötet wurde.

Aber jetzt ist es nicht mehr da.

«Jemand hat es an sich genommen.»

KAPITEL ZWANZIG

Als ich endlich an meinem Auto bin, das vor dem Leichenschauhaus steht, geht mein Atem stoßweise. Keuchend schnappe ich nach Luft und überlege, was meine Entdeckung gerade eben zu bedeuten hat.

Laceys Armband ist fort.

Es könnte heruntergefallen sein, versuche ich mir einzureden; ebenso wie Aubreys Ohrring, den wir auf dem Cypress Cemetery auf der Erde fanden, könnte auch Laceys Armband bei einem Kampf abgerissen worden oder am Müllcontainer hängen geblieben sein, als die Polizei ihre Leiche dahinter hervorzerrte. Es könnte irgendwo im Müll liegen, für immer verloren. Aber ich bin sicher, Aaron würde widersprechen.

Ich bitte Sie nur, hier Ihrem Bauchgefühl zu vertrauen. Achten Sie auf Ihren Instinkt.

Meine Hände zittern. Ich atme tief durch, um mich zu beruhigen. Was sagt mir mein Instinkt?

Die Erklärung des Rechtsmediziners zu den Hämatomen an Laceys Hals und den Fesselspuren an ihren Armen macht es zu einer Tatsache: Ein und dieselbe Person ist sowohl für Aubrey Gravinos als auch für Lacey Decklers Tod verantwortlich. Die gleiche Tötungsart, die gleichen Fingerabdrücke am Hals. Sosehr ich bisher auch versucht habe, es zu leugnen und mir einzureden, Lacey könne davongelaufen sein, sich vielleicht das Leben genommen haben – schließlich hatte sie das bereits versucht –, hatte ich es irgendwie doch die ganze Zeit gewusst. Entführungen kommen vor. Besonders Entführungen von attraktiven jungen Mädchen. Aber zwei Entführungen in einer Woche? Im Umkreis von nicht einmal einer Meile?

Das war zu viel des Zufalls.

Dennoch: Wenn Aubrey und Lacey derselben Person zum Opfer gefallen sind, bedeutet das nicht unbedingt, dass dieser Mensch ein Nachahmungstäter ist. Es bedeutet nicht, dass diese Morde etwas mit meinem Vater, etwas mit mir zu tun haben.

Er hat Aubrey auf einem Friedhof abgelegt, an dem Ort, wo sie zuletzt gesehen wurde.

Ich denke an Lacey, die in der Gasse hinter meiner Praxis hinter einen Müllcontainer geklemmt war – an dem Ort, an dem sie zuletzt gesehen wurde. Vor aller Augen, und doch verborgen. Und nicht nur das, sondern jetzt weiß ich auch, dass sie dorthin *gebracht* wurde. Sie wurde nicht zufällig entführt und gleich an Ort und Stelle getötet, wie ich es bei Aubrey annahm. Sie wurde vor meiner Praxis entführt, betäubt, an einem anderen Ort getötet und dann zurückgebracht.

Mein Herz setzt kurz aus, denn mir kommt ein Gedanke, der zu entsetzlich ist, um ihn in Erwägung zu ziehen. Ich versuche, ihn zu verdrängen, ihn als Paranoia, Déjà-vu oder reine Angst abzutun. Eine weitere irrationale Bewältigungsstrategie, mit der mein Verstand lediglich versucht, etwas derart Sinnlosem einen Sinn abzugewinnen.

Ich versuche es, aber es gelingt mir nicht.

Was wäre, wenn der Mörder wollte, dass die Leichen gefunden werden … nur nicht von der Polizei? Was, wenn er wollte, dass sie von *mir* gefunden werden?

Aubreys Leiche wurde, nur Minuten nachdem ich den Suchtrupp verlassen hatte, gefunden. Ich war dort. Hatte dieser Mensch das irgendwie gewusst?

Und noch beängstigender: War er ebenfalls dort?

Ich wende mich Lacey zu, ihrer Leiche, die gleich um die Ecke von meiner Praxis abgelegt wurde. Ich habe Detective Thomas die Wahrheit gesagt – ich gehe so gut wie nie in diese Gasse –, aber ich kann sie durch ein Fenster in meiner Praxis sehen, sehr gut sogar. Ich kann den Müllcontainer sehen, und es ist durchaus denkbar, dass ich von meinem Empfangsraum aus Lacey dahinter gesehen hätte, wenn ich diese Woche nicht so abgelenkt und benommen gewesen wäre.

Hat dieser Mensch auch das irgendwie gewusst?

Vielleicht hat er an ihrer Leiche Spuren hinterlassen, die wir finden sollen.

Meine Gedanken überschlagen sich, ich komme nicht mehr mit. Spuren an der Leiche, Spuren an der Leiche ... Vielleicht ist das fehlende Armband die Spur, der Schlüssel. Vielleicht hat der Mörder es in einer bestimmten Absicht mitgenommen. Vielleicht wusste er, wenn ich die Leiche finde und mir auffällt, dass das Armband fehlt, dann zähle ich zwei und zwei zusammen. Dann begreife ich.

In meinem Wagen herrschen erstickende dreißig Grad, trotzdem habe ich eine Gänsehaut. Ich schalte den Motor ein und lasse mir von der Klimaanlage Wind durchs Haar blasen. Dann sehe ich zum Handschuhfach, und mir fällt das Fläschchen Xanax wieder ein. Ich stelle mir vor, mir die Tablette auf die Zunge zu legen, diese Prise Bitterkeit zu schmecken, ehe sie sich auflöst, mir ins Blut dringt und meine Muskeln löst, meinen Verstand einlullt. Als ich das Handschuhfach öffne, rollt das Fläschchen nach vorn. Ich nehme es, drehe es. Öffne es und lasse eine Tablette in meine Hand fallen.

Da vibriert das Telefon neben mir, und ich werfe einen Blick auf das beleuchtete Display, wo Daniels Name und Foto erschienen sind. Noch einmal betrachte ich die Tablette in meiner Hand, dann wieder das Telefon, atme tief durch und nehme das Gespräch an.

«Hey.» Ich inspiziere die Xanax zwischen meinen Fingern.

«Hey», erwidert er zögerlich. «Also, bist du da fertig?»

«Ja.»

«Wie war's?»

«Es war grässlich, Daniel. Sie sieht –»

Wieder habe ich Laceys Leiche auf dem Metalltisch vor Augen, ihre bläulich weiße Haut, die wächsernen Augen. Ich denke an die Narben überall auf ihrer Haut, so rot wie Kirsch-Tic-Tacs. An die große Narbe am Handgelenk.

«Sie sieht grässlich aus», beende ich meinen Satz. Ein passenderes Adjektiv fällt mir nicht ein.

«Tut mir leid, dass du das machen musstest», sagt Daniel.

«Ja, mir auch.»

«Konntest du der Polizei behilflich sein?»

Schon will ich Daniel von dem fehlenden Armband erzählen, da wird mir klar, dass diese Information ihm ohne Kontext nichts sagen würde. Um die Bedeutung des fehlenden Armbands zu erklären, müsste ich ihm erzählen, dass ich auf dem Cypress Cemetery war und Aubreys Ohrring gefunden habe, kurz bevor ihre Leiche entdeckt wurde. Ich müsste Daniel von meinem Treffen mit Aaron Jansen und dessen Theorie des Nachahmungstäters erzählen. Ich müsste mich all den finsteren Gedanken der vergangenen Woche noch einmal stellen, und ich müsste es vor Daniel tun. *Mit* Daniel.

Ich schließe die Augen und reibe mit den Fingern darüber, bis ich Sternchen sehe.

«Nein», antworte ich ihm dann. «Konnte ich nicht. Wie ich dem Detective gesagt hatte: Ich war nur eine Stunde mit ihr zusammen.»

Daniel atmet geräuschvoll aus. Ich stelle mir vor, wie er sich mit den Fingern durchs Haar fährt, sich im Bett aufsetzt und den nackten Oberkörper ans Kopfteil lehnt. Wie er das Telefon zwischen Ohr und Schulter klemmt und sich ebenfalls die Augen reibt.

«Komm nach Hause», sagt er schließlich. «Komm nach Hause und zurück ins Bett. Lass uns heute faulenzen, okay?»

«Okay.» Ich nicke. «Okay, das klingt gut.»

Ich beuge mich vor, schiebe Tablette und Fläschchen zurück ins Handschuhfach und will schon losfahren, da habe ich Aarons Stimme wieder im Ohr. Ich halte inne und überlege, ob ich zurückgehen und Detective Thomas alles erzählen soll. Auch Aarons Theorie. Wenn ich das für mich behalte, wie viele Mädchen werden dann noch verschwinden?

Aber ich kann das nicht. Noch nicht. Ich bin nicht bereit, wieder im Zentrum von so etwas zu stehen. Um Aarons Theorie zu erläutern, müsste ich erklären, wer ich bin, wer meine Familie ist. Meine Vergangenheit. Ich will diese Tür nicht wieder öffnen, denn sobald ich das tue, kann ich sie nicht mehr schließen.

«Ich muss nur noch schnell was erledigen», sage ich stattdessen. «Dürfte nicht länger als eine Stunde dauern.»

«Chloe –»

«Mach dir keine Sorgen, mir geht's gut. Vor dem Mittagessen bin ich wieder zu Hause.»

Bevor Daniel mich umstimmen kann, lege ich auf, wähle eine andere Nummer und klopfe ungeduldig aufs Lenkrad, bis ich eine Stimme höre, die mir mittlerweile wohlvertraut ist.

«Hier ist Aaron.»

«Hi, Aaron. Hier ist Chloe.»

«Dr. Davis», sagt er erfreut. «Das ist eindeutig eine freundlichere Begrüßung als bei Ihrem letzten Anruf.»

Ich sehe aus dem Fenster und lächle zum ersten Mal, seit Detective Thomas' Telefonnummer heute Morgen im Display meines Telefons erschien.

«Hören Sie, sind Sie noch in der Stadt? Ich möchte mit Ihnen reden.»

KAPITEL
EINUNDZWANZIG

Nach meiner Unterhaltung mit Sheriff Dooley ließ er uns zwei Möglichkeiten: auf der Wache zu bleiben, bis sie einen Haftbefehl für meinen Vater erwirkt hatten, oder nach Hause zu fahren, niemandem etwas zu sagen und zu warten.

«Wie lange wird das dauern, bis Sie einen Haftbefehl haben?», fragte meine Mutter.

«Kann ich nicht genau sagen. Könnten ein paar Stunden sein, aber auch ein paar Tage. Angesichts dieser Beweise tippe ich allerdings darauf, dass wir ihn haben, bevor die Nacht rum ist.»

Meine Mutter sah mich an, als wartete sie auf meine Antwort. Als wäre ich diejenige, die die Entscheidung treffen sollte. Ich, mit zwölf. Die kluge – die *sichere* Wahl – wäre es, auf der Wache zu bleiben. Sie wusste es, ich wusste es, Sheriff Dooley wusste es.

«Wir fahren nach Hause», sagte sie stattdessen. «Mein Sohn ist zu Hause. Ich kann Cooper nicht mit ihm allein lassen.»

Sheriff Dooley setzte sich anders hin.

«Wir können den Jungen auch abholen und hierherbringen.»

«Nein.» Meine Mutter schüttelte den Kopf. «Nein, das würde verdächtig wirken. Wenn Richard Verdacht schöpft, bevor Sie den Haftbefehl haben ...»

«Wir lassen Kollegen durch Ihr Viertel patrouillieren, in Zivil. Wir lassen ihn nicht entkommen.»

«Er wird uns nichts tun», sagte meine Mutter. «Das wird er nicht. Er wird seiner Familie nichts tun.»

«Bei allem Respekt, Ma'am, aber wir reden hier von einem Serienmörder. Von einem Mann, der im Verdacht steht, sechs Menschen getötet zu haben.»

«Wenn ich den Eindruck bekomme, dass wir in Gefahr sind, verlassen wir sofort das Haus. Dann rufe ich die Polizei an und lasse einen Ihrer Officers kommen.»

Und damit war ihre Entscheidung gefallen. Wir fuhren nach Hause.

Ich sah Sheriff Dooley an, dass er sich fragte, warum – warum wollte sie so unbedingt zurück zu meinem Vater? Wir hatten ihm gerade etwas gebracht, was fast zweifelsfrei bewies, dass er ein *Serienmörder* war, und trotzdem wollte sie nach Hause. Ich aber wunderte mich nicht; ich wusste, warum. Ich wusste, sie wollte nach Hause, weil sie immer zurückgegangen war. Selbst nachdem sie diese Männer in unser Haus, in ihr Zimmer, geholt hatte, war sie am Ende immer zurück zu Dad gegangen, hatte ihm Abendessen gekocht und es ihm gebracht, bevor sie sich still in ihr Zimmer zurückgezogen und die Tür geschlossen hatte. Ich sah meine Mutter an, betrachtete ihre sture Miene. Vielleicht hatte sie Zweifel, dachte ich. Vielleicht wollte sie ihn sehen, ein letztes Mal. Vielleicht wollte sie sich auf ihre eigene subtile Art verabschieden.

Vielleicht war es aber auch noch einfacher. Vielleicht wusste sie einfach nicht, wie man fortgeht.

Sheriff Dooley seufzte sichtlich missbilligend. Dann stand er auf, öffnete die Tür seines Büros und gestattete meiner Mutter und mir, schweigend und wie betäubt die Polizeiwache zu verlassen. Eine Viertelstunde fuhren wir wortlos dahin. Ich saß auf dem Beifahrersitz ihres gebrauchten roten Corolla, der uns stotternd nach Hause beförderte. Im Polster war ein Loch, und ich steckte den Finger hinein und riss es weiter auf. Das Kästchen mit den Trophäen meines Vaters hatte ich auf der Polizeiwache lassen müssen. Ich mochte diese Schatulle mit ihrer hübschen Melodie und der Ballerina, die sich dazu drehte, und fragte mich, ob ich sie jemals zurückbekommen würde.

«Du hast das Richtige getan, Schatz», sagte meine Mutter schließlich. Ihre Stimme klang tröstlich, doch ihre Worte kamen mir irgendwie hohl vor. «Aber wir müssen uns ganz normal verhalten, Chloe. So normal wie möglich. Ich weiß, das wird schwer, aber es dauert sicher nicht lange.»

«Okay.»

«Vielleicht gehst du einfach in dein Zimmer, wenn wir nach Hause kommen, und machst die Tür hinter dir zu. Ich sage Dad, dass du dich nicht wohlfühlst.»

«Okay.»

«Er wird uns nichts tun», sagte sie noch einmal, und ich gab keine Antwort. Ich hatte das Gefühl, dass sie diesmal mit sich selbst redete.

Wir bogen in die lange Auffahrt zum Haus ab, diese Schotterstraße, die ich immer entlanggerannt war, wo ich mit meinen Schuhen den Staub aufgewirbelt hatte, während zwischen den Bäumen die Schatten tanzten. Von nun an würde ich nicht mehr rennen müssen, erkannte ich. Ich würde keine Angst mehr haben müssen. Doch als ich unser Haus durch die insektenverschmierte Windschutzscheibe immer näher kommen sah, hatte ich das überwältigende Bedürfnis, die Tür aufzustoßen, aus dem Auto zu springen, in den Wald zu laufen und mich zu verstecken. Dort erschien es mir sicherer. Meine Atmung beschleunigte sich.

«Ich weiß nicht, ob ich das schaffe», sagte ich und atmete in schnellen, tiefen Zügen. Gleich darauf hyperventilierte ich, sah Flecken und helles Licht. Kurz fürchtete ich, im Auto zu sterben. «Kann ich es wenigstens Cooper sagen?»

«Nein.» Meine Mutter sah mich an und bemerkte, wie

beängstigend schnell sich meine Brust hob und senkte. Sie nahm eine Hand vom Steuer, wandte sich mir zu und strich mir über die Wange. «Chloe, atme. Kannst du für mich atmen? Atme durch die Nase ein.»

Ich schloss den Mund, atmete tief durch die Nase ein und füllte meine Brust mit Luft.

«Und jetzt durch den Mund wieder aus.»

Ich schürzte die Lippen, ließ die Luft langsam entweichen und spürte, dass mein Herz ein wenig langsamer wurde.

«Jetzt noch einmal.»

Ich gehorchte. Durch die Nase ein, durch den Mund aus. Mit jedem bewussten Atemzug sah ich wieder ein wenig schärfer. Als wir vor der Veranda hielten und meine Mutter den Motor abstellte, atmete ich wieder normal. Ich starrte unser Haus an, das vor uns aufragte.

«Chloe, wir sagen es niemandem», bekräftigte meine Mutter. «Nicht bevor die Polizei da ist. Verstehst du?»

Ich nickte, eine Träne lief mir über die Wange. Ich drehte mich zu meiner Mutter um und sah, dass auch sie das Haus anstarrte. So, als spukte es dort. Und als ich ihre starren Gesichtszüge musterte, die vorgetäuschte Zuversicht, hinter der ich tief in ihren Augen das Entsetzen entdeckte, da erkannte ich ihre wahre Absicht. Ich verstand, warum wir hier waren, warum wir zurückgekommen waren. Nicht weil sie das Gefühl hatte, sie sollte das tun; wir waren nicht zurückgekommen, weil sie schwach war. Wir waren zurückgekommen, weil sie sich beweisen wollte, dass sie ihm die Stirn bieten konnte. Sie wollte sich beweisen, dass sie die Starke sein konnte, die Furchtlose, anstatt vor ihren Problemen davonzulaufen, wie sie es immer getan hatte. Anstatt sich vor ihnen zu verstecken, sich vor ihm zu verstecken, so zu tun, als gäbe es diese Probleme nicht.

Doch jetzt hatte sie Angst. Sie hatte genauso Angst wie ich.

«Gehen wir», sagte sie und stieg aus. Ich tat es ihr nach und knallte die Tür zu. Dann stellte ich mich vor das Auto und betrachtete unsere Veranda, die Schaukelstühle, die im Wind knarrten, meine Lieblingsmagnolie und in deren Schatten die Hängematte, die mein Vater vor Jahren an ihrem Stamm befestigt hatte. Wir gingen hinein. Die Tür ächzte, als wir sie aufstießen. Meine Mutter schob mich zur Treppe, und ich wollte schon in mein Zimmer gehen, da ließ eine Frage mich mitten im Schritt innehalten.

«Wo wart ihr zwei denn?»

Ich erstarrte und sah mich um. Mein Vater saß mit Blick zu uns im Wohnzimmer auf der Couch. Er hielt ein Bier in der Hand und zupfte am feuchten Etikett; auf seinem Fernsehtablett hatte sich bereits ein kleiner Haufen Papierfetzen angesammelt. Sonnenblumenkerne waren übers Holz verstreut. Er war sauber, hatte geduscht, das Haar nach hinten gekämmt und sich frisch rasiert. Es sah aus, als hätte er sich fein gemacht, trug eine Khakihose und ein geknöpftes Hemd, das er in die Hose gesteckt hatte. Aber er sah auch müde aus. Erschöpft sogar. Seine Haut wirkte schlaff, und seine Augen lagen so tief in den Höhlen, als hätte er seit Tagen nicht geschlafen.

«Wir waren essen», sagte meine Mutter. «Mädelsausflug.»
«Das klingt nett.»
«Aber Chloe fühlt sich nicht wohl», fuhr Mom fort und sah mich an. «Ich glaube, sie brütet irgendetwas aus.»
«Das tut mir leid, Liebes. Komm mal her.»
Ich sah Mom an, und sie nickte kaum merklich. Also ging ich mit wild klopfendem Herzen die Treppe wieder hinun-

ter ins Wohnzimmer zu meinem Vater. Plötzlich fragte ich mich, ob er gemerkt hatte, dass sein Kästchen fehlte. Und ob er mich danach fragen würde. Er legte mir die Hand auf die Stirn.

«Du bist ganz heiß», sagte er. «Liebes, du schwitzt ja. Du zitterst.»

«Ja», sagte ich, den Blick zu Boden gerichtet. «Ich glaube, ich muss mich hinlegen.»

«Hier.» Er hielt mir sein Bier an den Hals, und ich zuckte zusammen. Es war so kalt, dass meine Haut taub wurde; das Kondenswasser tropfte mir auf die Brust und machte mein T-Shirt feucht. Ich spürte meinen Pulsschlag an der Flasche, kühl und fest. «Besser?»

Ich nickte und zwang mich, zu lächeln.

«Ich glaube, du hast recht», sagte er. «Du solltest dich hinlegen. Mach ein Nickerchen.»

«Wo ist Coop?», fragte ich, als mir seine Abwesenheit bewusst wurde.

«In seinem Zimmer.»

Ich nickte. Coopers Zimmer lag links von der Treppe, meines rechts. Vielleicht konnte ich mich hinüberschleichen, ohne dass meine Eltern etwas merkten, mich in seinem Bett zusammenrollen und mir die Decke bis über die Augen ziehen. Ich wollte nicht allein sein.

«Na los», sagte mein Vater. «Geh, leg dich hin. Ich komme in ein paar Stunden und messe Fieber.»

Ich machte auf dem Absatz kehrt und ging zurück zur Treppe, die Flasche noch an den Hals gedrückt. Meine Mutter folgte mir, ihre Nähe war tröstlich.

«Mona», rief mein Vater da, als wir den Flur erreichten. «Warte einen Moment.»

Ich spürte, dass sie sich zu ihm umdrehte. Sie schwieg, darum sprach mein Vater weiter.

«Gibt es etwas, das du mir sagen solltest?»

Aarons Blick bohrt sich in meinen Schädel, während ich auf den Fluss sehe. Ich wende mich ihm zu, unsicher, ob ich richtig gehört habe oder meine Erinnerungen wieder mein Unterbewusstsein überfluten, mein Urteilsvermögen trüben und mir das Hirn vernebeln.

«Also?», fragt er noch einmal. «Ja?»

«Ja», sage ich gedehnt. «Deshalb habe ich Sie hergebeten. Heute Morgen bekam ich einen Anruf von Detective Thomas –»

«Nein, dazu kommen wir gleich. Zuerst etwas anderes. Sie haben mich angelogen.»

Ich blicke wieder auf den Fluss und hebe meinen Kaffee zum Mund. Wir sitzen auf einer Bank am Wasser. Nebel zieht auf und lässt die Brücke in der Ferne noch nüchterner und trostloser wirken.

«In welcher Hinsicht?»

«In dieser.»

Er hält mir sein Telefon vor die Nase, und ich nehme es entgegen. Auf dem Display ist ein Foto von mir, auf dem ich durch eine Menschenansammlung gehe. Ich weiß sofort, wo es aufgenommen wurde. Mein graues T-Shirt, der Haarknoten, die knorrigen, mit Louisianamoos überwachsenen Bäume, das gelbe Polizeiabsperrband, das undeutlich in der Ferne zu sehen ist. Dieses Foto wurde vor einer Woche auf dem Cypress Cemetery aufgenommen.

«Wo haben Sie das gefunden?»

«Da ist ein Artikel online», sagt er. «Ich habe mir die Lokalzeitung angesehen, weil ich Leute suche, mit denen ich sprechen könnte, und dabei stieß ich auf Fotos vom Suchtrupp. Stellen Sie sich meine Überraschung vor, als ich feststellte, dass Sie auch dort waren.»

Ich seufze und mache mir Vorwürfe, dass ich den Journalisten, die ich mit Kameras um den Hals herumlaufen sah, nicht mehr Beachtung geschenkt habe. Hoffentlich hat Daniel diesen Artikel nicht gesehen – oder, schlimmer noch, Officer Doyle.

«Ich habe nie behauptet, dass ich *nicht* dort war.»

«Nein, aber Sie haben gesagt, der Cypress Cemetery hätte keine besondere Bedeutung für Ihre Familie. Es gebe keinen Grund zu der Annahme, dass es verdächtig ist, wenn Aubreys Leiche dort gefunden wird.»

«Das ist auch so», sage ich. «Er hat keine Bedeutung für uns. Ich bin einfach über den Suchtrupp gestolpert, okay? Ich bin durch die Gegend gefahren, um den Kopf frei zu bekommen. Als ich den Friedhof sah, beschloss ich, mich umzusehen.»

Er starrt mich an, und seine Augen verengen sich.

«In meinem Beruf ist Vertrauen alles. Ehrlichkeit ist alles. Wenn Sie mich anlügen, kann ich nicht mit Ihnen arbeiten.»

«Ich lüge nicht», beteuere ich und hebe die Hände. «Ich schwöre es.»

«Weshalb haben Sie sich dort umgesehen?»

«Ich weiß nicht genau», antworte ich und trinke noch einen Schluck Kaffee. «Aus Neugier, denke ich. Ich hatte über Aubrey nachgedacht. Und über Lena.»

Aaron schweigt und sieht mich unverwandt an.

«Wie war sie?», fragt er schließlich, und ein neugieriger Unterton schleicht sich in seine Stimme. Er kann nicht dagegen an; das weiß ich. Niemand kann das. «Waren Sie mit ihr befreundet?»

«So in der Art. Ich dachte es jedenfalls, als ich klein war. Aber heute ist mir klar, wie es wirklich war.»

«Nämlich?»

«Sie war eine ältere Schülerin, die sich um eine jüngere Außenseiterin gekümmert hat», sage ich. «Lena war nett zu mir. Sie schenkte mir abgelegte Kleidung, brachte mir bei, wie man Make-up auflegt.»

«Das ist Freundschaft», sagt Aaron. «Die beste Art von Freundschaft, wenn Sie mich fragen.»

«Ja.» Ich nicke. «Ja, da haben Sie wohl recht. Sie hatte etwas an sich, das einfach ... ich weiß auch nicht ... magnetisch war, wissen Sie?»

Ich sehe Aaron an, und er nickt wissend. Da frage ich mich, ob er auch eine Lena hatte. Vermutlich hat jeder irgendwann im Leben eine Lena. Jemanden, der wie eine Sternschnuppe aufstrahlt und ebenso schnell verglüht.

«Sie hat mich ein bisschen ausgenutzt, und ich wusste es, aber das hat mir nicht einmal was ausgemacht», fahre ich fort und klopfe mit den Fingern gegen meinen Kaffeebecher. «Sie hatte es zu Hause nicht so gut, deshalb war unser Haus so eine Art Zuflucht für sie. Außerdem glaube ich, dass sie in meinen Bruder verliebt war.»

Aaron hebt die Augenbrauen.

«Alle waren in meinen Bruder verliebt.» Bei dieser Erinnerung lächle ich sanft. «Er empfand nicht so für sie, aber ich glaube, das war der Grund, warum sie so oft bei uns war. Ich weiß noch, einmal –»

Ich breche ab, bevor ich zu weit gehe. «Entschuldigung, das interessiert Sie bestimmt gar nicht.»

«Doch, doch. Erzählen Sie weiter.»

Ich atme tief durch und fahre mir mit den Fingern durchs Haar.

«Da war dieses eine Mal, in jenem Sommer. Bevor das alles geschah. Lena war bei uns – sie fand immer einen Vorwand, um zu uns zu kommen –, und sie überredete mich, in Coopers Zimmer einzubrechen. So etwas tat ich eigentlich nicht … Sie wissen schon, gegen die Regeln verstoßen. Aber Lena hatte so etwas an sich. Sie brachte einen dazu, dass man die Grenzen austesten wollte. Furchtlos leben.»

An diesen Nachmittag erinnere ich mich lebhaft – die Sonne, die auf meinen Wangen brannte, die Grashalme unter mir, die mich im Nacken kitzelten. Lena und ich, die wir im Garten lagen und versuchten, Formen in den Wolken zu erkennen.

«Weißt du, womit das noch mehr Spaß machen würde?», fragte sie mit rauer Stimme. «Ein bisschen Gras.»

Ich sah sie von der Seite an. Sie blickte immer noch hinauf zu den Wolken und biss sich seitlich auf die Lippe. In einer Hand hielt sie ein Feuerzeug, das sie immer wieder betätigte, die andere Hand hielt sie über die Flamme, immer tiefer, bis auf ihrer Handfläche ein kleiner schwarzer Kreis erschien. Ihre Fingernägel waren abgekaut.

«Dein Bruder hat *bestimmt* was.»

Eine Ameise krabbelte über ihre Wange auf die Augenbraue zu. Ich hatte das Gefühl, dass sie sie bemerkt hatte und spürte, wie sie sich ihrem Auge immer weiter näherte. Dass sie sie testete, sich selbst testete. Dass sie herausfinden wollte, wie lange sie es aushielt – genau wie bei der Flamme, die ihr die Haut versengte –, wie nahe sie herankommen durfte, bis sie gezwungen war, sie abzustreifen.

«Coop?», fragte ich und wandte den Blick wieder ab. «Vergiss es. Drogen sind nicht sein Ding.»

Lena schnaubte und stützte sich auf einem Ellbogen ab.

«Ach, Chloe. Du bist so herrlich naiv. Das ist das Schöne daran, ein Kind zu sein.»

«Ich bin kein Kind», sagte ich und setzte mich auf. «Außerdem ist sein Zimmer abgeschlossen.»

«Hast du eine Kreditkarte?»

«Nein», erwiderte ich, wieder einmal verlegen. Hatte Lena etwa eine Kreditkarte? Ich kannte keine Fünfzehnjährigen mit Kreditkarte – Cooper hatte jedenfalls keine. Andererseits: Lena war anders. «Ich habe eine Bibliothekskarte.»

«Natürlich hast du die», sagte sie und rappelte sich hoch. Sie streckte die Hand aus. An ihren Handflächen waren die Abdrücke von Grashalmen und ein bisschen Erde. Ich ergriff die schweißfeuchte Hand und stand ebenfalls auf. Dann sah ich zu, wie sie das Gras von den Rückseiten ihrer Oberschenkel zupfte. «Gehen wir. Ehrlich, alles muss man dir beibringen.»

Wir gingen ins Haus, holten das kleine Portemonnaie aus meinem Zimmer, in dem sich meine Bibliothekskarte befand, und gingen über den Flur zu Coopers Tür.

«Siehst du», sagte ich und rüttelte am Griff. «Abgeschlossen.»

«Schließt er sein Zimmer immer ab?»

«Seit ich diese ekligen Hefte unter seinem Bett gefunden habe.»

«*Cooper!*», sagte sie und hob die Augenbrauen. Sie wirkte eher beeindruckt als abgestoßen. «Schlimmer Junge. Komm, gib mir die Karte.»

Ich gab sie ihr und beobachtete, wie sie sie in den Spalt steckte.

«Zuerst suchst du die Türangeln», sagte sie und fuhr mit der Karte durch den Spalt. «Wenn du sie nicht sehen kannst, ist es die richtige Art von Schloss. Die schräge Seite des Schnappers muss zu dir zeigen.»

«Okay», sagte ich und versuchte, die aufsteigende Panik zu unterdrücken.

«Als Nächstes schiebst du die Karte schräg hinein. Wenn die Kante drin ist, halt sie wieder gerade. So.»

Wie gebannt verfolgte ich, wie sie meine Bibliothekskarte immer tiefer in den Spalt schob und drückte. Die Karte bog sich, und ich betete, dass sie nicht durchbrach.

«Woher weißt du, wie man das macht?», fragte ich schließlich.

«Ach, weißt du.» Sie ruckelte an der Karte. «Wenn man so oft Hausarrest kriegt, lernt man, wie man von allein rauskommt.»

«Deine Eltern schließen dich in deinem Zimmer ein?»

Sie ignorierte mich und ruckelte noch ein paar Mal kräftig an der Karte, dann ging die Tür endlich auf.

«Tata!»

Sie wirbelte herum und wirkte sehr zufrieden mit sich, doch dann veränderte sich ihr Gesichtsausdruck langsam. Offener Mund, große Augen. Dann ein Lächeln.

«Oh», sagte sie und stemmte eine Hand in die herausgedrückte Hüfte. «Hey, Coop.»

Jetzt lacht Aaron, trinkt seinen Latte aus und stellt den Togo-Becher neben seinen Füßen auf den Boden.

«Also hat er Sie erwischt? Noch bevor Sie drin waren?»

«O ja. Er stand direkt hinter mir und sah sich das Ganze vom Treppenabsatz aus an. Ich glaube, er wollte nur sehen, ob wir hineinkommen.»

«Dann also kein Gras für Sie.»

«Nein.» Ich lächle. «Das musste noch ein paar Jahre warten. Aber ich glaube sowieso nicht, dass Lena es wirklich darauf abgesehen hatte. Ich glaube, sie wollte erwischt werden. Um seine Aufmerksamkeit zu erregen.»

«Hat es funktioniert?»

«Nein. So etwas hat bei Cooper nie funktioniert. Offen gesagt hatte es eher den gegenteiligen Effekt. Am Abend setzte er sich mit mir zusammen und redete mir ins Gewissen von wegen keine Drogen, gute Rollenvorbilder seien so wichtig, bla, bla, bla.»

Jetzt kommt die Sonne hervor, und fast sofort steigt die Temperatur um einige Grad an, und die feuchte Luft wird dick wie Rahm. Ich spüre, wie meine Wangen brennen, und weiß nicht, ob das an der Sonne liegt oder daran, dass ich hier mit einem Fremden über intime Erinnerungen spreche. Was mich geritten hat, ihm das zu erzählen, weiß ich wirklich nicht.

«Also, warum wollten Sie sich mit mir treffen?», fragt Aaron, der anscheinend spürt, dass ich das Thema wechseln möchte. «Warum dieser Sinneswandel?»

«Ich habe heute Morgen Laceys Leiche gesehen. Und bei unserem letzten Gespräch haben Sie mir geraten, auf meinen Instinkt zu hören.»

«Moment, noch mal zurück», unterbricht er mich. «Sie haben Laceys Leiche gesehen? Wie das?»

«Sie wurde in der Gasse hinter meiner Praxis gefunden. Hinter einen Müllcontainer gezwängt.»

«Himmel!»

«Die Polizei bat mich, sie mir anzusehen, um herauszufinden, ob etwas anders aussieht als bei ihrem Besuch in meiner Praxis. Ob irgendetwas fehlte.»

Aaron wartet schweigend ab, bis ich fortfahre. Ich atme tief durch.

«Es fehlte ein Armband», erzähle ich. «Und als ich auf dem Friedhof war, haben wir einen Ohrring gefunden. Einen Ohrring, der Aubrey gehörte. Zuerst dachte ich, er wäre vielleicht heruntergefallen, als ihre Leiche über den Friedhof geschleift wurde oder so, aber dann erkannte ich, dass er zu einem Ensemble gehört. Sie hatte auch eine dazu passende Halskette. Aubreys Leiche habe ich nicht gesehen, aber sie wurde ohne diese Halskette gefunden –»

«Sie glauben, der Mörder nimmt seinen Opfern den Schmuck ab», unterbricht mich Aaron. «Als so eine Art Trophäe.»

«Das war der Tick meines Vaters», sage ich, und nach all diesen Jahren wird mir noch immer übel, wenn ich es zugebe. «Sie haben ihn geschnappt, weil ich hinten in seinem Schrank ein Kästchen mit dem Schmuck seiner Opfer gefunden hatte.»

Aarons Augen weiten sich kurz, dann senkt er den Blick und verdaut die Information, die ich ihm gerade gegeben habe. Ich warte eine Minute, dann fahre ich fort.

«Ich weiß, es ist weit hergeholt, aber ich denke, es lohnt sich, das zumindest einmal näher in Betracht zu ziehen.»

«Nein, Sie haben recht.» Aaron nickt. «Das ist eine Übereinstimmung, die wir nicht außer Acht lassen können. Wer weiß davon?»

«Na ja, meine Familie natürlich. Die Polizei. Die Eltern der Opfer.»

«Sind das alle?»

«Mein Vater hat im Tausch gegen Strafminderung ein Geständnis abgelegt», sage ich. «Nicht alle Beweise wurden öffentlich präsentiert. Insofern ja, ich glaube schon. Es sei denn, es wäre irgendwie nach außen gedrungen.»

«Fällt Ihnen aus diesem Personenkreis jemand ein, der einen Grund hätte, so etwas zu tun? Polizisten, die von dem Fall besessen waren vielleicht?»

«Nein.» Ich schüttle den Kopf. «Nein, die Cops waren alle –»

Ich breche ab, denn mir wird etwas klar. Meine Familie. Die Polizei.

Die Eltern der Opfer.

«Da war ein Mann», sage ich bedächtig. «Der Vater eines der Opfer. Lenas Vater. Bert Rhodes.»

Aaron sieht mich an und nickt auffordernd.

«Er ... ist nicht gut damit zurechtgekommen.»

«Seine Tochter wurde ermordet. Ich glaube, das würde den meisten Menschen so gehen.»

«Nein, das war keine normale Trauer. Das war etwas anderes. Da war Wut. Schon vor den Morden hatte er etwas an sich, das einfach ... merkwürdig war.»

Ich denke an Lena, als sie das Schloss an der Zimmertür meines Bruders knackte. An das, was sie mir dabei unabsichtlich verriet. Und daran, dass sie so tat, als hätte sie meine Nachfrage nicht gehört.

Deine Eltern schließen dich in deinem Zimmer ein?

Aaron nickt, schürzt die Lippen und atmet tief aus.

«Was haben Sie neulich über Nachahmungstäter gesagt?», frage ich. «Dass sie ihr Vorbild entweder *verehren* oder *herabsetzen*?»

«Ja», bestätigt Aaron. «Allgemein gesagt gibt es zwei Arten von Nachahmungstätern: solche, die einen Mörder bewundern und seine Taten nachahmen wollen, um ihm Respekt zu zollen, und solche, die mit einem Mörder in irgendeiner Weise nicht einverstanden sind. Vielleicht haben sie eine andere politische Meinung oder finden einfach, es sei zu viel Wirbel um ihn gemacht worden, und wollen es besser machen. Also spiegeln sie die Verbrechen, um die Aufmerksamkeit von ihrem Vorgänger ab- und auf sich selbst zu lenken. Aber so oder so, es ist ein Spiel.»

«Tja, Bert Rhodes hat meinen Vater *herabgesetzt*. Aus gutem Grund, aber dennoch. Es wirkte ungesund. Wie eine Obsession.»

«Okay», sagt Aaron schließlich. «Danke, dass Sie mir das erzählt haben. Wollen Sie damit auch zur Polizei gehen?»

«Nein», erwidere ich, wahrscheinlich zu schnell. «Noch nicht jedenfalls.»

«Warum? Ist da noch mehr?»

Ich schüttle den Kopf und beschließe, ihm nichts vom anderen Teil meiner Theorie zu sagen – dass derjenige, der diese Mädchen entführt, speziell mit mir spricht. Mich verspottet. Mich auf die Probe stellt. Dass es den Anschein hat, als solle ich da eine Verbindung herstellen. Ich will nicht, dass Aaron an meiner geistigen Gesundheit zweifelt und alles abtut, was ich ihm gerade erzählt habe, wenn ich zu weit gehe. Zuerst will ich selbst einige Nachforschungen anstellen.

«Nein. Dazu bin ich noch nicht bereit. Es ist zu früh.»

Ich stehe auf und streiche mir eine Strähne aus der Stirn, die der Wind aus meinem Haarknoten gelöst hat. Als ich mich zu Aaron umdrehe, um mich zu verabschieden, fällt mir auf, dass er mich auf neue Art ansieht. In seinem Blick liegt Sorge.

«Chloe», sagt er. «Einen Augenblick.»

«Ja?»

Er zögert, als überlegte er, ob er weitersprechen soll. Schließlich kommt er zu einer Entscheidung, beugt sich zu mir und sagt mit leiser, fester Stimme: «Versprechen Sie mir, dass Sie auf sich aufpassen?»

KAPITEL
ZWEIUNDZWANZIG

Ich erinnere mich an eine Theateraufführung zum Schuljahresabschluss, bei der auch Lenas Eltern, Bert und Annabelle Rhodes, im Publikum saßen. In diesem Jahr, dem Jahr der Morde, wurde *Grease* aufgeführt, und Lena war Sandy. Ihre hautenge Kunstlederhose schimmerte jedes Mal, wenn das Licht der Scheinwerfer im richtigen Winkel darauf fiel. Anstelle ihrer üblichen französischen Zöpfe trug sie eine Dauerwelle, und hinter einem Ohr lugte eine Theaterzigarette hervor (wobei ich stark vermutete, dass es doch eine echte war; wahrscheinlich würde sie die auf dem Parkplatz rauchen, sobald der Vorhang gefallen war). Cooper spielte auch mit, und deshalb waren wir hier. Er war ein guter Sportler – aber kein so guter Schauspieler. Dem Programmheft zufolge hatte er eine drittrangige Rolle, «Schüler Nr. 3» oder so ähnlich.

Anders Lena. Lena war der Star.

Ich war mit meinen Eltern dort. Auf der Suche nach drei freien Plätzen nebeneinander schoben wir uns durch die Sitzreihen, stießen dabei immer wieder gegen die Knie bereits sitzender Eltern und mussten uns entschuldigen.

«Mona», rief Dad und winkte. «Hier.»

Er deutete auf drei freie Plätze in der Saalmitte, gleich neben den Rhodes. Ich sah, wie die Augen meiner Mutter sich kurz weiteten, ehe sie ein Lächeln aufsetzte, mir die Hand auf den Rücken legte und mich energisch vorwärtsschob.

«Hallo, Bert», sagte mein Vater lächelnd. «Annabelle. Sind die noch frei?»

Bert Rhodes lächelte meinen Vater an und deutete auf die Plätze. Meine Mutter ignorierte er komplett. Damals fand ich das unhöflich. Er kannte meine Mutter doch – erst vor wenigen Wochen hatte ich ihn bei uns zu Hause gesehen. Von Beruf war er Techniker für Sicherheitssysteme. Ich erinnere mich noch gut an den Anblick seiner gebräunten Arme mit der lederartigen Haut, als er in unserem Garten auf der Erde kniete, bis Mom ihm auf die Schulter klopfte und ihn ins Haus bat. Durchs Fenster hatte ich beobachtet, wie er den Kopf hob, sie ansah und sich den Schweiß von der Stirn wischte. Meine Mutter hatte unnatürlich laut gelacht, als sie ihn ins Haus zog. Die beiden waren in die Küche gegangen, wo sie sich mit gedämpfter Stimme unterhielten; durchs Treppengeländer hatte ich gesehen, wie sie sich mit einem Glas gesüßtem Eistee in den Händen über die Küchentheke beugte, sodass ihre Brüste zusammengedrückt wurden.

Wir setzten uns. Gleich darauf ging das Licht aus, und Lena tänzelte über die Bühne. Sie ließ die Hüften kreisen, und ihr weißer Petticoat flog ihr um die Taille. Mein Vater schlug die Beine übereinander. Bert Rhodes räusperte sich.

Daraufhin sah ich zu ihm hinüber und bemerkte, dass er ganz steif dasaß, während der Blick meiner Mutter förmlich an der Bühne klebte. Mein Vater hingegen, der zwischen ihnen saß, schien von alledem nichts mitzubekommen. Da erkannte ich, dass Bert Rhodes gar nicht unhöflich war. Ihm war unbehaglich. Er verbarg etwas. Und meine Mutter ebenfalls.

Als ihre Affäre nach Vaters Verhaftung ans Licht kam, war das ein Schock für mich. Vermutlich halten alle Kinder ihre Eltern für glücklich beziehungsweise für eine nicht ganz menschliche Lebensform, die keine Gefühle oder Meinungen, keine Probleme oder Bedürfnisse hat. Mit zwölf verstand ich nicht, wie kompliziert das Leben, die Ehe, Beziehungen ganz allgemein waren. Mein Vater war den ganzen Tag bei der

Arbeit, während meine Mutter allein zu Hause war. Cooper und ich waren in der Schule oder beim Ringertraining oder im Sommertageslager. Ich machte mir eigentlich keine Gedanken, was sie den Tag über tat. Unsere träge allabendliche Routine – Abendessen auf Fernsehtabletts, wonach mein Vater irgendwann auf seinem La-Z-Boy einschlief, während meine Mutter die Küche aufräumte und sich dann mit einem Buch in der Hand in ihr Zimmer zurückzog – war für mich genau das: Routine. Ich dachte gar nicht darüber nach, wie einsam sie gewesen sein muss, wie fade das alles war. Die fehlende Intimität zwischen meinen Eltern – nie sah ich, dass sie sich küssten oder an den Händen hielten – kam mir normal vor, denn ich hatte es nie anders erlebt. Ich *kannte* es nicht anders. Als sie also in jenem Sommer einen stetigen Strom von Männern in unser Haus einlud – den Gärtner, den Elektriker, den Mann, der unsere Alarmanlage installierte und dessen Tochter später verschwinden würde –, da hielt ich das bloß für einen Ausdruck von Südstaatengastlichkeit. Mom servierte den Männern ein Glas selbst gemachten Eistee, damit sie besser mit der Hitze fertigwurden.

Manche Leute mutmaßten, mein Vater habe Lena aus Rache getötet, aus einem kranken Bedürfnis heraus, das Gleichgewicht wiederherzustellen, nachdem er Bert und meiner Mutter auf die Schliche gekommen war. Vielleicht war der Mord an Lena, seinem ersten Opfer, der Ausbruch der Finsternis in ihm. Vielleicht kam sie danach aus den Ecken gekrochen, wurde größer und chaotischer, schwerer zu beherrschen. Bert Rhodes jedenfalls hat das geglaubt.

Wieder sehe ich ihn auf jener ersten im Fernsehen übertragenen Pressekonferenz neben Lenas Mutter stehen, bevor Lenas Status von *vermisst* zu *mutmaßlich tot* wechselte. Er war ein gebrochener Mann; seine Tochter wurde gerade erst seit knapp achtundvierzig Stunden vermisst, und er brachte kaum noch einen zusammenhängenden Satz heraus. Und als mein Vater als der Mann identifiziert wurde, der sie getötet hatte, drehte er vollends durch.

Ich erinnere mich daran, dass Cooper mich eines Morgens ins Haus zog, weil Bert Rhodes wie ein tollwütiges Tier in unserem Vorgarten auf und ab lief. Das war nicht so wie bei unseren anderen Besuchern, die aus sicherer Entfernung etwas warfen oder sich von uns verjagen ließen. Diesmal war es anders. Bert Rhodes war ein erwachsener Mann. Er war wütend, außer sich. Zu diesem Zeitpunkt hatte meine Mutter uns schon verlassen – jedenfalls geistig –, und Cooper und ich wussten nicht, was wir tun sollten. Deshalb drängten wir uns in meinem Zimmer am Fenster zusammen und sahen hinaus. Wir beobachteten, wie Bert Rhodes dem Boden wütende Tritte versetzte und unser Haus wüst beschimpfte, uns dann irgendetwas zuschrie und an seiner Kleidung und seinem Haar riss. Irgendwann ging Cooper nach draußen. Ich hatte ihn angefleht, es nicht zu tun, ihn am Ärmel festgehalten, während mir die Tränen übers Gesicht liefen. Nun beobachtete ich hilflos, wie Cooper die Treppe vor unserem Haus hinab in den Vorgarten ging. Er schrie Bert seinerseits an und stieß ihm den Zeigefinger gegen die muskulöse Brust. Schließlich ging Bert davon, gelobte aber Vergeltung.

Das ist noch nicht vorbei!, hörte ich ihn schreien, und seine schroffe Stimme hallte durch das gewaltige Nichts, das unser Elternhaus war.

Später erfuhren wir, dass der Stein, der eines Nachts durchs Schlafzimmerfenster meiner Mutter flog, aus seinen schwieligen Händen stammte, und die Schlitze in den Reifen von

Dads Laster waren auch sein Werk. In seinen Augen war es seine eigene Schuld. Schließlich hatte er mit einer verheirateten Frau geschlafen, und noch im selben Sommer hatte deren Mann seine Tochter ermordet. Das Karma hatte zugeschlagen, und die Schuldgefühle waren unerträglich. Er war zutiefst wütend. Wenn Bert Rhodes meinen Vater in die Finger hätte bekommen können, nachdem er den Mord an Lena gestanden hatte, hätte er ihn umgebracht, da bin ich mir sicher, und zwar nicht schnell. Nicht gnädig. Er hätte ihn langsam und schmerzhaft getötet. Und er hätte es genossen.

Aber das konnte er natürlich nicht. An meinen Vater kam er nicht heran. Mein Vater befand sich in Polizeigewahrsam, sicher hinter Schloss und Riegel.

Doch dessen Familie nicht, deshalb nahm er uns ins Visier.

Ich schließe die Haustür auf, strecke den Kopf in den Flur und suche nach Daniel. Wie versprochen bin ich vor dem Mittagessen wieder da, und ich rieche frischen Kaffee. Mein Blick fällt auf meinen Laptop im Wohnzimmer. Am liebsten würde ich ihn mir sofort schnappen, ihn aufklappen und in die Tasten hauen.

Ich will mehr über Bert Rhodes erfahren.

Er wusste von Lenas Bauchnabelpiercing. Er wusste davon, wie mein Vater seine Tochter angesehen hatte, auf dem Flusskrebsfest, bei der Schultheateraufführung und bei mir im Zimmer auf dem Boden, wenn sie die langen Beine in die Luft streckte. All die anderen Mädchen – Robin, Margaret, Carrie, Susan, Jill – waren ebenfalls Opfer. Aber sie waren Zufallsopfer. Sie wurden aus Not getötet oder weil sie gerade zur Hand waren, oder aus einer Mischung von beidem heraus. Sie waren zur falschen Zeit am falschen Ort, just dann, wenn die

Finsternis aus den Ecken kroch und mein Vater sie nicht mehr abwehren konnte – wenn er das erstbeste junge, unschuldige, wehrlose Mädchen überfiel, das er in die Finger bekam, und zudrückte, ganz fest, bis sich die Finsternis wieder in ihre Ecke verzog wie ein Käfer, der aus dem Licht huscht. Aber bei Lena schien es um mehr gegangen zu sein, wie immer bei ihr. Bei Lena war es etwas Persönliches. Sie war seine Erste. Sie wurde getötet, weil sie war, wer sie war, weil sie gewisse Gefühle in meinem Vater weckte. Weil sie ihn mit einem Winken verhöhnte, ehe sie in der Menge verschwand; weil Bert ihn verhöhnte, indem er mit seiner Frau schlief, und ihn dann in der Öffentlichkeit anlächelte, als wären sie Freunde.

Ich gehe durch den Flur ins Wohnzimmer und setze mich auf die Couch, ziehe den Laptop auf meinen Schoß und schalte ihn ein. Bert Rhodes war gewalttätig, wütend, unversöhnlich. Bert Rhodes hegte einen Groll. Kocht er jetzt, zwanzig Jahre später, noch immer vor Wut? Er hatte die Verbrechen meines Vaters nicht vergessen – und vielleicht will er jetzt, dass wir sie auch nicht vergessen. Ich kann mich des Gefühls nicht erwehren, dass ich da etwas auf der Spur bin, und so gebe ich seinen Namen in die Suchmaske ein und drücke die Eingabetaste. Das Ergebnis ist eine Reihe von Artikeln, fast alle im Zusammenhang mit den Breaux-Bridge-Morden. Ich überfliege die Überschriften und die Texte. Sie sind alle alt, und ich habe sie alle schon einmal gelesen. Ich beschließe, meine Suche zu verfeinern, und gebe *Bert Rhodes Baton Rouge* ein.

Diesmal ist unter den Treffern etwas Neues, die Website einer Firma für Sicherheitsanlagen aus Baton Rouge namens Alarm Security Systems. Ich klicke den Link an, sehe zu, wie die Website lädt, und lese dann die Startseite.

Alarm Security Systems ist ein inhabergeführter Anbieter von Sicherheitssystemen mit Sitz in Baton Rouge. Unsere ausgebildeten Techniker installieren persönlich bedarfsorientiert Ihre Alarmanlage und überwachen Ihr Zuhause rund um die Uhr, damit Sie und Ihre Familie geschützt sind.

Ich klicke den Menüpunkt *Team* an, und ein Foto von Bert Rhodes erscheint auf dem Bildschirm. Gierig wandert mein Blick über sein Gesicht. Sein einst so prägnantes Kinn ist verfettet, die Haut schlaff und ausgeleiert wie Pizzateig. Er sieht älter aus, dicker, kahler. Offen gesagt sieht er furchtbar aus. Aber er ist es. Er ist es eindeutig.

Dann erst dringt die Erkenntnis zu mir durch: Er lebt hier. Bert Rhodes lebt *hier*, in Baton Rouge.

Ich studiere sein Foto, seinen Blick, sein Gesicht, das völlig ausdruckslos ist. Er ist weder glücklich noch traurig, weder wütend noch irritiert – er *ist* einfach, eine menschliche Hülle. Innen leer. Seine Mundwinkel zeigen sanft nach unten, seine Augen sind emotionslos und schwarz. Sie scheinen das Blitzlicht der Kamera zu schlucken, anstatt es zu reflektieren, wie man es sonst auf Fotos sieht. Ich beuge mich zum Monitor vor, so versunken in das Bild vor mir, in dieses Gesicht aus meiner Vergangenheit, dass ich die Schritte nicht kommen höre.

«Chloe?»

Ich fahre in die Höhe und schlage mir die Hand auf die Brust. Daniel ragt über mir auf, und instinktiv klappe ich den Laptop zu. Er wirft einen Blick darauf.

«Was siehst du dir denn da an?»

«Entschuldige.» Mein Blick zuckt kurz zum Laptop, dann sehe ich wieder Daniel an. Er ist vollständig angekleidet und hält einen Riesenbecher Kaffee in der Hand, den er mir jetzt mit fragendem Blick reicht. Widerstrebend nehme ich ihn entgegen, obwohl ich erst vor einer halben Stunde mit Aaron einen großen Kaffee getrunken habe und das Koffein mich schon zappelig macht – jedenfalls glaube ich, dass es das Koffein ist.

Als ich Daniel keine Antwort gebe, versucht er es noch einmal. «Wo warst du?»

«Ich habe nur was erledigt», sage ich und schiebe den Laptop zur Seite. «Ich war ja schon in der Stadt und dachte, dann kann ich das auch gleich abhaken –»

«Chloe», unterbricht er mich. «Was hast du wirklich gemacht?»

«*Nichts*», fauche ich. «Daniel, es ist alles in Ordnung. Wirklich. Ich musste nur ein bisschen herumfahren, okay?»

«Schon gut.» Er hebt die Hände. «Schon gut. Ich hab's kapiert.»

Er wendet sich ab, und ich bekomme ein schlechtes Gewissen. Ich muss daran denken, dass alle meine anderen Beziehungen zu Ende waren, bevor sie richtig begonnen hatten, immer wegen meiner Unfähigkeit, Menschen an mich heranzulassen. Ihnen zu vertrauen. Wegen meiner Paranoia und meiner Angst, die jedes andere Gefühl, das in meinem Körper Aufmerksamkeit heischt, zum Schweigen bringen.

«Warte. Es tut mir leid.» Ich strecke den Arm aus und wackle mit den Fingern, und er kommt zu mir zurück und setzt sich neben mich auf die Couch. Ich lege einen Arm um ihn und den Kopf an seine Schulter. «Ich weiß, ich gehe damit nicht gut um.»

«Was kann ich tun?»

«Lass uns heute was zusammen unternehmen.» Ich setze mich auf. Zwar juckt es mich in den Fingern, mich wieder an meinen Laptop zu setzen und mich über Bert Rhodes zu informieren, aber jetzt muss ich erst einmal bei Daniel sein. Ich kann ihn nicht immer so auflaufen lassen. «Ich weiß, du hast gesagt, wir könnten den Tag im Bett verbringen, aber ich glaube, das ist es nicht, was wir jetzt brauchen. Ich glaube, wir müssen etwas *unternehmen*. Mal vor die Tür kommen.»

Daniel seufzt und streicht mir durchs Haar. Er sieht mich halb liebevoll, halb traurig an, und da weiß ich, dass mir nicht gefallen wird, was er gleich sagen wird.

«Chloe, es tut mir leid. Ich muss heute nach Lafayette. Du weißt doch, dieses eine Krankenhaus, bei dem ich bisher keinen Termin bekommen habe? Sie haben mich angerufen, während du ... unterwegs warst. Sie geben mir eine Stunde heute Nachmittag, und vielleicht kann ich sogar ein paar der Ärzte zum Essen ausführen. Ich muss da hin.»

«Oh, okay.» Ich nicke. Erst jetzt nehme ich sein Äußeres so richtig zur Kenntnis. Er ist nicht nur angekleidet; er ist gut gekleidet. Für die Arbeit. «Okay, das ist ... das ist natürlich in Ordnung. Tu, was du tun musst.»

«Aber *du* solltest mal aus dem Haus.» Er tippt mich an die Brust. «Du solltest etwas unternehmen. Ein bisschen frische Luft schnappen. Es tut mir leid, dass ich nicht bei dir sein kann, aber gleich morgen früh müsste ich wieder zu Hause sein.»

«Schon gut», sage ich. «Ich habe sowieso noch Hochzeitskram, um den ich mich endlich mal kümmern muss, und E-Mails zu beantworten. Ich mache es mir hier gemütlich und hake das ab, und vielleicht gehe ich später mit Shannon was trinken.»

«So ist's recht», sagt er, zieht mich an sich und küsst mich auf die Stirn. So verharrt er eine Minute, und ich ahne, dass sein Blick auf dem zugeklappten Laptop hinter mir ruht. Dann drückt er mich mit einem Arm fest an die Brust und zieht mit der freien Hand den Computer über die Couch zu sich heran. Ich will danach greifen, aber er packt mein Handgelenk, zieht den Laptop auf seinen Schoß und klappt ihn wortlos auf.

«Daniel», sage ich, doch er ignoriert mich und umklammert mein Handgelenk nur umso fester. «Daniel, komm schon ...»

Als der Bildschirm sein Gesicht beleuchtet, schlucke ich schwer und warte, während er die noch geöffnete Seite von Alarm Security Systems und das Foto von Bert Rhodes betrachtet. Er schweigt lange, und ich bin mir sicher, dass er den Namen wiedererkennt und ihm klar ist, was ich vorhabe. Schließlich weiß er von Lena. Ich öffne den Mund, um es ihm zu erklären, doch er kommt mir zuvor.

«Bist du deswegen so aufgeregt?»

«Schau, ich kann es dir erklären», sage ich und versuche noch immer, ihm mein Handgelenk zu entwinden. «Nachdem Aubreys Leiche aufgetaucht war, habe ich mir Sorgen gemacht ...»

«Du willst eine Alarmanlage installieren lassen?», fragt Daniel. «Du machst dir Sorgen, dass derjenige, der diesen Mädchen das angetan hat, es als Nächstes vielleicht auf dich abgesehen hat?»

Ich schweige und überlege, ob ich ihn in diesem Glauben lassen oder ihm die Wahrheit erklären soll. Wieder öffne ich den Mund, aber er ist noch nicht fertig.

«Chloe, warum hast du denn nichts gesagt? Mein Gott, du musst eine solche Angst haben.» Er lässt mein Handgelenk los, und ich spüre das Blut zurück in meine Finger strömen; sie sind eiskalt und kribbeln. Ich hatte gar nicht gemerkt, wie fest er zugedrückt hat. Er zieht mich wieder an sich und streicht mir über den Nacken und das Rückgrat entlang. «Das weckt bestimmt schlimme Erinnerungen bei dir ... Ich meine, ich wusste ja, dass du darüber nachgedacht hast, und über deinen Vater, aber mir war nicht klar, dass es *so* schlimm ist.»

«Tut mir leid», sage ich, den Mund an seine Schulter gedrückt. «Es ist bloß ... es kam mir ein bisschen albern vor, weißt du? Deswegen Angst zu haben.»

Das ist nicht direkt die Wahrheit. Aber es ist auch keine Lüge.

«Das wird schon, Chloe. Du hast keinen Grund, dir Sorgen zu machen.»

Blitzartig denke ich an diesen einen Morgen mit meiner Mutter und Cooper vor zwanzig Jahren, als wir im Flur hockten, die Rucksäcke schon aufgesetzt. Ich weinte, Mom tröstete mich.

Sie hat sehr wohl Grund, sich Sorgen zu machen, Cooper. Das ist eine ernste Sache.

«Vergiss nicht, dieser Kerl, wer er auch sein mag, der mag Teenager, ja?»

Ich schlucke, nicke, und im Stillen spreche ich bereits vor, was er gleich sagen wird. Als stünde ich wieder bei uns zu Hause im Flur und ließe mir von meiner Mutter die Tränen abwischen.

«Steig nicht zu Fremden ins Auto, geh nicht allein durch dunkle Gassen.»

Daniel löst sich von mir und lächelt mich an. Ich zwinge mich, ebenfalls zu lächeln.

«Aber wenn die Installation einer Alarmanlage dir mehr Sicherheit gibt, dann solltest du es tun, finde ich», fügt er hinzu. «Ruf den Mann an und lass ihn herkommen. Zumindest gibt dir das deine innere Ruhe zurück.»

«Okay.» Ich nicke. «Ich sehe mir das mal an. Aber so etwas kann sehr teuer werden.»

Daniel schüttelt den Kopf. «Deine innere Ruhe ist mehr wert», sagt er. «Die ist unbezahlbar.»

Ich lächle ihn an, diesmal aufrichtig, und schlinge ein letztes Mal die Arme um ihn. Ich kann es ihm nicht verdenken, dass er sich über mich geärgert hat und neugierig war. Ich war in den letzten Tagen sehr verschlossen, und das hat er gemerkt. Er ahnt nicht, dass ich in Wirklichkeit gar keine Alarmanlage kaufen will, dass ich Nachforschungen über den Mann auf dem Foto anstelle und nicht über die Anlagen, die er installiert, aber trotzdem. Ich merke an seinem Tonfall, dass er aufrichtig um mich besorgt ist. Er meint das ernst.

«Danke», sage ich. «Du bist unglaublich.»

«Genau wie du», erwidert er und küsst mich auf die Stirn. Dann steht er auf. «Ich muss jetzt los. Die Arbeit ruft. Ich rufe dich an, wenn ich da bin.»

KAPITEL DREIUNDZWANZIG

Sobald Daniels Wagen die Einfahrt verlässt, renne ich zurück zu meinem Computer, schnappe mir mein Telefon und schreibe Aaron eine Nachricht.

Bert Rhodes lebt hier. In Baton Rouge.

Ich weiß nicht, was ich mit dieser Information anfangen soll. Es ist eine Spur, eindeutig. Das kann nicht nur Zufall sein. Dennoch ist es nicht genug, um damit zur Polizei zu gehen. Soweit ich weiß, haben sie den fehlenden Schmuck noch in keinen Zusammenhang gebracht, und ich will noch immer nicht diejenige sein, die das anspricht. Sekunden später vibriert mein Telefon. Aaron hat geantwortet.

Ich sehe es mir an. Geben Sie mir zehn Minuten.

Ich lege das Telefon zur Seite und wende mich wieder dem Laptop zu, auf dem noch immer Berts Gesicht zu sehen ist, lebender Beweis für das Trauma, das er erlitten hat. Wenn Menschen körperlich verletzt werden, sieht man das an den blauen Flecken und den Narben, aber wenn sie emotional, psychisch verletzt werden, geht das tiefer. Jede schlaflose Nacht spiegelt sich in ihren Augen, jede Träne schlägt sich im Teint der Wangen nieder, jeder Wutanfall gräbt sich in Form von Falten auf der Stirn ein. Der Durst nach Blut macht die Lippen rissig. Noch einmal mustere ich das Gesicht dieses gebrochenen Mannes. Allmählich empfinde ich Mitgefühl, und zugleich frage ich mich: Wie kann ein Mann, der seine Tochter auf so tragische Weise verloren hat, den Spieß umdrehen und auf genau die gleiche Art selbst jemandem das Leben nehmen? Wie kann er einer anderen unschuldigen Familie das gleiche Leid zufügen? Doch dann denke ich an meine Klientinnen, die anderen gequälten Seelen, die ich tagein, tagaus sehe. Ich denke an mich selbst. Ich denke an eine Statistik, auf die ich auf dem College gestoßen bin und die mir das Blut in den Adern gefrieren ließ: Vierzig Prozent der Menschen, die als Kinder misshandelt wurden, werden später selbst zu Tätern. Das passiert nicht bei jedem, aber es passiert. Es ist ein Teufelskreis. Es geht um Macht, um Kontrolle – oder vielmehr um Kontrollverlust. Es geht darum, sich die Kontrolle zurückzuholen und diese für sich selbst zu beanspruchen.

Gerade ich müsste das doch verstehen.

Mein Telefon vibriert, und im Display leuchtet Aarons Name auf. Ich nehme nach dem ersten Läuten ab.

«Was haben Sie gefunden?», frage ich, den Blick wieder auf den Laptopmonitor gerichtet.

«Tätlicher Angriff mit Verletzungsfolge, Trunkenheit in der Öffentlichkeit, Trunkenheit am Steuer», erwidert Aaron. «Er war in den vergangenen fünfzehn Jahren mehrfach im Gefängnis, und anscheinend hat seine Frau schon vor einer Weile nach einer gewalttätigen häuslichen Auseinandersetzung die Scheidung eingereicht. Es erging ein Kontaktverbot.»

«Was hat er getan?»

Aaron schweigt, und mir ist nicht klar, ob er in seine Aufzeichnungen sieht oder bloß die Frage nicht beantworten will.

«Aaron?»

«Er hat sie gewürgt.»

Ich lasse das sacken, und sofort kommt der Raum mir um zehn Grad kälter vor.

Er hat sie gewürgt.

«Das könnte Zufall sein», sagt Aaron.

«Oder auch nicht.»

«Es besteht ein großer Unterschied zwischen einem zornigen Betrunkenen und einem Serienmörder.»

«Vielleicht hat er sich weiter hineingesteigert», sage ich. «Fünfzehn Jahre Gewaltdelikte scheinen mir ziemlich deutlich zu zeigen, dass er zu mehr fähig ist. Er hat seiner Frau das angetan, was man auch seiner Tochter angetan hatte, Aaron. Und auf die gleiche Art wurden auch Aubrey und Lacey ermordet –»

«Okay», sagt Aaron. «Okay, wir behalten ihn im Auge. Aber wenn Ihnen das wirklich Sorgen macht, dann sollten Sie zur Polizei gehen, finde ich. Denen von unserer Theorie erzählen. Von dem Nachahmungstäter.»

«Nein.» Ich schüttle den Kopf. «Nein, noch nicht. Wir brauchen noch mehr.»

«Warum?» Aaron klingt erregt. «Chloe, das haben Sie beim letzten Mal auch schon gesagt. Das *ist* mehr. Warum haben Sie solche Angst vor der Polizei?»

Seine Frage lässt mich stutzen. Ich muss daran denken, dass ich Detective Thomas und Officer Doyle angelogen und ihnen Beweise vorenthalten habe. Nie habe ich es so gesehen, dass ich Angst vor der Polizei habe, aber dann erinnere ich mich ans College, an das letzte Mal, als ich in so etwas verwickelt war, und wie schlimm es endete. Wie sehr ich mich irrte.

«Ich habe keine Angst vor der Polizei», sage ich. Aaron schweigt, und ich habe das Gefühl, ich sollte fortfahren, ihm mehr erklären. Ihm gestehen: *Ich habe Angst vor mir selbst.* Doch ich seufze bloß.

«Ich will aus demselben Grund nicht mit der Polizei reden, aus dem ich nicht mit Ihnen reden wollte», sage ich schroffer als beabsichtigt. «Ich habe nicht darum gebeten, in all das verwickelt zu werden. In nichts davon.»

«Tja, Sie sind es aber», fährt Aaron mich ebenfalls an. Er klingt gekränkt, und noch stärker als vorhin am Fluss habe ich den Eindruck, dass unsere Beziehung allmählich nicht mehr nur die zwischen Journalist und Interviewpartner ist. Allmählich fühlt sie sich persönlich an. «Ob es Ihnen gefällt oder nicht, Sie sind darin verwickelt.»

Ich blicke zum Fenster, und genau in diesem Augenblick fährt ein Auto vor. Durch die Jalousie kann ich die Umrisse erkennen. Da ich niemanden erwarte, sehe ich auf die Uhr – Daniel ist seit einer halben Stunde fort. Ich frage mich, ob er etwas vergessen hat und noch einmal umkehren musste.

«Hören Sie, Aaron, es tut mir leid», sage ich und kneife mich in die Nase. «Ich habe es nicht so gemeint. Ich weiß, Sie möchten mir helfen. Sie haben recht. Ich bin darin verwickelt, ob ich will oder nicht. Dafür hat mein Vater gesorgt.»

Er schweigt, aber die Spannungen zwischen uns ebben ab, das spüre ich.

«Ich sage ja nur, dass ich noch nicht bereit dafür bin, die Polizei wieder in meinem Leben herumschnüffeln zu lassen», fahre ich fort. «Wenn ich damit zur Polizei gehe, wenn ich denen sage, wer ich bin, dann kann ich nicht mehr zurück. Man wird mich wieder auseinanderpflücken und durchleuchten. Dies ist mein Zuhause, Aaron. Mein Leben. Hier bin ich normal ... oder jedenfalls so normal, wie ich es hinbekomme. Und das mag ich.»

«Okay», sagt er schließlich. «Okay, ich verstehe. Tut mir leid, dass ich so gedrängelt habe.»

«Schon gut. Wenn wir noch weitere Beweise finden, sage ich der Polizei alles, ich schwöre es.»

Draußen höre ich eine Autotür zufallen und sehe zum Fenster. Ein Mann kommt auf mein Haus zu.

«Aber hey, ich muss Schluss machen. Ich glaube, Daniel ist wieder da. Ich rufe Sie später zurück.»

Ich lege auf, werfe das Telefon auf die Couch und gehe zur Haustür. Auf der Treppe ertönen Schritte, und ehe Daniel aufschließen kann, reiße ich die Tür auf und stemme die Hand in die Hüfte.

«Du kannst dich einfach nicht von mir fernhalten, oder?»

Dann merke ich, wer da vor mir steht, und mein Lächeln erlischt, meine neckische Miene weicht Entsetzen. Dieser Mann ist nicht Daniel. Ich lasse die Hand sinken und mustere ihn von oben bis unten, die kräftige Statur und die schmutzige Arbeitskleidung, die faltige Haut und die dunklen, toten Augen. Sie sind sogar noch dunkler als auf seinem Foto, das noch auf dem Monitor meines Laptops zu sehen ist. Mein Herz beginnt zu rasen, und eine beängstigende Sekunde lang muss ich mich am Türrahmen festhalten, um nicht ohnmächtig zu werden.

Bert Rhodes steht vor meiner Tür.

KAPITEL VIERUNDZWANZIG

Eine gefühlte Ewigkeit lang starren wir uns an, und jeder fordert den anderen stumm heraus, als Erster zu sprechen. Selbst wenn ich etwas zu sagen hätte, würde ich es nicht herausbringen. Meine Lippen sind wie erstarrt, das reine Entsetzen darüber, Bert Rhodes in Fleisch und Blut vor mir zu haben, macht mich bewegungsunfähig. Ich kann mich nicht rühren, kann nicht sprechen. Ich kann ihn nur anstarren. Mein Blick wandert von seinen Augen hinab zu seinen schwieligen, schmutzigen Händen. Sie sind groß. Ich stelle mir vor, wie sie mühelos meinen Hals umfangen, zuerst sanft zudrücken und dann mit jedem Würgen von mir den Druck erhöhen. Ich kralle die Fingernägel in seinen Handrücken, meine Augen treten hervor, während ich in seine starre und nach einer Spur von Leben in der Dunkelheit suche. Seine rissigen Lippen verziehen sich zu einem Grinsen. Die Würgemale seiner Finger, die Detective Thomas später finden würde, auf meiner Haut.

Er räuspert sich.

«Ist das das Haus von Daniel Briggs?»

Ich starre ihn noch einen Moment an und blinzle ein paar Mal, um die Benommenheit abzuschütteln. Habe ich richtig gehört? Er will zu Daniel? Als ich nicht antworte, spricht er weiter.

«Vor ungefähr 'ner halben Stunde haben wir einen Anruf von Daniel Briggs bekommen. Er hat uns beauftragt, an dieser Adresse eine Alarmanlage zu installieren.» Er blickt auf sein Klemmbrett, dann auf das Straßenschild hinter sich, als wollte er sich vergewissern, dass er am richtigen Ort ist. «Er meinte, es wäre eilig.»

Ich sehe an ihm vorbei zu dem Auto in meiner Einfahrt, auf dessen Seite das Logo von *Alarm Security Systems* prangt. Daniel muss dort angerufen haben, sobald er im Auto saß – das war eine liebe Geste von ihm, gut gemeint, aber leider hat er damit Bert Rhodes direkt zu mir geführt. Daniel hat keine Ahnung, in welche Gefahr er mich dadurch gebracht hat. Ich richte den Blick wieder auf den Mann vor mir, diesen Besucher aus der Vergangenheit, der höflich darauf wartet, dass ich ihn hereinbitte. Dann dämmert es mir.

Er erkennt mich nicht wieder. Er weiß nicht, wer ich bin.

Erst jetzt fällt mir auf, dass ich sehr schnell atme und meine Brust sich mit jedem verzweifelten Atemzug heftig hebt. Bert scheint es im selben Augenblick zu bemerken wie ich; er mustert mich argwöhnisch und wundert sich zu Recht, warum eine fremde Frau bei seinem Anblick zu hyperventilieren beginnt. Ich muss mich beruhigen.

Chloe, atme. Kannst du für mich atmen? Atme durch die Nase ein.

Ich stelle mir meine Mutter vor, schließe den Mund, atme tief durch die Nase ein und fülle mir die Lunge mit Luft.

Jetzt durch den Mund wieder aus.

Ich atme langsam durch die geschürzten Lippen aus und spüre, wie mein Herzschlag sich verlangsamt. Dann balle ich die Fäuste, damit meine Hände aufhören zu zittern.

«Ja», sage ich schließlich, trete zur Seite, bedeute ihm, hereinzukommen, und beobachte, wie er den Fuß über die Schwelle meines Zuhauses, meiner Zuflucht, setzt. Meines Rückzugsorts, meines Refugiums, sorgfältig so konstruiert, dass es Normalität und Kontrolle ausstrahlt, eine Illusion, die zerplatzt, sobald diese Gestalt aus meiner Vergangenheit eintritt. Die Atmosphäre verändert sich, Partikel verschieben sich, und ich bekomme eine Gänsehaut. Er ist mir jetzt näher, uns trennen nur Zentimeter, und er kommt mir noch größer vor, als ich ihn in Erinnerung hatte, obwohl ich erst zwölf war, als ich mich zuletzt mit diesem Mann in einem Raum befand. Aber das scheint er nicht zu wissen. Er scheint keine Ahnung zu haben, dass ich die Zwölfjährige vom Blut des Mannes bin, der seine Tochter ermordet hat. Das Mädchen, das aufschrie, als er das Schlafzimmerfenster seiner Mutter mit einem Stein einwarf. Das Mädchen, das sich unterm Bett versteckte, als er nach Whiskey, Schweiß und Tränen stinkend bei uns vor der Tür stand.

Bert Rhodes scheint überhaupt nicht zu ahnen, dass wir eine gemeinsame Vergangenheit haben. Und als er jetzt in meinem Haus steht, frage ich mich, ob ich das zu meinem Vorteil nutzen kann.

Er geht weiter ins Haus hinein und sieht sich um, lässt den Blick durch den Flur, das angrenzende Wohnzimmer, die Küche und über die Treppe ins Obergeschoss wandern. Nach und nach wirft er einen Blick in jedes Zimmer und nickt dabei vor sich hin.

Mit einem Mal kommt mir ein entsetzlicher Gedanke: Und wenn er mich nun *doch* erkannt hat? Wenn er sich bloß vergewissert, ob ich auch allein bin?

«Mein Mann ist oben», sage ich und sehe zur Treppe. Daniel hat in unserem Schlafzimmerschrank eine Pistole versteckt für den Fall, dass bei uns eingebrochen wird. Fieberhaft überlege ich, wo genau der Karton ist. Ob ich mich kurz entschuldigen und nach oben laufen kann, um ihn zu holen? Vorsichtshalber? «Er ist in einer Telefonkonferenz, aber falls Sie etwas brauchen, kann ich ihn rasch fragen.»

Er sieht mich mit zusammengekniffenen Augen an, dann leckt er sich die Lippen und schüttelt sanft den Kopf. Ich habe das deutliche Gefühl, dass er sich über mich lustig macht. Weil er weiß, dass ich im Hinblick auf Daniel gelogen habe und hier ganz allein bin. Er kommt wieder auf mich zu, und mir fällt auf, dass er mit den Händen über die Hose reibt, als wischte er sich den Schweiß ab. Ich gerate in Panik und überlege schon, ob ich aus dem Haus rennen soll, da dreht er sich um, deutet auf die Tür und klopft zweimal mit dem Zeigefinger dagegen.

«Nicht nötig, ich seh mir nur die möglichen Einstiegspunkte an. Zwei Eingangstüren, vorne und hinten. Sie haben hier viele Fenster, deshalb würde ich vorschlagen, dass wir auch Glasbruchmelder installieren. Soll ich mich auch oben umsehen?»

«Nein. Nein, unten genügt. Das – das klingt alles sehr gut. Danke.»

«Wollen Sie Kameras?»

«Was?»

«Kameras», wiederholt er. «Es sind winzig kleine Dinger, die wir überall auf dem Grundstück anbringen können, dann können Sie sich die Bilder auf Ihrem Telefon ansehen –»

«Oh, ja», sage ich hastig, geistesabwesend. «Ja, sicher. Das wäre gut.»

«In Ordnung.» Er nickt, schreibt etwas auf sein Klemmbrett und reicht es mir. «Wenn Sie nur hier unterschreiben, ich hole rasch mein Werkzeug.»

Ich nehme das Klemmbrett und betrachte das Auftragsformular, während er zu seinem Auto geht. Logischerweise kann ich nicht mit meinem Namen unterschreiben. Mit meinem *echten* Namen. Den würde er sicher wiedererkennen. Also unterzeichne ich stattdessen mit *Elizabeth Briggs* – mein zweiter Vorname plus Daniels Nachname – und reiche ihm sein Klemmbrett, als er wieder hereinkommt. Ich beobachte, wie er meine Unterschrift betrachtet, dann gehe ich zurück zur Couch.

«Danke, dass Sie so kurzfristig gekommen sind», sage ich, klappe den Laptop zu und stecke das Telefon in meine Gesäßtasche. «Das war extrem schnell.»

«Bedarfsorientiert, rund um die Uhr», sagt er und zitiert damit aus dem Websitetext. Dann geht er durchs Haus und klebt Sensoren auf alle Fenster. Mit einem Mal macht mir Sorgen, dass er hinterher genau wissen wird, welche Bereiche man meiden muss, um keinen Alarm auszulösen. Er könnte eine Stelle auslassen und sich merken, durch welches Fenster er einsteigen kann, wenn er später zurückkommt. Vielleicht wählt er so auch seine Opfer aus – vielleicht hat er Aubrey und Lacey zum ersten Mal gesehen, als er bei *ihnen* zu Hause Alarmanlagen installiert hat. Vielleicht stand er bei ihnen im Zimmer, hat einen Blick in ihre Wäscheschubladen geworfen. Sich über ihren Tagesablauf informiert.

Schweigend verfolge ich, wie er durch mein Haus geht und seinen Kopf in verschiedene Ecken, seine Finger in jeden Spalt steckt. Er nimmt eine Trittleiter, steigt grunzend hinauf und befestigt eine kleine runde Kamera in einer Ecke des Wohnzimmers. Ich starre sie an, ein winziges Auge starrt zurück.

«Sind Sie der Inhaber?», frage ich schließlich.

«Nein.»

Ich warte darauf, dass er weiter ins Detail geht, aber als er das nicht tut, beschließe ich nachzuhaken. «Wie lange machen Sie das schon?»

Er steigt von der Leiter, sieht mich an und öffnet den Mund, als wollte er etwas sagen, überlegt es sich anders und schließt den Mund wieder. Dann geht er zur Haustür, holt einen Bohrer aus seinem Werkzeugkasten und befestigt das Bedienfeld an der Wand. Ich beobachte seinen Hinterkopf, während die Bohrgeräusche durch den Flur hallen, und mache einen neuen Anlauf.

«Sind Sie aus Baton Rouge?»

Er hört auf zu bohren und spannt die Schultern an. Er dreht sich nicht um, doch jetzt hallt seine Stimme durch meinen Flur.

«Glaubst du wirklich, ich wüsste nicht, wer du bist, Chloe?»

Ich erstarre. Sprachlos fixiere ich weiter seinen Hinterkopf, bis er sich langsam umdreht.

«Ich habe dich erkannt, sobald du mir die Tür aufgemacht hast.»

«Verzeihung.» Ich schlucke. «Ich weiß nicht, wovon Sie reden.»

«Doch, das weißt du», sagt er und tritt einen Schritt näher, immer noch den Bohrer in der Hand. «Du bist Chloe Davis. Dein Verlobter hat mir deinen Namen gesagt, als er anrief. Er ist unterwegs nach Lafayette, und er hat gesagt, du würdest mich reinlassen.»

Meine Augen weiten sich, als ich erfasse, was er gerade gesagt hat. Er weiß, wer ich bin. Er wusste es die ganze Zeit. Und er weiß, dass ich hier allein bin.

Er kommt noch einen Schritt näher.

«Und im Auftragsformular hast du mit falschem Namen unterschrieben, also gehe ich davon aus, dass du auch weißt, wer ich bin: Ich weiß also wirklich nicht, was das soll, dass du mir diese ganzen Fragen stellst.»

Mein Telefon steckt in meiner Gesäßtasche. Ich könnte es herausziehen und den Notruf wählen. Aber er steht direkt vor mir, und ich habe schreckliche Angst, dass er sich auf mich stürzt, wenn ich mich bewege.

«Du willst wissen, was mich nach Baton Rouge geführt hat?», fragt er. Jetzt wird er wütend; seine Haut rötet sich, und seine Augen werden dunkler. Seine Speichelproduktion scheint sich zu verstärken. «Ich bin schon eine Weile hier, Chloe. Nachdem Annabelle und ich geschieden wurden, brauchte ich eine Luftveränderung. Einen Neuanfang. Eine Zeit lang ging es mir ziemlich beschissen da, also habe ich meine Zelte abgebrochen und bin weg aus dieser Scheißstadt mit den ganzen Erinnerungen, die mit ihr verbunden sind. Und ich bin ganz gut klargekommen, den Umständen entsprechend, bis ich vor ein paar Jahren die Sonntagszeitung aufschlug. Rate mal, was mir da entgegensah?»

Er wartet kurz und verzieht das Gesicht zu einem Lächeln.

«Ein Foto von dir», sagt er dann und deutet mit dem Bohrer auf mich. «Ein Foto von dir unter einer dreisten kleinen Überschrift von wegen, du hättest dein *Kindheitstrauma in einen Beruf umgemünzt* oder irgend so ein Scheiß, und zwar genau hier in Baton Rouge.»

Ich erinnere mich an diesen Artikel und an das Interview, das ich der Zeitung gab, als ich meine Stelle im Baton Rouge General Hospital antrat. Ich hatte gedacht, in diesem Artikel würde es um Ausgleich gehen oder so. Ich sah darin eine Gelegenheit, mich neu zu erfinden, mein Narrativ selbst zu gestalten. Aber so war es natürlich nicht. Es ging wieder nur um meinen Vater, war nur eine weitere Verherrlichung männlicher Gewalt unter dem Deckmäntelchen des Journalismus.

«Ich habe den Artikel gelesen», fährt er fort. «Jedes beschissene Wort. Und weißt du, was? Es hat mich wieder wütend gemacht. Wie du da deinen Vater in Schutz genommen hast, wie du Kapital aus dem geschlagen hast, was er getan hat, zum Nutzen deiner eigenen Karriere. Und dann habe ich das von deiner Mutter gelesen, dass sie versucht hat, den feigen Ausweg zu nehmen nach der Rolle, die sie in alledem gespielt hat. Damit sie damit nicht mehr leben muss.»

Schweigend lasse ich seine Worte über mich ergehen, registriere den ungetrübten Hass in seinen Augen. Er umklammert den Bohrer so fest, dass seine Knöchel weiß hervortreten und durch die Haut zu platzen drohen.

«Deine ganze Familie macht mich krank», sagt er. «Und egal, was ich tue, ich kann euch offenbar nicht entrinnen.»

«Ich habe meinen Vater nie entschuldigt. Ich habe nie Kapital aus irgendetwas geschlagen. Was er getan hat ... das ist unentschuldbar. Es macht *mich* krank.»

«Ach ja? Es macht *dich* krank?» Er legt den Kopf schräg. «Sag mir, macht es dich auch krank, deine eigene Praxis zu haben? Diese hübsche kleine Praxis in der Innenstadt? Macht dein sechsstelliges Einkommen dich krank? Dein zweigeschossiges Haus im scheiß Garden District und dein Bilderbuchverlobter? Machen die dich krank?»

Ich schlucke. Offensichtlich habe ich Bert Rhodes unterschätzt. Ihn ins Haus zu bitten, war ein Fehler. Detektiv zu spielen und ihn auszufragen, war ein Fehler. Er kennt mich nicht nur, er weiß alles über mich. Er hat ebenso Nachforschungen über mich angestellt wie ich über ihn – aber schon deutlich länger. Er weiß von meiner Praxis. Vielleicht wusste er dann auch, dass Lacey eine Klientin von mir war – und war dort, als sie meine Praxis wieder verließ und verschwand.

«Jetzt sag mir», knurrt er, «was ist gerecht daran, dass Dick Davis' Tochter aufwachsen und ein perfektes Leben haben darf, während meine da, wo dieser Scheißkerl sie liegen gelassen hat, in der Erde verrottet?»

«Ich habe kein perfektes Leben», sage ich. Mit einem Mal bin ich auch wütend. «Sie haben keine Ahnung, was ich durchgemacht habe, wie verkorkst ich bin nach dem, was mein Vater getan hat.»

«Was *du* durchgemacht hast?», brüllt er und deutet wieder mit dem Bohrer auf mich. «Du willst mir erzählen, was *du* durchgemacht hast? Wie verkorkst *du* bist? Was ist mit meiner Tochter? Was ist mit dem, was *sie* durchgemacht hat?»

«Lena war meine Freundin. Mr. Rhodes, Lena war meine *Freundin*. Sie sind nicht der Einzige, der in dem Sommer damals jemanden verloren hat.»

Sein Gesichtsausdruck verändert sich kaum merklich – sein Blick wird sanfter, die Stirn entspannt sich –, und plötzlich sieht er mich an, als wäre ich wieder zwölf. Vielleicht weil ich ihn mit *Mr. Rhodes* angeredet habe, ebenso wie damals, als meine Mutter uns einander vorstellte, als ich nach dem Sommerlager verschwitzt und schmutzig hereinkam und mich verwirrt fragte, wer dieser Mann war, der so dicht bei meiner Mutter stand. Oder vielleicht war es auch die Erwähnung *ihres* Namens – Lena. Ich frage mich, wie lange es her ist, dass er ihn laut ausgesprochen gehört hat, einen Namen, so süß, dass er einem wie Pflanzensaft von einem Stück Baumrinde auf der Zunge zergeht. Ich versuche, mir diesen vorübergehenden Stimmungswechsel zunutze zu machen, und rede weiter.

«Es tut mir so leid, was Ihrer Tochter zugestoßen ist.» Ich trete einen Schritt zurück und vergrößere den Abstand zwischen uns. «Wirklich. Ich denke jeden Tag an sie.»

Er seufzt und lässt den Bohrer sinken, dreht sich zur Seite und späht durch die Jalousie nach draußen. Sein Blick wirkt entrückt.

«Schon mal drüber nachgedacht, wie sich das anfühlen muss?», fragt er schließlich. «Ich hab früher die ganze Nacht wach gelegen und mich das gefragt. Es mir vorgestellt. Ich war ganz besessen davon.»

«Ständig. Nicht auszudenken, was sie durchgemacht haben muss.»

«Nein.» Er schüttelt den Kopf. «Ich rede nicht von ihr. Nicht von Lena. Ich habe mich nie gefragt, wie es wäre, mein Leben zu verlieren. Ganz ehrlich, das wäre mir egal.»

Jetzt wendet er sich mir zu. Seine Augen sind wieder zwei tintenschwarze Löcher, jede Sanftheit darin ist spurlos verschwunden. Sein Gesichtsausdruck ist erneut matt und teilnahmslos. Er wirkt fast unmenschlich, wie eine Maske, die an einer pechschwarzen Wand hängt.

«Ich rede von deinem Vater. Ich rede davon, ein Leben zu nehmen.»

KAPITEL
FÜNFUNDZWANZIG

Ich rühre mich nicht vom Fleck, bis ich höre, wie der Motor anspringt und der Transporter beim Zurücksetzen hörbar über den Rand der Einfahrt rumpelt, ehe er davonfährt. Völlig reglos stehe ich da und lausche dem Motorengeräusch, das immer leiser wird, bis es endlich wieder absolut still ist.

Glaubst du wirklich, ich wüsste nicht, wer du bist, Chloe?

Diese Worte haben mich kalt erwischt, ließen mich erstarren, sobald er sich zu mir umdrehte und mir in die Augen sah. Ich war ebenso gelähmt wie in der Nacht, in der ich meinen Vater mit der Schaufel über der Schulter durch unseren Garten gehen sah. Ich wusste, dass ich etwas mit ansah, was falsch war, etwas Schreckliches. Etwas Gefährliches. Ich wusste, ich sollte schreiend davonlaufen. Ich wusste, ich sollte vors Haus rennen und Hilfe herbeiholen. Doch ebenso, wie die langsamen, schwerfälligen Schritte meines Vaters mich damals in Bann geschlagen hatten, erging es mir jetzt auch mit Bert Rhodes' Augen. Meine Füße waren förmlich am Boden festgenagelt. Seine Stimme legte sich wie eine Schlange um mich und ließ nicht mehr los. Sie war so zäh wie Morast; vor ihr – vor ihm – davonzulaufen war, als versuchte man, durch den Sumpf zu rennen, wo der schwere, zähe Schlamm sich einem um die Knöchel schmiegte. Je mehr man sich anstrengte, desto erschöpfter, schwächer wurde man. Desto tiefer sank man ein.

Ich warte noch eine Minute, bis ich sicher bin, dass er fort ist, dann trete ich langsam einen Schritt vor, sodass mein Gewicht das Holz unter meinem Schuhabsatz knarren lässt.

Ich rede nicht von ihr. Nicht von Lena. Ich habe mich nie gefragt, wie es wäre, mein Leben zu verlieren.

Wieder tue ich einen Schritt – langsam, vorsichtig, als lauerte er hinter der Haustür, die noch immer offen steht, wartete auf die Gelegenheit, zuzuschlagen.

Ich rede von deinem Vater. Ich rede davon, ein Leben zu nehmen.

Schließlich lege ich den letzten Schritt bis zur Haustür zurück, schlage sie zu und schiebe den Riegel vor. Dann lasse ich mich mit dem Rücken schwer gegen die Tür fallen. Ich zittere am ganzen Leib, mein Gesichtsfeld wird heller, ich kämpfe gegen das gespenstische Gefühl an, das einen überkommt, wenn ein unerwarteter Adrenalinschub abebbt – zuckende Finger, Flecke vor den Augen, abgehackte Atmung. Ich lasse mich an der Tür hinabgleiten und setze mich auf den Boden, fahre mir mit den Händen durchs Haar und dränge die Tränen zurück.

Irgendwann hebe ich den Blick zur Bedientafel der Alarmanlage, die über mir leuchtet, stehe auf, lege den Code fest, drücke auf *Aktivieren*, und die Farbe des kleinen Schloss-Symbols wechselt von Rot zu Grün. Ich atme auf, auch wenn ich das ungute Gefühl habe, dass es wahrscheinlich zwecklos ist. Woher will ich wissen, ob er die Anlage wirklich korrekt installiert hat? Womöglich hat er ein paar Fenster ausgelassen oder einen Mastercode eingestellt, der meinen außer Kraft setzt. Daniel wollte eine Alarmanlage installieren lassen, damit ich mich sicherer fühle, aber im Moment habe ich so viel Angst wie nie zuvor.

Ich muss damit zur Polizei gehen. Ich darf das nicht länger vor mir herschieben. Bert Rhodes weiß nicht nur, wer ich bin, sondern auch, wo ich wohne. Er weiß, dass ich hier allein bin. Vielleicht weiß er sogar, dass ich ihm auf der Spur bin. Auch wenn ich wirklich nicht noch einmal im Mittelpunkt einer Ermittlung zu Vermisstenfällen stehen will – diese Begegnung war der zusätzliche Beweis, nach dem ich gesucht habe. Bert Rhodes' Gefasel – seine Wut darüber, dass ich lebe und etwas aus mir gemacht habe, seine Frage danach, wie es sich anfühlt, jemanden zu töten – war praktisch ein Schuldeingeständnis und zugleich eine Androhung künftiger Gewalt. Mit zittriger Hand reiße ich mein Telefon aus der Hosentasche, rufe die Liste mit den angenommenen Anrufen auf und tippe die Nummer an, die erst heute Morgen in meinem Display stand, wähle den Anrufer, der meine größte Angst bestätigte: dass Lacey Deckler tot ist. Ich höre es am anderen Ende läuten und wappne mich für die bevorstehende Unterhaltung. Für eine Unterhaltung, die ich verzweifelt zu vermeiden gehofft hatte.

Das Läuten bricht ab, mein Anruf wird angenommen. «Detective Thomas.»

«Hi, Detective. Hier ist Chloe Davis.»

«Dr. Davis.» Er klingt überrascht. «Was kann ich für Sie tun? Ist Ihnen noch etwas eingefallen?»

«Ja», sage ich. «Ja, so ist es. Können wir uns treffen? So bald wie möglich?»

«Natürlich.» Ich höre Papier rascheln. «Können Sie auf die Wache kommen?»

«Ja», bestätige ich. «Ja, das kann ich machen. Ich brauche nicht lange.»

Ich lege auf. Meine Gedanken überschlagen sich. Ich schnappe mir meine Schlüssel, verlasse das Haus und vergewissere mich zweimal, dass die Haustür abgeschlossen ist. Dann setze ich mich ins Auto und lasse den Motor an. Detective Thomas musste mir keine Anfahrtsbeschreibung geben;

ich kenne den Weg bereits. Ich war schon einmal bei der Polizei von Baton Rouge, wobei ich hoffe, dass dieser Teil meiner Vergangenheit nicht ebenfalls wieder ans Licht gezerrt wird, wenn ich ihm offenbare, wer ich bin. Das dürfte eigentlich nicht passieren, aber es könnte. Und selbst wenn, kann ich es nicht ändern, sondern nur versuchen, es zu erklären.

Ich fahre auf den Besucherparkplatz, schalte den Motor aus und starre das Gebäude vor mir an. Es sieht genauso aus wie vor zehn Jahren, nur älter. Nicht mehr so gut in Schuss. Der Anstrich ist noch immer braun, platzt aber an den Fugen in großen Placken ab, die sich am Boden sammeln. Die Bepflanzung auf dem Gelände ist lückenhaft und braun; der Maschendrahtzaun, der das Grundstück vom Einkaufszentrum daneben abgrenzt, ist wacklig und schief. Ich steige aus, schlage die Tür zu und betrete die Polizeiwache, ehe ich es mir anders überlegen kann.

Am Empfang stelle ich mich vor die Trennscheibe aus Kunststoff und beobachte die Frau dahinter, die mit künstlichen Fingernägeln über ihre Tastatur klackert.

«Hi», unterbreche ich sie. «Ich habe eine Verabredung mit Detective Michael Thomas.»

Sie sieht mich an und kaut auf der Innenseite ihrer Wange, als überlegte sie, ob sie mir glauben soll. Meine Anmeldung klang eher wie eine Frage, zweifellos deshalb, weil die Gewissheit, mit der ich zu Hause noch glaubte, der Polizei reinen Wein einschenken zu müssen, verpufft war, sobald ich einen Fuß in dieses Gebäude gesetzt hatte.

«Ich kann ihm eine Nachricht schicken», sage ich und hebe mein Telefon, um sowohl sie als auch mich davon zu überzeugen, dass es eine gute Idee ist, mich einzulassen. «Und ihm Bescheid geben, dass ich hier bin.»

Sie mustert mich noch einen Moment, dann nimmt sie ihr Telefon, gibt eine Durchwahl ein und klemmt es sich zwischen Kinn und Schulter, um weitertippen zu können. Ich höre es läuten, dann meldet sich Detective Thomas.

«Hier ist jemand für Sie», sagt sie. Sie sieht mich an und hebt die Augenbrauen.

«Chloe Davis.»

«Eine *Chloe Davis*», wiederholt sie. «Sie sagt, sie ist mit Ihnen verabredet.»

Gleich darauf legt sie auf und deutet auf die Tür zu meiner Rechten, die von einem Metalldetektor und einem fahrig und müde wirkenden Sicherheitsbeamten bewacht wird.

«Er hat gesagt, Sie können rein. Legen Sie alles aus Metall und alle elektronischen Geräte in die Wanne. Zweite Tür rechts.»

Detective Thomas' Tür steht einen Spaltbreit offen. Ich strecke den Kopf in den Raum und klopfe sanft an.

«Kommen Sie rein», sagt er und sieht mich an. Er sitzt an einem mit Papieren und Mappen übersäten Schreibtisch. Aus einer geöffneten Schachtel Cracker ragt ein angebrochenes Päckchen heraus, von dem eine Krümelspur übers Holz führt. Er folgt meinem Blick, zieht den Kopf ein, steckt das Päckchen zurück in die Schachtel und schließt den Deckel. «Entschuldigen Sie das Durcheinander.»

«Schon gut», erwidere ich, gehe hinein und schließe die Tür hinter mir. Ich warte, bis er mir einen Platz anbietet, dann setze ich mich auf den Stuhl ihm gegenüber und denke kurz daran, dass die Rollenverteilung vor ein paar Tagen umgekehrt war. Als ich an *meinem* Schreibtisch saß, in *meiner* Praxis und *ihm* bedeutete, wo er sich setzen durfte. Ich atme aus.

«Also.» Er verschränkt die Hände auf seinem Schreibtisch. «Was ist Ihnen denn eingefallen?»

«Zuerst habe ich eine Frage», sage ich. «Aubrey Gravino – trug sie irgendwelchen Schmuck, als man sie fand?»

«Ich wüsste nicht, inwiefern das relevant sein sollte.»

«Das ist es aber. Ich meine, je nachdem, wie Ihre Antwort ausfällt, ist es das.»

«Sagen Sie mir doch zuerst, was Ihnen noch eingefallen ist, und dann sehen wir weiter.»

«Nein.» Ich schüttle den Kopf. «Nein, bevor ich Ihnen das sage, muss ich es wissen. Ich verspreche, es ist wichtig.»

Er sieht mich noch einmal prüfend an, wägt seine Möglichkeiten ab. Schließlich seufzt er laut, um seine Verärgerung zum Ausdruck zu bringen, sieht die Mappen auf seinem Schreibtisch durch, schlägt eine auf und blättert die wenigen Blatt Papier darin durch.

«Nein, sie wurde ohne Schmuck gefunden», sagt er. «Ein Ohrring wurde in der Nähe der Leiche auf dem Friedhof gefunden – Sterlingsilber mit einer Perle und drei Diamanten.»

Er sieht mich mit erhobenen Augenbrauen an, als wollte er fragen: *Jetzt zufrieden?*

«Keine Halskette also?»

Er blickt mir noch einige Sekunden in die Augen, dann sieht er erneut in die Mappe.

«Nein. Keine Halskette. Nur der Ohrring.»

Ich atme aus und vergrabe die Hände in meinem Haar. Detective Thomas beobachtet mich aufmerksam und wartet darauf, dass ich etwas sage, etwas tue. Ich lehne mich zurück und rücke mit der Sprache heraus.

«Dieser Ohrring gehört zu einem Ensemble», sage ich. «Es gibt eine dazu passende Halskette, die sie getragen haben muss, als sie entführt wurde. Auf sämtlichen Bildern von ihr trägt sie das gesamte Ensemble. Auf dem Vermisstenplakat, auf den

Fotos im Highschool-Jahrbuch, auf Facebook. Wenn sie diese Ohrringe getragen hat, hat sie auch die Halskette getragen.»

Er legt die Mappe zurück an ihren Platz.

«Woher wissen Sie das?»

«Ich habe nachgesehen», erwidere ich. «Bevor ich damit zu Ihnen komme, wollte ich sicher sein.»

«Okay. Und warum glauben Sie, dass das wichtig ist?»

«Weil auch Lacey ein Schmuckstück trug. Erinnern Sie sich?»

«Richtig. Sie hatten ein Armband erwähnt.»

«Ein Perlenarmband mit einem Silberkreuz. Ich sah es in meiner Praxis an Laceys Handgelenk. Sie trug es, um die Narbe zu verdecken. Aber als ich mir heute Morgen ihre Leiche ansah ... war es nicht da.»

Es ist unbehaglich still im Raum. Detective Thomas sieht mich unverwandt an, und ich kann nicht erkennen, ob er das, was ich ihm sage, tatsächlich in Betracht zieht oder sich Sorgen um meine geistige Gesundheit macht. Ich fahre fort und spreche schneller.

«Ich glaube, der Mörder nimmt den Schmuck seiner Opfer als Andenken an sich. Und ich glaube, das tut er, weil mein Vater das auch immer getan hat. Richard Davis, wissen Sie? Aus Breaux Bridge.»

Ich beobachte ihn, während er zwei und zwei zusammenzählt. Es ist immer das Gleiche, jedes Mal, wenn jemand begreift, wer ich bin: Die Gesichtszüge entgleisen merklich, dann wird der Kiefer angespannt, als müssten die Leute sich mit einer Kraftanstrengung davon abhalten, mir an die Gurgel zu gehen. Der gleiche Nachname, die äußere Ähnlichkeit. Man hat mir immer wieder gesagt, ich hätte die Nase meines Vaters, zu groß und ein bisschen krumm, mit Abstand das, was mir in meinem Gesicht am wenigsten gefällt – nicht aus

Eitelkeit, sondern weil jeder Blick in den Spiegel mich daran erinnert, von wem ich sie geerbt habe.

«Sie sind Chloe Davis, Dick Davis' Tochter.»

«Leider ja.»

«Wissen Sie, ich glaube, ich habe einen Artikel über Sie gelesen.» Er zeigt auf mich und wedelt mit dem Finger, während er seinem Gedächtnis das Steuer überlässt. «Ich habe bloß ... ich habe da bloß keinen Zusammenhang gesehen.»

«Ja, den haben sie vor ein paar Jahren gebracht. Ich bin erleichtert, dass Sie ihn vergessen hatten.»

«Und Sie glauben, diese Morde stehen in irgendeinem Zusammenhang mit denen, die Ihr Vater beging?»

Er hat noch immer diesen ungläubigen Blick, so als wäre ich eine Erscheinung, die über dem Teppich schwebt, als wüsste er nicht, ob ich real bin.

«Ich bin nicht sofort darauf gekommen», sage ich. «Aber nächsten Monat ist der zwanzigste Jahrestag, und ich habe vor Kurzem herausgefunden, dass der Vater eines der Opfer meines Vaters hier in Baton Rouge lebt. Bert Rhodes. Und er ist ... zornig. Er ist vorbestraft. Er hat versucht, seine Frau zu erwürgen –»

«Sie glauben, dass er ein Nachahmungstäter ist?», unterbricht er mich. «Der *Vater des Opfers* soll zu einem Nachahmungstäter geworden sein?»

«Er ist vorbestraft», wiederhole ich. «Und ... meine Familie – er *hasst* meine Familie. Ich meine, verständlicherweise, aber heute ist er bei mir zu Hause aufgekreuzt, und er war sehr zornig, und ich habe mich sehr gefährdet gefühlt –»

«Er ist unangekündigt zu Ihnen nach Hause gekommen?» Detective Thomas setzt sich aufrechter hin und greift nach einem Stift. «Hat er Sie irgendwie bedroht?»

«Nein, es war nicht direkt unangekündigt. Er installiert Alarmanlagen, und mein Verlobter hat ihn angerufen, um bei uns eine installieren zu lassen –»

«Dann haben Sie ihn also zu sich nach Hause bestellt?» Er lehnt sich wieder zurück und legt den Stift aus der Hand.

«Würden Sie mich bitte nicht ständig unterbrechen?»

Ich habe lauter als beabsichtigt gesprochen, und Detective Thomas sieht mich verdutzt an, halb betreten, halb erschrocken. Schweigen senkt sich herab, und ich beiße mir auf die Lippe. Diesen Blick sehe ich nicht zum ersten Mal. Er ist unerträglich. Ich habe ihn bei Cooper gesehen, bei Officers und Detectives, auch hier in diesem Gebäude, diesen Blick, in dem ein Anflug von Sorge liegt – nicht um meine Sicherheit, sondern um meine geistige Gesundheit. Diesen Blick, der mir das Gefühl gibt, was ich sage, sei nicht vertrauenswürdig, das Gefühl, dass die allmählichen Auflösungserscheinungen, die ich an mir wahrnehme, sich beschleunigen, außer Kontrolle geraten, und ich schon sehr bald völlig am Ende sein werde.

«Tut mir leid.» Ich atme tief durch. Zwinge mich, mich zu beruhigen. «Tut mir leid, ich habe einfach das Gefühl, Sie hören mir nicht richtig zu. Sie haben mich heute Morgen gebeten, mir Laceys Leiche anzusehen und Ihnen zu sagen, wenn mir etwas einfällt, was wichtig sein könnte. Und ich sage Ihnen hier gerade etwas, das meiner Meinung nach wichtig sein könnte.»

«Okay», sagt er und hebt die Hände. «Sie haben recht. Tut mir leid. Bitte fahren Sie fort.»

«Danke.» Ich spüre, wie meine Schultern sich ein wenig entspannen. «Jedenfalls, Bert Rhodes ist einer der wenigen Menschen, möglicherweise sogar der einzige, dem dieses Detail bekannt sein kann, der in der Gegend lebt, in der aktuell die Morde verübt werden, und der ein Motiv dafür hat, diese Mädchen auf die gleiche Art zu töten, wie mein Vater vor zwanzig Jahren seine Tochter ermordet hat. Das ist eine Übereinstimmung, die man nicht ignorieren darf.»

«Und was genau ist Ihrer Meinung nach sein Motiv? Kennt er diese Mädchen?»

«Nein – ich meine, das weiß ich nicht. Ich glaube nicht. Aber ist es nicht Ihre Aufgabe, das herauszufinden?»

Detective Thomas hebt eine Augenbraue.

«Tut mir leid», sage ich wieder. «Aber … schauen Sie. Es könnte alles Mögliche sein, nicht wahr? Vielleicht ist es Rache: Er nimmt Mädchen, die ich kenne, ins Visier, um mich zu zermürben oder damit ich den gleichen Schmerz spüre wie er, als ihm seine Tochter genommen wurde. Auge um Auge. Vielleicht ist es auch Trauer, ein Kontrollbedürfnis, derselbe beschissene Grund, weswegen manche Missbrauchsopfer später selbst Täter werden. Vielleicht will er auch irgendeinen Standpunkt klarmachen. Oder er ist einfach nur krank, Detective. Er war vor zwanzig Jahren auch nicht gerade der beste Vater, okay? Sogar als junges Mädchen hatte ich ein komisches Gefühl bei ihm. Ich habe gespürt, dass mit ihm irgendetwas nicht stimmte.»

«Okay, aber ein komisches Gefühl ist kein Motiv.»

«Na gut, wie wäre es hiermit?», fauche ich. «Heute hat er mir erzählt, nach Lenas Tod habe er irgendwann festgestellt, dass er besessen ist von der Frage, wie es sich anfühlt, jemanden zu töten. Wer sagt so etwas? Wer stellt sich vor, wie es ist, jemanden zu töten, nachdem die eigene Tochter gerade ermordet worden ist? Sollte es nicht andersherum sein? Er versetzt sich hier in den Falschen hinein.»

Detective Thomas schweigt eine Weile, dann seufzt er, und diesmal klingt es resigniert.

«Na gut», sagt er. «Na gut, wir sehen ihn uns an. Ich stimme Ihnen zu – das ist eine Übereinstimmung, die überprüft werden muss.»

«Danke.»

Ich will schon aufstehen, da sieht der Detective mich erneut an. Ihm liegt noch eine Frage auf der Zunge.

«Ganz schnell noch, Dr. Davis. Sie haben gesagt, dass dieser Mann, dieser –»

Er blickt auf das Blatt vor sich, doch er hat sich keine Notizen gemacht. Wie Galle steigt Verärgerung in mir auf.

«Bert Rhodes. Sie sollten sich das aufschreiben.»

«Bert Rhodes, richtig.» Er notiert den Namen in einer Ecke des Blattes und kreist ihn zweimal ein. «Sie sagten, dass er möglicherweise speziell Mädchen ins Visier nimmt, die Sie kennen.»

«Ja, vielleicht. Er hat zugegeben, dass er weiß, wo meine Praxis ist, also könnte er Lacey dort entführt haben. Vielleicht hat er mich beobachtet und sie herauskommen sehen. Vielleicht hat er sie in die Gasse hinter meiner Praxis gebracht, weil er wusste, dass ich sie dort finden könnte, dass mir das Fehlen des Schmucks vielleicht auffällt und ich einen Zusammenhang herstelle. Dass ich dann gezwungen wäre, zur Kenntnis zu nehmen, dass alle diese Mädchen noch immer wegen –»

Ich breche ab und schlucke. Zwinge mich, es auszusprechen.

«Dass sie noch immer wegen meines Vaters sterben.»

«Okay.» Er streicht mit dem Stift am Rand seines Blattes entlang. «Okay, das ist eine Möglichkeit. Aber worin genau besteht dann Ihre Verbindung zu Aubrey Gravino? Woher kennen Sie sie?»

Ich starre ihn an, und meine Wangen werden heiß. Das ist eine gute Frage – an die ich leider vorher nicht gedacht habe. Ich war einfach dort, wo Aubreys Leiche gefunden wurde, was wie Zufall wirkte, doch als Lacey verschwand, gleich nachdem sie bei mir in der Praxis gewesen war, bekam das eine ganz neue Bedeutung. Was allerdings eine konkrete Verbindung zwischen Aubrey und mir betrifft ... da fällt mir nichts ein. Als ich ihr Gesicht zum ersten Mal in den Nachrichten sah, kam es mir vage bekannt vor, so als hätte ich sie schon einmal gesehen, vielleicht in einem Traum. Ich hatte es mir damit erklärt, dass ich in meiner Praxis jede Woche diverse heranwachsende Mädchen sehe, die einander alle ein wenig ähneln.

Jetzt jedoch frage ich mich, ob nicht mehr dahintersteckt.

«Aubrey kenne ich nicht», gebe ich zu. «Im Moment will mir keine Verbindung zwischen uns einfallen. Ich denke noch mal darüber nach.»

«Okay.» Er nickt und mustert mich noch immer aufmerksam. «Okay, Dr. Davis, danke dafür, dass Sie damit zu uns gekommen sind. Ich gehe dieser Spur auf jeden Fall nach und lasse es Sie wissen, sobald ich mehr weiß.»

Ich stehe auf und wende mich zum Gehen. Mit einem Mal empfinde ich sein Büro mit der geschlossenen Tür, den geschlossenen Fenstern und den Papierstapeln überall als klaustrophob. Meine Handflächen sind feucht, und das Herz schlägt mir bis zum Hals. Rasch gehe ich zur Tür, packe den Knauf und spüre dabei, wie sein Blick sich in meinen Rücken bohrt. Detective Thomas genießt das, was ich ihm erzählt habe, offensichtlich mit Vorsicht. Bei etwas so Erschütterndem hatte ich damit auch gerechnet. Allerdings hatte ich zugleich darauf gehofft, Bert Rhodes ins Scheinwerferlicht zu rücken, indem ich der Polizei von meiner Theorie erzähle, damit sie ihn engmaschig überwachen und es ihm erschweren, im Dunkeln neuen Opfern aufzulauern.

Stattdessen habe ich das Gefühl, dass der Scheinwerfer direkt auf mich gerichtet ist.

KAPITEL SECHSUNDZWANZIG

Bis ich wieder zu Hause bin, ist es später Nachmittag. Als ich das Haus betrete, piept unsere neue Alarmanlage zweimal, und der Schreck fährt mir in die Glieder. Sobald ich die Tür geschlossen habe, aktiviere ich die Anlage wieder und stelle die Lautstärke auf die höchste Stufe ein. Dann sehe ich mich in meinem stillen Haus um. Trotz allem spüre ich Bert Rhodes' Anwesenheit überall, wohin ich blicke. Seine Stimme scheint durch die Räume zu hallen, seine dunklen Augen lauern hinter jeder Ecke. Ich kann ihn sogar riechen, diesen moschusartigen Schweißgeruch, vermischt mit einem Hauch Alkohol, der ihm folgte, als er durch mein Haus schlenderte, meine Wände anfasste, meine Fenster inspizierte, sich wieder in mein Leben drängte.

Ich gehe in die Küche, setze mich an die Kücheninsel, lege meine Handtasche auf die Theke und fische das Fläschchen Xanax heraus, das ich aus dem Handschuhfach genommen hatte. Ich drehe es in den Händen, schüttele es und lausche dem Klappern der Tabletten darin. Schon seit ich heute Morgen aus dem Leichenschauhaus kam, sehne ich mich nach einer Xanax. Es liegt erst wenige Stunden zurück, dass ich im Auto saß und die Erinnerung an Laceys bläulich verfärbte Leiche die Hand mit der Tablette zittern ließ, doch seither ist so viel geschehen, dass es mir vorkommt, als wäre es in einem anderen Leben gewesen. Ich schraube den Deckel ab, schüttle eine Tablette in die Hand und schlucke sie trocken herunter, bevor mich ein weiterer Anruf davon abhalten kann. Dann sehe ich zum Kühlschrank, und mir geht auf, dass ich den ganzen Tag kaum etwas gegessen habe.

Also stehe ich auf, gehe zum Kühlschrank, öffne die Tür und lehne mich gegen den kalten Stahl. Schon fühle ich mich besser. Ich habe der Polizei von Bert Rhodes erzählt. Detective Thomas wirkte nicht recht überzeugt, aber ich habe getan, was ich konnte. Jetzt wird er ihn unter die Lupe nehmen. Bestimmt wird er ihn von nun an beobachten, seine Bewegungen, seine Muster. Er wird festhalten, welche Häuser er aufsucht, und falls ein weiteres Mädchen vermisst wird und aus einem dieser Häuser stammt, dann wird er es wissen. Er wird wissen, dass ich recht hatte und mich nicht mehr ansehen, als wäre *ich* die Verrückte hier. Als wäre *ich* diejenige, die etwas zu verbergen hat.

Der Lachsrest von gestern Abend fällt mir ins Auge, und ich hole den Glasbehälter heraus, nehme den Deckel ab und stelle ihn in die Mikrowelle. Gleich darauf erfüllt das Aroma der Gewürze die Luft. Für ein Mittagessen ist es zu spät, also nenne ich es ein frühes Abendessen, und das bedeutet, ich darf mir ein Glas von dem Cabernet genehmigen, der gestern Abend so gut dazu passte. Ich gehe zum Weinschrank, nehme ein Glas, schenke es randvoll und trinke einen großen Schluck. Dann leere ich die Flasche ins Glas und werfe sie in den Recyclingeimer.

Bevor ich mir einen Hocker zurechtrücken kann, klopft es an der Tür – ein lautes Klopfen mit der ganzen Faust, sodass ich mir vor Schreck die Hand auf die Brust schlage. Dann ertönt eine vertraute Stimme.

«Chlo, ich bin's. Ich komme rein.»

Ich höre den Schlüssel im Schloss und sehe, wie der Türknauf sich dreht, da fällt mir die Alarmanlage ein.

«Nein, warte!», schreie ich und renne zur Tür. «Coop, komm nicht rein. Warte kurz.»

Es gelingt mir, rechtzeitig den Code ins Bedienfeld einzugeben. Gleich darauf öffnet sich die Tür, ich drehe mich um und sehe ins überraschte Gesicht meines Bruders.

«Du hast eine Alarmanlage?», fragt Cooper, der mit einer Flasche Wein auf der Fußmatte steht. «Wenn du deinen Schlüssel zurückhaben wolltest, hättest du es nur sagen müssen.»

«Sehr witzig.» Ich lächle. «Von jetzt an musst du mich vorwarnen, wenn du vorbeikommen willst. Das Ding schickt dir die Cops auf den Hals.»

Ich klopfe auf das Bedienfeld und bedeute ihm, hereinzukommen, gehe zurück zur Kücheninsel und lehne mich an den kühlen Marmor.

«Und wenn du versuchst einzubrechen, sehe ich dich mit meinem Telefon.»

Ich hebe mein Mobiltelefon und wackele damit, dann deute ich auf die Kamera in der Ecke.

«Nimmt die wirklich gerade auf?», fragt er.

«Aber sicher.»

Ich öffne die Alarmanlagen-App auf meinem Telefon und halte es Cooper vor die Nase, sodass er sich selbst in der Mitte des Displays sehen kann.

«Hm.» Er dreht sich um und winkt in die Kamera, wendet sich wieder mir zu und grinst.

«Außerdem», sage ich, «sosehr ich mich über deine Besuche freue, aber ich bin nicht mehr die Einzige, die hier wohnt.»

«Ja, ja.» Cooper setzt sich auf den Rand eines Hockers. «Apropos: Wo ist denn dein Verlobter?»

«Unterwegs», sage ich. «Auf Dienstreise.»

«Übers Wochenende?»

«Er arbeitet viel.»

«Hm», macht Cooper und lässt die Flasche Merlot, die er

mitgebracht hat, auf der Kücheninsel kreisen. Die Flüssigkeit darin glitzert im Schein der Küchenlampen und wirft blutrote Schatten an die Wand.

«Cooper, nicht», sage ich. «Nicht jetzt.»

«Ich hab nichts gesagt.»

«Aber du wolltest es.»

«Macht dir das nichts aus?» Seine Frage klingt so eindringlich, als hätte sie einfach herausgemusst. «Wie oft ist er weg? Ich meine, ich weiß nicht, Chlo. Ich habe mir dich immer mit jemandem vorgestellt, der bei dir ist und dir ein Gefühl von Sicherheit gibt. Das hast du verdient, nach allem, was du durchgemacht hast. Jemanden, der bei dir ist.»

«Daniel ist bei mir», entgegne ich, nehme mein Weinglas und trinke einen großen Schluck. «Er gibt mir ein Gefühl von Sicherheit.»

«Und wozu dann die Alarmanlage?»

Ich trommle mit den Fingern auf mein Weinglas, während ich überlege, was ich antworten soll.

«Es war seine Idee», sage ich schließlich. «Siehst du? Er sorgt für meine Sicherheit, auch wenn er nicht da ist.»

«Okay, wie du meinst.» Seufzend steht Cooper auf, geht zum Schrank, holt einen Korkenzieher und öffnet den Merlot. Obwohl ich vorgewarnt bin, zucke ich zusammen, als der Korken mit einem lauten Plopp herauskommt. «Wie auch immer: Ich wollte vorschlagen, dass wir ein Glas Wein zusammen trinken, aber offenbar hast du schon angefangen.»

«Warum bist du hier, Cooper? Bist du gekommen, um wieder mit mir zu streiten?»

«Nein, ich bin hier, weil du meine Schwester bist. Ich bin hier, weil ich mir Sorgen um dich mache. Ich wollte mich vergewissern, dass es dir gut geht.»

«Tja, mir geht's gut.» Ich zucke die Achseln. «Ich weiß wirklich nicht, was ich dir sagen soll.»

«Wie kommst du mit alledem zurecht?»

«Womit?»

«Ach komm, du weißt, was ich meine.»

Ich seufze. Mein Blick zuckt zum Wohnzimmer, zur Couch, die mir mit einem Mal so gemütlich, so einladend erscheint. Ich lasse die Schultern ein bisschen sinken; sie sind total verspannt. Ich bin total verspannt.

«Es weckt Erinnerungen», sage ich und trinke noch einen Schluck. «Logisch.»

«Ja. Bei mir auch.»

«Manchmal fällt es mir schwer, zu unterscheiden, was real ist und was nicht.»

Die Worte sind heraus, ehe ich sie herunterschlucken kann. Ich schmecke es noch auf der Zunge, das Eingeständnis dessen, was ich nicht hatte wahrhaben wollen. Was ich am liebsten vergessen würde. Ich senke den Blick auf mein Weinglas, das mit einem Mal schon halbleer ist, dann sehe ich Cooper an.

«Ich meine, es ist einfach so vertraut. Da sind so viele Ähnlichkeiten. Findest du nicht auch?»

Cooper mustert mich, dann fragt er sanft: «Was für Ähnlichkeiten, Chloe?»

«Vergiss es. Es ist nichts.»

«Chloe», sagt Cooper und beugt sich zu mir, «was ist das?»

Ich folge seinem Blick zu dem Fläschchen Xanax, das noch auf der Kücheninsel steht, dem kleinen orangen Fläschchen mit dem Haufen Tabletten darin. Wieder senke ich den Blick auf mein Glas, in dem jetzt nur noch ein Finger hoch Wein ist.

«Nimmst du die?»

«Was? Nein. Nein, das sind nicht meine –»

«Hat Daniel dir die gegeben?»

«Nein, hat er nicht. Wie kommst du darauf?»

«Sein Name steht auf dem Fläschchen.»

«Weil es ihm gehört.»

«Und warum stehen sie dann offen hier herum, wenn er verreist ist?»

Schweigen senkt sich zwischen uns herab. Ich sehe aus dem Fenster, wo die Sonne allmählich untergeht. Die Abendgeräusche setzen ein: der Gesang der Zikaden und Grillen und die Geräusche all der anderen Tiere, die im Dunkeln aktiv werden. Louisiana am Abend ist laut, aber das ist mir lieber als Stille. Denn wenn es still ist, kann man alles hören. Gedämpfte Atemzüge irgendwo in der Ferne, Schritte durch raschelndes Laub. Eine Schaufel, die über die Erde schleift.

«Das macht mir schon die ganze Zeit Sorgen.» Cooper atmet aus und fährt sich mit den Händen durchs Haar. «Es ist nicht gut, dass er diese ganzen Medikamente hier ins Haus bringt, bei deiner Vorgeschichte.»

«Was meinst du mit *diese ganzen Medikamente*?»

«Er ist Pharmaberater, Chloe. Seine Aktentasche ist voll mit diesem Scheiß.»

«Na, und? Ich habe auch Zugang zu Medikamenten. Ich kann sie verschreiben.»

«Aber nicht dir selbst.»

Tränen brennen in meinen Augen. Ich finde es furchtbar, Daniel die Schuld daran in die Schuhe zu schieben, aber mir fällt keine andere Erklärung ein. Kein anderer Ausweg, ohne Cooper zu gestehen, dass ich in Daniels Namen Rezepte einlöse. Also bin ich einfach still. Und lasse Cooper in diesem Glauben. Ich lasse zu, dass sein Misstrauen gegenüber meinem Verlobten sich vertieft, immer mächtiger wird.

«Ich bin nicht hier, um mich zu streiten.» Cooper steht auf, kommt zu mir und nimmt mich in die Arme. Seine Umarmung ist fest und warm und vertraut. «Ich liebe dich, Chloe. Und ich weiß, warum du das tust. Ich wünschte bloß, du würdest damit aufhören. Such dir Hilfe.»

Ich spüre, dass mir eine Träne entkommt, über meine Wange läuft und eine salzige Spur hinterlässt. Sie landet auf Coopers Bein und hinterlässt einen kleinen dunklen Fleck. Ich beiße mir fest auf die Lippe, um die übrigen Tränen zurückzuhalten.

«Ich brauche keine Hilfe», sage ich und drücke mir die Handballen auf die Augen. «Ich kann mir selbst helfen.»

«Tut mir leid, dass ich dich aufgeregt habe», sagt Cooper. «Es ist bloß ... diese Beziehung, in der du da bist ... sie kommt mir nicht gesund vor.»

«Schon gut.» Ich hebe den Kopf von seiner Schulter und wische mir mit dem Handrücken über die Wange. «Aber ich denke, du solltest jetzt gehen.»

Cooper legt den Kopf schräg. Das ist das zweite Mal in einer Woche, dass ich meinem Bruder damit drohe, Daniel ihm vorzuziehen. Ich muss daran denken, wie wir bei der Verlobungsparty auf der Veranda hinterm Haus standen. An das Ultimatum, das ich ihm gestellt habe.

Ich will dich bei dieser Hochzeit dabeihaben. Aber sie findet mit dir oder ohne dich statt.

Doch jetzt erkenne ich an seinem verletzten Blick, dass er mir nicht geglaubt hatte.

«Ich sehe, dass du dir Mühe gibst. Und ich kapier's, Cooper. Wirklich. Du willst mich schützen, du sorgst dich um mich. Aber egal, was ich sage, Daniel wird in deinen Augen niemals gut genug sein. Er ist mein *Verlobter*. Nächsten Monat heirate ich ihn. Falls er also nicht gut genug für dich ist, dann bin ich es wohl auch nicht.»

Cooper tritt einen Schritt zurück und ballt die Fäuste.

«Ich versuche nur, dir zu helfen», sagt er. «Mich um dich zu kümmern. Das ist meine Aufgabe. Ich bin dein *Bruder*.»

«Das ist nicht deine Aufgabe. Nicht mehr. Und du musst jetzt gehen.»

Cooper sieht mich noch einen Moment an, dann zuckt sein Blick zu den Tabletten. Er streckt den Arm aus, und ich denke schon, er will die Tabletten an sich nehmen, doch stattdessen reicht er mir den Schlüsselring mit meinem Ersatzschlüssel. Sofort sehe ich die Szene vor mir, als ich ihm den Schlüssel gab – vor Jahren, als ich hier einzog, wollte ich, dass er einen Schlüssel hat. *Du bist hier immer willkommen*, sagte ich, während wir im Schneidersitz in meinem Schlafzimmer auf der Matratze saßen. Wir hatten gerade das Kopfteil meines Betts zusammengesetzt, und uns stand der Schweiß auf der Stirn. Auf dem Boden lagen chinesische Imbiss-Schachteln, und die fettigen Nudeln hatten Flecken auf dem Holzboden hinterlassen. *Außerdem brauche ich jemanden, der meine Pflanzen gießt, wenn ich nicht da bin.* Jetzt starre ich den Schlüssel an, der an seinem Zeigefinger baumelt. Ich kann mich nicht dazu überwinden, ihn zu nehmen – denn wenn ich das mache, ist es endgültig, das weiß ich. Dann kann ich ihn Cooper nicht mehr zurückgeben. Also legt er ihn sanft auf die Theke, dreht sich um und verlässt mein Haus.

Ich starre den Schlüssel an und kämpfe den Drang nieder, ihn zu nehmen, Cooper hinterherzulaufen und ihm den Schlüssel in die Hand zu drücken. Stattdessen stopfe ich Schlüssel und Xanax-Fläschchen in meine Handtasche, gehe zur Tür und aktiviere die Alarmanlage wieder. Daraufhin schnappe ich mir

Coopers noch fast volle Weinflasche und schenke mir ein weiteres Glas ein, trage es zusammen mit dem jetzt wieder kalten Lachs ins Wohnzimmer, setze mich auf die Couch und schalte den Fernseher ein.

Dann denke ich über all das nach, was heute geschehen ist, und bin sofort erschöpft. Der Anblick von Laceys Leiche, das Treffen mit Aaron. Die Auseinandersetzung mit Daniel, die Begegnung mit Bert Rhodes, der Besuch bei Detective Thomas. Der Streit mit meinem Bruder; die Sorge in seinem Blick, als er die Tabletten entdeckte. Als er sah, wie ich allein an der Kücheninsel Wein trank.

Unvermittelt fühle ich mich nicht nur erschöpft, sondern einsam.

Ich nehme mein Telefon, tippe aufs Display, sodass es aufleuchtet, und überlege, ob ich Daniel anrufen soll. Doch dann stelle ich mir vor, wie er in irgendeinem italienischen Sternerestaurant beim Abendessen sitzt und gerade eine weitere Flasche bestellt. Schallendes Gelächter, als er darauf beharrt, nur noch eine zu bestellen. Wahrscheinlich ist er der Mittelpunkt des Abends – reißt Witze, packt den Leuten an die Schulter. Bei dieser Vorstellung fühle ich mich noch einsamer, und so wische ich übers Display und öffne meine Kontakte.

Und ganz oben begrüßt mich ein Name, den ich heute schon einmal angerufen habe: Aaron Jansen.

Ich könnte Aaron anrufen, denke ich. Ich könnte ihm berichten, was seit unserer Unterhaltung am Fluss alles geschehen ist. Sicher hat er nichts Besonderes vor, er ist ja allein in einer fremden Stadt. Vermutlich macht er sogar gerade das Gleiche wie ich – sitzt angetrunken auf einer Couch, Essensreste zwischen den ausgestreckten Beinen. Mein Finger schwebt über seinem Namen, aber bevor ich ihn antippen kann, wird das

Display schwarz. Ich sitze noch eine Weile da und überlege. Mittlerweile fühle ich mich ein bisschen benebelt, so, als wäre mein Kopf in eine dicke Wolldecke gehüllt. Ich entscheide mich gegen den Anruf und lege das Telefon zur Seite, schließe die Augen und überlege, wie er reagieren könnte, wenn ich ihm erzähle, dass Bert Rhodes hier vor der Tür stand. Male mir aus, wie er mich am Telefon anschreit, wenn ich zugebe, dass ich Bert Rhodes ins Haus gelassen habe. Muss grinsen, weil ich weiß, er würde sich Sorgen machen. Sorgen um mich. Aber dann würde ich ihm erzählen, dass ich ihn wieder aus dem Haus bekommen und Detective Thomas angerufen habe, dass ich zur Polizei gegangen bin. Ich würde ihm diese Unterhaltung Wort für Wort schildern, und bei diesem Gedanken lächle ich, denn ich weiß, er wäre stolz auf mich.

Ich schlage die Augen auf und esse noch ein Stück Lachs. Der Fernseher klingt sehr weit weg, stattdessen treten meine Kaugeräusche in den Vordergrund. Das Klirren der Gabel, wenn sie auf das Glas der Schüssel trifft. Mein schwerer Atem. Das Fernsehbild wird allmählich unscharf, und da merke ich, dass meine Lider mit jedem Schluck Wein schwerer werden. Bald kribbeln meine Glieder.

Das habe ich mir verdient, denke ich und lasse mich auf der Couch nach hinten sinken. Ich verdiene es, zu schlafen. Auszuruhen. Ich bin nur erschöpft. So unglaublich erschöpft. Es war ein langer Tag. Ich schalte das Telefon aus – keine Störungen – und lege es mir auf den Bauch, dann stelle ich mein Abendessen auf den Couchtisch. Ich trinke noch einen Schluck Wein und spüre, dass mir ein paar Tropfen übers Kinn laufen. Dann schließe ich die Augen, nur für eine Sekunde, denke ich, und merke, wie ich eindöse.

Als ich wieder wach werde, ist es draußen dunkel. Zuerst bin ich desorientiert, dann stelle ich fest, dass ich auf der Couch liege und das halbleere Weinglas noch immer auf meinem Bauch festhalte. Wie durch ein Wunder habe ich nichts verschüttet. Ich setze mich auf und tippe aufs Telefon, um nach der Uhrzeit zu sehen, dann fällt mir wieder ein, dass ich es ausgeschaltet habe. Ich schiele zum Fernseher: Die Zeitangabe in der Nachrichtensendung lautet auf kurz nach zehn. Mein Wohnzimmer ist in ein unheimliches bläuliches Licht getaucht, daher nehme ich die Fernbedienung und schalte den Fernseher aus. Dann stehe ich auf, betrachte das Weinglas in meiner Hand, leere es, stelle es auf den Couchtisch, gehe nach oben und lasse mich aufs Bett fallen.

Kaum habe ich die Matratze berührt, versinke ich in einem Traum – oder vielleicht ist es ja auch eine Erinnerung. Vom Gefühl her könnte es beides sein, irgendwie fremd, aber zugleich vertraut. Ich bin zwölf Jahre alt und sitze in meiner Lesenische; in meinem Zimmer ist es stockfinster, nur das Licht meiner kleinen Leselampe beleuchtet mein Gesicht ein wenig. Mein Blick wandert über die Zeilen in meinem Buch. Ich bin völlig vertieft in die Geschichte. Da reißt mich ein Geräusch draußen aus meiner Konzentration. Ich sehe aus dem Fenster und entdecke in der Ferne eine Gestalt, die durch unseren dunklen Garten schleicht. Sie ist zwischen den Bäumen hinter unserem Grundstück hervorgekommen, zwischen den Bäumen, die den Übergang zu einem Sumpf säumen, der sich meilenweit in alle Richtungen erstreckt.

Ich kneife die Augen zusammen, und gleich darauf erkenne ich, dass die Gestalt ein Mensch ist. Ein Erwachsener. Und er zieht etwas hinter sich her. Jetzt schwebt auch ein Geräusch heran und dringt durch mein einen Spaltbreit geöffnetes Fenster herein. Ich spitze die Ohren: Metall, das über Erde scharrt.

Es ist eine Schaufel.

Die Gestalt kommt immer näher, und ich drücke das Gesicht an die Fensterscheibe, mache ein Eselsohr in mein Buch und lege es zur Seite. Es ist immer noch dunkel, und ich kann die Gesichtszüge nicht erkennen. Als sie noch näher kommt, bis sie fast direkt unter meinem Fenster ist, geht ein Scheinwerfer an, und ich kneife die Augen zusammen und halte die Hand davor, bis sie sich an das grelle Licht gewöhnt haben. Als ich die Hand wieder sinken lasse und die Gestalt unter meinem Fenster endlich erkennen kann, stelle ich zu meiner Verwirrung fest, dass es kein Mann ist, wie ich gedacht hatte. Es ist nicht mein Vater wie in meiner Erinnerung.

Diesmal ist es eine Frau.

Sie hebt den Kopf und sieht mich an, als wüsste sie schon die ganze Zeit, dass ich hier bin. Unsere Blicke begegnen sich. Zuerst erkenne ich sie nicht. Sie kommt mir vage bekannt vor, aber ich weiß nicht, inwiefern oder warum. Ich betrachte die einzelnen Gesichtszüge – Augen, Mund, Nase –, und da macht es endlich klick. Ich spüre, wie alles Blut aus meinem Gesicht weicht.

Die Frau unter meinem Fenster bin *ich*.

Panik steigt in mir auf: Mein zwölfjähriges Ich blickt meinem zwanzig Jahre älteren Ich in die Augen, die so schwarz sind wie die von Bert Rhodes. Ich blinzle mehrmals und betrachte die Schaufel in ihrer Hand. Eine rote Flüssigkeit klebt daran, von der ich instinktiv weiß, dass es Blut ist. Langsam verziehen ihre Lippen sich zu einem Lächeln, und ich stoße einen Schrei aus.

Schweißbedeckt fahre ich in die Höhe, und mein Schrei hallt immer noch durchs Haus. Dann jedoch merke ich – ich schreie gar nicht. Ich keuche, mein Mund steht offen, aber ich schreie nicht. Was ich höre, kommt von anderswoher, ein lautes, schrilles Geräusch, fast wie eine Sirene.

Das ist eine Alarmsirene. *Meine* Sirene. Der Alarm in meinem Haus wurde ausgelöst.

Plötzlich muss ich an Bert Rhodes denken. Ich sehe ihn hier in meinem Haus vor mir, wie er die Bruchmelder an meinen Fenstern anbrachte, seinen Bohrer auf mich richtete. Und ich muss an das denken, was er sagte.

Ich habe mich nie gefragt, wie es wäre, mein Leben zu verlieren. Ich rede davon, ein Leben zu nehmen.

Ich springe aus dem Bett und höre unten eilige Schritte. Vermutlich versucht er, die Anlage zu deaktivieren, die Sirene abzustellen, bevor er nach oben kommt und mich ebenso erwürgt, wie er diese Mädchen erwürgt hat. Ich renne zum Schrank, reiße die Tür auf und taste den Boden fieberhaft nach Daniels Waffe ab. Ich habe noch nie geschossen. Ich habe keine Ahnung, wie man das macht. Aber sie ist da, und sie ist geladen, und wenn es mir nur gelingt, sie in Händen zu halten, bevor Bert in mein Schlafzimmer kommt, dann habe ich vielleicht eine reelle Chance.

Als ich gerade die Schmutzwäsche zur Seite schleudere, höre ich Schritte auf der Treppe. *Komm schon*, flüstere ich. *Komm schon, wo bist du?* Ich öffne zwei Schuhkartons, doch sie enthalten nur Stiefel, und ich schiebe sie beiseite. Die Schritte kommen jetzt näher, sind lauter. Die Alarmsirene schrillt immer noch durchs Haus. Die Nachbarn sind garantiert wach, denke ich. Damit kommt er nicht durch. Er kann mich nicht umbringen, wenn die Sirene gellt. Trotzdem suche ich weiter, bis ich in einer Ecke eine Schachtel finde. Ich ziehe sie zu mir heran, betrachte sie. Sie sieht aus wie eine Schmuckschatulle – was soll Daniel mit einer Schmuckschatulle? Aber sie ist lang, schmal, hat genau die richtige Größe für eine Pistole, also klappe ich hastig den Deckel auf und spüre, dass jemand vor der geschlossenen Zimmertür steht.

Als ich sehe, was die Schachtel enthält, stockt mir der Atem. Es ist keine Pistole, sondern etwas viel Schrecklicheres.

Es ist eine Halskette aus Silber, mit drei kleinen Diamanten und einer einzelnen Perle daran.

KAPITEL SIEBENUNDZWANZIG

Chloeeee.

Die Stimme vor meinem Schlafzimmer ist kaum zu hören, so laut ist die Sirene. Jemand ruft meinen Namen, aber ich kann den Blick nicht von der Schachtel in meinen Händen losreißen. Von der Schachtel, die ganz hinten im Schrank lag, der Schachtel, in der Aubrey Gravinos Halskette sorgsam drapiert ist. Mit einem Mal sind alle Geräusche um mich herum ausgeblendet, und ich bin wieder zwölf, sitze im Schlafzimmer meiner Eltern und betrachte die sich drehende Ballerina. Beinahe kann ich die Melodie hören, die mich wie ein Wiegenlied in eine Art Trance versetzte, während ich den Haufen Schmuck anstarrte, der toter Haut entrissen wurde.

CHLOE!

Ich reiße den Kopf hoch, und im selben Augenblick öffnet sich die Schlafzimmertür. Instinktiv klappe ich die Schachtel zu, schiebe sie zurück in den Schrank und häufe Kleidung darauf. Fieberhaft suche ich nach etwas, irgendetwas, womit ich mich bewaffnen kann, aber da sehe ich bereits ein Männerbein und gleich darauf den Rest des Mannes hereinkommen. Ich bin so davon überzeugt, gleich Bert Rhodes mit seinen toten Augen und ausgestreckten Armen auf mich zustürmen zu sehen, dass ich Daniels Gesicht kaum zur Kenntnis nehme, als er um die Ecke kommt und mich verblüfft anstarrt.

«Chloe, mein Gott», sagt er. «Was tust du da?»

«Daniel?» Ich springe auf und will schon zu ihm laufen, doch dann bleibe ich wie angewurzelt stehen, denn mir fällt wieder die Halskette ein. Wie zum Teufel ist die in unseren Kleiderschrank gekommen, wenn sie nicht jemand dort hineingelegt hat ... und *ich* war das nicht. Ich zögere. «Was tust du hier?»

«Ich habe dich angerufen», brüllt er. «Wie schaltet man dieses Scheißding ab?»

Ich blinzle mehrmals, dann dränge ich mich an ihm vorbei, renne die Treppe hinunter und schalte den Alarm ab. Auf den ohrenbetäubenden Lärm folgt ohrenbetäubende Stille, und ich spüre Daniels Blick in meinem Rücken.

«Chloe, was hast du da im Schrank gemacht?»

«Ich habe nach der Pistole gesucht», flüstere ich und wage es nicht, mich umzudrehen. «Ich wusste nicht, dass du heute Abend nach Hause kommst. Du hast morgen gesagt.»

«Ich habe dich angerufen», sagt er noch einmal. «Dein Telefon war ausgestellt. Ich habe eine Nachricht hinterlassen.»

Ich höre ihn die Treppe herunter- und zu mir kommen. Ich weiß, ich sollte mich umdrehen, mich ihm zuwenden. Aber im Moment kann ich ihn nicht ansehen. Ich kann mich nicht dazu überwinden, ihm ins Gesicht zu sehen, weil ich zu viel Angst vor dem habe, was ich dort sehen könnte.

«Ich wollte nicht über Nacht wegbleiben», erklärt er. «Ich wollte nach Hause zu dir.»

Er schlingt die Arme um meine Taille und drückt die Nase an meine Schulter, atmet tief ein und küsst mich in den Nacken. Ich beiße mir auf die Lippe. Er riecht ... anders. Nach Schweiß, vermischt mit Honig- und Vanilleparfüm.

«Tut mir leid, dass ich dich erschreckt habe», sagt er. «Ich habe dich vermisst.»

Ich schlucke. Stocksteif stehe ich in seinen Armen. Die medikamentenerzeugte Gelassenheit, die ich am früheren Abend verspürt habe, hat sich in Luft aufgelöst, und ich spüre, wie mein Herz mit erstaunlicher Wucht gegen meinen Brustkorb schlägt. Daniel scheint das auch zu spüren, denn er drückt mich fester an sich.

«Ich habe dich auch vermisst», flüstere ich, weil ich nicht weiß, was ich sonst sagen soll.

«Lass uns wieder ins Bett gehen», sagt er, schiebt mir die Hand unters T-Shirt und streichelt meinen Bauch. «Tut mir leid, dass ich dich geweckt habe.»

«Schon gut.» Ich versuche, mich von ihm zu lösen, doch ehe mir das gelingt, dreht er mich zu sich um, schlingt die Arme noch fester um mich und drückt mir die Lippen aufs Ohr.

«Hey, du brauchst keine Angst zu haben», flüstert er, und ich spüre seinen Atem heiß an meiner Wange. Er kämmt mir mit den Fingern durchs Haar. «Ich bin ja da.»

Ich beiße die Zähne aufeinander. Genau das sagte auch mein Vater damals: Ich rannte die Schotterstraße entlang, sprang die Treppe hinauf, warf mich in seine ausgebreiteten Arme. Er drückte mich fest an sich, sein Körper ein Hort der Wärme, der Sicherheit und des Schutzes. Und er flüsterte mir ins Ohr: *Ich hab dich. Ich bin ja da.*

Genau das war Daniel immer für mich: Wärme, Sicherheit, Schutz, nicht nur vor der Außenwelt, sondern auch vor mir selbst. Aber als ich jetzt in seinen Armen gefangen bin und von seinem heißen Atem an meinem Hals eine Gänsehaut bekomme, während hinten in unserem Schrank die Halskette eines toten Mädchens versteckt ist, da frage ich mich, ob es an diesem Mann Seiten gibt, die mir bisher unbekannt waren. Mir fällt wieder ein, wie oft ich mich schon mit Männern eingelassen habe, bei denen ich mich irgendwann fragte: Was verheimlicht er mir? Was sagt er mir nicht?

Ich denke an meinen Bruder, an all seine Warnungen.

Wie gut kann man jemanden in einem Jahr kennenlernen?

Daniel lässt mich los, packt mich an den Schultern und lächelt mich an. Er sieht müde aus, seine Haut wirkt ungewöhnlich schlaff, und sein Haar ist teilweise zerzaust. Ich frage mich, was er heute Abend getrieben hat, warum er so aussieht. Offenbar bemerkt er meine Musterung, denn er reibt sich mit der Hand übers Gesicht und zieht dabei seine Augenlider herab.

«Langer Tag», sagt er und seufzt. «Lange Fahrt. Ich gehe duschen, und dann lass uns schlafen gehen.»

Ich nicke und sehe ihm hinterher, als er sich umdreht und die Treppe hinaufgeht. Reglos bleibe ich stehen, bis ich die Dusche höre. Erst dann atme ich aus, löse die Fäuste und folge ihm. Ich lege mich in unser gemeinsames Bett und wickle mich, so fest ich kann, in die Bettdecke. Als Daniel aus dem Bad kommt, gebe ich vor, zu schlafen, und versuche, nicht zusammenzuzucken, weil ich seine nackte Haut an meiner spüre, dann seine Hände, die mir den Nacken massieren, und bemerke, wie er nach wenigen Minuten noch einmal aufsteht und die Schranktür schließt.

KAPITEL
ACHTUNDZWANZIG

Als ich erwache, höre ich in der Küche Bacon brutzeln, und Etta James' erdiger Gesang tönt durchs Haus. Ich kann mich nicht daran erinnern, eingeschlafen zu sein. Ich hatte mir fest vorgenommen, wach zu bleiben, während Daniels Arm über meinem Oberkörper lag und mich wie einen Leichensack zusammendrückte. Aber vermutlich war es unausweichlich. Ich konnte nicht ewig gegen den Schlaf ankämpfen, zumal nach dem Cocktail aus Xanax und Wein, den ich vor seiner Rückkehr zu mir genommen hatte. Ich setze mich auf und versuche, das sanfte Pochen in meinem Schädel zu ignorieren. Meine Augen sind so verschwollen, dass mein Blickfeld auf zwei halbmondförmige Schlitze geschrumpft ist. Ich sehe mich im Schlafzimmer um – Daniel ist nicht hier. Er ist unten und macht Frühstück, wie er es immer tut.

Ich stehe auf, schleiche die Treppe hinunter und lausche. Ja, ich höre ihn summen, also ist er wirklich unten. Wahrscheinlich tanzt er wieder in meiner Gingan-Schürze durch die Küche und wendet in der Luft Pfannkuchen, in die er mit einem Zahnstocher etwas gemalt hat: ein lächelndes Gesicht, ein Herz. Ich schleiche wieder nach oben, gehe ins Schlafzimmer und öffne den Kleiderschrank.

Die Halskette, die ich gestern Abend gefunden habe, gehört Aubrey Gravino. Da bin ich mir völlig sicher. Ich habe diese Kette nicht nur auf ihrem Vermisstenplakat gesehen, sondern auch den dazu passenden Ohrring in der Hand gehalten und die drei Diamanten und die Perle aus nächster Nähe betrachtet. Ich schiebe die Schmutzwäsche zur Seite. Jetzt, wo der Alkohol und das Xanax abgebaut sind, bin ich nicht mehr so benebelt. Ich muss daran denken, was ich Aaron gesagt habe. Wer alles davon weiß, dass mein Vater seinen Opfern den Schmuck abnahm und in seinem Schrank versteckte.

Meine Familie. Die Polizei. Die Eltern der Opfer.

Und Daniel. Ihm habe ich es erzählt. Ich habe ihm *alles* erzählt.

Ich war gar nicht auf die Idee gekommen, Daniel bei dieser Auflistung zu berücksichtigen … warum auch? Warum hätte ich meinen Verlobten verdächtigen sollen? Die Antwort auf diese Frage kenne ich noch immer nicht, aber es ist etwas, das ich herausfinden muss.

Schließlich hebe ich das LSU-Sweatshirt an, das ich über die Schachtel geworfen habe, und strecke schon die Hand danach aus … aber sie ist nicht da. Die Schachtel ist nicht da. Ich durchsuche die gesamte Schmutzwäsche, hebe alles hoch und werfe es zur Seite. Streiche mit ausgestreckten Armen über den Boden des Schranks, weil ich hoffe, die Schachtel unter einer Jeans, einem verhedderten Gürtel oder einem einzelnen Schuh zu ertasten.

Aber ich ertaste nichts. Ich sehe sie nicht. Sie ist nicht da.

Mit einem sehr flauen Gefühl in der Magengegend stemme ich mich in die Hocke hoch. Ich weiß, dass ich diese Schachtel gesehen habe. Ich sehe vor mir, wie ich danach griff, sie in Händen hielt, den Deckel hochklappte und die Halskette darin fand … aber ich sehe auch vor mir, wie Daniel gestern Abend noch einmal aufstand, um die Schranktür zu schließen. Vielleicht hat er die Schachtel da an sich genommen. Und sie anderswo versteckt. Oder er hat es heute Morgen getan, als ich noch schlief.

Langsam atme ich aus und versuche, mir einen Plan zu überlegen. Ich muss diese Halskette finden. Ich muss wissen, wie sie in mein Haus gelangt ist. Bei der Vorstellung, dieses Beweisstück zur Polizei zu bringen – und Daniel der Polizei auszuliefern –, dreht sich mir der Magen um. Es ist beinahe lachhaft, so absurd erscheint es mir. Aber ich kann das nicht einfach ignorieren. Ich kann nicht so tun, als hätte ich es nicht gesehen. Als hätte ich gestern Abend nicht dieses Parfüm an Daniel gerochen, hätte nicht bemerkt, dass sein Kragen schweißfeucht war. Mit einem Mal kommt eine andere Erinnerung an die Oberfläche. Mein Bruder und der argwöhnische Blick, mit dem er gestern Abend das Tablettenfläschchen betrachtete.

Seine Aktentasche ist voll mit diesem Scheiß.

Ich denke an Laceys Autopsie, an den Rechtsmediziner, der ihre steifen Glieder betastete.

Wir haben eine hohe Konzentration von Diazepam in ihrem Haar gefunden.

Daniel hat Zugang zu Medikamenten. Daniel hätte die Gelegenheit gehabt. Er verschwindet manchmal tagelang, allein. Ich denke daran, wie oft er eine Dienstreise unternehmen musste, von der ich nichts wusste oder an die ich mich nicht erinnerte, und anstatt ihn darauf anzusprechen, gab ich mir selbst die Schuld, weil ich es vergessen hatte. Die Vorwürfe, die ich bei Detective Thomas gegen Bert Rhodes erhoben habe, sind weniger fundiert als das hier. Das gestern war bloß eine aus den Umständen, einem Verdacht und einem Hauch Hysterie gespeiste Theorie, wenn ich ganz ehrlich bin. Aber das hier ... das ist nicht lediglich ein Verdacht. Das ist keine Hysterie. Das kommt mir vor wie ein Beweis. Ein handfester, konkreter Beweis dafür, dass mein Verlobter irgendwie in etwas verwickelt ist, womit er nichts zu tun haben dürfte. In etwas Schreckliches.

Ich stehe auf, schiebe die Schranktür zu und setze mich auf die Bettkante. Unten wird eine Pfanne klappernd in die Spüle gestellt, gleich darauf zischt Wasser auf heißem Fett. Ich muss wissen, was hier los ist. Wenn schon nicht um meinetwillen, dann um dieser Mädchen willen. Für Aubrey. Für Lacey. Für Lena. Wenn ich die Halskette nicht finden kann, muss ich nach etwas anderem suchen. Nach etwas, das mich weiterbringt.

Jetzt bin ich bereit, Daniel gegenüberzutreten, und gehe wieder nach unten. Als ich um die Ecke biege, steht er in der Küche und stellt gerade zwei Teller mit Pfannkuchen und Bacon auf den Tisch in unserer Frühstücksnische. Auf der Küheninsel stehen zwei dampfende Becher Kaffee und ein beschlagener Krug mit eiskaltem Orangensaft.

Noch vor einer Woche glaubte ich, dies sei Karma. Der perfekte Verlobte im Gegenzug für den denkbar schlimmsten Vater. Jetzt bin ich mir da nicht mehr so sicher.

«Guten Morgen», sage ich und bleibe an der Tür stehen. Daniel blickt hoch und schenkt mir ein Lächeln. Es wirkt aufrichtig.

«Guten Morgen», erwidert er und nimmt einen der Becher, kommt zu mir, reicht ihn mir und küsst mich aufs Haar. «Interessanter Abend gestern, hm?»

«Ja, tut mir leid», sage ich und kratze mich dort, wo eben noch seine Lippen waren. «Ich glaube, ich stand unter Schock, weißt du. Von einer Sirene geweckt zu werden und nicht zu wissen, dass du das warst.»

«Ich weiß, ich habe ein sehr schlechtes Gewissen.» Er lehnt sich an die Küheninsel. «Ich muss dich zu Tode erschreckt haben.»

«Ja. Ein bisschen.»

«Immerhin wissen wir jetzt, dass die Alarmanlage funktioniert.»

Ich versuche zu lächeln. «Allerdings.»

Es ist nicht das erste Mal, dass ich nicht weiß, was ich Daniel sagen soll, aber normalerweise liegt es daran, dass nichts gut genug ist, um es auszusprechen. Nichts scheint auszudrücken, was ich für ihn empfinde, wie sehr ich ihn schon nach so kurzer Zeit liebe. Aber die Gründe für meine jetzige Sprachlosigkeit unterscheiden sich so gravierend davon, dass es mir nicht in den Kopf will. Es ist schwer zu glauben, dass das hier wirklich passiert. Kurz zuckt mein Blick zu meiner Handtasche auf der Kücheninsel, in der das Fläschchen Xanax steckt. Ich denke an die Tablette, die ich eingeworfen habe, bevor ich mit zwei Glas Wein nachspülte und in den Polstern der Couch versank wie in Wolken, dann an den Traum, der sich wie eine Erinnerung anfühlte, bevor die Sirene losging. Ich denke ans College, an das letzte Mal, dass mir so etwas passiert ist. Das letzte Mal, dass ich so leichtsinnig Medikamente mit Alkohol gemischt habe. Ich denke daran, wie man mich damals bei der Polizei angesehen hat, genauso wie Detective Thomas gestern Nachmittag in seinem Büro, genauso wie Cooper, und dass sie alle insgeheim an meiner geistigen Gesundheit, an meinem Gedächtnis zweifelten. An mir.

Ganz kurz frage ich mich, ob ich mir die Halskette vielleicht eingebildet habe. Ob sie womöglich gar nicht da war. Ob ich bloß verwirrt war, Vergangenheit und Gegenwart nicht auseinanderhalten konnte wie schon so oft.

«Du bist sauer auf mich», sagt Daniel, geht zum Tisch und setzt sich. Er deutet auf den Stuhl ihm gegenüber, und ich lege mein Telefon auf die Kücheninsel, folge ihm zum Tisch, setze mich und mustere das Essen vor mir. Es sieht gut aus, aber ich habe keinen Hunger. «Und ich kann es dir nicht verdenken. Ich war … viel unterwegs. Ich habe dich hier mit alldem allein gelassen.»

«Was meinst du?» Ich fixiere die Schokostückchen, die aus dem gebräunten Pfannkuchen lugen, nehme die Gabel, spieße eines mit einer Zinke auf und kratze es mit den Zähnen ab.

«Die Hochzeit», sagt er. «Die ganzen Vorbereitungen. Und, na ja, das, was da in den Nachrichten war.»

«Schon gut. Ich weiß ja, dass du viel zu tun hast.»

«Aber nicht heute», sagt er, schneidet ein Stück Pfannkuchen ab und steckt es sich in den Mund. «Heute habe ich nicht viel zu tun. Heute gehöre ich ganz dir. Und wir haben etwas vor.»

«Und das wäre?»

«Das ist eine Überraschung. Zieh dir was Bequemes an, wir werden draußen sein. Kannst du in zwanzig Minuten fertig sein?»

Ich zögere und frage mich, ob das eine gute Idee ist. Als ich gerade den Mund öffne, um eine Ausrede vorzubringen, vibriert mein Telefon auf der Kücheninsel.

«Sekunde», sage ich und schiebe den Stuhl zurück, dankbar für diesen Vorwand, aufzustehen und die Entscheidung aufzuschieben. Ich gehe zur Kücheninsel, und als ich Coopers Namen im Display sehe, kommt mir unser Streit gestern so banal vor. Vielleicht hatte Cooper recht. Vielleicht hat er die ganze Zeit etwas in Daniel gesehen, das ich nicht sehen konnte. Vielleicht hat er nur versucht, mich zu warnen.

Diese Beziehung, in der du da bist ... sie kommt mir nicht gesund vor.

Ich wische übers Display und gehe ins Wohnzimmer.

«Hey, Coop», sage ich leise. «Ich bin froh, dass du anrufst.»

«Ja, ich auch. Hör mal, Chloe. Tut mir leid wegen gestern Abend –»

«Schon gut. Wirklich, ich bin drüber weg. Ich habe überreagiert.»

Er schweigt, ich höre nur seinen Atem, und der klingt abgehackt, so als telefonierte er im Gehen, und jeder eilige Schritt bedeutete eine Erschütterung.

«Ist alles in Ordnung?»

«Nein», sagt er. «Nein, eigentlich nicht.»

«Was ist denn?»

«Es geht um Mom», sagt er nach kurzem Zögern. «Das Heim hat mich heute Morgen angerufen, sie sagen, es sei dringend.»

«Was ist dringend?»

«Offenbar verweigert sie das Essen. Chloe, die glauben, sie stirbt.»

KAPITEL NEUNUNDZWANZIG

In nicht einmal fünf Minuten bin ich zur Tür hinaus. Ich habe die Sneakers so nachlässig angezogen, dass sie an den Fersen scheuern, als ich durch die Einfahrt renne.

«Chloe!», ruft Daniel mir hinterher, fängt die Haustür auf und öffnet sie weiter. «Wo willst du hin?»

«Ich muss los», rufe ich ihm zu. «Es geht um Mom.»

«Was ist denn mit deiner Mutter?»

Jetzt kommt er auch aus dem Haus gerannt und zieht sich im Laufen ein weißes T-Shirt über den Kopf. Ich wühle in meiner Tasche nach dem Autoschlüssel, um die Tür zu entriegeln.

«Sie isst nicht mehr», sage ich. «Sie hat seit Tagen nichts gegessen. Ich muss zu ihr, ich muss –»

Ich halte inne und vergrabe den Kopf in den Händen. All die Jahre habe ich meine Mutter nicht beachtet. Ich habe sie wie einen Juckreiz behandelt, bei dem ich mich zu kratzen weigere. Vermutlich hatte ich Angst, dass es mir zu viel wird, wenn ich dem – ihr – Aufmerksamkeit schenke, und ich mich dann auf nichts anderes mehr konzentrieren kann. Wenn ich es aber nicht beachtete, würde das unangenehme Gefühl von ganz allein nachlassen. Es würde nie *ganz* fort sein – ich wusste, es würde noch da sein, es würde immer da sein und wieder stärker werden, sobald ich es zuließe –, aber unaufdringlicher, eher wie Hintergrundgeräusche. Störgeräusche. Ebenso wie bei meinem Vater konnte ich auch bei meiner Mutter das Wissen darum, was sie ist – was sie sich, uns angetan hat –, nicht an mich heranlassen. Ich habe sie fortgewünscht. Aber nie, nicht ein einziges Mal, habe ich darüber nachgedacht, wie es wäre, wenn sie wirklich fort wäre. Wenn sie stirbt, allein in diesem muffigen Zimmer in Riverside, unfähig, ihre letzten Worte zu sprechen, ihre letzten Gedanken auszudrücken. Die Erkenntnis dessen, was ich schon immer wusste, senkt sich schwer auf mich herab, dicht und erstickend, als müsste ich durch ein nasses Handtuch atmen.

Ich habe sie im Stich gelassen. Ich habe sie ihrem Tod allein ins Auge sehen lassen.

«Chloe, warte mal», sagt Daniel. «Rede mit mir.»

«Nein.» Ich schüttle den Kopf und suche weiter nach meinem Schlüssel. «Nicht jetzt, Daniel. Ich habe keine Zeit.»

«Chloe –»

Hinter mir klirrt etwas. Ich erstarre, dann drehe ich mich langsam um. Daniel steht hinter mir und hält meine Schlüssel in die Höhe. Ich greife danach, aber er zieht sie weg, außer Reichweite.

«Ich komme mit», sagt er. «Du brauchst mich jetzt.»

«Daniel, nein. Gib mir einfach die Schlüssel –»

«Doch. Verdammt, Chloe. Das ist nicht verhandelbar. Jetzt steig ein.»

Erschrocken über diesen Wutausbruch, starre ich ihn an. Betrachte seine gerötete Haut und die hervortretenden Augen. Gleich darauf verändert sich sein Ausdruck wieder.

«Tut mir leid.» Er atmet tief durch und legt seine Hände auf meine. Ich zucke zusammen. «Chloe, tut mir leid. Aber du musst aufhören, mich wegzustoßen. Lass mich dir helfen.»

Wieder sehe ich ihn an und staune über die Verwandlung, die innerhalb von Sekunden mit seinem Gesicht vorgegangen ist. Über die Sorgenfalten, die sich jetzt tief und glänzend auf seiner Stirn zeigen. Resigniert lasse ich die Hände sinken; ich will Daniel nicht dabeihaben. Ich will ihn nicht im selben Raum haben wie meine Mutter – meine sterbende, verletzliche

Mutter –, aber ich habe nicht die Kraft, mit ihm zu streiten. Ich habe nicht die Zeit, mit ihm zu streiten.

«Na schön», sage ich. «Fahr schnell.»

Als wir in Riverside auf den Parkplatz fahren, entdecke ich sofort Coopers Auto, steige aus, noch bevor Daniel auf Parken geschaltet hat, und renne durch die Automatiktür ins Gebäude. Ich höre Daniels Sneakers hinter mir über die Fliesen quietschen. Er versucht, mich einzuholen, aber ich warte nicht auf ihn. Ich wende mich nach rechts zum Flur, auf dem das Zimmer meiner Mutter liegt, und laufe an den vielen rissigen Türen, dem gedämpften Gemurmel der Fernseher, Radios und Bewohner vorbei. Als ich Moms Zimmer betrete, sehe ich als Erstes meinen Bruder, der an ihrem Bett sitzt.

«Coop.» Ich laufe zu ihm und setze mich auf das Bett meiner Mutter, während ich mich von ihm in die Arme nehmen lasse. «Wie geht es ihr?»

Ich sehe meine Mutter an. Ihre Augen sind geschlossen. Ihr ohnehin magerer Körper wirkt noch dünner, so als hätte sie in einer Woche fünf Kilo abgenommen. Ihre Handgelenke sehen aus, als könnten sie durchbrechen, ihre Wangen sind tief eingesunken, ihre Haut ist papierdünn.

«Sie müssen Chloe sein.»

Ich fahre zusammen. In einer Ecke des Zimmers steht ein Arzt in einem weißen Kittel und hält ein Klemmbrett in die Hüfte gestemmt. Ich hatte ihn übersehen.

«Mein Name ist Dr. Glenn», sagt er. «Ich bin einer der Bereitschaftsärzte in Riverside. Ich habe heute Morgen mit Cooper telefoniert, aber ich glaube, wir kennen uns noch nicht.»

«Das stimmt.» Ich mache mir nicht die Mühe, aufzustehen, sondern sehe wieder meine Mutter an, beobachte das langsame Heben und Senken ihrer Brust. «Wann ist das passiert?»

«Vor knapp einer Woche.»

«Vor *einer* Woche? Warum erfahren wir erst jetzt davon?»

Draußen auf dem Flur ertönt ein Geräusch, und wir sehen alle drei zur Tür: Es ist Daniel, der gegen den Türrahmen geprallt ist. Eine Schweißperle rinnt ihm über die Stirn, und er wischt sie mit dem Handrücken ab.

«Was will der hier?» Cooper will aufstehen, aber ich lege ihm die Hand aufs Bein.

«Schon gut», sage ich. «Nicht jetzt.»

«Wir sind auf solche Situationen eingerichtet. Wie Sie sich vorstellen können, kommt so etwas bei älteren Menschen recht häufig vor», erklärt der Arzt, während sein Blick zwischen Daniel und mir hin- und herwandert. «Aber wenn das noch länger anhält, müssen wir sie ins Baton Rouge General verlegen.»

«Weiß man, welche Ursache dem zugrunde liegt?»

«Körperlich ist sie bei guter Gesundheit. Wir konnten keine Krankheit feststellen, die diese Appetitlosigkeit ausgelöst haben könnte. Kurz gesagt: Wir wissen es also nicht – und in all den Jahren, die sie nun in unserer Obhut ist, hatten wir dieses Problem bei ihr noch nie.»

Ich betrachte Mom, die schlaffe Haut an ihrem Hals, die Schlüsselbeine, die wie Trommelschlägel hervorstehen.

«Es ist beinahe so, als wäre sie eines Morgens aufgewacht und hätte beschlossen, dass es Zeit ist.»

Ratsuchend sehe ich Cooper an. Mein Leben lang habe ich das, was ich gesucht habe, immer irgendwo in seinem Gesichtsausdruck gefunden. Im fast unmerklichen Zucken seiner Lippen, wenn er ein Lächeln zu unterdrücken versucht, in dem Grübchen auf seiner Wange, wenn er gedankenverloren auf der Innenseite kaut. Soweit ich mich erinnere, ist mir nur ein einziges Mal ein leerer Blick begegnet; nur ein einziges Mal habe ich mich an Cooper gewandt und voller Entsetzen erkannt, dass auch er nicht helfen konnte – dass niemand helfen konnte. Das war in unserem Wohnzimmer, wo wir im Schneidersitz auf dem Boden saßen. Das Licht des Fernsehers beleuchtete unsere Gesichter, während wir unseren Vater über seine Finsternis sprechen hörten, die Ketten an seinen Knöcheln rasselten, eine einzelne Träne einen Fleck auf seinem Notizblock hinterließ.

Aber jetzt erlebe ich es erneut. Cooper sieht mir nicht in die Augen, sondern blickt geradeaus, starrt Daniel durchdringend an; beide stehen stocksteif da.

«Natürlich kann Ihre Mutter sich nicht mitteilen», fährt Dr. Glenn fort, ohne die Spannungen im Raum zu bemerken. «Aber wir hatten gehofft, dass Sie irgendwie zu ihr durchdringen können.»

«Ja, natürlich», sage ich, reiße den Blick von Cooper los und wende mich wieder meiner Mutter zu. Ich nehme ihre Hand. Nach einer Weile spüre ich ein sanftes Klopfen auf meinem Handgelenk: Ihre Finger bewegen sich langsam. Ich betrachte diese minimale Bewegung. Ihre Augen sind noch immer geschlossen, aber ihre Finger ... bewegen sich.

Ich sehe Cooper an, dann Dr. Glenn. Die beiden scheinen nichts zu bemerken.

«Kann ich einen Moment mit ihr allein sein?», frage ich, und das Herz klopft mir bis zum Hals. Meine Handflächen werden feucht, aber ich will Moms Hand nicht loslassen. «Bitte?»

Dr. Glenn nickt, geht wortlos am Bett vorbei und verlässt das Zimmer.

«Ihr auch», sage ich und sehe zuerst Daniel, dann Cooper an. «Beide.»

«Chloe», setzt Cooper an, aber ich schüttle den Kopf.

«Bitte. Nur ein paar Minuten. Ich möchte, du weißt schon ... nur vorsichtshalber.»

«Klar.» Er nickt sanft, legt seine Hand auf meine und drückt sie kurz. «Was immer du brauchst.»

Dann steht er auf, drängt sich an Daniel vorbei und geht ohne ein weiteres Wort hinaus.

Jetzt bin ich mit meiner Mutter allein und muss sofort an meinen letzten Besuch bei ihr denken. Als ich ihr von den vermissten Mädchen und den merkwürdigen Parallelen zu früher erzählte. Von diesem Déjà-vu-Gefühl. Und wenn Dr. Glenns Zeitangabe stimmt, dann hat sie um diese Zeit herum aufgehört zu essen.

Ich weiß nicht, warum ich mir solche Sorgen mache, sagte ich zu ihr. *Dad ist im Gefängnis. Er kann ja gar nichts damit zu tun haben.*

Ihr fieberhaftes Fingerklopfen, unmittelbar bevor ich den Besuch abbrach und aus dem Zimmer stürmte. Ich habe weder Cooper noch Daniel oder sonst jemandem erzählt, dass meine Mutter meiner Meinung nach durchaus kommunizieren kann – mit sanften Fingerbewegungen, ein Klopfen bedeutet *Ja, ich höre dich* –, denn ich war mir ganz ehrlich nicht sicher, ob ich selbst daran glaubte. Aber jetzt gerate ich ins Grübeln.

«Mom», flüstere ich und komme mir dabei ein bisschen albern vor, doch zugleich habe ich auch Angst. «Kannst du mich hören?»

Klopf.

Ich sehe auf ihre Finger. Sie haben sich wieder bewegt – das weiß ich genau.

«Hat das hier etwas mit dem zu tun, worüber wir gesprochen haben, als ich das letzte Mal hier war?»

Klopf, klopf.

Ich atme tief durch, dann zuckt mein Blick zur Tür, die noch offen steht.

«Weißt du etwas über diese ermordeten Mädchen?»

Klopf, klopf, klopf. Klopf, klopf.

Ich reiße den Blick von der Tür los und betrachte die Finger meiner Mutter, die fieberhaft über meine Handfläche zucken. Das kann kein Zufall sein, es muss etwas zu bedeuten haben. Dann hebe ich den Blick zum Gesicht meiner Mutter und zucke zurück. Ein Adrenalinstoß durchfährt mich, und vor Schreck reiße ich meine Hand weg und schlage sie mir ungläubig auf den Mund.

Ihre Augen stehen offen, und sie blickt mich direkt an.

KAPITEL DREISSIG

Daniel und ich sitzen wieder im Auto. Bis auf den Wind, der wohltuend durch die geöffneten Fenster braust und frische Luft hereinträgt, die ich dringend brauche, ist es still im Wagen. Ich muss unentwegt an meine Mutter denken, an die Unterhaltung, die wir gerade in ihrem Zimmer geführt haben.

«Meinst du, du könntest es buchstabieren?», stammelte ich und starrte in ihre weit geöffneten, feuchten Augen. An ihren Wimpern bebten Tränen wie Tautropfen an Grashalmen. Ich sah wieder auf ihre Finger, die krampfhaft zuckten. «Warte kurz.»

Ich ging hinaus auf den Flur und warf einen Blick in den Warteraum. Daniel und Cooper saßen mit dem Rücken zu mir, mehrere Stühle zwischen sich, stumm und steif. Daraufhin huschte ich in den Aufenthaltsraum und suchte den Tisch mit den stockfleckigen alten Büchern ab, die wie Mottenkugeln rochen. Ich schob die willkürliche Sammlung ausgemusterter DVDs beiseite, Spenden, die niemand ansehen wollte, bis ich auf die Brettspiele stieß. Schließlich eilte ich zurück ins Zimmer meiner Mutter, wo ich einen kleinen Samtbeutel aus der Tasche zog. Scrabble-Steine.

«Okay», sagte ich ein wenig verlegen, als ich die Spielsteine auf ihre Bettdecke schüttete und einen nach dem anderen umdrehte, bis wir ein vollständiges Alphabet zusammenhatten. Ich konnte mir nicht vorstellen, dass es funktionieren würde, aber ich musste es versuchen. «Ich zeige immer auf einen Buchstaben. Wir fangen ganz einfach an: J bedeutet ja, N bedeutet nein. Wenn ich den Buchstaben berühre, den du meinst, klopfst du.»

Ich betrachtete die Buchstabenreihen auf ihrem Bett. Die Aussicht darauf, zum ersten Mal seit zwanzig Jahren eine echte Unterhaltung mit meiner Mutter zu führen, war zugleich berauschend und überwältigend. Ich atmete tief durch und begann.

«Verstehst du, wie es funktioniert?»

Ich deutete auf das N – nichts. Dann deutete ich auf das J.

Klopf.

Ich atmete aus, mein Herz schlug schneller. All die Jahre hatte meine Mutter Bescheid gewusst. Sie hatte uns verstanden. Sie hatte mich gehört. Ich hatte ihr bloß nie genug Zeit gelassen, zu reagieren.

«Weißt du etwas über diese ermordeten Mädchen?»

N – nichts. J – *klopf.*

«Gibt es irgendeine Verbindung zwischen diesen Morden und Breaux Bridge?»

N – nichts. J – *klopf.*

Ich überlegte mir gründlich, was ich als Nächstes fragen sollte. Wir hatten vermutlich nicht mehr viel Zeit; bald würden Cooper, Daniel oder Dr. Glenn wieder hereinkommen, und ich wollte nicht, dass sie mich dabei ertappten. Den Blick auf die Buchstaben gerichtet, stellte ich meine letzte Frage.

«Wie beweise ich das?»

Ich begann mit dem A – nichts. Dann ließ ich meinen Finger zum B wandern, dann zum C. Als ich auf das D deutete, bewegte sie die Finger.

«D?»

Klopf.

«Okay, der erste Buchstabe ist ein D.»

Dann begann ich wieder bei A.

Klopf.

Mein Herz setzte kurz aus.

«D A?»

Klopf.

Sie buchstabierte Daniel. Ich atmete ganz langsam durch die geschürzten Lippen aus und versuchte, die Ruhe zu bewahren. Den Blick unverwandt auf die Finger meiner Mutter gerichtet, deutete ich auf das N ... doch da hörte ich ein Geräusch auf dem Flur.

«Chloe?» Ich hörte Cooper kommen, er war schon ganz nahe. «Chloe, alles in Ordnung?»

In Windeseile fegte ich die Buchstaben zusammen, schob sie unter Moms Bettdecke und drehte mich im selben Augenblick um, als Cooper an der Tür erschien.

«Ich wollte nur mal nach dir sehen», sagte er. Dann fiel sein Blick auf Mom, und er lächelte, kam zu uns und setzte sich auf die Bettkante. «Du hast sie dazu gebracht, die Augen zu öffnen.»

«Ja.» Meine Handflächen waren völlig verschwitzt. «Ja, das stimmt.»

Jetzt setzt Daniel den Blinker, und wir biegen auf eine Schotterstraße ein. Der Lärm der Steinchen, die gegen die Windschutzscheibe prallen, zwingt ihn, die Fenster zu schließen. Ich schüttele meine Erinnerungen ab, hebe langsam den Kopf und stelle fest, dass ich unsere Umgebung nicht wiedererkenne.

«Wo sind wir?», frage ich. Wir fahren über staubige Nebenstraßen. Ich weiß zwar nicht, wie lange wir schon unterwegs sind, aber ich weiß, dass das nicht der Heimweg ist.

«Wir sind gleich da?», sagt Daniel und lächelt mich an.

«Wo ist *da*?»

«Das siehst du gleich.»

Plötzlich fühle ich mich eingeschlossen. Ich schiebe den Regler der Klimaanlage ganz nach rechts und halte das Gesicht in den kalten Luftzug.

«Daniel, ich muss nach Hause.»

«Nein. Nein, Chloe, ich lasse dich jetzt nicht zu Hause in Selbstmitleid versinken. Ich habe dir gesagt, dass ich für heute etwas geplant habe, und das werden wir jetzt machen.»

Ich atme tief durch, drehe das Gesicht zum Fenster und sehe die Bäume vorbeifliegen, während wir langsam tiefer in den Wald hineinfahren. Meine Gedanken kehren zurück zu meiner Mutter, die den Anfang von Daniels Namen buchstabiert hatte. Woher kann sie das gewusst haben? Woher soll sie wissen, wer er ist, obwohl sie sich nie begegnet sind? Im Nu stellt sich das Unbehagen von heute Morgen wieder ein. Ich sehe auf mein Telefon, auf den einzelnen Signalbalken, der immer wieder verschwindet. Hier bin ich – meilenweit von zu Hause entfernt, gefangen in einem Auto mit einem Mann, der im Besitz der Halskette eines toten Mädchens ist, ohne jede Möglichkeit, Hilfe zu rufen. Vielleicht hat er gestern Abend die Halskette in meinen Händen gesehen; vielleicht habe ich sie nicht so schnell wieder im Schrank versteckt, wie ich dachte. Ich stoße mit den Füßen an meine Handtasche und muss an das Pfefferspray denken, das ich pflichtbewusst darin verwahre. Wenigstens das habe ich.

Sei nicht albern, Chloe. Er wird dich nicht verletzen. Das wird er nicht.

Dann durchfährt mich ein Schock, denn mir wird klar, dass ich genau wie meine Mutter klinge. Ich *bin* meine Mutter. Ich bin meine Mutter, die in Sheriff Dooleys Büro sitzt und trotz des wachsenden Bergs von Beweisen gegen meinen Vater zu dessen Gunsten spricht. Tränen brennen in meinen Augen und drohen, sich Bahn zu brechen. Rasch hebe ich die Hand und wische sie fort, ehe Daniel sie sehen kann.

Ich denke an meine Mutter, die in Riverside ans Bett gefesselt ist und deren Leben sich in den immer weiter schrumpfenden Grenzen ihres eigenen gequälten Verstandes abspielt. Und jetzt verstehe ich es. Ich verstehe, warum sie es getan hat. Ich dachte immer, sie sei zu meinem Vater zurückgegangen, weil sie schwach war, weil sie nicht allein sein wollte. Weil sie nicht wusste, wie sie ihn verlassen sollte – weil sie ihn nicht verlassen *wollte*. Aber jetzt, in diesem Augenblick, verstehe ich meine Mutter besser denn je. Ich verstehe, dass sie zu ihm zurückging, weil sie verzweifelt hoffte, einen Beweis für das Gegenteil zu finden, irgendetwas, woran sie sich klammern konnte und das bestätigte, dass sie kein Ungeheuer liebte. Und als sie diesen Beweis nicht finden konnte, war sie gezwungen, ihr Gewissen gründlich zu prüfen. Sie war gezwungen, sich die gleichen Fragen zu stellen, die mir gerade durch den Kopf wirbeln und mir ebenso die Kehle zuschnüren wie ihr damals.

Sie war gezwungen, sich einzugestehen, dass sie wirklich ein Ungeheuer liebte. Und wenn sie ein Ungeheuer liebte ... was war sie dann selbst?

Der Wagen wird langsamer und bleibt schließlich stehen. Ich sehe aus dem Fenster und stelle fest, dass wir tief im Wald sind. Die einzige Öffnung zwischen den Bäumen ist ein schmaler, sumpfiger Wasserlauf, der vermutlich zu einem größeren Gewässer führt.

«Wir sind da», sagt Daniel, schaltet den Motor aus und steckt die Schlüssel in die Tasche. «Steig aus.»

«Wo sind wir?», frage ich in bemüht leichtem Ton.

«Das wirst du gleich sehen.»

«Daniel», sage ich, aber da ist er schon ausgestiegen, kommt herüber zur Beifahrerseite und öffnet mir die Tür. Was mir sonst als Akt der Ritterlichkeit erschien, kommt mir nun bedrohlich so vor, als wollte er mich damit zum Aussteigen nötigen. Widerstrebend nehme ich seine Hand, steige aus und zucke zusammen, als er die Tür zuschlägt. Meine Handtasche, mein Telefon und das Pfefferspray sind noch im Auto.

«Mach die Augen zu.»

«Daniel –»

«Mach sie zu.»

Ich schließe die Augen. Um uns herum ist es völlig still. Ich frage mich, ob er sie hierhergebracht hat, Aubrey und Lacey. Ob er es hier getan hat. Es ist der ideale Ort dafür – abgelegen und versteckt. *Er wird dir nichts tun.* Ich höre Moskitos summen, und in der Ferne raschelt Laub – irgendein kleines Tier vielleicht. *Das wird er nicht.* Dann höre ich Schritte – Daniel geht zurück zum Auto, öffnet den Kofferraum und holt etwas heraus. *Er wird dir nichts tun, Chloe.* Ich höre einen dumpfen Aufprall – Daniel hat etwas aus dem Kofferraum geholt und zu Boden fallen lassen. Jetzt kommt er wieder zu mir, und er hat etwas dabei. Ich höre es über die Erde scharren. Etwas aus Metall.

Eine Schaufel!

Ich wirbele herum, bereit, in den Wald zu rennen und mich zu verstecken. Bereit, aus voller Kehle zu schreien, weil ich gegen alle Wahrscheinlichkeit hoffe, dass hier irgendwo jemand ist. Jemand, der mich hört. Jemand, der mir hilft. Als ich mich Daniel zuwende, reißt er die Augen weit auf. Er hat nicht damit gerechnet, dass ich mich umdrehe. Er hat nicht damit gerechnet, dass ich mich wehre. Ich senke den Blick auf seine Hände, auf das lange, schmale Ding, das er trägt. Schon hebe ich die Arme, um seinen Schlag abzuwehren, doch als ich den Gegenstand jetzt richtig ansehe, merke ich ... es ist gar keine Schaufel. Daniel hält keine Schaufel in der Hand.

Es ist ein Paddel.

«Ich dachte, wir gehen Kajak fahren», sagt er und blickt hinüber zum Wasser. Ich drehe mich um und betrachte die schmale Öffnung zwischen den Bäumen, durch die man Sumpfwasser sehen kann. Daneben befindet sich, halb hinter Laub verborgen, ein Holzgestell mit vier Kajaks, die von Blättern, Erde und Spinnweben bedeckt sind. Ich atme auf.

«Dieser Anleger ist ziemlich abgelegen, aber es gibt ihn schon ewig», erklärt Daniel und wirkt ein wenig verlegen mit dem Paddel in der Hand. Er kommt zu mir und reicht es mir. Ich nehme es ihm ab und spüre das Gewicht in meinen Armen. «Die Kajaks kann jeder benutzen, man muss nur sein eigenes Paddel mitbringen. Es hat nicht in mein Auto gepasst, deshalb habe ich heute Morgen deine Schlüssel genommen und es in deinen Kofferraum gesteckt.»

Ich mustere ihn aufmerksam. Wenn er dieses Paddel als Waffe gegen mich hätte einsetzen wollen, hätte er es mir nicht gegeben. Ich betrachte das Paddel, dann die Kajaks, das stille Wasser, den wolkenlosen Himmel. Ich sehe zum Wagen – meiner einzigen Fluchtmöglichkeit von hier, wie ich weiß; anders komme ich hier nicht weg. Aber die Schlüssel stecken in Daniels Tasche. Und so beschließe ich: Wenn Daniel schauspielern kann, kann ich das auch.

«Daniel», sage ich und lasse den Kopf hängen. «Daniel, es tut mir leid. Ich weiß nicht, was mit mir los ist.»

«Du bist angespannt. Und das ist nur zu verständlich, Chloe. Deshalb sind wir ja hier. Damit ich dir helfen kann, dich zu entspannen.»

Ich sehe ihn an, noch immer unsicher, ob ich ihm trauen

kann. Ich kann die Flut an Indizien, die in den letzten Stunden aufgetaucht sind, nicht ignorieren. Die Halskette, das Parfüm, der Blick, den Cooper ihm in Riverside zuwarf, so als könnte er etwas in ihm spüren, das ich nicht spüre – etwas Böses, Finsteres. Die Warnung meiner Mutter. Der unbarmherzige Griff, mit dem er mich gestern auf der Couch festhielt; wie er mich heute angeschrien und meine Schlüssel außer Reichweite gehalten hat.

Aber dann sind da auch die anderen Dinge. Er hat eine Alarmanlage installieren lassen. Er hat mich nach Riverside zu meiner Mutter gefahren, eine Überraschungsparty für mich gegeben und einen Tag nur für uns zwei geplant. Das ist genau die Art von romantischer Geste, wie ich sie von ihm kenne, von unserer ersten Begegnung an, als er mir den Karton abnahm und sich auf die Schulter hievte. Ich hatte mich darauf gefreut, solche Gesten den Rest unseres Lebens über immer wieder genießen zu können. Als ich sehe, dass er verlegen grinst, muss ich unwillkürlich lächeln – reine Gewohnheit, schätze ich –, und da treffe ich meine Entscheidung: Daniel mag andere Menschen verletzen, aber noch glaube ich nicht, dass er auch mich verletzen würde.

«Okay», sage ich und nicke. «Okay, gehen wir.»

Daniel grinst breit, geht vor zum Kajakständer und hebt eines der Paddelboote herab. Er zerrt es über den Waldboden ans Ufer, befreit es von Erde, Laub und Spinnweben und schiebt es ins Wasser.

«Ladies first», sagt er und streckt den Arm aus. Ich ergreife seine Hand, stelle unsicher ein Bein ins Boot, dann klammere ich mich an seiner Schulter fest. Er hilft mir, mich zu setzen, dann steigt er selbst hinter mir ein, stößt uns vom Ufer ab, und ich spüre, wie wir davontreiben.

Sobald wir die Lichtung hinter uns haben, schnappe ich unwillkürlich nach Luft, so schön ist es hier. Der Bayou ist weitläufig, träge und von Zypressen gesprenkelt, deren Atemknie aus dem trüben Wasser ragen wie Finger, die nach etwas greifen. Vorhänge aus Louisianamoos brechen das Sonnenlicht in Millionen von glitzernden Nadelstichen auf. Frösche quaken im Chor, Algen treiben träge an der Wasseroberfläche dahin, und aus dem Augenwinkel entdecke ich einen Alligator, der sich langsam an einen Silberreiher heranpirscht, doch der hebt rechtzeitig ab und entkommt in die Sicherheit der Bäume.

«Wunderschön, nicht wahr?»

Daniel paddelt still hinter mir, und das Plätschern des Wassers gegen unseren Kajak lullt mich ein bisschen ein. Mein Blick ruht immer noch auf dem Alligator, der so reglos lauert, dass er vor aller Augen unbemerkt bleibt.

«Herrlich», sage ich. «Es erinnert mich an –»

Ich breche ab, und mein unbeendeter Satz hängt schwer in der Luft.

«Es erinnert mich an zu Hause. Aber ... auf eine gute Art. Cooper und ich, wir sind manchmal zum Lake Martin gegangen. Um die Alligatoren zu beobachten.»

«Das hat deiner Mutter bestimmt gefallen.»

Ich lächle und denke daran, wie wir zwischen den Bäumen schrien: *See ya later, alligator!* Wie wir mit bloßen Händen Schildkröten fingen und die Wachstumsringe auf ihren Panzern zählten, um herauszufinden, wie alt sie waren. Wie wir uns das Gesicht mit Schlamm beschmierten, als wäre es Kriegsbemalung, einander durch den Sumpf jagten und, wenn wir dann ins Haus platzten, von unserer Mutter gescholten wurden, was uns nicht davon abhielt, auf dem Weg ins Bad zu kichern, bis Mom uns die Haut krebsrot schrubbte. Wie wir die Fingernägel in die Mückenstiche gruben, bis lauter kleine X unsere Beine sprenkelten, als hätten wir darauf «Drei gewinnt» gespielt. Eigenartigerweise beschwört nur Daniel diese Erinnerungen in mir herauf. Nur er kann sie aus ihren Verstecken hervorlocken, aus den verborgenen Winkeln meines Gedächtnisses, aus dem Geheimzimmer, in das ich sie verbannt habe, nachdem ich im Fernsehen verfolgt hatte, wie Vater nicht um die sechs Menschenleben weinte, die er genommen hatte, sondern weil man ihn gefasst hatte. Nur Daniel kann mich zwingen, mich daran zu erinnern, dass nicht alles nur schlecht war. Ich lehne mich zurück und schließe die Augen.

«Das ist meine Lieblingsstelle», sagt er jetzt und rudert uns um eine Ecke. Ich öffne die Augen und sehe in der Ferne die Cypress Stables. «Nur noch sechs Wochen.»

Vom Wasser aus betrachtet, ist das Anwesen sogar noch atemberaubender, dieses große weiße Plantagenhaus, das über vielen Hektar gepflegtem Rasen aufragt. Die runden Säulen, die die Dächer der umlaufenden Veranda und der beiden umlaufenden Balkone in den oberen Etagen stützen, die Schaukelstühle, die sich auch heute im Wind wiegen. Ich sehe sie vor und zurück schaukeln, vor und zurück, und stelle mir vor, wie ich diese prachtvolle Holztreppe hinabgehe, aufs Wasser zu, auf Daniel zu.

Dann habe ich aus heiterem Himmel wieder Detective Thomas' Worte im Ohr, die mich aus meinem schönen Traum reißen.

Worin genau besteht Ihre Verbindung zu Aubrey Gravino?

Es gibt keine. Ich kenne Aubrey Gravino nicht. Ich versuche, die Frage zu verdrängen, aber aus irgendeinem Grund will sie mir nicht aus dem Kopf. *Aubrey* will mir nicht aus dem Kopf.

Ihre kajalumrandeten Augen und das braune Haar. Ihre langen, mageren Arme. Ihre junge gebräunte Haut.

«Sobald ich einen Blick darauf geworfen hatte, wollte ich es», sagt Daniel hinter mir, aber ich nehme seine Worte kaum wahr, zu sehr bin ich auf diese Stühle fixiert, die im Wind schaukeln. Im Moment sitzt niemand darauf, aber das war nicht immer so. Da saß einmal ein Mädchen. Ein braun gebranntes, dünnes Mädchen, das den Schaukelstuhl in Bewegung hielt, indem es sich mit einem Fuß, der in einem abgetragenen ledernen Reitstiefel steckte, träge von einer Säule abstieß.

Das ist meine Enkelin. Dieses Land ist seit Generationen im Besitz unserer Familie.

Ich weiß noch, dass Daniel ihr zuwinkte. Dass sie die Beine gerade aufstellte und ihr Kleid herabzog. Dass sie kurz verlegen den Kopf senkte und dann zurückwinkte. Dass die Veranda kurz darauf mit einem Mal verlassen war. Der Schaukelstuhl allmählich zum Stillstand kam.

Sie kommt manchmal nach der Schule her. Macht ihre Hausaufgaben auf der Veranda.

Bis sie es vor zwei Wochen nicht dorthin schaffte.

KAPITEL
EINUNDDREISSIG

Ich betrachte ein Foto von Aubrey auf meinem Laptop, ein Foto, das ich noch nicht kannte. Es ist klein, daher habe ich es vergrößert, und nun ist es ein wenig unscharf, aber doch scharf genug, um mir sicher zu sein. Sie ist es.

Sie sitzt mit untergeschlagenen Beinen auf dem Boden, trägt ein weißes Kleid und wieder ihre Reitstiefel, die ihr bis zum Knie gehen, und ihre Hände ruhen auf einem makellos gepflegten Rasen. Es ist ein Familienporträt, und sie ist umgeben von ihren Eltern, Großeltern, Tanten, Onkeln, Cousins und Cousinen. Den Rahmen für diese Aufnahme bilden dieselben moosbewachsenen Eichen, zwischen denen ich mich bei meiner Hochzeit hindurchgehen sah; im Hintergrund führt dieselbe weiße Treppe, die ich mich mit wehendem Schleier hinabschreiten sah, zu dieser riesigen umlaufenden Veranda. Zu diesen Schaukelstühlen, die nie stillzustehen scheinen.

Ohne den Blick vom Bildschirm abzuwenden, hebe ich einen Pappbecher mit Kaffee zum Mund. Das Foto befindet sich auf der offiziellen Website der Cypress Stables, wo ich mich über die Eigentümer informiere. Das Anwesen ist tatsächlich seit Jahrhunderten in Familienbesitz: Was 1787 als Zuckerrohrplantage begann, verwandelte sich zunächst in einen Reiterhof und schließlich in eine Event Location. Sieben Generationen von Gravinos haben dort gelebt, ihr Zuckerrohrsirup gehörte zum besten, der in Louisiana produziert wurde. Als sie erkannten, dass sie auf einem sehr begehrten Stück Land saßen, renovierten sie das Wohnhaus und bauten die Scheune um. Seitdem bilden Gebäude und Außengelände die perfekte Louisiana-Kulisse für Hochzeiten, Firmen- und andere Feiern.

Auf ihrem Vermisstenplakat kam Aubrey mir vage bekannt vor, das weiß ich noch gut. Ich wurde das Gefühl nicht los, sie irgendwoher zu kennen. Und jetzt weiß ich auch, warum. Sie war dort an dem Tag, an dem wir die Cypress Stables besichtigten, uns herumführen ließen und die Location schließlich für unsere Hochzeit buchten. Ich hatte Aubrey gesehen. *Daniel* hatte sie gesehen.

Und jetzt ist sie tot.

Mein Blick wandert von Aubreys Gesicht zu den Gesichtern ihrer Eltern, die ich vor knapp zwei Wochen in den Nachrichten sah. Ihr Vater hatte den Kopf in den Händen vergraben und weinte. Ihre Mutter blickte eindringlich in die Kamera und flehte: *Wir wollen unsere Kleine zurück.* Dann betrachte ich ihre Großmutter, eben die liebenswürdige Dame, die mit ihrem Tablet kämpfte und versuchte, meine vorgeschobenen Befürchtungen mit dem Verweis auf Ventilatoren und Insektenspray zu zerstreuen. Vermutlich war irgendwann in den Nachrichten erwähnt worden, dass Aubrey Gravino aus einer in dieser Gegend namhaften Familie stammte, aber ich wusste es nicht. Seit dem Fund ihrer Leiche hörte oder las ich ganz bewusst keine Nachrichten. Ich fuhr mit ausgeschaltetem Radio durch die Stadt. Und als ihr Vermisstenplakat durch Laceys ersetzt wurde, interessierte diese Information niemanden mehr. Die Medien wandten sich anderem zu. Die Welt wandte sich anderem zu. Aubrey war nur noch irgendein vage vertrautes Gesicht in einem Meer anderer Gesichter, anderer Mädchen.

«Dr. Davis?» Es klopft, und ich blicke hoch: Melissa streckt den Kopf zur Tür herein. Sie trägt Jogging-Shorts und ein ärmelloses T-Shirt, hat das Haar zu einem Knoten aufgesteckt, und über einer Schulter hängt eine Sporttasche. Es ist sechs

Uhr dreißig, der Himmel vor meiner Praxis verfärbt sich gerade erst von Schwarz zu Blau. Wenn man so früh auf ist, dass alle anderen noch zu schlafen scheinen – wenn man diejenige ist, die die Kaffeemaschine einschaltet, wenn das eigene Auto das einzige auf der Straße ist, wenn man ein menschenleeres Bürogebäude betritt und überall Licht macht –, fühlt man sich mutterseelenallein. Ich war so in Aubreys Foto vertieft, so taub von der undurchdringlichen Stille um mich herum, dass ich Melissa nicht hereinkommen hörte.

«Guten Morgen.» Ich lächle und winke sie herein. «Sie sind früh dran.»

«Dasselbe könnte ich von Ihnen sagen.» Sie kommt herein, schließt die Tür hinter sich und wischt sich eine Schweißperle von der Stirn. «Haben Sie heute einen frühen Termin?»

Ich nehme leise Panik in ihrem Blick wahr, die Angst, dass sie etwas in meinem Kalender übersehen hat und womöglich gleich in Sportkleidung einen Klienten empfangen muss.

Ich schüttle den Kopf. «Nein, ich wollte bloß ein bisschen Arbeit nachholen. Die letzte Woche war … nun ja, Sie wissen ja, wie die war. Ich war abgelenkt.»

«Ja, das waren wir beide.»

In Wahrheit konnte ich es bloß nicht ertragen, auch nur eine Minute länger als nötig mit Daniel in einem Haus zu sein. Als ich gestern im sanft schaukelnden Kajak die Cypress Stables aus der Ferne betrachtete, da ließ ich meine Angst endlich zu. Nicht bloß Argwohn – Angst. Angst vor dem Mann, der direkt hinter mir saß, der nur die Hände um meinen Hals hätte legen müssen. Angst davor, mit einem Ungeheuer unter einem Dach zu leben – mit einem Ungeheuer, das vor aller Augen lebte, doch nicht wahrgenommen wurde, wie der Alligator, den ich vom Kajak aus gesehen hatte. Jetzt quälten mein Gewissen nicht nur die Halskette im Kleiderschrank, Coopers Misstrauen und die Warnung meiner Mutter, sondern auch dies: ein weiteres totes Mädchen, von dem es eine Verbindung zu mir – zu Daniel – gab. Cooper hatte recht – wir kennen einander nicht. Wir sind verlobt. Wir leben unter einem Dach, schlafen im selben Bett. Aber wir sind einander fremd, dieser Mann und ich. Ich kenne ihn nicht. Ich weiß nicht, wozu er fähig ist.

«Ich bekomme ein bisschen Kopfschmerzen», sagte ich zu Daniel, und das war nicht einmal direkt gelogen. Übelkeit stieg in mir auf, während ich das alte Plantagengebäude betrachtete, die verlassenen Schaukelstühle, die von Phantombeinen in Bewegung gehalten wurden. Ich fragte mich, ob Aubrey bei unserem Besuch die Halskette getragen hatte – die Halskette, die jetzt irgendwo bei mir zu Hause versteckt war. «Können wir umkehren?»

Daniel schwieg. Ich fragte mich, was er wohl dachte. Warum hatte er mich hierhergebracht? Wollte er sehen, wie ich reagierte? War das für ihn Teil des Vergnügens – die Wahrheit vor meiner Nase baumeln zu lassen, gerade eben außer Reichweite? Wollte er mich warnen? Wusste er, dass ich es weiß? Ich musste an meine Unterhaltung mit Aaron denken, an seine These, der Cypress Cemetery sei von besonderer Bedeutung. Ich hätte den Zusammenhang früher erkennen müssen. In den Cypress Stables sah ich Aubrey zum ersten Mal, und auf dem Cypress Cemetery wurde ihre Leiche gefunden. Bisher hatte ich mir nichts dabei gedacht – der Namensteil Cypress, Zypresse, ist weit verbreitet –, aber jetzt scheint mir dieser Zufall zu viel des Guten, ebenso wie der Umstand, dass man Laceys Leiche hinter meiner Praxis fand. Zu perfekt für einen echten Zufall. Hatte Daniel gewollt, dass ich Aubrey wiedererkenne, wenn ihre Leiche gefunden wird? Oder glaubte er wirklich, er könne mir ruhig noch ein Puzzleteilchen zeigen, ohne dass ich das Gesamtbild, das sich herauszubilden begann, erkannte?

«Daniel?»

«Sicher», sagte er leise. Er klang gekränkt. «Sicher, klar, wir können umkehren. Alles in Ordnung, Chloe?»

Ich nickte und zwang mich, den Blick vom Plantagengebäude loszureißen und etwas anderes anzusehen. Irgendetwas anderes. Daniel paddelte uns zurück zur Landestelle, dann fuhren wir schweigend nach Hause. Er hatte die Lippen aufeinandergepresst und sah stur auf die Straße; ich lehnte den Kopf ans Fenster und massierte mir die Schläfen. Als wir vor meinem Haus hielten, murmelte ich etwas von einem Nickerchen und zog mich ins Schlafzimmer zurück, schloss die Tür ab und kroch ins Bett.

«Hey, Mel», sage ich jetzt und sehe meine Assistentin an. «Kann ich Sie etwas fragen? Es geht um die Verlobungsparty.»

«Klar.» Sie lächelt und nimmt vor meinem Schreibtisch Platz.

«Um welche Uhrzeit ist Daniel nach Hause gekommen?»

Sie kaut auf der Innenseite ihrer Wange und denkt nach.

«Ehrlich gesagt, nicht viel früher als Sie. Cooper, Shannon und ich waren zuerst da. Daniel kam spät von der Arbeit, also haben wir alle hereingelassen, bis er nach Hause kam – vielleicht zwanzig Minuten vor Ihnen.»

Wieder spüre ich diesen Stich in der Brust. Cooper hat um meinetwillen seine eigenen Gefühle zurückgestellt. Er wollte für mich da sein, trotz allem – oder vielleicht sogar gerade deswegen. Ich stelle mir vor, wie er ganz hinten im Wohnzimmer stand, das Gesicht in der Menge verborgen. Er hat mitbekommen, wie ich aufschrie, die Hand in die Handtasche steckte und fieberhaft darin herumsuchte; wie Daniel mich an sich zog, mir die Hände auf die Hüften legte, alle in seinen Bann zog. Das war garantiert zu viel für Cooper. Zu beobachten, wie Daniel dieses strahlende Lächeln aufsetzte und mich so manipulierte, dass ich nachgab. Also schlüpfte er hinaus in den Garten, ehe ich ihn entdecken konnte, und wartete dort auf mich, allein mit seinem Päckchen Zigaretten. Ich begreife nicht, wieso ich das nicht früher erkannt habe – aus Sturheit wahrscheinlich. Aus Egoismus. Jetzt jedoch ist es offensichtlich: Cooper war für mich da, genau wie immer – unauffällig, im Hintergrund, genauso wie er mich damals beim Flusskrebsfest über die Köpfe seiner Freunde hinweg erblickte und sich gleich darauf von ihnen löste, um zu mir zu kommen und mich zu trösten, weil er sah, dass ich allein war.

«Okay.» Ich nicke und versuche, mich zu konzentrieren. Mich an den Tag der Party zu erinnern. Lacey verließ meine Praxis um halb sieben; ich muss eher gegen acht gegangen sein, nachdem ich meine Notizen über sie gesichert, meine Sachen zusammengepackt und Aarons Anruf entgegengenommen hatte. Unterwegs hielt ich noch an der Apotheke und kam vermutlich gegen halb neun zu Hause an. Damit hätte Daniel zwei Stunden Zeit gehabt, um Lacey vor meiner Praxis abzufangen, sie dorthin zu bringen, wo er sie gefangen hielt, ehe er ihre Leiche hinter dem Müllcontainer versteckte, und dennoch vor mir nach Hause zu kommen.

War das möglich?

«Was hat er getan, als er nach Hause kam?»

Melissa hakt einen Fuß hinter den anderen. Jetzt ist sie ein wenig angespannt; sie weiß, bei diesen Fragen geht es um etwas Persönliches.

«Er ist nach oben gegangen, um sich frisch zu machen. Ich glaube, er hat geduscht und sich umgezogen. Er sagte, er hätte den ganzen Tag im Auto gesessen. Dann kam er wieder herunter, als wir gerade Ihre Scheinwerfer in die Einfahrt schwenken sahen. Er hat ein paar Glas Wein eingeschenkt, und dann ... sind Sie hereingekommen.»

Ich nicke und lächle, um ihr zu zeigen, dass ich dankbar für ihre Informationen bin, aber innerlich ist mir nach Schreien zumute. Ich erinnere mich ganz deutlich an diesen Augenblick. An den Augenblick, als Daniel zwischen den Leuten hervortrat und mit den Weingläsern in der Hand auf mich zukam, und ich erinnere mich an meine grenzenlose Erleichterung, als er mir den Arm um die Taille schlang und mich an sich zog. Er roch nach seinem würzigen Duschgel und lächelte sein Zahnpastalächeln. Ich weiß noch, wie glücklich ich war, so verdammt glücklich, in diesem Augenblick mit ihm an meiner Seite. Aber jetzt ... frage ich mich unwillkürlich, was er unmittelbar davor getan hat. Ob er so intensiv nach Duschgel roch, weil er damit einen anderen Geruch überdeckt hatte. Ob sich die Kleidung, die er getragen hatte, bevor er sich umkleidete, überhaupt noch im Haus befand oder er sie irgendwo am Straßenrand entsorgt oder sogar verbrannt hatte, um jede Spur zu beseitigen, die ihn mit seinen Verbrechen in Verbindung bringen konnte. Waren an seiner Haut noch irgendwo Spuren von ihr, als wir in dieser Nacht nackt und ineinander verschlungen im Bett lagen? Eine Strähne ihres Haars, ein Tropfen ihres Bluts, ein abgerissener Fingernagel, der noch irgendwo steckte und erst noch gefunden werden musste? Dann überlege ich, was wir an dem Abend, an dem Aubrey verschwand, getan haben könnten, nachdem er heimgekommen war. War Daniel ebenso duschen gegangen, wie er es immer tat, wenn er nach einer langen, einsamen Autofahrt nach Hause kam? Habe ich an jenem Abend beschlossen, ihm dabei Gesellschaft zu leisten, und ihn entkleidet, während das Bad sich mit Wasserdampf füllte? Habe ich ihm geholfen, sie abzuwaschen?

Ich kneife mir in die Nase und schließe die Augen. Bei der bloßen Vorstellung wird mir übel.

«Chloe?», höre ich Melissa besorgt flüstern. «Alles in Ordnung?»

«Ja.» Ich hebe den Kopf und lächele matt. Die Bedeutung meiner Überlegungen senkt sich wie eine schwere Last auf meine Schultern herab. Meine mögliche Verstrickung erinnert mich an damals, vor zwanzig Jahren, als ich etwas sah, aber nicht begriff, was es bedeutete. Als ich einem Mörder unwissentlich Mädchen zuführte oder vielmehr den Mörder zu den Mädchen führte. Unwillkürlich frage ich mich: Wenn ich nicht gewesen wäre, würden sie dann noch leben? Alle?

Plötzlich bin ich müde. So unfassbar müde. Ich habe heute Nacht kaum geschlafen. Daniels Haut strahlte Hitze ab wie ein Hochofen – eine Warnung an mich, ihm nicht zu nahe zu kommen. Ich senke den Blick auf meine Schreibtischschublade, in der meine Tablettensammlung darauf wartet, aus der Dunkelheit hervorgewunken zu werden. Ich könnte Melissa freigeben. Ich könnte die Vorhänge zuziehen, all dem entfliehen. Es ist nicht einmal sieben Uhr morgens – genügend Zeit, um die heutigen Termine abzusagen. Aber das darf ich nicht. Ich weiß es.

«Wie sieht mein Terminkalender aus?»

Melissa zieht ihr Telefon aus der Tasche, ruft ihren Kalender auf und überfliegt die Termine des Tages.

«Sie sind ziemlich ausgebucht», sagt sie. «Viele verschobene Termine von letzter Woche.»

«Okay, und was ist mit morgen?»

«Morgen sind Sie bis vier Uhr ausgebucht.»

Seufzend massiere ich mir mit den Daumen die Schläfen. Ich weiß, was ich tun muss, habe nur keine Zeit, es zu tun. Ich kann nicht ständig meinen Klienten absagen, sonst habe ich bald keine mehr.

Trotzdem sehe ich vor mir, wie die Finger meiner Mutter fieberhaft über meine Handfläche tanzten.

Wie beweise ich das?

Daniel. Die Antwort lautet Daniel.

«Donnerstag ist noch ziemlich viel frei», sagt Melissa und wischt mit dem Zeigefinger über das Display. «Termine am Vormittag, aber keine nachmittags.»

«Okay.» Ich richte mich auf. «Blocken Sie mir bitte den Rest des Tages. Und Freitag auch. Ich muss verreisen.»

KAPITEL ZWEIUNDDREISSIG

«Ich bin stolz auf dich, Liebling.»

Als ich den Blick vom Boden unseres Schlafzimmers hebe, sehe ich Daniel lächelnd am Türrahmen lehnen, frisch aus der Dusche, ein weißes Handtuch um die Taille geschlungen, die Arme vor der nackten Brust verschränkt. Er geht zum Kleiderschrank und sichtet eine Reihe von weißen Hemden. Ich betrachte ihn kurz, seinen makellos gebräunten Körper, seine muskulösen Arme, seine noch feuchte Haut. Dann fällt mir ein Kratzer auf, der vom Bauch bis zum Rücken verläuft. Er sieht frisch aus, und ich versuche, mich nicht zu fragen, wie er dahin kommt. Woher er den hat. Lieber sehe ich wieder in meine Reisetasche, in der sich hauptsächlich Jeans und T-Shirts befinden, praktische Kleidung, und mir wird klar, dass ich wohl auch ein Kleid und ein Paar Stöckelschuhe einpacken sollte, um den Schein zu wahren – schließlich trägt man so etwas bei einem Junggesellinnenabschied.

«Wer kommt noch gleich alles mit?»

«Es ist ein kleiner Kreis», sage ich und stecke hohe Schuhe in eine Ecke der Tasche. Schuhe, die ich nicht tragen werde. «Shannon, Melissa, ein paar ehemalige Kollegen. Ich will keine große Sache daraus machen.»

«Also, ich finde es großartig», sagt er, nimmt ein Hemd vom Bügel, zieht es an und kommt zu mir, das Hemd noch offen. Normalerweise würde ich jetzt aufstehen, die Arme um seinen nackten Oberkörper schlingen und die Finger in die Muskeln an seinem Rücken pressen. Normalerweise würde ich ihn jetzt küssen, ihn vielleicht noch einmal zum Bett ziehen, bevor wir beide zur Arbeit gehen und dabei nicht mehr nach Duschgel riechen, sondern nach der Haut des anderen.

Doch nicht heute. Heute kann ich das nicht. Also lächle ich ihn nur kurz an und wende mich dann wieder dem T-Shirt auf meinem Schoß zu, das ich gerade falte.

«Es war deine Idee», sage ich und weiche seinem Blick aus. Ich spüre seinen Blick auf meiner Schläfe, so eindringlich, als wollte er sich in meine Gehirnwindungen bohren. «Bei der Verlobungsparty, weißt du noch?»

«Ja. Ich bin froh, dass du auf mich gehört hast.»

«Und als du dann nach New Orleans musstest, dachte ich, das könnte Spaß machen.» Ich sehe zu ihm hoch. «Gut zu erreichen, nicht zu teuer.»

Ich sehe seine Lippen zucken, so unmerklich, dass es mir niemals aufgefallen wäre, wenn ich die Wahrheit nicht schon kennen würde: dass er gar nicht in New Orleans war. Dass die Konferenz, die er mir so ausführlich beschrieb – Netzwerken am Samstag, gefolgt von Golf am Sonntag und Veranstaltungen in der Woche darauf –, in Wirklichkeit gar nicht stattgefunden hat. Nein, das stimmt nicht. Sie *hat* stattgefunden. Aus dem ganzen Land sind die Pharmaberater nach New Orleans geströmt, nur Daniel nicht. Er war nicht dort. Das weiß ich, weil ich die Konferenz-Website gefunden, im Hotel angerufen, mich als seine Assistentin ausgegeben und um Übersendung einer Rechnungskopie für die Spesenabrechnung gebeten habe. Er war nicht da. Kein Daniel Briggs hatte im Hotel eingecheckt, geschweige denn sich für die Tagung registriert. Die Fahrt nach Lafayette neulich lässt sich nicht überprüfen, aber ich habe so eine Ahnung, dass auch das eine Lüge war. Dass all diese Dienstreisen, diese langen Wochenenden und Nachtfahrten, nach denen er völlig erschöpft, aber zugleich lebendiger denn je nach Hause kam, nur Deckmäntelchen für etwas anderes waren. Für etwas Finsteres. Und es gibt nur eine Möglichkeit, mir Gewissheit zu verschaffen.

Es gibt so vieles, was ich nicht über meinen Verlobten weiß, aber das Zusammenleben mit ihm hat eines deutlich gemacht: Er ist ein Gewohnheitstier. Wenn er nach Hause kommt, stellt er seine Aktentasche jedes Mal in einer bestimmten Ecke des Wohnzimmers ab, abgeschlossen und bereit für seine nächste Dienstreise. Und jeden Morgen geht er laufen – vier, fünf, sechs Meilen durch die Nachbarschaft, gefolgt von einer langen heißen Dusche. Und so schlich ich diese Woche jeden Tag, nachdem er mich auf die Stirn geküsst und das Haus verlassen hatte, ins Wohnzimmer und probierte am Zahlenschloss herum, um die Kombination zu knacken. Es war leichter als gedacht – in gewisser Weise ist er berechenbar. Ich überlegte, welche Zahlen in Daniels Leben eine Bedeutung haben könnten: sein Geburtsdatum, mein Geburtsdatum. Unsere Adresse. Wenn Aaron mich eines gelehrt hat, dann, dass Nachahmungstäter sentimental sind. Ihr Leben dreht sich um verborgene Botschaften, geheime Codes. Nach mehreren glücklosen Tagen setzte ich mich im Esszimmer auf den Boden und dachte nach, ließ den Blick zwischen seiner Aktentasche und dem Esszimmerfenster hin- und herwandern und wartete einfach auf seine Rückkehr.

Doch dann stand ich wieder auf, denn mir kam da ein Gedanke.

Ich sah noch einmal aus dem Fenster und probierte es mit einer weiteren Zahlenkombination: 72619. Ich weiß noch, wie ich die Zahlen im Schloss einstellte, den Schieber drückte und das Schloss sich mit einem Klicken öffnete. Mit quietschenden

Scharnieren klappte der Koffer auf und gab den Blick auf das ordentliche Innere frei.

Es hatte funktioniert. Der Code war der richtige gewesen. 72619.

26. Juli 2019.

Unser Hochzeitstag.

«Ich sende Shannon eine Nachricht, sie soll mir Fotos schicken», sagt Daniel jetzt, geht zurück zur Kommode und öffnet seine Unterwäscheschublade. Er steigt in seine Boxershorts, ein Exemplar aus rot-grünem Flanell, das ich ihm zu Weihnachten geschenkt habe, und lacht. «Ich will einen fotografischen Beweis davon, wie du bei diesen Kellnern in der Bourbon Street auf dem Schoß sitzt – du weißt schon, die mit den Shots in Reagenzgläsern.»

«Nein», sage ich – wahrscheinlich zu hastig. Ich sehe ihn an. Er kneift die Augen kaum merklich zusammen, und ich überlege, mit welcher Begründung ich ihn davon abbringen kann, Shannon eine Nachricht zu schicken, oder auch Melissa, denn keine von beiden wird zu meinem Junggesellinnenabschied kommen. Nicht einmal ich selbst komme zu meinem Junggesellinnenabschied. Weil er nicht stattfindet.

«Bitte tu das nicht», sage ich und senke den Blick. «Ich meine, es ist mein Junggesellinnenabschied, Daniel. Da will ich nicht gehemmt sein, weil ich die ganze Zeit befürchte, dass ich mich zum Narren mache und das dann auch noch auf deinem Telefon landet.»

«Ach, komm schon», sagt er und stemmt die Hände in die Hüften. «Seit wann verunsichert es dich, dass du vielleicht ein bisschen zu viel trinkst?»

«Man soll dabei keinen Kontakt zu seinem Verlobten haben!», versuche ich es auf die neckische Tour. «Es ist nur ein Wochenende. Außerdem bezweifle ich, dass sie dir überhaupt antworten. Man hat mir schon die Regeln verlesen: keine Anrufe, keine Textnachrichten. Wir haben Kontaktsperre. Mädelswochenende.»

«Na gut», gibt er nach und hebt die Hände. «Was in New Orleans passiert, soll in New Orleans bleiben.»

«Danke.»

«Sonntag kommst du also wieder zurück?»

Ich nicke. Die Aussicht auf ungestörte volle vier Tage lässt mich beinahe dahinschmelzen. Es ist wirklich eine Erleichterung, hier wegzukommen, nicht jedes Mal heucheln und Theater spielen zu müssen, wenn ich mein eigenes Haus betrete. Und nach diesem Ausflug muss ich hoffentlich nie mehr schauspielern. Ich werde nicht mehr heucheln müssen. Ich werde nicht mehr an seiner Seite schlafen und den kalten Schauder verbergen müssen, der mir jedes Mal, wenn seine Lippen meinen Nacken streifen, über den Rücken läuft. Nach diesem Ausflug werde ich die Beweise haben, die ich brauche, um zur Polizei zu gehen. Endlich. Damit man mir glaubt, endlich.

Aber es macht das, was ich vorhabe, nicht einfacher.

«Ich werde dich vermissen», sagt er und setzt sich auf die Bettkante. Seit dem Abend, an dem er die Alarmanlage ausgelöst hat, bin ich distanziert. Er kann es spüren, er spürt, dass ich mich zurückziehe. Ich streiche mir eine Strähne hinters Ohr und zwinge mich, aufzustehen, zu ihm zu gehen und mich neben ihn zu setzen.

«Ich werde dich auch vermissen», sage ich und halte den Atem an, als er mich an sich zieht und küsst. Er hält meinen Kopf in seinen Händen und wiegt ihn auf diese vertraute Art. «Aber hey, ich muss los.»

Damit löse ich mich von ihm, stehe auf, gehe zu meiner Reisetasche und ziehe den Reißverschluss zu.

«Heute Morgen habe ich noch ein paar Klienten, danach fahre ich direkt von der Arbeit aus los. Melissa und ich fahren zusammen, und Shannon holen wir unterwegs ab.»

«Viel Spaß.» Er lächelt. Als ich ihn so allein auf der Bettkante sitzen und seine verschränkten Hände schwer auf seinem Schoß ruhen sehe, nehme ich eine Traurigkeit wahr, die ich bisher an ihm nicht kannte. Eine verzweifelte Sehnsucht, wie ich sie früher selbst empfand, vor Daniel, als ich in Gesellschaft anderer Menschen einsamer denn je war. Noch vor wenigen Wochen hätte ich mich jetzt mies gefühlt, hätte Gewissensbisse bekommen, weil ich einen geliebten Menschen anlüge. Ich schleiche hinter seinem Rücken herum und wühle in seiner Vergangenheit, was ich sonst, wenn andere es bei mir taten, immer verurteilt habe. Aber dies ist etwas anderes, das weiß ich. Dies ist ernst. Denn Daniel ist nicht ich – das weiß ich. Aber ich bin mir immer sicherer, dass er vielleicht genauso wie mein Vater ist.

Die Reisetasche über eine Schulter gehängt, betrete ich eine halbe Stunde vor meiner ersten Sitzung meine Praxis. Ich gehe zügig an Melissas Schreibtisch vorbei, während sie einen Schluck von ihrem Latte trinkt, und winke ihr nur kurz zu, weil ich nicht groß über meine bevorstehende Reise sprechen will. Ich habe ihr erzählt, ich hätte etwas für die Hochzeit zu erledigen, wäre aber von dieser sehr vagen Angabe abgesehen um konkrete Details verlegen. Meine größte Sorge war, Daniel ein glaubwürdiges Alibi zu präsentieren, und da habe ich meine Sache bisher ziemlich gut gemacht, glaube ich.

«Dr. Davis», sagt Melissa, als ich gerade in mein Sprechzimmer gehe, und stellt ihre Tasse auf den Schreibtisch. Ich drehe mich zu ihr um. «Tut mir leid, aber Sie haben Besuch. Ich habe ihm gesagt, dass Sie gleich eine Klientin haben, aber ... er wollte warten.»

Ich wende mich dem Wartebereich mit den Sofas zu, die ich auf dem Weg hinein komplett ignoriert habe, und dort, ganz am Ende eines der Sofas, sitzt Detective Thomas. Er hält eine aufgeschlagene Zeitschrift auf dem Schoß und lächelt mir zu, schlägt die Zeitschrift zu und wirft sie zurück auf den Couchtisch.

«Guten Morgen», sagt er und steht auf. «Sie fahren weg?»

Ich werfe einen kurzen Blick auf meine Reisetasche, dann sehe ich Detective Thomas entgegen, der schon fast bei mir ist.

«Nur ein Kurztrip.»

«Wohin?»

Ich kaue auf der Innenseite meiner Wange und bin mir sehr bewusst, dass Melissa alles hört.

«New Orleans», sage ich. «Ich muss noch etwas für die Hochzeit erledigen. Es gibt da ein paar Boutiquen, alternative Angebote, die ich prüfen wollte.»

Wenn man bei einer Lüge ertappt wird, ist es meiner Erfahrung nach am besten, die Sache einfach zu gestalten und sich so oft wie möglich an dieselbe Version zu halten. Wenn Daniel denkt, dass ich in New Orleans bin, dürfen Melissa und Detective Thomas das ruhig auch denken. Detective Thomas wirft einen Blick auf den Ring an meinem Finger, dann sieht er mich an und nickt sanft.

«Es wird nur ein paar Minuten dauern.»

Ich deute auf mein Sprechzimmer, drehe mich um und lächle Melissa zu, während ich dem Polizisten vorangehe und versuche, trotz der aufsteigenden Panik Gelassenheit und Kontrolle auszustrahlen. Detective Thomas folgt mir, und ich schließe die Tür.

«Also, was kann ich für Sie tun, Detective?»

Ich gehe hinter meinen Schreibtisch, stelle meine Tasche auf den Boden, setze mich und hoffe, dass er meinem Beispiel folgt, doch er bleibt stehen.

«Ich wollte Sie wissen lassen, dass ich die Woche damit verbracht habe, Ihrem Hinweis nachzugehen. Bert Rhodes.»

Ich hebe die Augenbrauen; Bert Rhodes hatte ich völlig vergessen. In der vergangenen Woche ist so vieles geschehen, das meinen Fokus verschoben hat: die Entdeckung der Halskette in unserem Schrank und die Erkenntnis, wer Aubrey Gravino ist, das Parfüm an Daniels Hemd, die Lüge bezüglich der Konferenz und der Kratzer an seinem Körper. Der Besuch bei meiner Mutter sowie das, was ich in Daniels Aktentasche gefunden habe und was sich jetzt in meiner Reisetasche befindet. Der Beweis, nach dem ich gesucht habe, und der Beweis, den ich an diesem Wochenende zu finden hoffe. Die Erinnerung an Bert Rhodes, der mir mit dem Bohrer in der Hand durchdringend in die Augen sah, ist im Moment ganz weit weg. Aber ich erinnere mich noch an die lähmende Angst. Trotz des wachsenden Gefühls von Gefahr waren meine Füße wie angewurzelt. Jetzt jedoch hat Gefahr für mich eine ganz neue Bedeutung bekommen. Mit Bert Rhodes lebe ich immerhin nicht unter einem Dach; er hat wenigstens keinen Schlüssel zu den Türen, die ich hinter mir verriegelt hatte. Die Erinnerung an seinen Besuch weckt beinahe nostalgische Gefühle in mir, eine Sehnsucht nach dem Augenblick, als ich mit dem Rücken an meiner Haustür lehnte und die Grenze zwischen Gut und Böse ganz klar war.

Detective Thomas verlagert das Gewicht auf den anderen

Fuß, und mit einem Mal habe ich ein schlechtes Gewissen, weil ich ihn so in die Irre geschickt habe. Ja, Bert Rhodes ist ein böser Mann. Ja, ich habe mich unsicher gefühlt in seiner Gegenwart. Aber die Beweise, die ich in der vergangenen Woche gefunden habe, deuten nicht auf ihn – und ich habe das Gefühl, das sollte ich sagen. Doch ich bin auch neugierig.

«Ach, tatsächlich. Was haben Sie herausgefunden?»

«Tja, zunächst einmal möchte er ein Kontaktverbot erwirken. Gegen Sie.»

«*Was?*» Vor Empörung springe ich so heftig auf, dass die Stuhlbeine über den Boden schrammen wie Fingernägel über eine Tafel. «Wie meinen Sie das, ein Kontaktverbot?»

«Bitte setzen Sie sich, Dr. Davis. Er hat mir gesagt, er habe sich während seines kurzen Besuchs in Ihrem Haus bedroht gefühlt.»

«*Er* hat sich bedroht gefühlt?» Ich bin laut geworden. Melissa kann mich bestimmt hören, aber im Moment ist mir das egal. «Wie um alles auf der Welt kann er sich bedroht gefühlt haben? *Ich* habe mich bedroht gefühlt. Ich war unbewaffnet.»

«Dr. Davis, setzen Sie sich.»

Ungläubig blinzelnd starre ich ihn an, dann lasse ich mich langsam wieder auf meinen Stuhl sinken.

«Er behauptet, Sie hätten ihn unter Vorspiegelung falscher Tatsachen zu sich nach Hause gelockt», fährt er fort und kommt einen Schritt näher. «Er habe geglaubt, er solle einen Auftrag ausführen, aber sobald er im Haus war, sei ihm klar geworden, dass Sie andere Absichten hatten. Sie hätten ihn ausgefragt und bewusst wunde Punkte bei ihm berührt. Sie hätten ihn dazu bringen wollen, irgendetwas Belastendes zuzugeben.»

«Das ist ja lächerlich. Ich habe ihn nicht gerufen, das war mein Verlobter.»

Bei dem Wort «Verlobter» gibt es mir einen Stich ins Herz, aber ich zwinge mich, mich zu beruhigen.

«Und woher hatte Ihr Verlobter seine Telefonnummer?»

«Von der Website, vermute ich.»

«Und warum haben Sie sich die Website angesehen? Scheint mir ein ziemlich großer Zufall zu sein, in Anbetracht Ihrer Vorgeschichte.»

«Schauen Sie», sage ich und fahre mir mit den Händen durchs Haar. Ich sehe schon, wohin das führt. «Ich hatte seine Website aufgerufen, ja? Ich hatte gerade herausgefunden, dass Bert Rhodes hier in der Stadt lebt, und auch darüber nachgedacht, was für ein Zufall das ist – apropos Zufall. Ich habe über diese Mädchen nachgedacht, ich wollte unbedingt herausfinden, was ihnen zugestoßen ist. Mein Verlobter sah die Website auf meinem Laptop und rief Rhodes ohne mein Wissen an. Es war bloß ein bescheuertes Missverständnis.»

Detective Thomas nickt. Er glaubt mir nicht, das merke ich.

«Ist das alles?», frage ich, und meine Stimme trieft vor Verärgerung.

«Nein, das ist nicht alles. Wir haben herausgefunden, dass Ihnen das nicht zum ersten Mal passiert. Tatsächlich klingt es geradezu unheimlich vertraut. Das Stalking, die Verschwörungstheorien. Sogar das Kontaktverbot. Sagt Ihnen der Name Ethan Walker etwas?»

KAPITEL
DREIUNDDREISSIG

Zum ersten Mal habe ich ihn auf einer Studentenparty gesehen. Ich beobachtete, wie er einen Plastikbecher in ein Gefäß mit einer neonroten Flüssigkeit tauchte. Er hatte etwas an sich, das ich nicht recht benennen konnte – etwas beinahe Ätherisches, so, als wären alle anderen im Raum gedimmt, während er förmlich leuchtete und alles Licht in seine Mitte zog.

Ich trank einen Schluck aus meinem eigenen Becher und verzog das Gesicht; der Alkohol auf den Partys der Studentenverbindungen war nie von allerbester Qualität, aber darum ging es eigentlich auch nicht. Ich trank gerade so viel, dass es ein bisschen prickelte, dass ich ein bisschen betäubt war. Auch das Valium, das ich im Blut hatte, trug dazu bei, meine Nerven zu beruhigen und meinen Verstand in eine chemisch erzeugte Ruhe zu hüllen. Ich sah in meinen Becher und leerte ihn.

«Er heißt Ethan.»

Ich sah nach links. Meine Mitbewohnerin Sarah stand neben mir und nickte in Richtung des Jungen, den ich beobachtet hatte. *Ethan.*

«Er ist süß», sagte sie. «Sprich ihn an.»

«Vielleicht.»

«Du starrst ihn schon den ganzen Abend an.»

Ich warf ihr einen bösen Blick zu, während meine Wangen heiß wurden.

«Stimmt überhaupt nicht.»

Sie grinste, ließ die Flüssigkeit in ihrem Becher kreisen und trank ebenfalls einen Schluck.

«Na schön», sagte sie. «Wenn du nicht mit ihm reden willst, dann mache ich es.»

Ich beobachtete, wie Sarah zu ihm hinüberschlenderte. Sie bewegte sich mit einer gewissen Entschlossenheit durch die Alkoholausdünstungen und den Lärm auf ihn zu – eine Frau mit einer Mission. Ich blieb, wo ich war, an meinem üblichen Platz an der Wand. Ich suchte mir immer einen Platz, von dem aus ich den ganzen Raum im Blick hatte, wo ich sah, was um mich herum vorging, wo sich keiner von hinten nähern und mich in irgendeiner Form überraschen konnte. Das war typisch Sarah. Es war das dominierende Merkmal unserer College-Freundschaft, dass Sarah sich immer das nahm, was ich mir unübersehbar wünschte: das untere Bett im Studentenwohnheim, später dann das Zimmer mit dem begehbaren Kleiderschrank in unserer aktuellen Wohnung, den letzten freien Platz in einer Vorlesung über Klinische Psychologie oder das einzige beigefarbene Top in Medium, das noch im Schaufenster der Boutique hing. Und das sie übrigens gerade trug.

Und jetzt Ethan.

Ich beobachtete, wie sie ihm auf die Schulter klopfte. Er sah sie an und lächelte strahlend, dann nahm er sie freundschaftlich in die Arme. *Macht nichts*, dachte ich. *Er entspricht sowieso nicht den Anforderungen auf meiner Checkliste.* Und das stimmte. Er war ein bisschen zu groß für meinen Geschmack, seine Armmuskeln wölbten sich, als er Sarah an die Brust drückte. Er hätte sie dort festhalten können, wenn er gewollt hätte; er hätte immer weiter zudrücken können wie eine Königsschlange, bis sie zerbrochen wäre. Und er schien auch zu beliebt zu sein. Zu sehr daran gewöhnt, seinen Willen zu bekommen. Ich ließ mich nie mit Männern ein, die glaubten, ihnen stehe alles zu, die wütend wurden, wenn ich es mir plötzlich anders überlegte.

Schließlich sah ich zur Eingangstür, dem Tor, das hinausführte aus diesem muffigen Haus, hinaus in die kühle Herbstluft an der LSU. Ich achtete immer darauf, nicht allein nach Hause zu gehen, aber nun sah es so aus, als würde Sarah noch eine Weile bleiben, und da blieb mir kaum etwas anderes übrig. An der Kette mit meinem Wohnungsschlüssel hing ein Fläschchen Pfefferspray, und es war ja auch nicht weit. Ich zögerte noch und überlegte, ob ich mich von ihr verabschieden oder einfach so gehen sollte. Wahrscheinlich würde es sowieso niemand merken.

Ich traf eine Entscheidung, wandte mich noch einmal der Party zu, um mich ein letztes Mal umzusehen, ehe ich ging, und stellte fest, dass sie mich ansahen. Sowohl Ethan als auch Sarah sahen in meine Richtung. Eine Hand anmutig vor den Mund gehalten, flüsterte Sarah ihm etwas ins Ohr, und Ethan lächelte und nickte. Mit einem Mal schlug mir das Herz bis zum Hals; ich sah in meinen leeren Becher und wünschte verzweifelt, ich hätte etwas, woran ich nippen könnte, damit meine Hände etwas zu tun hätten. Bevor ich mich vom Fleck rühren konnte, kam Ethan auf mich zu und sah mir so in die Augen, als wäre sonst niemand im Raum. Er hatte etwas an sich, das mich nervös machte, aber nicht im Sinne von vorsichtig und wachsam wie sonst. Er machte mich im positiven Sinne nervös: Ich war ganz aufgeregt und umklammerte den Plastikbecher so fest, dass ich es knacken hörte. Als er endlich bei mir war, streifte er mich mit seinen kräftigen Armen, sodass ich die weiche Baumwolle seines Henley-Shirts spürte.

«Hi», sagte er und lächelte mich strahlend an. Seine Zähne waren so weiß, so ebenmäßig. Er roch wie die Duftwolke, die einem in die Nase steigt, wenn man an einer Parfümerie vorbeigeht. Nelke und Sandelholz. Damals wusste ich es noch nicht, aber im Lauf der nächsten Monate würde ich diesen Duft bestens kennenlernen; er würde noch wochenlang an meinen Kopfkissen haften, lange nachdem die Wärme seines Körpers daraus verschwunden war. Überall würde ich diesen Duft wiedererkennen – dort, wo er gewesen war, und auch dort, wo er nicht hätte gewesen sein dürfen.

«Du bist also Sarahs Mitbewohnerin?», fragte er, um den Anfang zu machen. «Wir kennen uns aus einem Seminar.»

«Ja», bestätigte ich und sah zu meiner Freundin hinüber, die nun von anderen Gästen halb verdeckt wurde. Im Stillen bat ich sie um Verzeihung, weil ich automatisch vom Schlimmsten ausgegangen war. «Ich bin Chloe.»

«Ethan», sagte er und reichte mir anstelle seiner Hand ein Getränk. Ich nahm es, steckte den vollen Becher in meinen leeren und nippte daran. «Sarah hat erwähnt, dass du auf Medizin hin studierst?»

«Psychologie», berichtigte ich ihn. «Ich hoffe, dass ich hier nächsten Herbst mit meiner Dissertation anfangen kann, nach meinem Master.»

«Wow. Das ist ja toll. Hey, hier ist es ziemlich laut. Wollen wir uns ein ruhiges Fleckchen suchen, wo man sich ungestört unterhalten kann?»

Es war wie eine kalte Dusche, das weiß ich noch: zu erkennen, dass er genau wie alle anderen war. Allerdings hatte ich das Gefühl, dass ich ihn nicht dafür verurteilen durfte. Ich hatte das selbst schon getan. Menschen ausgenutzt. Ihre Körper benutzt, um mich weniger allein zu fühlen. Aber diesmal fühlte es sich anders an. Diesmal war ich die Leidtragende.

«Eigentlich wollte ich gerade gehen –»

«Das klang jetzt schmierig», fiel er mir ins Wort und hob die Hand. «Ich weiß, das sagen Kerle ständig. *Ein ruhiges Fleckchen*, zum Beispiel mein Schlafzimmer, was? So habe ich das nicht gemeint.»

Er lächelte verlegen, während ich auf der Lippe kaute und zu entschlüsseln versuchte, was er in Wirklichkeit meinte. Ethan entsprach nicht den Anforderungen auf meiner Checkliste, diesem bewährten System, das mich schon so lange schützte, körperlich wie emotional. Ich wurde nicht schlau aus diesem Jungen mit dem Bilderbuchlächeln und dem zerzausten blonden Surferhaar. Den wie gemeißelten Unterarmen, die so natürlich wirkten, als hätte er noch nie ein Fitnessstudio von innen gesehen. Mich mit ihm zu unterhalten, erschien mir sicher und gefährlich zugleich. Es war, als schnalle man sich in der Achterbahn an und drückte sich dann instinktiv in den Sitz, sobald die Wagen mit klirrenden Ketten anrollten und es zu spät für einen Rückzieher war.

«Dort vielleicht?»

Er deutete auf die verdreckte Küche, wo sich klebrige Plastikbecher und leere Bierdosenverpackungen auf den Arbeitsflächen stapelten; die Tür hatte man ausgehängt. Aber es war niemand dort, und es war ruhig genug, um sich zu unterhalten, aber zugleich gut genug einsehbar, um sich sicher zu fühlen. Ich nickte und ging ihm voran durch die Leute, die den Flur verstopften, in die grell erleuchtete Küche. Er nahm ein Handtuch, wischte ein Stück Arbeitsfläche ab und klopfte grinsend zweimal darauf. Ich zog mich hinauf und ließ die Beine baumeln. Er setzte sich neben mich und stieß mit seinem Plastikbecher mit mir an. Wir tranken beide einen Schluck und sahen einander über den Rand unserer Becher hinweg an.

Und dann blieben wir für die nächsten vier Stunden dort sitzen.

KAPITEL VIERUNDDREISSIG

«Dr. Davis, würden Sie bitte meine Frage beantworten?»

Ich sehe Detective Thomas an und blinzle, um die Erinnerung abzuschütteln. Ich spüre noch, wie meine Hände klebten, weil ich die Arbeitsplatte dort berührt hatte, wo Getränke verschüttet worden waren, und wie meine Beine kribbelten, weil ich stundenlang reglos dagesessen hatte. In unsere Unterhaltung vertieft. Mir der Welt außerhalb der verwahrlosten Küche nicht mehr bewusst. Der Partytrubel blieb ausgeblendet, bis wir mit einem Mal die Letzten waren. Ich erinnere mich an den ruhigen Heimweg zu Fuß durch die Dunkelheit, an Ethans Finger, die meine sanft umfingen, während der Herbstwind durch die Bäume auf dem Campus wehte. An die Fürsorglichkeit, mit der er mich bis vor meine Haustür brachte und noch wartete, bis ich aufgeschlossen und ihm zum Abschied zugewinkt hatte.

«Ja», sage ich leise, und der Kloß in meinem Hals wird dicker. «Ja, ich kenne Ethan Walker. Aber es klingt, als wüssten Sie das bereits.»

«Was können Sie mir über ihn erzählen?»

«Ich war auf dem College mit ihm zusammen. Acht Monate lang.»

«Und warum haben Sie sich getrennt?»

«Wir waren auf dem College. Es war nichts Ernstes. Es hat einfach nicht funktioniert.»

«Das habe ich aber anders gehört.»

Jetzt funkle ich ihn wütend an und verspüre einen Hass, der mich kurz erschreckt. Ganz offensichtlich kennt er die Antwort schon. Er will es bloß aus meinem Mund hören.

«Erzählen Sie mir doch die ganze Geschichte, mit eigenen Worten», sagt Detective Thomas. «Von Anfang an.»

Ich seufze und blicke auf die Uhr über der Tür. In einer Viertelstunde trifft meine erste Klientin ein. Ich habe diese Geschichte schon hundertmal erzählt – und ich weiß, dass er einfach im Polizeiarchiv nachsehen und sich wahrscheinlich sogar eine Aufnahme meiner Aussage von damals anhören könnte –, aber ich will diesen Mann unbedingt aus meiner Praxis haben, bevor meine Klientin eintrifft.

«Ethan und ich waren, wie gesagt, acht Monate lang zusammen. Es war meine erste feste Beziehung, und wir kamen uns schnell sehr nahe. Zu schnell für zwei Kinder. Er war ständig in unserer Wohnung, fast jeden Abend. Aber zu Beginn des Sommers, gleich nach Ende der Vorlesungszeit, ging er immer weiter auf Distanz. Etwa um dieselbe Zeit verschwand Sarah, meine Mitbewohnerin.»

«Wurde sie als vermisst gemeldet?»

«Nein. Sarah war spontan; ein Freigeist. Sie war dafür bekannt, dass sie manchmal einfach übers Wochenende wegfuhr und dergleichen, aber irgendetwas kam mir diesmal komisch vor. Ich hatte seit drei Tagen nichts von ihr gehört, deshalb machte ich mir allmählich Sorgen.»

«Das erscheint mir normal», sagt Detective Thomas. «Sind Sie zur Polizei gegangen?»

«Nein», sage ich erneut, und mir ist klar, wie das klingt. «Sie dürfen nicht vergessen, das war 2009. Da klebten die Leute noch nicht so an ihren Mobiltelefonen wie heute. Ich sagte mir, dass sie wahrscheinlich bloß spontan verreist war und ihr Telefon vergessen hatte, aber dann fiel mir auf, dass Ethan sich merkwürdig verhielt.»

«Inwiefern merkwürdig?»

«Jedes Mal, wenn ich Sarah erwähnte, wurde er nervös. Erzählte irgendwelchen Unsinn und wechselte das Thema. Er schien sich keine Sorgen um sie zu machen, brachte vage Vermutungen vor, wo sie sein könnte. Beispielsweise sagte er: ‹Es sind Ferien, vielleicht besucht sie ihre Eltern.› Als ich sie daraufhin anrufen wollte, um mich zu vergewissern, dass sie dort war, hielt er mir vor, ich würde überreagieren und müsse aufhören, mich in anderer Leute Angelegenheiten einzumischen. Aus seinem Verhalten gewann ich den Eindruck, er wollte gar nicht, dass ich sie finde.»

Detective Thomas nickt. Ich frage mich, ob er das alles wirklich schon aus der Tonaufzeichnung im Polizeiarchiv weiß, aber seiner Miene ist nichts zu entnehmen.

«Eines Tages ging ich in ihr Zimmer und sah mich dort um. Ich suchte nach einem Hinweis darauf, wo sie sein könnte. Zum Beispiel eine Nachricht oder so. Ich weiß auch nicht.»

Die Erinnerung daran ist so lebendig: Mit einem Finger stieß ich ihre Zimmertür auf und lauschte deren Quietschen. Dann trat ich leise ein, so als verstieße ich damit gegen eine unausgesprochene Regel. Als könnte sie jeden Augenblick hereinstürmen und mich dabei erwischen, dass ich ihre Wäsche durchsuchte oder in ihrem Tagebuch las.

«Als ich die Bettdecke herunterriss, entdeckte ich auf der Matratze einen Blutfleck», fahre ich fort. «Einen großen.»

Ich sehe es immer noch deutlich vor mir. Das Blut. Sarahs Blut. Der Fleck nahm fast die gesamte untere Betthälfte ein, nicht mehr leuchtend rot, sondern eher rostbraun. Ich weiß noch, dass ich die Hand darauf drückte und spürte, dass die Matratze regelrecht blutgetränkt war. Danach hatte ich leuchtend rote Flecken auf den Fingerkuppen. Feucht. Noch frisch.

«Und ich weiß, es klingt komisch, aber ich konnte Ethan

an ihrem Bett riechen», ergänze ich. «Er hatte einen ganz ... unverkennbaren Geruch.»

«Okay», sagt er. «An diesem Punkt sind Sie sicher zur Polizei gegangen.»

«Nein. Nein, bin ich nicht. Ich weiß, das hätte ich tun müssen, aber –» Ich breche ab, sammle mich. Ich muss das richtig formulieren. «Ich wollte absolut sicher sein, dass da ein Verbrechen vorlag, bevor ich zur Polizei ging. Ich war gerade erst nach Baton Rouge gezogen, um meinen Namen, meine Vergangenheit hinter mir zu lassen. Ich wollte nicht, dass die Polizei das wieder hervorzerrte. Ich wollte die Normalität, die sich allmählich einstellte, nicht einbüßen.»

Er nickt. Sein Blick ist kritisch.

«Aber allmählich kam es mir so vor, dass es mit Sarah und Ethan genauso gelaufen war wie damals, als ich Lena zu uns nach Hause eingeladen und meinem Vater vorgestellt hatte», erzähle ich weiter. «Ich hatte ihm einen Schlüssel zu unserer Wohnung gegeben. Und nun war sie verschwunden, und ich befürchtete allmählich, sie könnte in Schwierigkeiten sein, und falls Ethan etwas damit zu tun hatte, fühlte ich mich verpflichtet, alles zu tun, um das herauszufinden. Allmählich fühlte ich mich verantwortlich.»

«Okay. Was passierte dann?»

«Ethan trennte sich am Wochenende von mir. Es kam aus heiterem Himmel. Ich war völlig überrumpelt, aber dass es in etwa um die Zeit geschah, als Sarah verschwand, schien mir ein Beweis zu sein. Ein Beweis dafür, dass er etwas zu verbergen hatte. Er erzählte mir, er wolle für ein paar Tage wegfahren, zu seinen Eltern, um *sich über alles klar zu werden*. Also beschloss ich, bei ihm einzubrechen.»

Detective Thomas hebt die Augenbrauen, und ich zwinge

mich, weiterzusprechen, fortzufahren, bevor er mich unterbrechen kann.

«Ich hoffte, irgendeinen Beweis zu finden, mit dem ich zur Polizei gehen könnte», sage ich, in Gedanken bei der Schmuckschatulle im Schrank meines Vaters, dem Inbegriff des unwiderlegbaren Beweises. «Aus der Erfahrung mit meinem Vater wusste ich, dass Beweise wichtig waren – ohne sie wäre es nur ein Verdacht. Nicht genug, um eine Verhaftung vorzunehmen oder einen Vorwurf auch nur ernst zu nehmen. Ich weiß nicht, was genau ich zu finden hoffte. Einfach etwas Handfestes. Etwas, das mir zeigen würde, dass ich nicht verrückt wurde.»

Meine Wortwahl – *verrückt* – lässt mich selbst zusammenzucken. Ich setze meinen Bericht fort.

«Also stieg ich durch ein Fenster ein, von dem ich wusste, dass er es unverschlossen ließ, und sah mich um. Aber nach kurzer Zeit hörte ich ein Geräusch aus seinem Schlafzimmer und begriff, dass er zu Hause war.»

«Und was fanden Sie, als Sie in sein Schlafzimmer gingen?»

«Er war dort», sage ich, und bei dieser Erinnerung werden meine Wangen heiß. «Und Sarah ebenfalls.»

In diesem Augenblick – als ich an der Tür von Ethans Schlafzimmer stand und ihn und Sarah ineinander verschlungen in seinem fadenscheinigen Bettzeug sah – erinnerte ich mich an ihre Umarmung auf der Party an dem Abend, an dem wir uns kennenlernten. Ich erinnerte mich daran, wie sie die Hand vor den Mund gehalten, sich dicht zu ihm gebeugt und ihm etwas ins Ohr geflüstert hatte. Ethan und Sarah kannten sich aus einem Seminar – das entsprach der Wahrheit. Später sollte ich jedoch herausfinden, dass ihre Beziehung sich nicht darauf beschränkte. Im Jahr zuvor hatten sie etwas miteinander gehabt, und ein paar Monate nachdem Ethan und ich zusammengekommen waren, fingen sie wieder damit an, hinter meinem Rücken. Ich hatte Sarah doch richtig eingeschätzt. Sie nahm sich immer, was sie wollte. Uns miteinander bekannt zu machen, war ein Spiel für sie gewesen, eine Möglichkeit, sich vor Ethan zur Schau zu stellen und ihn sich dann zurückzuholen, um wieder einmal zu demonstrieren, dass sie besser war als ich.

«Und wie hat er darauf reagiert, dass Sie einfach da hineingeplatzt sind? Bei ihm eingebrochen sind?»

«Nicht gut, logisch. Er schrie mich an, er hätte schon seit Monaten versucht, mit mir Schluss zu machen, aber ich hätte mich an ihn geklammert. Ich hätte es nicht hören wollen. Er stellte mich als die verrückte Ex dar, die bei ihm einbricht ... und erwirkte ein Kontaktverbot.»

«Und das Blut in Sarahs Bett?»

«Offenbar war sie ungewollt schwanger geworden», erzähle ich mechanisch und wie betäubt. «Doch sie hatte eine Fehlgeburt. Das hat sie sehr aufgeregt, aber sie wollte nicht, dass jemand davon erfährt. Zunächst einmal wollte sie nicht, dass jemand von ihrer Schwangerschaft erfährt, doch vor allem sollte niemand wissen, dass sie vom Freund ihrer Mitbewohnerin schwanger war. Sie hatte sich die Woche über in Ethans Wohnung verkrochen, um sich über alles klar zu werden. Darum wollte Ethan nicht, dass ich deswegen ausflippe und ihre Eltern anrufe – oder, Gott bewahre, sie als vermisst melde.»

Detective Thomas seufzt, und unwillkürlich komme ich mir albern vor, wie ein Teenager, der dafür gescholten wird, dass er sich mit Mundwasser betrinkt. *Ich bin nicht böse, ich bin enttäuscht.* Ich warte darauf, dass er etwas sagt, egal was, aber er sieht mich nur prüfend an.

«Warum lassen Sie mich diese Geschichte erzählen?», frage ich schließlich, und meine Verärgerung kehrt allmählich zurück. «Sie wissen das offensichtlich schon alles. Inwiefern ist das für diesen Fall relevant?»

«Weil ich gehofft hatte, wenn Sie das noch einmal erzählen, sehen Sie, was ich sehe.» Er kommt noch einen Schritt näher. «Sie sind in Ihrem Leben von geliebten Menschen verletzt worden. Von Menschen, denen Sie vertraut haben. Sie hegen Männern gegenüber ein tiefsitzendes Misstrauen, das ist offensichtlich – und wer könnte es Ihnen verdenken nach dem, was Ihr Vater getan hat? Aber bloß, weil Sie nicht immer ganz genau wissen, wo Ihr Freund ist, heißt das noch lange nicht, dass er ein Mörder ist. Das haben Sie auf die harte Tour gelernt.»

Ich spüre, wie sich mir die Kehle zuschnürt, und denke sofort an Daniel – meinen anderen Freund (nein, meinen *Verlobten*), über den ich jetzt aus eigenem Antrieb Nachforschungen anstelle. An die Verdachtsmomente, die sich meiner Meinung nach häufen, an meine Pläne für dieses Wochenende. Pläne, die eigentlich auch nicht anders sind, als in Ethans Wohnung einzusteigen. Es ist eine Verletzung seiner Privatsphäre. Das sprichwörtliche Lesen im Tagebuch. Mein Blick zuckt zu der Reisetasche, die verschlossen und bereit zu meinen Füßen steht.

«Und nur, weil Sie Bert Rhodes misstrauen, heißt das eben auch nicht, dass er zu einem Mord fähig wäre», fährt er fort. «Das scheint ein Muster bei Ihnen zu sein – dass Sie sich in Konflikte einmischen, die Sie nichts angehen, dass Sie versuchen, das Rätsel zu lösen und die Heldin zu sein. Ich verstehe, warum Sie das tun. Sie waren die Heldin, die Ihren Vater hinter Gitter gebracht hat. Sie haben das Gefühl, das sei Ihre Pflicht. Aber ich bin hier, um Ihnen zu sagen, dass das aufhören muss.»

Das ist das zweite Mal in einer Woche, dass mir jemand so etwas sagt. Beim letzten Mal war es Cooper, in meiner Küche, mit Blick auf meine Tabletten.

Ich weiß, warum du das tust. Ich wünschte bloß, du würdest damit aufhören.

«Ich *mische* mich in *gar nichts* ein», sage ich und bohre mir die Fingernägel in die Handflächen. «Ich versuche nicht, *die Heldin zu sein*, was auch immer das heißen soll. Ich versuche zu helfen. Ich versuche, Ihnen einen Hinweis zu geben.»

«Falsche Hinweise sind schlimmer als gar keine», sagt Detective Thomas. «Wir haben uns fast eine Woche mit diesem Mann befasst. Eine Woche, in der wir uns mit jemand anderem hätten befassen können. Ich glaube zwar nicht unbedingt, dass Sie es in böser Absicht getan haben – ich glaube durchaus, dass Sie getan haben, was Sie für das Beste hielten –, aber wenn Sie mich fragen: Ich finde, Sie sollten erwägen, sich Hilfe zu suchen.»

Coopers Stimme, eindringlich.

Such dir Hilfe.

«Ich bin Psychologin», sage ich und sehe ihm in die Augen, während ich wiederkäue, was ich schon Cooper an den Kopf geworfen habe; genau das, was ich mir schon mein gesamtes Erwachsenenleben sage. «Ich kann mir selbst helfen.»

Schweigen senkt sich herab, und ich kann Melissa draußen förmlich atmen hören, mit dem Ohr an der Tür. Sicher hat sie die gesamte Unterhaltung mit angehört. Wie auch meine nächste Klientin, die wahrscheinlich mittlerweile im Wartebereich sitzt. Ich stelle mir vor, wie ihre Augen sich weiten, wenn sie hört, dass ein Polizist ihrer Psychologin sagt, sie solle sich Hilfe suchen.

«In dem Antrag auf ein Kontaktverbot, den Ethan Walker

stellte, nachdem Sie in seine Wohnung eingebrochen waren, stand auch, Sie hätten auf dem College Probleme mit Substanzmissbrauch gehabt. Sie seien leichtsinnig mit dem Ihnen verschriebenen Diazepam umgegangen und hätten es mit Alkohol gemischt.»

«Das mache ich nicht mehr», erkläre ich, während mir meine Schublade mit den Tabletten fast das Bein versengt.

Wir haben eine hohe Konzentration von Diazepam in ihrem Haar gefunden.

«Sie wissen sicher, dass diese Medikamente einige ziemlich ernste Nebenwirkungen haben können. Paranoia, Verwirrtheit. Es kann schwer sein, Realität von Einbildung zu trennen.»

Manchmal fällt es mir schwer, zu unterscheiden, was real ist und was nicht.

«Ich bekomme keine Medikamente mehr verschrieben», sage ich – keine direkte Lüge. «Ich bin nicht paranoid, ich bin nicht verwirrt. Ich will nur helfen.»

«Okay.» Detective Thomas nickt. Ich merke, dass ich ihm leidtue. Er bemitleidet mich, was bedeutet, dass er mich nie mehr ernst nehmen wird. Ich hätte nicht gedacht, dass man sich noch einsamer fühlen kann, als ich mich vorher schon gefühlt habe, aber im Moment ist das so. Ich fühle mich vollständig allein. «Okay. Tja, ich denke, dann sind wir hier fertig.»

«Ja, das denke ich auch.»

«Danke für Ihre Zeit», sagt er und geht zur Tür. Er streckt die Hand nach dem Türgriff aus, zögert und dreht sich noch einmal um. «Ach, eins noch.»

Ich hebe die Augenbrauen, eine stumme Aufforderung an ihn, fortzufahren.

«Wenn ich Sie noch einmal an einem Tatort sehe, werden wir entsprechende Maßnahmen ergreifen. Beweise zu manipulieren, ist eine strafbare Handlung.»

«Was?», frage ich aufrichtig verblüfft. «Was meinen Sie mit –»

Ich breche ab, als mir klar wird, wovon er spricht. Der Cypress Cemetery. Aubreys Ohrring. Der Polizist, der ihn mir aus der Hand nahm.

Sie kommen mir sehr bekannt vor, aber ich kann Sie nicht einordnen. Sind wir uns schon einmal begegnet?

«Officer Doyle hat Sie am Tatort des Mordes an Aubrey Gravino gesehen. Er hat Sie wiedererkannt, sobald wir Ihre Praxis betraten. Wir haben abgewartet, ob Sie etwas dazu sagen. Ob Sie erwähnen, dass Sie dort waren. Das ist ein ziemlich großer Zufall.»

Ich schlucke, zu benommen, um zu reagieren.

«Aber Sie haben nichts gesagt. Als Sie dann auf die Wache kamen, weil Ihnen etwas eingefallen war, dachte ich, das sei es, was Sie mir erzählen wollten», fährt er fort und verlagert das Gewicht auf das andere Bein. «Aber stattdessen kamen Sie mit einer Theorie über einen Nachahmungstäter. Gestohlenen Schmuck. Bert Rhodes. Nur haben Sie mir erzählt, der Anblick von Laceys Leiche sei der Auslöser dieser Theorie gewesen. Aber das konnte ich einfach nicht nachvollziehen, weil Officer Doyle da schon den Ohrring in Ihrer Hand gesehen hatte. Es ergab keinen Sinn.»

Ich denke zurück an diesen Nachmittag in Detective Thomas' Büro, an seinen Blick. Voller Unbehagen. Ungläubig.

«Woher sollte ich Aubreys Ohrring haben?», frage ich. «Wenn Sie wirklich glauben, dass ich ihn dort *platziert* habe, dann muss das bedeuten, dass Sie glauben, ich –»

Ich breche ab, kann es nicht aussprechen. Er kann unmöglich glauben, dass ich etwas mit alldem zu tun habe ... oder?

«Es stehen verschiedene Theorien im Raum.» Er steckt den Nagel des kleinen Fingers zwischen die Zähne und betrachtet ihn dann. «Aber ich kann Ihnen sagen, dass Aubreys DNA nicht auf dem Ohrring war. Nirgends. Nur Ihre.»

«Was wollen Sie damit sagen?»

«Ich sage, wir können nicht beweisen, wie oder warum dieser Ohrring dorthin kam. Aber der rote Faden, der das alles verbindet, scheinen Sie zu sein. Also machen Sie sich nicht verdächtiger, als Sie es jetzt schon sind.»

Selbst wenn ich Aubreys Halskette noch irgendwo bei uns zu Hause finden sollte, wird mir die Polizei niemals glauben, so viel ist jetzt klar. Detective Thomas denkt eindeutig, dass ich Beweise manipuliere, um die Polizei in eine bestimmte Richtung zu lenken. Ein verzweifelter Versuch, eine weitere meiner haltlosen Theorien zu beweisen und die Schuld einem weiteren nicht vertrauenswürdigen Mann in meinem Leben in die Schuhe zu schieben. Oder, schlimmer noch, sie glauben, *ich* hätte etwas damit zu tun. Ich, der letzte Mensch, der Lacey noch lebend gesehen hat. Ich, die Person, die Aubreys Ohrring gefunden hat. Ich, Dick Davis' lebende DNA. Die Brut eines Ungeheuers.

«Okay», sage ich. Es hat keinen Sinn, in diesem Punkt mit ihm zu streiten. Sinnlos der Versuch, es ihm zu erklären. Ich beobachte, wie Detective Thomas zu meiner Antwort nickt, sich zufrieden umdreht und hinausgeht.

KAPITEL
FÜNFUNDDREISSIG

Für den Rest dieses Vormittags bin ich wie betäubt. Ich habe drei Therapiesitzungen unmittelbar hintereinander, von denen ich mich an keine deutlich erinnere. Zum ersten Mal bin ich dankbar für die kleinen Icons auf meinem Desktop – ich kann mir die Tonaufzeichnungen später anhören, wenn ich weniger abgelenkt, mehr bei der Sache bin. Beschämt stelle ich mir mein teilnahmsloses Gemurmel vor, das unbeteiligte *Hm, hm*, das ich anstelle von aufrichtig interessierten Fragen von mir gegeben habe. Das ausgedehnte Schweigen, bevor mein Blick wieder scharf wurde und ich mich daran erinnerte, wo ich war und was ich hier tat. Meine erste Klientin saß im Wartebereich, als Detective Thomas die Praxis verließ. Ich sah ihren Gesichtsausdruck, als ich mich endlich erhob und in den Empfangsbereich ging, ihren Blick, der von mir zur Tür zuckte, als überlegte sie, ob sie wirklich in mein Sprechzimmer kommen oder aufstehen und einfach gehen sollte.

Um 12:02 Uhr – es soll nicht überhastet wirken – stehe ich auf, fahre den Computer herunter, öffne meine Schreibtischschublade und lasse die Finger über die diversen Medikamente wandern. Ich betrachte das Diazepam in der Ecke, lasse es stehen und entscheide mich stattdessen für ein Fläschchen Xanax, nur vorsichtshalber. Dann schließe ich die Schublade ab, eile hinaus und weise Melissa im Vorbeigehen an, abzuschließen, wenn sie nach Hause geht.

«Am Montag sind Sie wieder da?», fragt sie und steht auf.

«Ja, am Montag.» Ich drehe mich um und versuche, ein Lächeln aufzusetzen. «Ich will nur ein paar Hochzeitseinkäufe machen. Letzte Erledigungen abhaken.»

«Richtig.» Sie mustert mich aufmerksam. «In New Orleans. Das sagten Sie doch.»

«Genau.» Ich überlege, was ich sonst noch sagen könnte, irgendetwas Normales, aber das Schweigen zieht sich in die Länge, unbehaglich und quälend. «Tja, wenn das alles ist –»

«Chloe», sagt sie und zupft an ihrer Nagelhaut. Melissa spricht mich in der Praxis niemals mit dem Vornamen an; sie trennt das Private und das Berufliche immer strikt. Offenbar möchte sie mir etwas Persönliches sagen. «Ist alles in Ordnung? Was ist in letzter Zeit mit Ihnen los?»

«Nichts», erwidere ich und lächle noch einmal. «Nichts ist los, Melissa. Ich meine, außer dass eine Klientin von mir ermordet wurde und in einem Monat meine Hochzeit ist.»

Ich versuche, über meinen kläglichen Versuch eines Witzes zu lachen, aber es klingt erstickt. Ich hüstle. Melissa lächelt nicht.

«Ich stehe in letzter Zeit einfach sehr unter Druck.» Es kommt mir so vor, als wäre dies der erste aufrichtige Satz, den ich seit Langem zu ihr gesagt habe. «Ich brauche eine Pause. Eine mentale Auszeit.»

«Okay», erwidert sie zögerlich. «Und dieser Polizist?»

«Der hatte nur noch ein paar Fragen zu Lacey, das ist alles. Ich war die Letzte, die sie lebend gesehen hat. Ich bin ihre gewichtigste Zeugin, offensichtlich haben sie im Moment nicht viel, womit sie arbeiten können.»

«Okay», sagt sie noch einmal, diesmal zuversichtlicher. «Okay. Na, dann genießen Sie Ihre Auszeit. Ich hoffe, Sie kommen erfrischt zurück.»

Ich gehe hinaus zum Auto, werfe meine Reisetasche wie eine unverlangte Werbesendung auf den Beifahrersitz, setze mich hinters Steuer und lasse den Motor an. Dann hole ich mein

Telefon heraus, rufe meine Kontakte auf und schreibe eine Nachricht.

Bin unterwegs.

Die Fahrt zum Motel dauert nicht lange, nur eine Dreiviertelstunde. Ich habe das Zimmer am Montag reserviert, gleich nachdem ich Melissa gebeten hatte, mir die Zeit im Terminkalender zu blocken. Da ich bar zahlen wollte und wusste, dass ich ohnehin nicht viel Zeit auf meinem Zimmer verbringen würde, hatte ich die erstbeste billige Übernachtungsmöglichkeit mit mehr als drei Sternen genommen, die ich bei Google gefunden hatte. Ich stelle den Wagen auf dem Parkplatz ab, gehe zur Rezeption und hole meinen Schlüssel, ohne mich auf Small Talk mit dem Mann am Empfang einzulassen.

«Zimmer zwölf», sagt er und reicht mir den Schlüssel. Ich nehme ihn entgegen und lächle matt, beinahe, als wollte ich mich für irgendetwas entschuldigen. «Sie sind gleich neben dem Eiswürfelautomaten, Sie Glückspilz.»

Während ich die Zimmertür aufschließe, vibriert das Telefon in meiner Tasche. Ich hole es heraus, lese die Nachricht – *Ich bin da* – und schicke schnell eine Antwort mit meiner Zimmernummer. Dann werfe ich meine Tasche auf das einzelne breite Bett und sehe mich im Raum um.

Er wirkt so trostlos mit seinem Neonlicht, wie man es nur in Highway-Motels erlebt. Sämtliche Verschönerungsbemühungen lassen das Zimmer beinahe noch trauriger erscheinen: das Bild einer beliebigen Strandszene, das schief über dem Bett hängt, die Schokolade, die umsichtig auf meinem Kopfkissen platziert ist und sich schon ein bisschen weich anfühlt, als ich sie in die Hand nehme. In der Nachttischschublade finde ich eine Bibel ohne Einband. Ich gehe ins Bad und spritze mir Wasser ins Gesicht, dann drehe ich mein Haar zu einem Knoten auf. Es klopft an der Tür, und ich atme langsam aus, werfe verstohlen einen letzten Blick in den Spiegel und versuche, die Ringe unter meinen Augen zu ignorieren, die im grellen Licht besonders ausgeprägt wirken. Ich zwinge mich, das Licht auszuschalten, gehe zur Tür und sehe durch die Gardinen am Fenster eine Silhouette. Mit festem Griff packe ich den Türknauf und öffne.

Aaron steht vor mir, die Hände tief in den Hosentaschen vergraben. Er wirkt, als wäre ihm unbehaglich zumute, und ich kann es ihm nicht verdenken. Ich versuche zu lächeln, um die Stimmung aufzulockern und davon abzulenken, dass wir uns in einem unscheinbaren Motelzimmer am Rande von Baton Rouge treffen. Ich habe ihm nicht gesagt, warum er hier ist und was wir eigentlich tun. Ich habe ihm nicht gesagt, warum ich heute nicht in meinem eigenen Haus schlafen kann, obwohl wir nicht einmal eine Autostunde weit entfernt sind. Als ich ihn am Montag anrief, sagte ich ihm nur, ich hätte eine Spur, die er bestimmt nicht ignorieren wolle – und dass ich seine Hilfe brauchte, um ihr nachzugehen.

«Hey», sage ich und lehne mich an die Tür. Sie ächzt unter meinem Gewicht, und so richte ich mich wieder auf und verschränke stattdessen die Arme. «Danke, dass Sie gekommen sind. Ich hole nur schnell meine Handtasche.»

Ich winke ihn herein. Er folgt der Einladung befangen und sieht sich um. Anscheinend beeindruckt ihn meine neue Unterkunft nicht. Wir haben kaum miteinander gesprochen, seit ich ihn letztes Wochenende bat, sich Bert Rhodes anzusehen, und das scheint ein ganzes Leben zurückzuliegen. Er hat keine Ahnung von meiner Auseinandersetzung mit Bert, meinem Besuch auf der Polizeiwache und Detective Thomas' Befehl heute, mich aus der Ermittlung herauszuhalten –

genau das Gegenteil dessen, was ich gerade tue. Er hat auch keine Ahnung, dass mein Verdacht sich von Bert Rhodes auf meinen eigenen Verlobten verlagert hat und ich seine Hilfe in Anspruch nehmen möchte, um meine Theorie zu beweisen.

«Wie läuft es mit der Story?», frage ich, aufrichtig neugierig, ob er mehr aufdecken konnte als ich.

«Mein Redakteur gibt mir bis Ende nächster Woche», sagt er und setzt sich auf die Bettkante. Die Matratze quietscht. «Wenn ich bis dahin nichts herausgefunden habe, ist es Zeit, zusammenzupacken und nach Hause zu fahren.»

«Mit leeren Händen?»

«Genau.»

«Aber Sie haben so viel Arbeit investiert. Was ist mit Ihrer Theorie? Mit dem Nachahmungstäter?»

Aaron zuckt die Achseln.

«Ich glaube immer noch daran», sagt er und zupft am Saum der Bettdecke. «Aber ganz ehrlich, ich komme nicht weiter.»

«Nun, vielleicht kann ich helfen.»

Ich gehe zum Bett, setze mich neben ihn, und die Matratze gibt so stark nach, dass wir einander zugeneigt sitzen.

«Wie denn das? Hat das mit Ihrer geheimnisvollen Spur zu tun?»

Ich betrachte meine Hände. Meine Antwort muss so formuliert sein, dass Aaron nur das erfährt, was er wissen muss.

«Wir werden mit einer Frau namens Dianne sprechen. Ihre Tochter verschwand etwa um die Zeit, als mein Vater die Morde beging – noch eine attraktive Jugendliche –, und auch ihre Leiche wurde nie gefunden, wie bei seinen Opfern.»

«Okay, aber Ihr Vater hat den Mord an ihr nie gestanden, oder? Nur die sechs.»

«Nein, das hat er nicht», bestätige ich. «Und er hatte auch

keinen Schmuck von ihr. Sie passt eigentlich nicht ins Schema, aber da ihr Entführer nie gefunden wurde, lohnt es sich, die Sache mal genauer anzusehen, finde ich. Ich dachte, vielleicht ist *er* der Nachahmungstäter, wissen Sie? Wer er auch sein mag. Vielleicht hat er früher damit angefangen, die Verbrechen meines Vaters nachzuahmen, als wir dachten – vielleicht sogar schon, während sie noch geschahen. Er ist eine Weile abgetaucht, und vielleicht taucht er jetzt, zum zwanzigsten Jahrestag, wieder auf.»

Aaron sieht mich an, und fast rechne ich damit, dass er diese halbgare Idee, wegen der ich ihn herzitiert habe, als Beleidigung auffasst und einfach geht. Doch stattdessen schlägt er sich auf die Oberschenkel, atmet geräuschvoll aus und steht auf.

«Tja, okay», sagt er und reicht mir die Hand, um mir aufzuhelfen. Ich kann nicht beurteilen, ob er mir meine Geschichte wirklich abkauft, ob er so verzweifelt nach einer Spur sucht, dass er bereit ist, mir blindlings zu folgen, oder ob er bloß mitspielt, um mir den Gefallen zu tun. So oder so, ich bin dankbar dafür. «Dann reden wir mit Dianne.»

KAPITEL SECHSUNDDREISSIG

Aaron fährt, während ich ihn mithilfe meines Telefons dirigiere und uns immer tiefer in einen Teil der Stadt hineinlotse, in dem wir die Fertighäuser der Mittelschicht nach und nach hinter uns lassen und in einer heruntergekommenen Ecke landen, wo Baton Rouge kaum noch wiederzuerkennen ist. Der Übergang vollzieht sich so allmählich, dass ich ihn kaum bemerke; gerade eben sehe ich noch durchs Fenster ein Kleinkind in einem Planschbecken herumtollen – seine Mutter, mit Limonade und Telefon beschäftigt, bekommt nasse Füße –, und als ich das nächste Mal hinausblicke, schiebt eine skelettdünne Frau einen Einkaufswagen voller Mülltüten und Bier durch die Gegend. Hier verfallen die Häuser: vergitterte Fenster, abblätternder Anstrich. Wir biegen in eine lange Schotterstraße ab, und endlich erblicke ich ein zweigeschossiges Gebäude mit der Nummer 375 auf der PVC-Verkleidung und bedeute Aaron, anzuhalten.

«Wir sind da», sage ich und löse den Sicherheitsgurt. Verstohlen betrachte ich mich noch einmal im Rückspiegel: Die Gläser der Lesebrille, die ich aufsetzte, bevor wir das Motel verließen, verdecken einen Teil meines Gesichts. Es kommt mir wie eine Karikatur vor, mich mit einer Brille zu verkleiden. Wie etwas aus einem schlechten Film. Ich glaube nicht, dass Dianne je ein Foto von mir gesehen hat, aber man kann nie wissen. Deshalb will ich anders aussehen – und Aaron soll den Großteil des Redens übernehmen.

«Okay, wie war noch mal der Plan?»

«Wir klopfen an ihre Tür und erzählen ihr, dass wir zu den Morden an Aubrey Gravino und Lacey Deckler recherchieren», sage ich. «Vielleicht zeigen Sie kurz Ihren Ausweis vor. Damit es offiziell wirkt.»

«Okay.»

«Sagen Sie ihr, wir wüssten, dass ihre Tochter vor zwanzig Jahren entführt und ihr Entführer nie gefasst wurde. Wir würden gern hören, was sie uns darüber erzählen kann.»

Aaron nickt. Er stellt keine Fragen, sondern holt seine Computertasche vom Rücksitz und legt sie sich auf den Schoß. Er wirkt nervös, versucht aber, sich das nicht anmerken zu lassen.

«Und Sie sind?»

«Ihre Kollegin», antworte ich, steige aus und schlage die Tür zu.

Ich gehe zum Haus. In der Luft hängt penetranter Zigarettengestank. Es riecht nicht so, als hätte gerade noch jemand hier draußen gesessen und vor dem Abendessen eine geraucht. Vielmehr scheint sich der Geruch hier festgesetzt zu haben, so als würde er in bestimmten Abständen in die Luft abgegeben, ein anhaltender Gestank, der in die Kleidung dringt und nie ganz verschwindet. Ich höre Aarons Autotür zuschlagen, dann eilt er hinter mir her, während ich bereits die Treppe zur Veranda hinaufsteige. Ich drehe mich zu ihm um und hebe fragend die Augenbrauen: *Sind Sie bereit?* Aaron nickt kaum merklich, dann hebt er die Faust und klopft zweimal an.

«Wer ist da?», ruft eine Frau mit schriller Stimme.

Aaron sieht mich an, und diesmal klopfe ich an. Ich habe den Arm noch nicht wieder sinken lassen, da schwingt die Haustür auf, und eine nicht mehr ganz junge Frau sieht uns grimmig durch die schmutzige Fliegengittertür hindurch an. An den Maschen klebt eine tote Fliege.

«Was ist?», fragt sie. «Wer sind Sie? Was wollen Sie?»

«Ähm, ich heiße Aaron Jansen. Ich bin Reporter für die *New York Times*.» Aaron senkt den Blick und deutet auf das Schildchen an seinem Kragen. «Würden Sie uns wohl ein paar Fragen beantworten?»

«Reporter für was?», fragt sie. Sie sieht kurz zu mir und runzelt die Stirn. Rechts neben ihrer Nase ist ein dunkelblauer Schatten. Ihre Augen sind wässrig und gelblich, so als wären nicht einmal sie vor dem Nikotin in der Luft sicher. «Sie arbeiten für eine Zeitung, sagen Sie?»

Einen Moment lang befürchte ich, dass sie mich erkannt hat. Dass sie weiß, wer ich bin. Aber da schaut sie wieder zu Aaron und betrachtet mit zusammengekniffenen Augen den Ausweis an seinem Hemd.

«Ja, Ma'am», sagt er. «Ich schreibe einen Artikel über die Morde an Aubrey Gravino und Lacey Deckler, und dabei bin ich darauf gestoßen, dass auch Sie eine Tochter verloren haben, vor zwanzig Jahren. Eine Tochter, die verschwand und niemals gefunden wurde.»

Ich betrachte das Gesicht dieser Frau. Ihre Züge drücken Argwohn aus, als traue sie keinem Menschen auf der Welt. Ich mustere sie von oben bis unten, registriere ihre verlotterte weite Kleidung, die mit Mottenlöchern übersäten Ärmel. Die dicken, arthritischen Daumen, die an Babykarotten erinnern, die blauen Flecke an ihren Armen. Beinahe meine ich, kleine Fingerabdrücke zu erkennen, und da wird mir klar, dass der Schatten unter ihrem Auge ein Hämatom ist. Ich räuspere mich, um ihre Aufmerksamkeit auf mich zu lenken.

«Wir würden Ihnen gern ein paar Fragen stellen», sage ich. «Über Ihre Tochter. Herauszufinden, was ihr zugestoßen ist, ist genauso wichtig, wie herauszufinden, was Aubrey und

Lacey zugestoßen ist, auch nach all den Jahren. Und wir hatten gehofft – ich hatte gehofft, dass Sie uns vielleicht helfen können.»

Sie sieht mich an, dann wirft sie einen Blick über die Schulter und seufzt resigniert.

«Na gut.» Sie stößt die Fliegengittertür auf und winkt uns herein. «Aber es muss schnell gehen. Wenn mein Mann nach Hause kommt, müssen Sie wieder weg sein.»

Wir treten ein, und der Schmutz im Inneren überwältigt all meine Sinne. Überall ist Müll, in sämtlichen Ecken. Auf dem Boden türmen sich Pappteller mit eingetrockneten Essensresten. Fliegen umschwirren Imbisstüten voller Ketchup- und Fettflecken. Auf der Couch sitzt eine räudige Katze mit Lücken im Fell und nässenden Hautstellen, und die Frau schlägt nach ihr, sodass sie protestierend auf den Boden springt.

«Setzen Sie sich.» Sie deutet auf die Couch. Aaron und ich wechseln einen kurzen Blick, dann suchen wir nach Lücken zwischen den Zeitschriften und der schmutzigen Kleidung, die das Polster bedecken. Schließlich setze ich mich einfach mittendrauf; das Papier knistert unnatürlich laut. Unsere Gastgeberin nimmt auf dem Zweisitzer gegenüber Platz, schnappt sich ein Päckchen Zigaretten vom Couchtisch – überall im Raum scheinen Zigarettenpackungen zu liegen, wie Lesebrillen – und zieht mit dünnen, feuchten Lippen eine Zigarette heraus. Sie nimmt ein Feuerzeug, hält die Zigarette an die Flamme, inhaliert tief und bläst den Rauch schließlich in unsere Richtung. «Also, was wollen Sie wissen?»

Aaron holt ein Notizbuch aus seiner Tasche, schlägt eine leere Seite auf und drückt den Kugelschreiber mit dem Druckknopf voran mehrmals gegen sein Bein.

«Nun, Dianne, würden Sie uns bitte zunächst Ihren vollständigen Namen sagen? Der Ordnung halber. Dann können wir uns dem Verschwinden Ihrer Tochter zuwenden.»

«Okay.» Sie seufzt und zieht an ihrer Zigarette. Beim Ausatmen sieht sie aus dem Fenster, ihr Blick geht in die Ferne. «Ich heiße Dianne Briggs. Und meine Tochter Sophie ist vor zwanzig Jahren verschwunden.»

KAPITEL SIEBENUNDDREISSIG

«Was können Sie uns über Sophie erzählen?»

Dianne sieht zu mir, als hätte sie mich völlig vergessen. Es fühlt sich falsch an, dass ich meine Beinahe-Schwiegermutter auf diese Weise kennenlerne. Sie ahnt eindeutig nicht, wer ich bin, und solange ich es vermeiden kann, ihr meinen Namen zu nennen, sollte es auch so bleiben. Ich bin nicht mehr auf Facebook, deshalb poste ich niemals Fotos von mir online, und selbst wenn ich es täte – Daniel spricht nicht mehr mit seinen Eltern. Sie sind nicht zur Hochzeit eingeladen. Ich frage mich, ob sie überhaupt von der Verlobung weiß.

Sie denkt kurz über die Frage nach, als hätte sie es vergessen, und kratzt sich an ihrem faltigen Arm.

«Was kann ich Ihnen über Sophie erzählen?», wiederholt sie meine Frage und zieht ein letztes Mal an ihrer Zigarette, bevor sie sie auf dem Holztisch ausdrückt. «Sie war ein wunderbares Mädchen. Klug, schön. Einfach schön. Das ist sie, da drüben.»

Dianne deutet auf ein einzelnes gerahmtes Foto an der Wand, ein Schulporträt. Es zeigt ein lächelndes Mädchen mit heller Haut und krausem blondem Haar vor einem türkisen Hintergrund, der wie ein Pool aussieht. Mich irritiert, dass sie nur ein Schulfoto aufgehängt haben und sonst keines. Es wirkt gestellt und unnatürlich, wie ein trauriger Schrein. Ich frage mich, ob Familie Briggs es einfach nicht so mit dem Fotografieren hat oder ob es tatsächlich keine anderen erinnerungswürdigen Momente gab. Ich sehe mich nach Fotos von Daniel um, finde aber keine.

«Ich hatte große Hoffnungen für sie», fährt sie fort. «Bevor sie verschwunden ist.»

«Was für Hoffnungen?»

«Ach, Sie wissen schon, einfach, dass sie hier rauskommt.» Dianne deutet auf den Raum, in dem wir sitzen. «Sie war besser als das hier. Besser als wir.»

«Wer ist ‹wir›?», fragt Aaron und tippt sich mit dem Stift an die Wange. «Sie und Ihr Ehemann?»

«Ich, mein Mann, mein Sohn. Ich dachte einfach immer, sie wäre die, die eines Tages hier rauskommt, wissen Sie. Die was aus sich macht.»

Als sie Daniel erwähnt, setzt mein Herz kurz aus. Ich versuche, mir vorzustellen, wie er hier aufwuchs, lebendig begraben unter Müllbergen und Zigarettenrauchschwaden. Mir wird klar, dass ich mich in ihm geirrt habe. Seine makellosen Zähne, seine glatte Haut, seine teure Ausbildung, sein gutbezahlter Job – ich hatte immer angenommen, dass das alles ein Produkt seiner Herkunft, seiner Privilegien sei. Dass er von Natur aus besser sei als ich, die *angeknackste Chloe*. Aber so ist es nicht; er ist nicht besser. Auch er ist beschädigt.

Er kennt dich nicht, Chloe. Und du kennst ihn nicht.

Kein Wunder, dass er heute so reinlich ist und immer so auf seine Erscheinung achtet. Er gibt sich große Mühe, genau das Gegenteil *hiervon* zu sein.

Oder vielleicht versucht er auch nur, zu verbergen, wer er in Wirklichkeit ist.

«Was können Sie uns über Ihren Mann und Ihren Sohn erzählen?»

«Mein Mann, Earl. Er ist jähzornig, das ist Ihnen bestimmt schon aufgefallen.» Sie sieht zu mir und grinst matt, als ob das Thema Männer und was sie so tun ein unausgesprochenes Band zwischen uns bildet. *Jungs sind eben Jungs.* Ich wende den Blick von dem Hämatom unter ihrem Auge ab, aber diese Frau ist nicht dumm. Sie muss mich dabei ertappt haben, dass ich dorthin sah. «Und mein Sohn, tja. Über den weiß ich nicht mehr viel. Aber ich hatte immer Sorge, dass der Apfel nicht weit vom Stamm fällt.»

Aaron und ich wechseln einen Blick, und ich fordere ihn mit einem Nicken auf, weiterzumachen.

«Wie meinen Sie das?»

«Ich meine, dass er auch jähzornig ist.»

Ich muss daran denken, wie Daniel mein Handgelenk brutal festhielt.

«Er hat immer versucht, gegen seinen Vater anzukämpfen und mich zu beschützen, wenn Earl nach einem Abend in der Kneipe zurückkam», fährt sie fort. «Aber als er älter wurde ... ich weiß auch nicht. Irgendwann hat er damit aufgehört, er hat es einfach geschehen lassen. Ich glaube, er ist abgestumpft. Dafür muss ich wohl mir selbst die Schuld geben.»

«Okay.» Aaron nickt und macht sich Notizen. «Und wie hat Ihr Sohn – tut mir leid, wie, sagten Sie, heißt er?»

«Daniel. Daniel Briggs.»

Mir wird mulmig zumute, und ich zermartere mir das Hirn, ob ich Aaron gegenüber einmal Daniels vollen Namen erwähnt habe. Ich glaube nicht. Ich sehe ihn an. Er ist ganz darauf konzentriert, den Namen zu notieren, doch der scheint ihm nichts zu sagen.

«Okay, und wie hat Daniel auf Sophies Verschwinden reagiert?»

«Ganz ehrlich? Es schien ihm egal zu sein.» Dianne greift nach ihren Zigaretten und zündet sich eine weitere an. «Ich weiß, es ist nicht sehr *mütterlich* von mir, so etwas zu sagen, aber es stimmt. Insgeheim habe ich mich immer gefragt ...»

Sie bricht ab, starrt in die Ferne und schüttelt sanft den Kopf.

«Was haben Sie sich gefragt?», hake ich nach. Jetzt sieht sie mich an, ihre Benommenheit ist fort. In ihrem Blick liegt eine gewisse Intensität, und ganz kurz bin ich davon überzeugt, dass sie weiß, wer ich bin. Dass sie jetzt mit *mir* redet, mit Chloe Davis, der Verlobten ihres Sohns. Dass sie versucht, mich zu warnen.

«Ich habe mich gefragt, ob er etwas damit zu tun hatte.»

«Wie kommen Sie darauf?», fragt Aaron, dessen Tonfall von Frage zu Frage eindringlicher wird. Er schreibt jetzt schneller mit, versucht, jedes Detail zu notieren. «Das ist eine schwerwiegende Anschuldigung.»

«Ich weiß nicht, nur so ein Gefühl. Vermutlich könnte man es Mutterinstinkt nennen. Kurz nachdem sie verschwunden war, habe ich Daniel gefragt, ob er wüsste, wo sie ist, und ich habe immer gemerkt, wenn er log. Er hat etwas verheimlicht. Und manchmal, wenn wir Nachrichten geguckt haben und da über ihr Verschwinden berichtet wurde, habe ich ihn dabei ertappt, wie er gelächelt hat – nein, eher gegrinst, wie über ein Geheimnis, das außer ihm keiner kennt.»

Ich spüre, dass Aaron mich ansieht, aber ich ignoriere ihn und konzentriere mich ganz auf Dianne.

«Und wo ist Daniel jetzt?»

«Ich habe keinen blassen Schimmer.» Dianne lehnt sich zurück. «Er ist am Tag nach seinem Highschool-Abschluss ausgezogen, und seitdem habe ich nichts mehr von ihm gehört.»

«Hätten Sie etwas dagegen, wenn wir uns ein bisschen umsehen?», frage ich, mit einem Mal begierig, das Gespräch zu beenden, ehe Aaron zu viel erfährt. «Vielleicht in Daniels Zimmer? Wer weiß? Vielleicht finden wir da etwas, was uns die richtige Richtung weist?»

Sie streckt den Arm aus und deutet zur Treppe.

«Nur zu», sagt sie. «Ich habe das schon vor zwanzig Jahren der Polizei erzählt, ist nichts dabei rausgekommen. Die meinten, ein Teenager hätte das nicht durchziehen können.»

Ich stehe auf, steige mit übertrieben großen Schritten über die Hindernisse im Wohnzimmer hinweg und gehe über den schmutzigen, fleckigen beigen Teppich zur Treppe.

«Erstes Zimmer rechts», ruft Dianne, als ich schon auf der Treppe bin. «Hab es seit Jahren nicht angerührt.»

Oben angekommen, bleibe ich stehen. Meine Hand findet den Knauf, ich öffne die Tür und blicke in das Zimmer eines männlichen Teenagers. Ein Sonnenstrahl fällt durchs Fenster, sodass man den Staub in der Luft tanzen sieht.

«Sophies auch nicht», fährt Dianne unten fort. Ich höre Aaron aufstehen und ebenfalls die Treppe hinaufsteigen. «Hatte keinen Grund mehr, da hochzugehen. Ehrlich gesagt wusste ich nicht, was ich damit anfangen soll.»

Ich betrete den Raum und halte dabei die Luft an wie ein Kind, das über einen Spalt im Gehweg steigt – ein sonderbarer Aberglaube. Als würde etwas Schlimmes passieren, wenn ich dabei atme. Dies ist Daniels Jugendzimmer. An der Wand hängen Poster von Rockbands aus den Neunzigern, Nirvana etwa und die Red Hot Chili Peppers, an den Rändern eingerissen. Eine blau-grün karierte Bettdecke liegt zerwühlt auf einer Matratze am Boden, als wäre er gerade erst aufgewacht und aus dem Zimmer gegangen. Ich stelle mir vor, wie Daniel im Bett lag und seinen Vater nach Hause kommen hörte, betrunken und grölend. Zornig. Laut. Ich stelle mir das Geschrei vor, das Scheppern von Töpfen und Pfannen, den dumpfen Knall, mit dem ein Körper an die Wand prallt. Ich stelle mir vor, wie er reglos dalag und lauschte. Lächelte. *Abgestumpft.*

«Wir sollten besser gehen», flüstert Aaron, der geräuschlos

hinter mich getreten ist. «Wir haben, weswegen wir gekommen sind.»

Aber ich höre nicht zu. Ich kann nicht. Ich gehe weiter durchs Zimmer und nehme diesen Ort aus Daniels Vergangenheit in mich auf, fahre mit den Fingern über die Wand bis zu einem Regal, auf dem Reihen verstaubter Bücher stehen, deren Papier vergilbt ist. Daneben liegen ein doppeltes Kartendeck und ein alter Baseball in einem Fanghandschuh. Mein Blick wandert über die Buchrücken – Stephen King, Lois Lowry, Michael Crichton. Es wirkt alles so typisch für einen Jugendlichen, so normal.

«Chloe», mahnt Aaron, aber mit einem Mal ist es, als hätte ich Watte in den Ohren. Ich kann ihn kaum hören, so laut rauscht mein Blut. Ich nehme ein Buch aus dem Regal und denke daran, was Daniel sagte an dem Tag, an dem wir uns zum ersten Mal begegneten. Als er das gleiche Buch aus meinem Karton zog und mit der Hand über den Einband strich. Ich sehe noch das Funkeln in seinen Augen vor mir, als er mein Exemplar von *Mitternacht im Garten von Gut und Böse* in der Hand hielt.

Nichts für ungut, sagte er und blätterte durch die Seiten. *Das ist ein tolles Buch.*

Ich blase den Staub vom Einband und betrachte die berühmte Statue eines jungen, unschuldigen Mädchens, das den Kopf schräg hält, als wollte es fragen: *Warum?* Ich fahre mit der Hand über den Hochglanzeinband, ebenso wie er damals. Dann drehe ich es auf die Seite und entdecke eine Stelle, wo das Papier ein bisschen weiter auseinanderklafft, genauso wie in meinem Buch damals, nachdem er seine Visitenkarte hineingesteckt hatte.

Haben Sie's mit Mord?

«Chloe», drängt Aaron erneut, aber ich achte nicht auf

ihn, sondern atme tief durch, stecke einen Fingernagel in die schmale Lücke und schlage das Buch auf. Mein Blick fällt auf einen Namen, und in meiner Brust regt sich etwas, genau wie damals. Nur ist es diesmal nicht Daniels Name. Und es ist keine Visitenkarte. Es ist eine Sammlung alter Zeitungsausschnitte, ganz glatt, nachdem sie zwanzig Jahre in diesem Buch gesteckt haben. Mir zittern die Hände, aber ich zwinge mich, die Zeitungsausschnitte herauszunehmen. Die erste fettgedruckte Schlagzeile zu lesen.

RICHARD DAVIS ALS SERIENMÖRDER VON BREAUX BRIDGE ENTLARVT, LEICHEN NOCH IMMER NICHT GEFUNDEN

Und darunter starrt mich ein Bild meines Vaters an.

KAPITEL
ACHTUNDDREISSIG

«Chloe, was ist das?»

Aarons Stimme dringt wie aus weiter Ferne zu mir, als riefe er mich vom anderen Ende eines Tunnels. Ich kann den Blick nicht von den Augen meines Vaters lösen. Von diesen Augen, die ich nicht mehr gesehen habe, seit ich als zwölfjähriges Mädchen im Wohnzimmer vor dem Fernseher auf dem Boden hockte. In diesem Augenblick muss ich an den Abend denken, an dem ich Daniel von meinem Vater erzählte und er tief besorgt zuhörte, während ich ihm Vaters Verbrechen in allen grausigen Einzelheiten schilderte. Daniel schüttelte den Kopf und behauptete, er habe noch nie davon gehört, er habe keine Ahnung gehabt.

Doch das war gelogen. All das: gelogen. Er wusste bereits von meinem Vater. Er wusste von seinen Verbrechen. Er bewahrte einen Artikel, der sämtliche Details aufführte, in seinem Jugendzimmer auf, in ein Buch gesteckt wie ein Lesezeichen. Er wusste, dass es meinem Vater gelungen war, diese Mädchen zu entführen und ihre Leichen so zu verstecken, dass sie niemals gefunden würden.

Hatte Daniel seiner Schwester etwas Ähnliches angetan? War mein Vater seine Inspirationsquelle gewesen? Ist er es noch?

«Chloe?»

Ich hebe den Kopf und sehe Aaron an. Meine Augen sind tränenverschleiert. Plötzlich wird mir klar: Wenn Daniel von meinem Vater wusste, bedeutet das, dass er auch über mich Bescheid wusste. Ich denke daran, wie wir uns im Krankenhaus über den Weg liefen – schicksalhafter Zufall oder Ergebnis sorgfältiger Planung, zur rechten Zeit am rechten Ort? Es war allgemein bekannt, dass ich dort arbeitete; der Zeitungsartikel belegte es. Ich denke daran, wie er mich ansah, so als würde er mich schon kennen. Wie er mein Gesicht absuchte, als wäre es ihm vertraut. Wie er den Kopf in den Karton mit meinen Habseligkeiten steckte; das Lächeln, das über sein Gesicht huschte, als ich ihm meinen Namen sagte. Wie er sich danach sofort in mich zu verlieben schien, nahtlos in mein Leben hineinglitt, so wie er sich überall und in jedes Umfeld einfügen kann.

Ich fasse es nur nicht, dass ich hier sitze. Mit Ihnen.

Nun frage ich mich, ob das alles zu seinem Plan gehörte. Ob ich zu seinem Plan gehörte. *Die angeknackste Chloe*, ein weiteres ahnungsloses Opfer.

«Wir müssen gehen», flüstere ich, falte mit zitternden Händen den Zeitungsausschnitt zusammen und stecke ihn in die Gesäßtasche. «Ich ... ich muss gehen.»

Ich haste an Aaron vorbei, die Treppe hinunter und zurück zu Daniels Mutter, die noch im Wohnzimmer auf dem kleinen Sofa sitzt, mit abwesendem Blick. Als sie uns auf sich zukommen sieht, lächelt sie matt.

«Was Nützliches gefunden?»

Ich schüttle den Kopf und sehe aus dem Augenwinkel, dass Aaron mich misstrauisch beobachtet. Dianne nickt sanft, als hätte sie nichts anderes erwartet.

«Hab ich mir gedacht.»

Selbst nach so vielen Jahren ist ihre Enttäuschung unüberhörbar. Ich kann nachfühlen, wie das ist: Man grübelt unentwegt darüber nach, kann es niemals wirklich loslassen. Aber man will es auch nicht zugeben – dass man noch immer die Hoffnung hat, eines Tages die Wahrheit zu erfahren. Eines

Tages alles zu verstehen. Und dass es sich am Ende irgendwie gelohnt haben wird, darauf zu warten. Plötzlich fühle ich mich hingezogen zu dieser Frau, die ich kaum kenne. Wir sind verbunden, erkenne ich. Wir sind auf die gleiche Art verbunden wie meine Mutter und ich. Wir lieben denselben Mann, dasselbe Ungeheuer. Ich gehe zur Couch, setze mich an ein Ende und lege meine Hand auf ihre.

«Danke, dass Sie mit uns gesprochen haben», sage ich und drücke sanft ihre Hand. «Das war sicher nicht leicht.»

Sie nickt und blickt auf meine Hand. Langsam legt sie den Kopf schräg, als hätte etwas ihr Interesse erregt. Mit einem Mal packt sie ihrerseits meine Hand.

«Wo haben Sie den her?»

Ich schaue auf meine Hand, und jetzt fällt mir auf, dass mein Verlobungsring, Daniels Familienerbstück, an meinem Ringfinger glänzt. Panik steigt in mir auf. Dianne hebt meine Hand an und betrachtet den Ring aus nächster Nähe.

«Wo haben Sie diesen Ring her?», fragt sie erneut und sieht mir in die Augen. «Das ist Sophies Ring.»

«Wa- was?», stammele ich und versuche, ihr meine Hand zu entziehen, aber sie hält sie fest, lässt nicht los. «Verzeihen Sie, was meinen Sie damit, *Sophies Ring*?»

«Das ist der Ring meiner Tochter», sagt sie, lauter jetzt, und mustert den Ring noch einmal: den Diamanten mit dem Ovalschliff und dem Kranz aus kleineren Steinen auf einem Reif aus mattem 14-Karat-Gold, der etwas zu weit ist für meinen dünnen, knochigen Finger. «Dieser Ring ist schon seit Generationen in meiner Familie. Er war mein Verlobungsring, und als Sophie dreizehn wurde, habe ich ihn ihr geschenkt. Sie hat ihn immer getragen. *Immer*. Sie hat ihn auch an dem Tag getragen, an dem ...»

Jetzt sieht sie mich an, die Augen angsterfüllt aufgerissen.

«An dem Tag, an dem sie verschwunden ist.»

Ich stehe auf und entreiße ihr meine Hand.

«Tut mir leid, wir müssen los», sage ich, gehe an Aaron vorbei und stoße die Fliegengittertür auf. «Kommen Sie, Aaron.»

«Wer sind Sie?», brüllt die Frau uns hinterher. Die Erschütterung nagelt sie an der Couch fest. «*Wer sind Sie?*»

Ich renne aus dem Haus und die Treppe hinunter. Mir ist schwindlig, ich fühle mich wie betrunken. Wie konnte ich nur vergessen, den Ring abzunehmen? Wie *konnte* ich das nur vergessen? Am Auto angekommen, zerre ich am Türgriff, aber die Tür ist abgeschlossen.

«Aaron?», brülle ich. Meine Stimme klingt erstickt, so, als lägen Hände um meinen Hals und drückten zu. «Aaron, könnten Sie die Tür entriegeln?»

«WER SIND SIE?», brüllt Dianne. Ich höre sie aufstehen und durchs Haus rennen. Die Fliegengittertür öffnet sich und fällt wieder zu, und ehe ich mich umdrehen kann, höre ich, dass der Wagen entriegelt wird. Hastig reiße ich die Tür auf und lasse mich auf den Beifahrersitz fallen. Gleich darauf schwingt Aaron sich hinters Lenkrad und lässt den Motor an.

«WO IST MEINE TOCHTER?»

Das Auto macht einen Satz vorwärts, dann dreht Aaron und fährt zurück die Straße entlang. Ich sehe in den Rückspiegel, sehe die Staubwolke, die wir aufwirbeln, sehe Daniels Mutter, die uns hinterherrennt, aber mit jeder Sekunde weiter zurückfällt.

«WO IST MEINE TOCHTER? BITTE!»

Sie rudert mit den Armen, rennt, so schnell sie kann, bis sie plötzlich auf die Knie fällt, den Kopf in den Händen vergräbt und in Tränen ausbricht.

Schweigend fahren wir durch die Stadt zurück zum Motel am Highway. Meine Hände liegen zitternd in meinem Schoß. Immer wieder sehe ich vor mir, wie diese arme Frau uns auf der Straße hinterherrannte, und mir wird übel. Mit einem Mal engt der Ring mich ein, und ich ziehe ihn hektisch vom Finger und werfe ihn in den Fußraum. Ich starre ihn an und stelle mir vor, wie Daniel ihn sanft von der kalten, toten Hand seiner Schwester abzog.

«Chloe», flüstert Aaron, den Blick auf die Straße gerichtet. «Was war das?»

«Tut mir leid. Tut mir leid, Aaron. Es tut mir so leid.»

«Chloe», sagt er noch einmal, lauter diesmal. Wütender. «Scheiße, was war das?»

«Tut mir leid», wiederhole ich mit zittriger Stimme. «Das wusste ich nicht.»

«Wer ist das?» Seine Hände umklammern das Lenkrad. «Wie haben Sie diese Frau gefunden?»

Ich sitze schweigend neben ihm, unfähig, seine Frage zu beantworten. Plötzlich sieht er mich mit offenem Mund an.

«Heißt Ihr Verlobter nicht Daniel?»

Ich antworte nicht.

«Chloe, *antworten Sie mir.* Heißt Ihr Verlobter nicht Daniel?»

Ich nicke, und die Tränen strömen mir über die Wangen.

«Ja», sage ich. «Ja, Aaron, aber ich wusste das nicht.»

«Was soll der Scheiß?» Aaron schüttelt den Kopf. «Chloe, was soll der Scheiß? Ich habe dieser Frau meinen Namen genannt. Sie weiß, wo ich arbeite. Himmel, ich werde deswegen meinen Job verlieren.»

«Tut mir leid», sage ich noch einmal. «Aaron, bitte, Sie waren es, der mir geholfen hat, es zu erkennen – als wir über den Schmuck sprachen, den mein Vater hatte, und wer davon gewusst haben kann. *Daniel.* Daniel wusste davon. Daniel wusste alles.»

«Und war das jetzt nur eine Ahnung oder …?»

«Ich habe in unserem Kleiderschrank eine Halskette gefunden. Eine Halskette, die ganz so aussieht wie die, die Aubrey am Tag ihres Verschwindens getragen haben muss.»

«Ich werd' nicht mehr!»

«Von da an fiel mir dies und jenes auf. Dass er anders roch, wenn er von seinen Dienstreisen nach Hause kam. Nach Parfüm. Nach anderen Frauen. Er behauptete, er sei nicht in der Stadt gewesen, als Aubrey und Lacey entführt wurden, aber er war nicht dort, wo er seinen Angaben nach hätte sein sollen. Er war immer tagelang weg, aber ich hatte keine Ahnung, wo er war. Ich hatte keine Ahnung, was er in dieser Zeit tat – bis ich seine Aktentasche durchsuchte und seine Quittungen fand.»

Endlich sieht Aaron mich an, allerdings so, als wäre ich sein Untergang. Als wäre er an jedem anderen Ort auf der Welt lieber als hier neben mir.

«Was für Quittungen?»

«Ich zeige sie Ihnen im Motel. Aaron, bitte, Sie müssen mir dabei helfen.»

Er zögert und trommelt mit den Fingern auf das Lenkrad.

«Ich habe es Ihnen schon einmal gesagt.» Er spricht leiser denn je. «In meinem Beruf ist Vertrauen alles. Aufrichtigkeit ist alles.»

«Ich weiß. Und ich verspreche Ihnen, dass ich Ihnen jetzt gleich alles erzähle.»

Wir fahren auf den Parkplatz, trostlos liegt das Motel vor uns. Aaron stellt den Motor ab und sitzt schweigend neben mir.

«Bitte kommen Sie mit rein», sage ich und lege ihm die Hand aufs Bein. Er zuckt zusammen, aber ich merke, dass seine

Entschlossenheit ins Wanken gerät. Schweigend löst er den Sicherheitsgurt, öffnet die Tür und steigt aus.

Die Tür zu meinem Zimmer quietscht, als ich sie öffne. Wir treten beide ein, und ich schließe die Tür. Es ist kalt, dunkel. Die Vorhänge sind zugezogen, meine Tasche liegt noch auf dem Bett. Ich gehe zum Nachttisch und schalte die Lampe ein. Aaron steht noch an der Tür, das Neonlicht wirft Schatten auf sein Gesicht.

«Das ist es, was ich gefunden habe», sage ich und öffne meine Reisetasche. Ich greife hinein und streife mit der Hand das Xanax-Fläschchen, das obenauf liegt, doch ich schiebe es beiseite und packe stattdessen einen weißen Briefumschlag. Als ich ihn herausziehe, zittern mir die Hände ebenso wie an dem Tag, als ich Daniels Aktentasche auf dem Esszimmerboden aufklappte und die Papiere in den Mappen und Ringordnern durchsah. In Klarsichthüllen mit mehreren Fächern befanden sich Medikamentenproben, wie Baseballsammelkarten. Ich erkannte die Namen der Medikamente aus meiner eigenen Schreibtischschublade wieder: Alprazolam, Chlordiazepoxid, Diazepam. Bei der letzten Bezeichnung schnürte es mir die Kehle zu, und ich sah vor mir, wie ein einzelnes Haar federgleich zu Boden schwebte. Doch dann zwang ich mich, weiterzublättern, bis ich fand, was ich gesucht hatte.

Quittungen. Ich brauchte Quittungen. Denn ich wusste, dass Daniel alles aufbewahrte, von Hotel- und Restaurantrechnungen bis hin zu Tankquittungen und Rechnungen für Autoreparaturen. Alles konnte als Spesen abgesetzt werden.

Ich öffne den Umschlag, drehe ihn um, und ein Haufen Quittungen flattert aufs Bett. Ich sichte sie und überfliege die Adressen am unteren Rand.

«Es gibt natürlich Quittungen aus Baton Rouge», sage ich. «Restaurants in Jackson, Hotels in Alexandria. Alle diese Quittungen zeichnen ein Bild davon, wo er den Tag verbringt – und die Datumsangaben am unteren Rand sagen uns, wann er wo war.»

Aaron kommt herüber und setzt sich so dicht neben mich, dass sein Bein an meinem liegt. Er nimmt die oberste Quittung und liest sie.

«Angola», sagt er. «Liegt das in seinem Gebiet?»

«Nein.» Ich schüttle den Kopf. «Aber er fährt dorthin – oft. Und das ist auch die Quittung, die meine Aufmerksamkeit erregt hat.»

«Warum?»

Ich nehme sie ihm ab und halte sie zwischen Daumen und Zeigefinger von mir weg, als wäre sie giftig. Als könnte sie beißen.

«In Angola liegt das größte Hochsicherheitsgefängnis in Amerika», sage ich. «Das Louisiana State Penitentiary.»

Aaron hebt den Kopf und sieht mich mit hochgezogenen Augenbrauen an.

«Wo mein Vater zu Hause ist.»

«Ach du Scheiße.»

«Vielleicht kennen sie sich», fahre ich fort und sehe wieder auf die Quittung. Eine Flasche Wasser, Benzin für zwanzig Dollar. Ein Tütchen Sonnenblumenkerne. Ich weiß noch, dass mein Vater sich früher das gesamte Tütchen in den Mund schüttete und es knirschte, als ob er auf einer Handvoll Fingernägel herumkaute. Und die Schalen tauchten überall im Haus auf, klebten an allem. Klemmten in den Ritzen des Küchentischs, gerieten mir unter die Schuhe. Klumpten am Boden eines Wasserglases zusammen, ertranken in Speichel.

Ich denke an meine Mutter, die mit ihrem Fingerklopfen *Daniel* buchstabieren wollte.

«Das muss der Grund sein, warum er das tut», sage ich. «Warum er mich gefunden hat. Sie stehen in Verbindung.»

«Chloe, Sie müssen zur Polizei gehen.»

«Die Polizei wird mir nicht glauben, Aaron. Ich habe es schon versucht.»

«Wie meinen Sie das, Sie haben es schon versucht?»

«Ich habe eine Vorgeschichte. Eine Vergangenheit, die gegen mich spricht. Sie halten mich für verrückt –»

«Sie sind nicht verrückt», unterbricht er mich.

Es macht mich beinahe fassungslos, dass er das sagt, so als spräche er plötzlich Französisch. Denn zum ersten Mal seit Wochen glaubt mir jemand. Jemand ist auf meiner Seite. Und es fühlt sich so gut an, wenn einem geglaubt wird, wenn man mit aufrichtigem Interesse angesehen wird anstatt voller Misstrauen, Sorge oder Wut. Ich denke an all die kleinen Momente mit Aaron, die ich zu verdrängen versucht habe, von denen ich mir eingeredet habe, dass sie nichts zu bedeuten haben. Momente wie den, als wir zusammen an der Brücke saßen und über Erinnerungen sprachen. Und mir fällt ein, dass ich ihn an jenem Abend, als ich betrunken und einsam auf meiner Couch saß, anrufen wollte. Ich merke, dass er weitersprechen möchte, also beuge ich mich vor und gebe ihm einen Kuss, bevor er noch etwas sagen kann. Bevor dieses Gefühl vergeht.

«Chloe.» Unsere Gesichter sind einander ganz nahe, Stirn an Stirn. Er sieht mich an, als wollte er sich von mir lösen, als sollte er sich von mir lösen, aber stattdessen wandert seine Hand zu meinem Bein, dann meinen Arm hinauf und in mein Haar. Gleich darauf erwidert er meinen Kuss, die Lippen fest auf meinen Mund gepresst, und seine Finger berühren mich überall. Ich schiebe die Hände in sein Haar, dann öffne ich die Knöpfe an seinem Hemd, seiner Hose. Ich bin wieder auf dem College, werfe mich einem anderen schlagenden Herzen entgegen, damit mein eigenes sich nicht mehr so allein fühlt. Er drückt mich sanft aufs Bett, presst sich an mich, und seine kräftigen Arme heben meine Hände über den Kopf und halten meine Handgelenke dort fest. Seine Lippen wandern an meinem Hals entlang, über meine Brust, und während ich spüre, wie Aaron sich in mir bewegt, gebe ich mich für einige Minuten dem Vergessen hin.

Hinterher ist es dunkel draußen, und das einzige Licht ist das meiner Nachttischlampe. Aaron liegt neben mir und spielt mit meinem Haar. Wir haben kein Wort gesprochen.

«Ich glaube dir», sagt er schließlich. «Das mit Daniel. Das weißt du, oder?»

«Ja.» Ich nicke. «Ja, das weiß ich.»

«Dann gehst du also morgen zur Polizei?»

«Aaron, sie würden mir nicht glauben. Das habe ich dir doch gesagt. Ich überlege –» Ich zögere und drehe mich zu ihm um. Er starrt an die Decke, nur eine Silhouette in der Dunkelheit. «Ich überlege, ob ich ihn vielleicht besuchen muss. Meinen Vater.»

Er setzt sich auf und lehnt den nackten Rücken ans Kopfteil. Dann sieht er mich an.

«Allmählich glaube ich, dass er vielleicht der Einzige ist, der Antworten hat», fahre ich fort. «Vielleicht ist er der Einzige, der mir helfen kann, zu verstehen –»

«Das ist gefährlich, Chloe.»

«Wieso gefährlich? Er sitzt im Gefängnis, Aaron. Er kann mir nichts tun.»

«Doch, das kann er. Er kann dich trotzdem verletzen. Vielleicht nicht körperlich, aber –» Er bricht ab und reibt sich übers Gesicht. «Schlaf drüber», sagt er dann. «Versprich mir, das du drüber schläfst, ja? Wir können das morgen entscheiden. Und falls du möchtest, dass ich mitkomme, dann mache ich das. Dann reden wir zusammen mit ihm.»

«Okay», sage ich nach einer Weile. «Okay, das mache ich.»
«Gut.»

Er schwingt die Beine aus dem Bett und nimmt seine Jeans vom Boden. Ich beobachte, wie er sie anzieht, ins Bad geht und das Licht einschaltet. Dann schließe ich die Augen. Gleich darauf quietscht der Wasserhahn, und Wasser rauscht. Als ich die Augen wieder aufschlage, kommt er gerade zurück ins Schlafzimmer, ein Glas Wasser in der Hand.

«Ich muss eine Weile weg», sagt er und reicht mir das Glas. Ich nehme es und trinke einen Schluck. «Mein Redakteur hat den ganzen Tag nichts von mir gehört. Kommst du zurecht?»

«Ja», erwidere ich und lege den Kopf wieder auf mein Kissen. Dann sehe ich, dass Aaron nach unten blickt. Er bückt sich und nimmt das Xanax-Fläschchen aus meiner Reisetasche.

«Möchtest du eine von denen? Um besser einschlafen zu können?»

Ich starre das Fläschchen mit den Tabletten darin an. Aaron schüttelt es sanft, hebt die Augenbrauen, und ich nicke und strecke die Hand aus.

«Verurteilst du mich, wenn ich zwei nehme?»

«Nein.» Er lächelt, öffnet das Fläschchen und lässt zwei in meine Hand fallen. «Du hattest einen höllischen Tag.»

Ich betrachte die Tabletten in meiner Hand. Dann werfe ich sie ein, spüle mit ein wenig Wasser hinterher und spüre, wie sie immer wieder in meiner Speiseröhre hängen bleiben, als wehrten sie sich mit allen Kräften.

«Ich kann nicht anders, ich fühle mich verantwortlich», sage ich und lehne den Kopf ans Kopfteil. Ich denke an Lena. An Aubrey. An Lacey. An all diese Mädchen, deren Tod auf meinem Gewissen lastet. An alle Mädchen, die ich unabsichtlich in die Hände eines Ungeheuers gelockt habe – zuerst in die meines Vaters. Und jetzt in Daniels.

«Du bist dafür nicht verantwortlich», sagt Aaron und setzt sich auf die Bettkante. Er streicht mir durchs Haar. Das Zimmer beginnt, sich sanft zu drehen, und meine Lider fallen zu. Als ich die Augen schließe, zuckt ein Bild aus meinem Traum durch meinen Kopf: Ich selbst, unter dem Fenster meines Kinderzimmers, eine blutige Schaufel in Händen.

«Es ist meine Schuld», nuschle ich. Ich spüre die Wärme von Aarons Hand auf meiner Stirn. «Alles meine Schuld.»

«Schlaf ein bisschen», höre ich ihn sagen, beinahe wie ein Echo. Er küsst mich auf die Stirn, und seine Lippen haften kurz an meiner Haut. «Ich mach die Tür hinter mir zu.»

Ich nicke, dann drifte ich weg.

KAPITEL NEUNUNDDREISSIG

Als ich erwache, vibriert mein Telefon auf dem Nachttisch und wandert dabei übers Holz, bis es über den Rand rutscht und zu Boden fällt. Benommen öffne ich die Augen und sehe auf den Wecker.

Es ist zehn Uhr abends.

Ich versuche, die Augen weiter zu öffnen, aber ich sehe alles unscharf, und in meinem Kopf pocht es. Der Besuch in Daniels Elternhaus fällt mir wieder ein – seine Mutter in dieser alten Bruchbude, der Zeitungsausschnitt im Buch. Plötzlich wird mir übel. Hastig stehe ich auf und laufe ins Bad, klappe den Toilettensitz hoch und würge, doch es kommt nur gelbe, saure Galle hoch, die mir die Zunge verätzt. Hinten im Rachen hängt ein dünner Speichelfaden, und ich muss erneut würgen. Mit dem Handrücken wische ich mir den Mund ab, gehe zurück ins Schlafzimmer und hocke mich auf die Bettkante. Ich greife nach dem Wasserglas auf dem Nachttisch, aber es ist umgefallen. Wasser tropft über den Rand auf den Teppich. Mein Telefon muss es umgestoßen haben. Ich bücke mich, hebe es auf und drücke auf den Knopf an der Seite, um das Display aufleuchten zu lassen.

Da sind ein paar entgangene Anrufe von Aaron und ein paar Textnachrichten, in denen er fragt, wie es mir geht. Sofort spüre ich wieder seinen Körper auf mir. Seine Hände an meinen Handgelenken, seine Lippen an meinem Hals. Es war ein Fehler, was wir da getan haben, aber damit muss ich mich später auseinandersetzen. Ich scrolle durch die übrigen entgangenen Anrufe und Textnachrichten – die hauptsächlich von Shannon sind, dazwischen ein paar von Daniel. *Wie kann ich so viele entgangene Anrufe haben?* Es ist erst zehn Uhr – ich habe vier Stunden geschlafen, höchstens. Dann fällt mir das Datum im Display auf.

Es ist zehn Uhr abends am *Freitag*.

Ich habe einen ganzen Tag geschlafen.

Hastig entsperre ich mein Telefon, überfliege die Textnachrichten und erschrecke immer mehr.

> *Chloe, ruf mich bitte an. Es ist wichtig.*
> *Chloe, wo bist du?*
> *Chloe, ruf mich an. SOFORT.*

Mist, denke ich und reibe mir die Schläfen, in denen es immer noch pocht, ein stummer Protestschrei meines Körpers. Zwei Xanax auf leeren Magen zu nehmen, war eindeutig ein Fehler, aber das wusste ich vorher. Ich wollte einfach nur schlafen. Vergessen. Schließlich habe ich eine Woche lang kaum geschlafen mit Daniel neben mir. Das rächt sich jetzt offensichtlich.

Ich scrolle in meinen Kontakten bis zu Shannon und drücke auf *Anrufen*, dann halte ich mir das Telefon ans Ohr. Offenbar haben sie meine Lüge entlarvt. Daniel hat ihr wohl doch eine Nachricht geschrieben, obwohl ich ihn gebeten hatte, es nicht zu tun. Als sie dann erkannten, dass ich sie beide angelogen hatte, dass ich verschwunden war, ohne jemandem zu sagen, wohin oder mit wem, müssen sie in Panik geraten sein. Aber das ist mir im Moment eigentlich egal. Ich fahre nicht nach Hause zu Daniel. Und ich bin auch noch nicht davon überzeugt, dass ich zur Polizei gehen kann – Detective Thomas hat deutlich gesagt, dass ich mich aus den Ermittlungen herauszuhalten habe. Doch mit dem, was ich jetzt habe, dem Zeitungsausschnitt und dem Verlobungsring, den Quittungen aus Angola und meiner Unterhaltung mit Daniels Mutter, kann ich sie vielleicht doch dazu bringen, mir Beachtung zu schenken. Mir zuzuhören.

Dann fällt es mir wieder ein: der Verlobungsring! Ich habe ihn mir in Aarons Wagen vom Finger gezogen und zu Boden geworfen. Und ich glaube nicht, dass ich ihn wieder aufgehoben habe. Ich betrachte meine ringlose Hand, dann drehe ich mich um und taste das zerwühlte Bett ab. Unter der Bettdecke spüre ich etwas Hartes und schlage sie zurück – aber es ist nicht der Ring. Es ist Aarons Presseausweis. Blitzartig sehe ich vor mir, wie ich sein Hemd aufknöpfte und es ihm von den Schultern zog. Ich nehme das Schildchen, betrachte es aus nächster Nähe und gestatte mir eine Minute lang, mich zu fragen, ob die vergangene Nacht vielleicht doch kein Fehler war. Ob es uns vielleicht bestimmt war, durch diese eigenartige Wendung des Schicksals zueinanderzufinden.

Endlich meldet sich Shannon, und ich höre sofort, dass etwas nicht stimmt. Sie schnieft.

«Chloe, wo bist du, verdammt noch mal?»

Ihre Stimme klingt so heiser, als hätte sie mit Nägeln gegurgelt.

«Shannon», sage ich und setze mich aufrechter hin. Aarons Schildchen stecke ich ein. «Alles in Ordnung?»

«Nein, ist es nicht», fährt sie mich an, doch dann schluchzt sie leise. «Wo bist du?»

«Ich bin ... in der Stadt. Ich musste einfach mal den Kopf frei bekommen. Was ist los?»

Ein weiteres Schluchzen tönt mir ins Ohr, so laut diesmal, dass es sich wie eine Ohrfeige anfühlt. Ich zucke zusammen, entferne das Telefon von meinem Ohr und lausche so dem

Heulen am anderen Ende der Leitung, während Shannon versucht, einen zusammenhängenden Satz zu bilden.

«Es ist ... Riley», sagt sie, und sofort wird mir wieder übel. Ich weiß im Voraus, was sie sagen wird. «Sie ist ... sie ist *weg*.»

«Wie meinst du das, sie ist weg?», frage ich, obwohl ich weiß, was sie meint. Mein Bauchgefühl sagt es mir. Ich sehe Riley bei unserer Verlobungsparty vor mir, wie sie in unserem Wohnzimmer herumlümmelte, die mageren Beine übereinandergeschlagen. Die Füße in Sneakers, mit einem Fuß trat sie gegen das Stuhlbein. In einer Hand das Telefon, die andere spielte mit einer Haarsträhne.

Ich denke an Daniel und wie er sie ansah. Was er zu Shannon sagte, Worte, die ich damals für beruhigend hielt, die jetzt jedoch eine deutlich ominösere Bedeutung bekommen.

Eines Tages sind das nur noch ferne Erinnerungen.

«Ich meine, sie ist *weg*.» Shannon atmet dreimal hechelnd ein. «Als wir heute Morgen wach wurden, war sie nicht in ihrem Zimmer. Sie hat sich wieder davongeschlichen, durchs Fenster, aber sie ist nicht nach Hause gekommen. Sie ist schon einen ganzen Tag weg.»

«Hast du Daniel angerufen?», frage ich und hoffe, dass meine angespannte Stimme mich nicht verrät. «Ich meine, als du mich nicht erreichen konntest.»

«Ja.» Jetzt klingt auch ihre Stimme angespannt. «Er war der Meinung, wir wären zusammen. Bei deinem Junggesellinnenabschied.»

Ich schließe die Augen und senke den Kopf.

«Bei euch beiden stimmt offensichtlich was nicht. Du hast uns angelogen. Aber weißt du, was, Chloe? Dafür habe ich keine Zeit. Ich will nur wissen, wo meine Tochter ist.»

Ich schweige, denn ich wüsste gar nicht, wo ich anfangen

sollte. Ihre Tochter ist in Schwierigkeiten, Riley ist in Schwierigkeiten, und ich bin mir ziemlich sicher, dass ich weiß, warum. Aber wie bringe ich ihr das bei? Wie sage ich ihr, dass wahrscheinlich Daniel sie hat? Dass er wahrscheinlich auf sie gewartet hat, als sie ihr Laken aus dem Fenster warf und im Dunkeln hinunterkletterte. Dass er wusste, sie würde dort sein, weil Shannon ihm auf unserer Party selbst davon erzählt hatte. Dass er die letzte Nacht wählte, weil *ich* fort war, sodass er tun und lassen konnte, was er wollte.

Wie sage ich ihr, dass ihre Tochter meinetwegen wahrscheinlich nicht mehr am Leben ist?

«Ich komme zu dir», sage ich. «Ich komme jetzt gleich zu dir und erkläre dir alles.»

«Ich bin nicht zu Hause. Ich sitze im Auto und fahre durch die Gegend. Suche nach meiner Tochter. Aber wir könnten deine Hilfe brauchen.»

«Natürlich», sage ich. «Sag mir einfach, wohin ich kommen soll.»

Ich bekomme den Auftrag, sämtliche Seitenstraßen in einem Zehnmeilenradius um ihr Haus abzufahren, und wir beenden das Gespräch. Dann stehe ich auf und betrachte die Reisetasche zu meinen Füßen und Daniels Quittungen auf dem weißen Umschlag. Ich packe alles wieder ein, ziehe den Reißverschluss zu und hänge mir die Tasche über die Schulter. Schließlich sehe ich noch einmal auf mein Telefon und lese Daniels Nachrichten.

Chloe, kannst du mich bitte anrufen?
Chloe, wo bist du?

Außerdem habe ich eine Voicemail-Nachricht von ihm und

erwäge kurz, sie zu löschen. Ich kann mir seine Stimme jetzt nicht anhören. Ich kann mir seine Ausreden nicht anhören. Aber was, wenn er Riley hat? Was, wenn ich sie noch retten kann? Ich höre die Nachricht ab. Seine Stimme sickert ölig in mein Ohr und füllt sämtliche Ecken und Lücken in meinem Kopf. Überzieht alles.

> *Hi, Chloe. Hör mal ... Ich weiß nicht recht, was im Moment mit dir los ist. Du bist nicht bei deinem Junggesellinnenabschied. Ich habe gerade mit Shannon gesprochen. Ich weiß nicht, wo du bist, aber ganz offensichtlich stimmt etwas nicht.*

Dann ist es sehr lange still. Ich sehe aufs Display, um mich zu vergewissern, ob die Nachricht schon zu Ende ist, aber die Zeit läuft noch. Schließlich spricht er weiter.

> *Wenn du nach Hause kommst, werde ich fort sein. Weiß der Himmel, wo du jetzt bist. Morgen früh bin ich weg. Es ist dein Haus. Was es auch ist, worüber du dir klar werden musst, du solltest nicht das Gefühl haben, dass du es hier nicht tun kannst.*

Mir wird eng in der Brust. Er geht fort. Er *flieht*.

«Ich liebe dich», sagt er noch. Es klingt eher wie ein Seufzen. «Mehr als du weißt.»

Hier endet die Nachricht abrupt. Ich stehe mitten im Motelzimmer und habe noch Daniels Stimme im Ohr. *Morgen früh bin ich weg.* Ich sehe auf den Wecker. Jetzt ist es halb elf. Vielleicht ist er noch da. Vielleicht ist er noch zu Hause. Vielleicht kann ich dort sein, bevor er fährt, herausfinden, wohin er flieht, und die Polizei benachrichtigen.

Rasch gehe ich zur Tür und hinaus auf den Parkplatz. Die

Sonne ist längst hinter den Bäumen versunken, das Licht der Straßenlaternen verwandelt ihre Äste in knorrige Schatten. Kurz bleibe ich stehen, die Nacht erfüllt mich mit Unbehagen. Was lauert im Schutz der Dunkelheit? Doch dann denke ich an Riley. An Aubrey und Lacey. Ich denke an Lena. Ich denke an die Mädchen, an all die vermissten Mädchen da draußen, und ich zwinge mich, weiterzugehen in Richtung Wahrheit.

KAPITEL VIERZIG

Sobald ich in unsere Straße einbiege, schalte ich die Scheinwerfer aus, aber rasch wird mir klar, dass das unsinnig ist. Daniel wird mich nicht kommen sehen, denn er ist bereits fort. Das erkenne ich, als ich an unserer leeren Einfahrt vorbeirolle. Das Licht ist aus, drinnen wie draußen. Wieder einmal sieht mein Haus tot aus.

Ich lehne den Kopf ans Lenkrad. Ich bin zu spät gekommen. Mittlerweile könnte er überall sein – mit Riley. Ich zermartere mir das Hirn, überlege, wie seine letzten Schritte ausgesehen haben können. Versuche, mir vorzustellen, wohin er fahren könnte.

Dann hebe ich den Kopf. Ich habe eine Idee.

Da gibt es doch die Kamera, dieses kleine Ding, das Bert Rhodes in einer Ecke meines Wohnzimmers installiert hat. Ich hole mein Telefon hervor, tippe auf die Alarmanlagen-App und halte den Atem an, während das Bild auf meinem Display lädt. Da ist mein Wohnzimmer – dunkel, verlassen. Halb rechne ich damit, dass Daniel sich im Dunkeln verbirgt und auf mich wartet. Ich lege den Finger auf den Schieberegler unten auf dem Display und bewege ihn rückwärts, bis es hell wird in meinem Haus und schließlich Daniel auftaucht.

Noch vor einer halben Stunde war er hier. Er lief durchs Haus und ging so nervtötend normalen Beschäftigungen nach, wie eine Arbeitsfläche abzuwischen oder die Post zwei, drei Mal neu zu sortieren und sie an eine etwas andere Stelle zu legen. Während ich ihn beobachte, geht mir wieder dieses Wort durch den Kopf: *Serienmörder*. Es hat jetzt einen ebenso eigenartigen Beigeschmack wie damals vor zwanzig Jahren, als ich meinen Vater das Geschirr abspülen und jedes einzelne Teil mit großer Sorgfalt abtrocknen sah, damit er nichts beschädigte. *Serienmörder.* Warum war ihm so etwas wichtig? Warum war einem Serienmörder wichtig, das Porzellan meiner Großmutter zu schonen, wenn es ihm nicht wichtig war, ein Menschenleben zu schonen?

Daniel geht zur Couch, setzt sich auf die Kante und reibt sich geistesabwesend das Kinn. So oft habe ich ihn schon beobachtet bei diesen kleinen Gesten, die er macht, wenn er glaubt, dass ihn niemand sieht. Wenn er in der Küche das Abendessen zubereitet, wischt er mit dem Finger über den Rand der Weinflasche, aus der er gerade den letzten Rest mir eingeschenkt hat, und leckt ihn ab. Wenn er aus der Dusche kommt, zerzaust er sich das nasse Haar, das ihm in die Stirn hängt, bevor er den Kamm nimmt und es ordentlich zur Seite kämmt. Und jedes Mal, wenn ich ihn beobachtete, jedes Mal, wenn ich Zeugin dieser kleinen intimen Gesten wurde, erfüllte mich ungläubiges Staunen, so als könnte jemand wie er unmöglich echt sein.

Und jetzt weiß ich auch, warum.

Er ist nicht echt. Nicht wirklich. Der Daniel, den ich kenne, der Daniel, in den ich mich verliebte, ist ein Zerrbild, eine Maske, die er aufsetzt, um sein wahres Gesicht zu verbergen. Er hat mich geködert, genauso wie diese Mädchen; er hat mir gezeigt, was ich sehen wollte, hat mir erzählt, was ich hören wollte. Er gab mir das Gefühl, in Sicherheit zu sein und geliebt zu werden.

Aber jetzt fallen mir auch all die *anderen* Momente wieder ein – die Momente, in denen er ein Stückchen seines wahren Ichs zeigte. In denen er die Maske für eine Minute fallen ließ. Ich hätte es längst erkennen müssen.

Womit ich wieder bei den zwei Typen von Nachahmungstätern wäre, von denen Aaron sprach: denjenigen, die ihre Vorgänger verehren, und denjenigen, die sie herabsetzen. Daniel verehrt meinen Vater eindeutig. Er folgt ihm seit zwanzig Jahren, er spiegelt seine Verbrechen, seit er siebzehn war. Er besucht ihn im Gefängnis. Aber irgendwann genügte ihm das nicht mehr. Zu morden genügte nicht mehr. Jemandem das Leben zu nehmen und die Leiche irgendwo abzulegen, genügte nicht mehr; er musste jemandem das Leben nehmen und es behalten. Er musste *mein* Leben haben, es in Geiselhaft nehmen, so wie mein Vater es tat. Er musste mich tagtäglich hinters Licht führen, genauso wie mein Vater es tat. Jetzt beobachte ich ihn, beobachte diese Hände, die den Ring seiner Schwester auf meinen Finger schoben, um sein Revier zu markieren. Diese Hände, die meinen Hals umschlossen, als er mich küsste, und nur ein bisschen zu fest zudrückten. Um mich zu provozieren, mich auf die Probe zu stellen. Ich bin nicht anders als das Schmuckstück, das er sicher in einer dunklen Schrankecke verwahrte – seine Trophäe, eine lebendige Erinnerung an seine Leistungen. Während ich ihn jetzt beobachte, spüre ich Wut in mir aufsteigen wie eine Flutwelle, höher und immer höher, bis sie mich umreißt und ertrinken lässt.

Nun steht Daniel auf und steckt die Hand in die Hosentasche. Er zieht etwas heraus und betrachtet es eine Weile. Ich kneife die Augen zusammen, aber der Gegenstand ist zu klein, um ihn zu erkennen. Mit zwei Fingern vergrößere ich seine Hand auf dem Display, und jetzt kann ich es erkennen: In seiner Handfläche liegt die dünne Silberkette, ein Teil der Kette baumelt herab. Ein Dreieck aus kleinen Diamanten glitzert im Licht.

Wieder muss ich daran denken, wie er aufstand, durchs

Schlafzimmer schlich und die Schranktür schloss. Ich spüre, wie mir heiß in der Brust wird und die Hitze sich von dort aus bis in die Kehle, die Wangen und in die Augen ausbreitet.

Ich hatte recht. Er hat sie an sich genommen.

Wie oft hat Daniel mich an mir selbst zweifeln lassen, an meiner geistigen Gesundheit, wenn auch nur für einen Augenblick? *Ich fahre nach New Orleans, weißt du nicht mehr?* Schon stellte ich infrage, was ich gesehen hatte; wovon ich im tiefsten Inneren wusste, dass es stimmte. Daniel blickt noch immer auf seine Hand. Schließlich atmet er tief durch und steckt die Kette wieder in die Tasche. Er geht zur Haustür, und da fällt mir auf, dass im Flur ein Koffer steht und seine Laptoptasche an der Wand lehnt. Er hebt beides hoch und dreht sich um. Sieht sich ein letztes Mal im Raum um. Dann legt er den Finger auf den Lichtschalter, und als hätte er die Lippen geschürzt und eine Kerze ausgeblasen, wird alles schwarz.

Ich stelle das Telefon in den Getränkehalter und versuche zu deuten, was ich gerade gesehen habe. Viel ist es nicht – aber etwas schon. Vor einer halben Stunde war Daniel noch hier. Er ist mir nicht allzu weit voraus. Ich muss nur darauf kommen, wohin er fährt. Im Grunde gibt es da unendlich viele Möglichkeiten. Er könnte überallhin fahren. Daniel hat Gepäck dabei. Er könnte quer durchs Land fahren und sich irgendwo in einem Hotelzimmer verkriechen. Er könnte sogar bis hinunter nach Mexiko fahren – die Grenze ist keine zehn Autostunden entfernt. Morgen schon könnte er dort sein.

Doch dann muss ich wieder daran denken, wie er die Halskette in seiner Hand liebkoste. Ich denke an Riley, die bisher nur vermisst wird. Noch wurde ihre Leiche nicht gefunden. Und mir wird klar: Er flieht gar nicht, denn er ist noch nicht fertig. Er hat noch Arbeit zu erledigen.

Der Rechtsmediziner hat festgestellt, dass die Leichen der beiden ersten Opfer nach dem Tod noch bewegt wurden. Dass sie anderswo gestorben waren, bevor sie dorthin zurückgebracht wurden, wo sie verschwunden waren. Wenn das so ist, *wo ist dann Riley?* Wo könnte er sie gefangen halten? Wo hat er sie alle gefangen gehalten?

Und dann habe ich eine Erleuchtung. Ich weiß es. Irgendwo tief drin, auf zellulärer Ebene. Ich weiß es.

Bevor ich es mir wieder ausreden kann, lasse ich den Motor an, schalte die Scheinwerfer ein und fahre los. Um mich abzulenken, denke ich an alles Mögliche, nur nicht an mein Ziel – doch während die Minuten verrinnen, spüre ich, wie mein Herz immer schneller schlägt. Mit jeder Meile, die ich fahre, fällt mir das Atmen schwerer. Eine halbe Stunde ist vergangen, dann vierzig Minuten, und ich weiß, ich bin gleich da. Ich sehe auf die Uhr im Armaturenbrett – es ist kurz vor Mitternacht –, und als ich wieder auf die Straße blicke, taucht es in der Ferne auf, das alte, wohlvertraute Ortsschild, schmutzverkrustet und an den Rändern rostig, nachdem es jahrzehntelang hier am Straßenrand stand. Meine Hände werden feucht, und je näher ich heranfahre, desto größer wird meine Panik. Eine flackernde Lampe wirft fahles Licht auf das Schild.

WILLKOMMEN IN BREAUX BRIDGE: FLUSSKREBSHAUPTSTADT DER WELT

Ich komme nach Hause.

KAPITEL
EINUNDVIERZIG

Ich setze den Blinker und nehme die nächste Ausfahrt. Breaux Bridge. Ein Ort, den ich nicht mehr besucht habe, seit ich vor über zehn Jahren aufs College ging; ein Ort, von dem ich dachte, ich würde ihn nie wiedersehen.

Ich fahre durch die Stadt, vorbei an den Reihen alter Backsteingebäude mit ihren moosgrünen Markisen. In meinem Kopf scheint dieser Ort durch eine präzise Trennlinie sauber zweigeteilt: in *vorher* und *nachher*. Auf der einen Seite dieser Grenze sind die Erinnerungen hell und schön. Eine Kleinstadtkindheit voller Wassereis von der Tankstelle, mit Rollschuhen aus dem Secondhandladen; mit einer Bäckerei, in die ich nach der Schule jeden Nachmittag um drei ging, um mir eine kostenlose Scheibe noch ofenwarmes Sauerteigbrot zu holen. Geschmolzene Butter lief mir übers Kinn, wenn ich nach Hause ging, über die Spalten im Gehweg hüpfte und am Wegrand blühendes Unkraut pflückte, das ich meiner Mutter dann in einem mattierten Trinkglas brachte.

Auf der anderen Seite türmen sich übergroße Schatten.

Ich fahre am Festplatz vorbei, auf dem jedes Jahr das Krebsfest stattfindet, blicke auf ebendie Stelle, an der ich mit Lena stand, die Stirn an ihren warmen Bauch gedrückt, und ihre verschwitzte Haut spürte, während zwischen ihren gewölbten Händen ein Schmuckglühwürmchen leuchtete. Kurz sehe ich dorthin, wo mein Vater stand und zu uns hinüberstarrte. Zu ihr. Ich fahre an meiner alten Schule vorbei, an dem Müllcontainer, gegen den ein älterer Junge meinen Kopf schlug und mir drohte, er werde mir das Gleiche antun wie mein Vater seiner Schwester.

Daniel ist genau diese Strecke wochenlang immer wieder gefahren, wird mir klar, wenn er in die Nacht verschwand, bevor er müde, verschwitzt und sehr lebendig nach Hause kam. Ich nähere mich meiner Abzweigung und halte kurz vorher am Straßenrand. Dann betrachte ich den Weg, den ich früher immer entlangrannte und dabei so viel Staub aufwirbelte, dass man es von der Straße aus sah, bis ich mich zwischen den Bäumen verlor, die Treppe zur Veranda hinaufrannte und meinem Vater in die ausgestreckten Arme fiel. Es ist das ideale Versteck für ein entführtes Mädchen: ein verlassenes altes Haus auf einem vier Hektar großen verwilderten Grundstück. Ein Haus, das niemand aufsucht, niemand anrührt. Ein Haus, in dem es angeblich spukt, weil Dick Davis irgendwo dort seine sechs Opfer vergrub, bevor er in mein Kinderzimmer kam und mir einen Gutenachtkuss gab.

Ich denke an die Unterhaltung mit Daniel, bei der wir beide auf meiner Wohnzimmercouch lagen. Die Unterhaltung, bei der ich ihm zum ersten Mal alles erzählte – während er ach so aufmerksam zuhörte. Lena und ihr Bauchnabelpiercing, ein einzelnes Glühwürmchen, das im Dunkeln leuchtete. Mein Vater, ein Schatten zwischen den Bäumen. Das Kästchen im Schrank, das seine Geheimnisse enthielt.

Und unser Haus. Ich erzählte ihm auch von unserem Haus. Dem Epizentrum von allem.

Als mein Vater ins Gefängnis kam und meine Mutter nicht mehr in der Lage war, sich um den Besitz zu kümmern, landete die Verantwortung bei uns – bei Cooper und mir. Aber ebenso, wie wir unsere Mutter in Riverside zurückließen, gaben wir auch dieses Haus auf. Wir wollten uns nicht damit befassen, wollten uns nicht den Erinnerungen stellen, die noch darin lebten. Also ließen wir es einfach zurück, ließen es jahrzehntelang leer stehen, ließen alles, wie es war. Mittlerweile ist das alles wahrscheinlich von einer dicken Staubschicht bedeckt. Die Holzstange im Schrank meiner Mutter, die unter ihrem Gewicht durchbrach, die Asche aus der Pfeife meines Vaters auf dem Wohnzimmerteppich. All das – ein Schnappschuss meiner Vergangenheit, eingefroren in der Zeit; die Staubkörnchen hängen in der Luft, als hätte jemand einfach auf *Pause* gedrückt, dann kehrtgemacht, die Tür geschlossen und wäre davongegangen.

Und Daniel wusste davon. Daniel wusste, wo es ist. Er wusste, dass es leer steht – bereit für ihn.

Meine Hände umklammern das Lenkrad, das Herz klopft mir bis zum Hals. Eine Weile sitze ich still da und überlege, was ich tun soll. Soll ich Detective Thomas anrufen und ihn bitten, sich hier mit mir zu treffen? Aber was würde er tun? Welche Beweise habe ich? Dann sehe ich wieder meinen Vater vor mir, wie er nachts mit einer Schaufel über der Schulter durch diesen Wald ging. Und mich selbst, wie ich ihn im Alter von zwölf Jahren durch das geöffnete Fenster beobachtete.

Wie ich ihn beobachtete, abwartete, aber nichts unternahm.

Riley könnte dort sein. Sie könnte in Schwierigkeiten sein. Mit zitternden Händen nehme ich meine Handtasche, öffne sie und betrachte die Pistole darin – die Pistole, die ich aus dem Schrank geholt habe, bevor ich mich zum Motel aufmachte, die Pistole, die ich in der Nacht, in der die Alarmanlage losging, gesucht hatte. Ich atme tief durch, steige geräuschlos aus und schließe leise die Autotür.

Es ist warm und feucht und riecht wie ein Rülpser nach dem Verzehr eines gekochten Eis – die Schwefeldünste aus dem Sumpf hängen schwer in der schwülen Sommerluft. Ich schleiche zur Auffahrt, bleibe dort eine Weile stehen und blicke zum

Haus. Der Wald beiderseits der Straße ist stockfinster, aber ich zwinge mich, einen Schritt vorzugehen. Dann noch einen. Und noch einen. Gleich darauf gehe ich zügig auf das Haus zu. Ich hatte ganz vergessen, wie undurchdringlich die Finsternis hier draußen ist, ohne Straßenlaternen oder erleuchtete Fenster in Nachbarhäusern – aber mit diesem perfekten Kontrast, weil der Mond immer so hell scheint. Ich sehe hoch zum Vollmond am wolkenlosen Himmel über mir. Er beleuchtet das Haus wie ein Scheinwerfer. Jetzt kann ich es gut erkennen – den abblätternden weißen Anstrich, die sich nach Jahren der Hitze und Feuchtigkeit ablösende Holzverkleidung, das hohe Gras unter meinen Füßen. Ranken schlängeln sich an der Hausseite hinauf wie Adern und verleihen ihm etwas Unirdisches, lassen es mit teuflischem Leben pulsieren. Ich schleiche die Treppe hinauf und weiche dabei Stellen aus, die früher manchmal knarrten. Mir fällt auf, dass die Jalousien nicht herabgelassen sind – und in diesem hellen Mondlicht könnte Daniel mich sehen, falls er dort drin ist. Also mache ich kehrt und gehe ums Haus herum. Ich mustere den Plunder, mit dem der Garten vollgestellt ist, wie er es immer war – an der Rückseite des Hauses stapelt sich verrottendes Sperrholz, daneben stehen eine Schaufel und eine Schubkarre mit weiteren Gartenwerkzeugen. Kurz sehe ich meine Mutter vor mir, die mit Erde an der Haut und einem Schmutzstreifen auf der Stirn auf allen vieren im Garten arbeitet. Als ich durch die Fenster ins Haus sehen will, stelle ich fest, dass hier hinten alle Jalousien heruntergelassen sind, und im Dunkeln kann man durch die Ritzen nichts erkennen. Ich drehe versuchsweise am Türknauf, rüttle ein wenig daran, aber die Tür lässt sich nicht öffnen. Sie ist abgeschlossen.

Ich atme aus und stemme die Hände in die Hüften.

Dann habe ich eine Idee.

Ich betrachte die Tür und rufe mir den Tag mit Lena in Erinnerung, an dem sie mit meiner Bibliothekskarte ins Zimmer meines Bruders einbrach.

Zuerst suchst du die Türangeln. Wenn du sie nicht sehen kannst, ist es die richtige Art von Schloss.

Ich greife in die Gesäßtasche und ziehe Aarons Presseausweis heraus, den ich im Motel unter der Bettdecke gefunden und an mich genommen hatte. Ich biege ihn probeweise – er ist ausreichend stabil – und stecke ihn schräg in den Türspalt, genauso wie Lena es mir damals gezeigt hat.

Wenn die Kante drin ist, halt sie wieder gerade.

Ich rüttle vorsichtig an der Karte, übe sanften Druck aus, schiebe sie vor und zurück, vor und zurück. Schiebe sie tiefer hinein und drehe mit der anderen Hand den Türknauf – bis ich es klicken höre.

KAPITEL ZWEIUNDVIERZIG

Die Hintertür öffnet sich, und ich schließe die Hand um den Presseausweis, während ich eintrete. Dann taste ich mich an der Wand entlang durch den Flur, denn es fällt mir schwer, mich im Dunkeln zu orientieren. Überall höre ich es knarren, aber ich weiß nicht, ob das bloß die Geräusche eines alten Hauses sind oder Daniel, der sich von hinten an mich anschleicht, die Arme ausgestreckt, bereit zuzuschlagen.

Ich ertaste die Stelle, wo der Flur sich zu unserem Wohnzimmer hin öffnet, und betrete es. Das Mondlicht, das durch die Jalousien dringt, ist so hell, dass ich gut sehen kann. Ich blicke mich um. Was ich sehe, entspricht genau dem, was ich in Erinnerung habe: der alte La-Z-Boy meines Vaters in einer Ecke, das Leder ausgeblichen und rissig. Der Fernseher auf dem Boden mit meinen Fingerabdrücken auf dem Bildschirm. Hierher ist Daniel immer gefahren: zu diesem Haus. In diesem grässlichen, furchtbaren Haus verschwindet er jede Woche. Hierher bringt er seine Opfer und tut ihnen Gott weiß was an, bevor er ihre Leichen dorthin zurückbringt, wo er sie entführt hatte. Ich sehe nach rechts und entdecke am Boden etwas, das dort nicht hingehört, etwas Langes, Schmales, wie ein Stapel Bretter.

Es sieht aus wie ein Körper. Der Körper eines jungen Mädchens.

«Riley?», flüstere ich und laufe durchs Wohnzimmer auf die dunkle Gestalt zu. Noch bevor ich bei ihr bin, sehe ich, dass sie es ist: Augen und Mund sind geschlossen, das Haar rahmt ihre Wangen ein und fällt ihr auf die Brust. Sogar im Dunkeln, oder vielleicht auch gerade im Dunkeln, ist ihr Gesicht erschreckend bleich – sie sieht aus wie ein Gespenst, die Lippen blau, die Haut blutleer, was ihr ein durchscheinendes Leuchten verleiht.

«Riley», sage ich noch einmal und rüttle an ihrem Arm. Sie regt sich nicht; sie spricht nicht. Ich betrachte ihre Handgelenke, an denen sich eine rote Linie abzuzeichnen beginnt. Dann sehe ich zum Hals, wappne mich für den Anblick dieser schwach sichtbaren, fingerförmigen Hämatome auf ihrer Haut – doch sie sind nicht da. Noch nicht.

«Riley», wiederhole ich drängend und schüttle sie sanft. «Riley, komm schon.»

Ich lege ihr die Finger auf den Hals und halte den Atem an, hoffe, etwas zu spüren, irgendetwas. Und da ist auch etwas – nur ganz schwach, aber es ist da. Ein schwaches Pochen, ihr Puls, langsam und schwerfällig. Sie lebt noch.

«Komm schon», flüstere ich und versuche, sie hochzuheben. Ihr regloser Körper ist ein totes Gewicht, doch als ich ihre Arme packe, sehe ich die Lider flattern, die Augäpfel darunter scheinen sich hin- und herzubewegen, und sie stöhnt leise. Das ist das Diazepam, wird mir klar. Sie wurde betäubt. «Ich hole dich hier raus. Ich verspreche, ich hole dich –»

«Chloe?»

Mir bleibt das Herz stehen. Hinter mir ist jemand. Ich erkenne diese Stimme wieder, diese Art, meinen Namen im Mund zu bewegen wie ein Bonbon, bevor es auf der Zunge schmilzt. Diese Stimme würde ich überall erkennen.

Aber sie gehört nicht Daniel.

Langsam stehe ich auf und drehe mich um. Es ist gerade hell genug im Raum, um seine Gesichtszüge zu erkennen.

«Aaron.» Ich versuche, es mir zu erklären, suche nach einem Grund dafür, dass er hier steht, in diesem Haus – in *meinem* Haus –, aber mein Kopf ist leer. «Was tust du hier?»

Eine Wolke zieht vor den Mond, und plötzlich wird es dunkel im Raum. Ich reiße die Augen auf, versuche, etwas zu erkennen, und als wieder Licht durch die Jalousie dringt, scheint Aaron näher gekommen zu sein, vielleicht ein, zwei Schritte.

«Dasselbe könnte ich dich fragen.»

Ich sehe zu Riley hinüber und erkenne, wie es von außen wirken muss, wenn ich mich im Dunkeln über ein bewusstloses Mädchen beuge. Ich muss an Detective Thomas denken, der mich in meiner Praxis so argwöhnisch musterte. An meine Fingerabdrücke auf Aubreys Ohrring. An seine vorwurfsvollen Worte.

Der rote Faden, der das alles verbindet, scheinen Sie zu sein.

Ich deute auf Riley und öffne den Mund, um etwas zu erwidern, doch ich habe einen Kloß im Hals. Ich räuspere mich.

«Sie lebt, Gott sei Dank», kommt Aaron mir zuvor und tritt einen Schritt näher. «Ich habe sie selbst gerade erst gefunden. Ich habe versucht, sie aufzuwecken, aber es ist mir nicht gelungen. Da habe ich die Polizei gerufen. Sie sind unterwegs.»

Noch immer unfähig, zu sprechen, starre ich ihn an. Er ahnt meine Bedenken und fährt fort.

«Mir fiel ein, dass du dieses Haus erwähnt hattest. Dass es einfach nur leer steht. Ich dachte, vielleicht ist sie ja hier. Ich habe dich ein paar Mal angerufen.» Er breitet die Arme aus, als meinte er den Raum, in dem wir stehen, dann lässt er sie wieder sinken. «Anscheinend hattest du dieselbe Idee.»

Ich atme aus und nicke. Dann denke ich an gestern Nacht, an Aaron in meinem Motelzimmer. An seine Hände, die sich begierig in mein Haar gruben. Und daran, wie wir hinterher still nebeneinanderlagen. An seine Worte an meinem Ohr: *Ich glaube dir.*

«Wir müssen ihr helfen», sage ich, als ich endlich die Sprache wiederfinde. Ich drehe mich zu Riley um und fühle ihr noch einmal den Puls. «Wir müssen sie dazu bringen, sich zu übergeben oder so –»

«Die Polizei ist unterwegs», sagt Aaron noch einmal. «Chloe, alles wird gut. Es wird ihr wieder gut gehen.»

«Daniel muss ganz in der Nähe sein», sage ich und reibe ihr über die Wange. Sie ist kalt. «Als ich aufwachte, hatte ich jede Menge entgangener Anrufe. Er hat mir eine Nachricht auf der Voicemail hinterlassen, und ich dachte, vielleicht –»

Dann halte ich inne, denn jetzt fällt mir der Ablauf der letzten Nacht wieder ein. Ich erinnere mich daran, wie ich eindöste und Aarons rissige Lippen auf meiner Stirn spürte, als er mir den Gutenachtkuss gab. Langsam stehe ich wieder auf und drehe mich um. Mit einem Mal möchte ich ihm nicht mehr den Rücken zuwenden.

«Moment mal.» Meine Gedanken sind so schwerfällig, als wateten sie durch Schlamm. «Woher weißt du, dass Riley vermisst wird?»

Ich denke daran, dass ich erst einen vollen Tag später erwachte, als Aaron schon lange fort war. Dass ich Shannon anrief. Ich denke an ihr verzweifeltes Schluchzen.

Riley ist weg.

«Es ist in den Nachrichten», sagt er. Aber wie er das sagt, kalt und wie einstudiert, lässt mich zweifeln.

Ich trete einen kleinen Schritt zurück, um den Abstand zwischen uns zu vergrößern. Und zugleich fest zwischen Aaron und Riley zu stehen. Als er das sieht, verändert sich sein Gesichtsausdruck – er presst die Lippen aufeinander, spannt den Kiefer an, ballt die Fäuste.

«Chloe, komm schon», sagt er und lächelt gezwungen. «Es

gibt einen Suchtrupp und alles. Die ganze Stadt ist auf den Beinen und sucht nach ihr. Jeder weiß davon.»

Er streckt die Arme aus, als wollte er meine Hände ergreifen, doch anstatt zu ihm zu gehen, hebe ich die Hände, um ihn aufzuhalten.

«Ich bin's», sagt er. «Aaron. Chloe, du *kennst* mich.»

Das Mondlicht, das durch die Jalousien fällt, wird heller, und da entdecke ich ihn auf dem Boden zwischen uns. Ich muss ihn verloren haben, als ich zu Riley lief und fieberhaft nach ihrem Puls tastete: Aarons Presseausweis. Das Kärtchen, mit dem ich die Hintertür aufgebrochen habe. Doch jetzt sieht es ... anders aus.

Ohne Aaron aus den Augen zu lassen, bücke ich mich langsam und nehme den Ausweis auf. Ich halte ihn mir dicht vor die Augen, und jetzt sehe ich, dass er eingerissen ist. Ich habe ihn wohl bei meinem Einbruch beschädigt. Die Ränder klaffen auseinander. Ich schnipse an dem ramponierten Ding, zupfe am Papier, und da löst sich die gesamte Vorderseite ab. Ich eisiger Schauder läuft mir über den Rücken.

Aarons Presseausweis ist nicht echt. Er ist gefälscht.

Ich sehe Aaron an. Er steht da und beobachtet mich. Dann denke ich daran, wie ich dieses Kärtchen zum ersten Mal sah, im Café, als er es praktischerweise so am Hemd befestigt hatte, dass das Logo der *New York Times* gut sichtbar war. Das war meine erste Begegnung mit Aaron – aber nicht das erste Mal, dass ich ihn sah. Ich erkannte ihn sofort, weil ich sein Foto im Internet gesehen hatte. Während meine Glieder vom Ativan kribbelten, hatte ich sein Autorenfoto online betrachtet – klein und körnig, schwarz-weiß. Mit kariertem Hemd und Schildpattbrille. Genauso sah er auch aus, als er das Café betrat. Und jetzt wird mir mit einem mulmigen Gefühl im Magen klar: Das war Absicht. All das: Absicht. Die gleiche Kleidung, die gleiche Brille, weil er wusste, dass ich sie wiedererkennen würde. Der Presseausweis, auf dem der Name Aaron Jansen gut sichtbar aufgedruckt war. Ich weiß noch, dass ich fand, er wirkte irgendwie anders als auf dem Foto, anders, als ich erwartet hatte ... größer, kräftiger. Muskulösere Arme, deutlich tiefere Stimme. Aber ich nahm einfach an, dass dieser Mann Aaron Jansen war, ohne dass er sich auch nur vorgestellt und den Namen überhaupt ausgesprochen hätte. Und wie er ins Café schlenderte – gemächlich, selbstbewusst –, als wüsste er, dass ich schon da war und wo ich saß. Als spielte er mir etwas vor, als wüsste er, dass ich ihn beobachtete.

Weil er mich nämlich seinerseits beobachtet hatte.

«Wer bist du?», frage ich jetzt, und mit einem Mal ist sein Gesicht im Dunkeln nicht wiederzuerkennen.

Aaron steht reglos da. Er hat etwas Hohles an sich, das mir bisher nicht aufgefallen war, er erinnert mich an ein Ei, aus dem das Eigelb herausgelaufen ist, sodass nur eine zerbrochene Schale zurückbleibt. Er zögert und scheint zu überlegen, was er am besten antwortet.

«Ich bin niemand», sagt er schließlich.

«Warst du das?»

Er öffnet den Mund, dann schließt er ihn wieder, als wäre er um Worte verlegen. Ich rufe mir sämtliche Unterhaltungen ins Gedächtnis, die wir je geführt haben. Seine Worte hallen so laut durch meinen Kopf wie das Blut, das in meinen Ohren braust.

Nachahmungstäter morden, weil sie von einem anderen Mörder besessen sind.

Ich starre diesen Mann an, diesen Fremden, der sich in mein Leben drängte, als das alles begann. Den Mann, von dem die

Theorie mit dem Nachahmungstäter überhaupt stammt und der mich so lange in diese Richtung stupste, bis ich sie endlich glaubte. *Es gibt einen Grund dafür, dass das gerade jetzt passiert, gerade hier.* Diese Fragen, die er stellte, so hartnäckig, und wie er sich dabei dicht zu mir beugte. Und diese kindliche Aufregung, die sich in seine Stimme schlich, als ich von Lena erzählte, beinahe so, als könnte er nicht anders, als müsste er unbedingt wissen: *Wie war sie?*

«Antworte mir», sage ich, um eine feste Stimme bemüht. «Warst du es?»

«Hör mal, Chloe. Es ist nicht so, wie du denkst.»

Ich sehe ihn vor mir in meinem Bett, seine Hände auf meinen Handgelenken, seine Lippen an meinem Hals. Ich sehe vor mir, wie er aufstand, die Jeans anzog. Mir ein Glas Wasser brachte und mir durchs Haar strich, mich in den Schlaf lullte, ehe er wieder in der Dunkelheit verschwand. Das war die Nacht, in der Riley verschwand. Das war die Nacht, in der sie entführt wurde – von *ihm*, während ich schlief, die Stirn schweißnass, die Glieder noch prickelnd von seiner Berührung. Übelkeit steigt in mir auf. Aber er hatte es mir ja gesagt – bei unserem Treffen am Fluss, als ich mit einem Kaffeebecher zwischen den Füßen die Brücke betrachtete, die in der Ferne allmählich aus dem Nebel auftauchte.

Es ist ein Spiel.

Mir war nur nicht klar, dass es sein Spiel ist.

«Ich rufe die Polizei», sage ich, denn ich weiß, dass er es nicht getan hat. Die Polizei kommt nicht. Ich suche in der Handtasche nach meinem Telefon, taste mit zitternden Fingern alles ab – und dann fällt mir ein: Mein Telefon ist im Auto, es steckt noch im Getränkehalter. Ich habe es ja dort hineingestellt, nachdem ich mir die Überwachungsbilder von Daniel angesehen hatte, und dann machte ich mich, ohne lange zu überlegen, auf den Weg nach Breaux Bridge, stellte den Wagen ab, brach hier ein. Wie konnte ich das nur vergessen? Wie konnte ich nur mein Telefon im Auto vergessen?

«Chloe, komm schon», sagt Aaron und tritt näher. Er ist nur noch wenige Schritte von mir entfernt, nahe genug, um mich zu berühren. «Lass es mich erklären.»

«Warum hast du es getan?», frage ich, die Hand immer noch tief in meiner Handtasche, und meine Lippe bebt. «Warum hast du diese Mädchen getötet?»

Sobald die Frage heraus ist, habe ich wieder ein Déjà-vu, das wie eine Welle über mich hinwegspült. Ich sehe vor mir, wie ich vor zwanzig Jahren hier in diesem Zimmer saß, die Hände auf dem Fernsehbildschirm, während der Richter meinem Vater genau die gleiche Frage stellte. Diese Stille im Gerichtssaal, während alle auf seine Antwort warteten, während ich wartete und verzweifelt die Wahrheit erfahren wollte.

«Es war nicht meine Schuld», sagt Aaron schließlich, und seine Augen sind feucht. «War es nicht.»

«Es war nicht deine Schuld», wiederhole ich. «Du hast zwei Mädchen getötet, und es war nicht deine Schuld?»

«Nein, ich meine ... Doch. Ja. Aber es war auch nicht –»

Ich blicke diesen Mann an und sehe meinen Vater. Ich sehe ihn im Fernsehen, die Arme hinter dem Rücken gefesselt, während ich in unserem Wohnzimmer auf dem Boden saß und an seinen Lippen hing. Ich sehe den Teufel, der irgendwo tief in ihm lebte – ein nass glänzender, pulsierender Fötus in seinem Bauch, der langsam wuchs, bis er eines Tages hervorplatzte. Mein Vater und seine Finsternis; dieser Schatten in der Ecke, der ihn anzog und ihn verschluckte. Das Schweigen im Gerichtssaal, als er mit Tränen in den Augen sein Geständnis ablegte. Die ungläubige Stimme des Richters. Angewidert.

Und Sie wollen behaupten, diese Finsternis sei es gewesen, was Sie gezwungen hat, diese Mädchen zu töten?

«Du bist genau wie er», sage ich. «Du versuchst, etwas anderes für das verantwortlich zu machen, was du getan hast.»

«Nein. Nein, so ist das nicht.»

Ich spüre, wie meine Fingernägel sich so tief in die Handflächen bohren, dass es blutet. Ich spüre wieder die Wut, die damals in mir aufstieg; erinnere mich daran, dass es mich kaltließ, als ich ihn weinen sah. Und ich weiß noch genau, wie sehr ich ihn in diesem Augenblick hasste. Ihn mit jeder Faser meines Körpers hasste.

Und ich weiß noch, wie ich ihn tötete. In meiner Vorstellung habe ich ihn getötet.

«Chloe, hör mir einfach zu», sagt Aaron und kommt noch näher. Ich betrachte seine ausgestreckten Arme, die sanften Hände. Dieselben Hände, die meine Haut berührt und sich mit meinen verschränkt haben. In seine Arme habe ich mich ebenso geworfen wie in die meines Vaters, habe auch diesmal an der falschen Stelle nach Sicherheit gesucht. «Er hat mich dazu gezwungen –»

Ich höre es, bevor ich es sehe. Bevor mir überhaupt klar ist, was ich getan habe. Es ist, als beobachtete ich etwas, das jemand anderem geschieht: meine Hand, die aus der Handtasche auftaucht, die Pistole im Griff, ein einzelner Schuss, der so laut kracht wie ein Feuerwerkskörper und meinen Arm zurückstößt. Ein greller Blitz, während Aaron schon rückwärts über den Holzboden taumelt und auf den roten Fleck starrt, der sich auf seinem Bauch ausbreitet. Bevor er mich überrascht anstarrt. Das Mondlicht, das auf seine Augen fällt, die glasig sind und verwirrt blicken. Seine Lippen, rot und feucht, die sich teilen, als wollte er etwas sagen.

Dann beobachte ich, wie er zu Boden sackt.

KAPITEL DREIUNDVIERZIG

Ich sitze im Vernehmungsraum der Polizeiwache von Breaux Bridge. Im Licht der billigen Glühbirnen an der Decke leuchtet meine Haut grünlich wie radioaktive Algen. Die Wolldecke, die man mir um die Schultern gelegt hat, ist so kratzig wie ein Klettverschluss, aber mir ist zu kalt, um sie abzunehmen.

«Also gut, Chloe. Erzählen Sie uns doch noch einmal der Reihe nach, was passiert ist.»

Ich hebe den Kopf und sehe Detective Thomas an. Er sitzt auf der anderen Seite des Tischs neben Officer Doyle und einer Polizistin aus Breaux Bridge, deren Namen ich bereits wieder vergessen habe.

«Ich habe es ihr schon erzählt», sage ich und sehe die namenlose Polizistin an. «Sie hat es mitgeschnitten.»

«Nur noch einmal, für mich», sagt er. «Und dann können wir Sie nach Hause bringen.»

Ich atme aus und greife nach dem Pappbecher mit Kaffee, der vor mir auf dem Tisch steht. Es ist mein dritter Kaffee in dieser Nacht, und als ich ihn zum Mund führe, bemerke ich winzige getrocknete Blutspritzer auf meiner Haut. Ich stelle den Becher ab, zupfe mit dem Fingernagel an einem Spritzer, und er blättert ab wie Farbe.

«Ich habe den Mann, den ich als Aaron Jansen kannte, vor ein paar Wochen kennengelernt», erzähle ich. «Er sagte, er schreibe einen Artikel über meinen Vater. Er sei Reporter bei der *New York Times*. Später behauptete er, wegen des Verschwindens von Aubrey Gravino und Lacey Deckler habe sich das Thema seines Artikels verändert. Er glaubte, es sei das

Werk eines Nachahmungstäters, und er wollte meine Hilfe, um die Sache aufzuklären.»

Detective Thomas nickt und bedeutet mir, fortzufahren.

«Im Lauf unserer Unterhaltungen glaubte ich ihm allmählich. Da waren so viele Ähnlichkeiten: die Opfer, der fehlende Schmuck. Der bevorstehende Jahrestag. Anfangs dachte ich, es könnte Bert Rhodes gewesen sein – das habe ich Ihnen ja gesagt –, aber am selben Tag fand ich abends etwas in meinem Schrank. Eine Halskette, die zu Aubreys Ohrringen passte.»

«Und warum sind Sie mit diesem Beweis nicht gleich zu uns gekommen?»

«Das wollte ich ja. Aber am nächsten Morgen war sie weg. Mein Verlobter hatte sie an sich genommen – ich habe in meinem Telefon ein Video, auf dem er sie in der Hand hält –, und da glaubte ich allmählich, dass er etwas damit zu tun haben könnte. Aber selbst wenn ich die Kette gehabt hätte – bei unserem letzten Gespräch haben Sie keinen Zweifel daran gelassen, dass Sie mir kein Wort glauben. Im Grunde haben Sie mir gesagt, ich solle mich zum Teufel scheren.»

Er starrt mich an und rutscht verlegen zur Seite. Ich starre zurück.

«Jedenfalls, da ist noch mehr. Er besucht meinen Vater im Gefängnis. In seiner Aktentasche habe ich Diazepam gefunden. Seine eigene Schwester verschwand vor zwanzig Jahren, und als ich seine Mutter besuchte, hat sie mir gesagt, dass sie tatsächlich glaubt, er hätte etwas damit zu tun –»

«Okay», unterbricht mich der Detective und hebt die Hand. «Eins nach dem anderen. Was hat Sie heute Nacht nach Breaux Bridge geführt? Woher wussten Sie, dass Riley Tack hier sein würde?»

Der Anblick der gespenstisch bleichen Riley hat sich mir ins

Gedächtnis gebrannt. Ich sehe vor mir, wie der Rettungswagen die Zufahrt heraufgerast kommt – ich sehe mich im Garten vor dem Haus stehen, das Telefon, das ich aus dem Auto geholt hatte, in der Hand, während ich wartete, steif und ohne etwas zu sehen. Unfähig, zurück ins Haus zu gehen, unfähig, mich der Leiche am Boden zu stellen. Dann die Sanitäter, die Riley mit diversen Infusionen auf einer Trage ins Heck des Rettungswagens schoben.

«Daniel hatte mir eine Voicemail hinterlassen, auf der er sagte, er wolle fortgehen. Ich habe überlegt, wohin er fahren könnte, wohin er die Mädchen gebracht haben könnte. Ich hatte einfach das Gefühl, dass er sie hierherbringt. Ich weiß auch nicht.»

«Okay.» Detective Thomas nickt. «Und wo ist Daniel jetzt?»

Ich sehe ihn an. Meine Augen brennen vom grellen Licht, vom bitteren Kaffee, vom Schlafmangel. Von allem.

«Ich weiß es nicht», antworte ich. «Er ist fort.»

Es ist still im Raum bis auf das Brummen der Lampen an der Decke, das wie eine Fliege in einer Blechdose klingt. Aaron hat diese Mädchen getötet. Er hat auch versucht, Riley zu töten. Endlich habe ich meine Antworten – aber da ist noch so vieles, was ich nicht verstehe. So vieles, was keinen Sinn ergibt.

«Ich weiß, Sie glauben mir nicht», sage ich und hebe den Blick wieder. «Ich weiß, es klingt verrückt, aber ich sage Ihnen die Wahrheit. Ich hatte keine Ahnung –»

«Ich glaube Ihnen, Chloe», unterbricht mich Detective Thomas. «Wirklich.»

Ich nicke und versuche, mir die grenzenlose Erleichterung, die mich überkommt, nicht anmerken zu lassen. Ich weiß nicht, was ich erwartet habe, das jedenfalls nicht. Ich habe mit Widerspruch gerechnet, damit, dass er einen Beweis verlangt, den ich nicht vorlegen kann. Und da begreife ich: Er muss etwas wissen, was ich nicht weiß.

«Sie wissen, wer er ist», sage ich, als es mir allmählich dämmert. «Aaron meine ich. Sie wissen, wer er in Wirklichkeit ist.»

Detective Thomas sieht mich mit unergründlicher Miene an.

«Sie müssen es mir sagen. Ich verdiene es, das zu wissen.»

«Er hieß Tyler Price», sagt er schließlich. Er bückt sich nach seiner Aktentasche, legt sie auf den Tisch, öffnet sie und zieht ein Foto heraus, das er zwischen uns legt. Ich betrachte Aarons – nein, *Tylers* Gesicht. Er sieht aus wie ein Tyler, ganz anders ohne die Brille, die seine Augen größer wirken lässt, ohne das gut sitzende Hemd, das kurze Haar. Er hat eines dieser Durchschnittsgesichter, die jeder wiederzuerkennen meint – farblos und ohne besondere Kennzeichen –, doch es besteht eine vage Ähnlichkeit zu dem Foto des echten Aaron Jansen, das ich online gefunden hatte. Er könnte vielleicht als Cousin zweiten Grades durchgehen. Als älterer Bruder. Der Typ, der für Highschool-Schüler Alkohol kauft und dann auf der Party auftaucht, sich in eine Ecke verzieht, schweigend sein Bier trinkt und alles beobachtet.

Ich schlucke und fixiere das Foto auf dem Tisch. Tyler Price. Ich mache mir Vorwürfe, weil ich darauf hereingefallen bin, weil ich so schnell das sah, was ich sehen sollte – doch zugleich sah ich vielleicht auch das, was *ich* sehen wollte. Schließlich brauchte ich einen Verbündeten. Jemanden, der auf meiner Seite war. Aber für ihn war das nur ein Spiel. Alles: ein Spiel. Und Aaron Jansen war nur eine Rolle.

«Wir konnten ihn fast auf Anhieb identifizieren», erklärt Detective Thomas. «Er stammt aus Breaux Bridge.»

Ich reiße den Kopf in die Höhe und die Augen auf.

«*Was?*»

«Er war hier schon aktenkundig, wegen kleinerer Sachen vor längerer Zeit. Besitz von Marihuana, Hausfriedensbruch. Hat die Schule kurz vor der neunten Klasse abgebrochen.»

Noch einmal betrachte ich das Foto und versuche, eine Erinnerung heraufzubeschwören. Irgendeine Erinnerung an Tyler Price. Breaux Bridge ist schließlich eine Kleinstadt – andererseits hatte ich nie viele Freunde.

«Was wissen Sie sonst noch über ihn?»

«Er wurde auf dem Cypress Cemetery gesehen.» Detective Thomas zieht ein weiteres Foto aus seiner Aktentasche. Dieses zeigt den Suchtrupp – und in der Ferne Tyler, ohne Brille, eine Baseballkappe tief in die Stirn gezogen. «Mörder sind dafür bekannt, dass es sie an ihre Tatorte zurückzieht, besonders Wiederholungstäter. Bei Ihnen ist Tyler offenbar einen Schritt weitergegangen. Er ist nicht nur an die Tatorte zurückgekehrt, sondern hat sich in die Ermittlungen eingemischt. Aus der Ferne natürlich. Das hat es schon gegeben.»

Tyler war dort gewesen, er war überall gewesen. Ich denke zurück an den Friedhof, an den Blick, den ich im Rücken spürte. Die ganze Zeit. Er hat mich beobachtet, als ich zwischen den Grabsteinen hindurchlief, als ich in die Hocke ging. Ich stelle mir vor, wie er Aubreys Ohrring in der Hand hielt – mit Handschuh –, wie er in die Hocke ging, um seinen Schuh neu zu binden, und den Ohrring dann dort liegen ließ, damit ich ihn finde. Das Foto von mir, das er mir auf seinem Telefon gezeigt hat. Das hat er nicht online gefunden, wird mir klar. Das hat er selbst gemacht.

Und dann fällt es mir wieder ein.

Ich erinnere mich an meine Kindheit nach der Festnahme meines Vaters. An die Fußabdrücke, die wir überall auf unserem Grundstück fanden. An den unbekannten Jungen, den ich dabei erwischte, wie er durch unser Fenster glotzte. Angetrieben von einer kranken Neugier, fasziniert vom Tod.

Wer bist du?, schrie ich und stürmte auf ihn zu. Seine Antwort war die gleiche wie heute Nacht, zwanzig Jahre später.

Ich bin niemand.

«Wir untersuchen jetzt sein Auto», fährt Detective Thomas fort, aber ich kann ihn kaum hören. «In seiner Tasche haben wir Diazepam gefunden. Einen goldenen Ring, bei dem wir im Moment davon ausgehen, dass er Riley gehört. Und ein Armband. Holzperlen mit einem Silberkreuz.»

Ich kneife mir in die Nase. Das ist alles zu viel.

«Hey», sagt er und beugt sich über den Tisch, damit er mir in die Augen sehen kann. Müde blicke ich hoch. «Das ist nicht Ihre Schuld.»

«Doch, das ist es», sage ich. «Es ist meine Schuld. Er hat sie meinetwegen gefunden. Sie sind meinetwegen *gestorben*. Ich hätte ihn erkennen müssen –»

Detective Thomas hebt die Hand und schüttelt kurz den Kopf.

«Fangen Sie damit erst gar nicht an», sagt er. «Das war vor zwanzig Jahren. Sie waren noch ein Kind.»

Er hat recht, ich weiß. Ich war noch ein Kind, erst zwölf Jahre alt. Aber trotzdem.

«Wissen Sie, wer auch noch ein Kind ist?», fragt er.

Ich sehe ihn mit hochgezogenen Augenbrauen an.

«Wer?»

«Riley. Und Ihretwegen ist sie da lebend rausgekommen.»

KAPITEL VIERUNDVIERZIG

Wir verlassen die Polizeiwache. Detective Thomas stemmt die Hände in die Hüften und betrachtet die Umgebung, als stünde er irgendwo auf einem Berggipfel anstatt auf dem Parkplatz. Es ist sechs Uhr morgens. Die Luft ist zugleich stickig und kühl, eine frühmorgendliche Ausnahmeerscheinung, und ich bin mir der zwitschernden Vögel irgendwo in der Ferne, des Himmels mit Wattebäuschen und der ersten Autofahrer auf dem Weg zur Arbeit intensiv bewusst. Ich kneife die Augen zusammen, fühle mich benommen und verwirrt. In einer Polizeiwache hat man kein Zeitgefühl – keine Fenster, keine Uhren. Man merkt nicht, wie die Welt draußen sich weiterdreht, während einem um vier Uhr morgens Koffein eingeflößt wird und man den leicht säuerlichen Geruch irgendwelcher Essensreste in der Nase hat, die sich irgendein Polizist im Pausenraum aufwärmt. Mein Hirn tut sich spürbar schwer damit, zu begreifen, dass die Sonne aufgeht und ein neuer Tag beginnt, während ich in Gedanken noch in der vergangenen Nacht bin.

Ein Schweißtropfen rinnt mir den Nacken hinunter. Ich lege die Hand darauf und spüre die salzige Flüssigkeit wie Blut an meinen Fingern. Anscheinend ist das alles, woran ich denken kann – Blut und wie es sich ansammelt und den Weg des geringsten Widerstands nimmt. Seit ich den Blick auf Tylers Bauch senkte und sah, wie dieser dunkle Fleck sich langsam auf seinem Hemd ausbreitete. Wie das Blut auf den Boden tropfte und langsam auf mich zukroch, meine Schuhe umschloss und die Sohlen befleckte. Es kam einfach immer mehr, so wie Wasser aus einem Schlauch sprudelt, den jemand mit einer Schere durchgeschnitten hat.

«Noch mal zu dem, was Sie vorhin gesagt haben», bricht Detective Thomas das Schweigen. «Über Ihren Verlobten.»

Ich betrachte immer noch meine Schuhe, die einen roten Rand haben. Wenn ich es nicht besser wüsste, könnte ich auch in rote Farbe getreten sein.

«Sind Sie sicher?», fragt er. «Es könnte eine Erklärung –»

«Ich bin mir sicher», unterbreche ich ihn.

«Das Video auf Ihrem Telefon. Sie können gar nicht richtig gesehen haben, was er in der Hand hielt. Das könnte alles Mögliche gewesen sein.»

«Ich bin mir sicher.»

Ich spüre, dass er mich von der Seite ansieht. Dann richtet er sich auf und nickt nachdenklich.

«Okay», sagt er. «Wir finden ihn. Stellen ihm ein paar Fragen.»

Ich denke an Tylers letzte Worte an mich, die durch mein Elternhaus, durch meinen Kopf hallen.

Er hat mich dazu gezwungen.

«Danke.»

«Aber jetzt fahren Sie erst mal nach Hause. Ruhen Sie sich aus. Ich lasse vorsichtshalber eine Zivilstreife durch Ihr Viertel patrouillieren.»

«Ja. Ja, okay.»

«Soll ich Sie fahren?»

Detective Thomas setzt mich an meinem Wagen ab, der noch an der Straße zu meinem Elternhaus steht. Ich erlaube mir nicht, den Kopf zu heben, sondern wechsle aus dem Streifenwagen direkt auf den Fahrersitz meines Autos, halte den Blick auf den Schotter gerichtet, lasse den Motor an und fahre los. Auf der Rückfahrt nach Baton Rouge denke ich kaum nach, sondern blicke einfach stur auf die gelbe Linie auf dem

Highway, bis ich das Gefühl habe zu schielen. Ich komme an einem Schild vorbei, das mich nach Angola einlädt – dreiundfünfzig Meilen nach Nordosten –, und umklammere das Lenkrad ein bisschen fester. Letztlich führt alles zu ihm, zu meinem Vater. Daniels Quittungen, Tylers Versuch in der Nacht im Motel, mich von einem Besuch bei ihm abzubringen. *Chloe, das ist gefährlich.* Mein Vater weiß etwas. Er ist der Schlüssel zu alldem. Er ist der rote Faden zwischen Tyler, Daniel, den toten Mädchen und mir, er bindet uns aneinander wie Fliegen, die im selben Netz gefangen sind. Er hat die Antworten – er und niemand sonst. Das habe ich natürlich immer schon gewusst. Ich habe mit der Idee gespielt, ihn zu besuchen, habe sie in meinem Kopf wieder und wieder gewendet wie einen Tonklumpen, in der Hoffnung, dass sich eine Gestalt herausbildet. Dass eine Antwort ans Licht kommt.

Doch nichts kam je dabei heraus.

Ich betrete mein Haus und rechne mit dem beruhigenden Signalton meiner Alarmanlage, an den ich mich mittlerweile gewöhnt habe, aber nichts passiert. Als ich aufs Bedienfeld sehe, stelle ich fest, dass sie nicht aktiviert ist. Dann fällt mir das Überwachungsvideo ein, auf dem Daniel das Licht ausschaltete. Er hat das Haus als Letzter verlassen. Ich gebe den Code ins Bedienfeld ein und gehe dann direkt nach oben, wo ich die Handtasche auf die Toilette fallen lasse und mir ein Bad einlasse. Ich drehe den Hebel bis zum Anschlag nach links und hoffe, dass das heiße Wasser Tyler aus meinem Fleisch herausbrennt, ihn von mir abwäscht.

Zuerst stecke ich einen Zeh ins Wasser, dann lasse ich mich in die Wanne gleiten, und im Nu färbt meine Haut sich krebsrot. Das Wasser geht mir bis zur Brust, bis zum Schlüsselbein. Ich lasse mich so tief hineinsinken, dass nur mein Gesicht herausragt, und höre den Herzschlag in meinen Ohren pochen. Dann sehe ich meine Handtasche mit den Tabletten darin an, stelle mir vor, sie alle auf einmal zu nehmen und einzuschlafen. Stelle mir die Bläschen vor, die von meinen Lippen aufsteigen würden, während ich im Wasser versinke, bis schließlich die letzte platzt. Wenigstens wäre das friedlich. Umgeben von Wärme. Ich frage mich, wie lange es dauern würde, bis man mich findet. Tage wahrscheinlich. Vielleicht Wochen. Meine Haut würde beginnen, sich abzulösen, kleine Fetzen würden an die Oberfläche steigen wie Seerosenblätter.

Ich sehe ins Wasser und bemerke, dass es sich hellrosa verfärbt hat. Ich nehme einen Waschlappen und schrubbe mich ab, wasche die Überbleibsel von Tylers Blut ab, die noch an meinen Armen kleben. Selbst als alles fort ist, schrubbe ich kräftig weiter, so heftig, dass es wehtut. Dann beuge ich mich vor, ziehe den Stöpsel und bleibe sitzen, bis auch der letzte Tropfen abgelaufen ist.

In Jogginghose und Sweatshirt gehe ich nach unten in die Küche und schenke mir ein Glas Wasser ein. Gierig trinke ich es aus, dann seufze ich und lasse den Kopf hängen. Gleich darauf blicke ich wieder hoch und lausche. Ich bekomme eine Gänsehaut, stelle sanft das Glas ab und gehe langsam einen Schritt Richtung Wohnzimmer. Ich höre dort etwas. Gedämpft. Eine leise Bewegung, etwas, das mir gar nicht aufgefallen wäre, wenn ich mich nicht so zutiefst allein geglaubt hätte.

Ich gehe ins Wohnzimmer und spüre, wie mein Körper sich sofort versteift, als mein Blick auf Daniel fällt.

«Hey, Chloe.»

Schweigend starre ich ihn an und sehe vor mir, wie ich eben noch oben in der Badewanne lag, die Augen geschlossen. Ich stelle mir vor, ich hätte sie geöffnet und Daniel über mir aufragen sehen. Stelle mir vor, wie er die Hände ausstreckt und mich ins Wasser drückt. Wie ich schreie, den Mund weit aufgerissen, wie das Wasser hineinläuft, bis ich spuckend sterbe wie ein altes Auto.

«Ich wollte dich nicht erschrecken.»

Ich sehe zum Bedienfeld der Alarmanlage, die nicht eingeschaltet war. Und da wird mir klar: Er war überhaupt nicht fort. Wieder sehe ich vor mir, wie er an der Haustür stand und durchatmete, ehe er den Lichtschalter betätigte. Und alles dunkel wurde.

Aber ich sah ihn nicht die Haustür öffnen. Ich sah ihn nicht gehen.

«Ich wusste, du würdest nicht nach Hause kommen, es sei denn, du glaubst, ich wäre weg», erklärt Daniel, als könne er meine Gedanken lesen. «Ich wollte auf dich warten, damit wir miteinander reden können. Ich habe dich sogar gestern Abend vor dem Haus parken sehen. Aber dann bist du wieder weggefahren. Und nicht zurückgekommen.»

«Draußen ist ein Polizist in Zivil», lüge ich. Als ich ankam, habe ich keinen gesehen, aber da könnte einer sein. Vielleicht. «Sie suchen nach dir.»

«Lass es mich dir erklären.»

«Ich habe deine Mutter getroffen.»

Er wirkt erschüttert; damit hat er nicht gerechnet. Ich habe zwar keinen Plan, aber als ich Daniel hier selbstgefällig in meinem Haus stehen sehe, werde ich mit einem Mal wütend.

«Sie hat mir alles über dich erzählt», sage ich. «Über deinen gewalttätigen Vater. Dass du eine Zeit lang versucht hast, einzugreifen, aber irgendwann einfach aufgehört hast. Es zugelassen hast.»

Daniel krümmt die Finger zu lockeren Fäusten.

«Ist es das, was ihr zugestoßen ist?», frage ich. «Sophie? Hast du deinen Frust an ihr ausgelassen?»

Ich stelle mir vor, wie Sophie von einem Besuch bei ihrer Freundin nach Hause kommt, sehe rosa Sneakers die Treppe zum Haus hinaufstapfen, höre die Fliegengittertür zuschlagen. Sehe, wie sie das Haus betritt und Daniel erblickt, der mit toten Augen und einem kranken Grinsen auf der Couch hängt. Sie läuft an ihm vorbei, stolpert über irgendwelchen Müll und rennt über die mit Teppich ausgelegte Treppe nach oben. Daniel hinterher. Er holt sie ein, packt ihren gelockten Pferdeschwanz und zieht daran. Reißt ihren Kopf zurück. Ihr Hals ein Zweig, der knackend durchbricht. Ein erstickter Schrei, den niemand hört.

«Vielleicht wolltest du es nicht. Vielleicht ist es nur zu weit gegangen.»

Ihr Körper am Fuß der Treppe, Glieder, die daliegen wie gekochte Nudeln. Daniel, der an ihrer Schulter rüttelt, sich dann vorbeugt, ihre Hand ergreift und das tote Gewicht wieder fallen lässt. Ihr sanft den Ring vom Finger zieht und ihn in die Tasche steckt. Manchmal ist so etwas der Beginn einer schlechten Angewohnheit: ein Unfall. Ein gebrochener Finger kann zu einer Medikamentenabhängigkeit führen. Ohne den Schmerz hätte man niemals gewusst, dass man es mag.

«Du glaubst, ich hätte meine Schwester getötet?», fragt er. «Geht es darum?»

«Ich weiß, dass du deine Schwester getötet hast.»

«Chloe –»

Er bricht ab und mustert mich. Wie er mich jetzt ansieht – da liegen weder Verwirrung noch Zorn oder Verlangen in seinem Blick. Vielmehr ist es der Blick, den ich schon sehr, sehr oft gesehen habe. Der Blick, den ich bei meinem eigenen Bruder und bei der Polizei sah. Bei Ethan und Sarah und Detective Thomas. Der Blick, den ich im Spiegel sehe, wenn ich versuche, Realität von Einbildung zu trennen; *damals* von *jetzt*. Ich hatte mich davor gefürchtet, diesen Blick irgendwann auch bei meinem Verlobten zu sehen. All die Monate habe ich verzweifelt versucht, diesen Blick zu vermeiden. Doch hier ist er nun.

Diese erste Spur von Sorge – nicht um meine Sicherheit, sondern um meine geistige Gesundheit.

Es ist Mitleid, es ist Angst.

«Ich habe meine Schwester nicht getötet», sagt er bedächtig. «Ich habe sie gerettet.»

KAPITEL
FÜNFUNDVIERZIG

Earl Briggs trank Jim Beam Kentucky Straight. Immer ein bisschen warm, weil die Flasche offen auf dem Wohnzimmertisch stand, im Sonnenlicht funkelnd wie Bernstein. Immer aus einem Highball-Glas, das bis zum Rand gefüllt wurde. Immer waren seine Lippen von einer öligen Schicht überzogen, die an eine Benzinpfütze erinnerte, und sein Atem roch nach Hustensaft. Widerlich süß wie ein Karamellbonbon, das in der Sonne schmilzt.

«Am Pegelstand in der Flasche konnte ich immer erkennen, was für ein Tag es werden würde», sagt Daniel, lässt sich auf die Couch fallen und starrt zu Boden. Normalerweise wäre ich jetzt zu ihm gegangen und hätte den Arm um ihn gelegt. Hätte mit einem Fingernagel über die Haut zwischen seinen Schulterblättern gestrichen. Normalerweise. Stattdessen bleibe ich stehen. «Irgendwann betrachtete ich sie als eine Art Sanduhr, weißt du? Am Anfang war sie voll, dann konnten wir zusehen, wie sie sich langsam leerte. Wenn sie ganz leer war, galt es, sich von ihm fernzuhalten.»

Mein Vater hatte seine Dämonen, aber Alkohol gehörte nicht dazu. Ich erinnere mich vage daran, dass er nach einem Nachmittag im Garten ein Budweiser Light öffnete. Ein verschwitzter Nacken rief nach dem Kondenswasser auf einer eiskalten Flasche Bier. Höherprozentiges fasste er kaum an, nur zu besonderen Anlässen. Mir wäre es fast lieber gewesen, er hätte getrunken. Jeder hat Laster: Manche Menschen rauchen, wenn sie betrunken sind; Dick Davis tötet. Aber so war es nicht. Er benötigte keine Droge, um auf Gewalt umzuschalten. Diesen speziellen Dämon kann ich nicht verstehen.

«Jahrelang ist er über Mom hergefallen», sagt Daniel. «Wegen allem. Jede Kleinigkeit konnte ihn in Rage bringen.»

Sofort denke ich an das Hämatom unter Diannes Auge, an ihre Arme, rot wie weichgeklopftes Fleisch. *Mein Mann, Earl. Er ist jähzornig.*

«Ich konnte nicht verstehen, wieso sie ihn nicht einfach verlassen hat», erzählt er weiter. «Warum sie uns nicht einfach genommen hat und gegangen ist. Aber das hat sie nie getan. Also lernten wir, damit umzugehen, schätze ich. Sophie und ich. Wir blieben einfach auf Abstand, schlichen darum herum. Aber eines Tages kam ich von der Schule nach Hause, und –»

Daniel sieht aus, als hätte er körperliche Schmerzen, als versuchte er, einen Stein herunterzuschlucken. Er kneift kurz die Augen zu, dann sieht er mich an.

«Er hat sie windelweich geprügelt, Chloe. Seine eigene Tochter. Und das war noch nicht das Schlimmste. Meine Mutter hat ihn nicht aufgehalten.»

Ich gestatte mir, es mir vorzustellen: Ein junger Daniel, siebzehn Jahre alt, lauscht dem vertrauten Geheul, das durch die Haustür dringt, als er mit dem Rucksack über der Schulter heimkommt. Er geht hinein. Das Wohnzimmer ist völlig verqualmt. Doch anders als sonst steht seine Mutter über die Küchenspüle gebeugt und lässt Wasser laufen, um das Geschrei zu übertönen.

«O Gott, ich habe versucht, sie dazu zu bewegen, dass sie etwas unternimmt. Sich ihm in den Weg stellt. Aber sie hat es einfach geschehen lassen. Besser Sophie als sie selbst, vermute ich. Ich glaube ehrlich, dass sie erleichtert war.»

Ich stelle mir vor, wie er zwischen Stapeln von Müll und der räudigen Katze hindurch über den mit Zigarettenkippen übersäten Teppich im Flur stürmt. Wie er an eine verschlossene Tür klopft, wie seine Schreie auf taube Ohren stoßen. Wie er in die Küche rennt und seine Mutter am Arm packt. *TU WAS!* Vermutlich war er genauso in Panik wie ich, als ich ins Schlafzimmer meiner Eltern kam und meine Mutter wie leblos im Schrank liegen sah, wie ein Häufchen Schmutzwäsche, das aus dem vollen Wäschekorb gequollen ist. Während Cooper nur glotzte. Und nichts tat. Und ich erkannte, dass wir auf uns allein gestellt waren.

«Und da wusste ich, dass sie fortgehen musste. Wenn ich sie nicht da rausholte, würde sie niemals wegkommen. Sie würde enden wie meine Mutter, oder schlimmer. Irgendwann würde sie tot daliegen.»

Ich erlaube mir, einen Schritt auf ihn zuzugehen – nur einen. Er scheint es nicht zu bemerken; er ist jetzt in seine Erinnerungen versunken und lässt einfach alles hervorsprudeln. Vertauschte Rollen.

«Ich hatte das von deinem Vater in Breaux Bridge gehört, und das brachte mich auf die Idee. Es hat mich dazu inspiriert, sie verschwinden zu lassen.»

Der Zeitungsartikel in seinem Buch, das Foto meines Vaters.

RICHARD DAVIS ALS SERIENMÖRDER VON BREAUX BRIDGE ENTLARVT, LEICHEN NOCH IMMER NICHT GEFUNDEN

«Nach der Schule ging sie zu einer Freundin und kam nie mehr nach Hause. Meine Eltern haben erst am nächsten Abend gemerkt, dass sie nicht da war. Vierundzwanzig Stunden verschwunden ... nichts.» Er winkt ab. «Ich habe darauf gewartet, dass sie etwas sagen. Ich saß einfach da und habe darauf gewartet, dass es ihnen auffällt. Dass sie die Polizei rufen – *irgendwas*. Aber das haben sie nicht getan. Sie war erst dreizehn.» Er schüttelt den Kopf, noch immer ungläubig. «Die Mutter der Freundin, zu der sie gegangen war, rief am nächsten Tag an – vermutlich hatte sie ihre Schulbücher dort gelassen, sie wusste, sie braucht sie nicht mehr –, und dadurch haben sie es gemerkt. Die Mutter von jemand anderem hatte es eher gemerkt als sie. Da gingen schon alle davon aus, dass ihr dasselbe zugestoßen war wie all den anderen Mädchen. Dass sie entführt worden war.»

Ich stelle mir Sophie auf dem Bildschirm dieses armseligen Fernsehers vor, so eines tragbaren Apparats, wie sie ihn im Wohnzimmer auf einem Klapptisch stehen haben. Als das Schulfoto, ihr *einziges* Foto, gezeigt wird, beobachtet Dianne Daniel, der in einer Ecke still vor sich hinlächelt, weil er die Wahrheit kennt.

«Und wo ist sie dann?», frage ich. «Falls sie noch lebt –»

«Hattiesburg, Mississippi.» Er spricht es extrem gedehnt aus, wie jemand, der sich verfahren hat und den Namen von einer Straßenkarte abliest. «Kleines Backsteinhaus, grüne Fensterläden. Ich fahre sie besuchen, sooft ich kann, wenn ich unterwegs bin.»

Ich schließe die Augen. Den Namen dieser Stadt habe ich auf einigen seiner Quittungen gesehen. Hattiesburg, Mississippi. Ein Diner namens Ricky's. Caesar Salad mit Hühnchen und ein Cheeseburger medium well. Zwei Glas Wein. Zwanzig Prozent Trinkgeld.

«Es geht ihr gut, Chloe. Sie lebt. Sie ist in Sicherheit. Das war alles, was ich wollte.»

Allmählich ergibt es einen Sinn, aber nicht so, wie ich gedacht hatte. Ich bin mir noch immer nicht ganz sicher, ob ich ihm glauben kann. Denn da ist noch so viel mehr, was erklärt werden muss.

«Warum hast du mir das nicht gesagt?»

«Ich wollte ja.» Ich versuche, den flehenden Unterton zu ignorieren und das leise Beben in seiner Stimme, das so klingt, als könnte er gleich in Tränen ausbrechen. «Du ahnst ja nicht, wie oft ich nahe daran war, es einfach zu erzählen.»

«Und warum hast du es nicht getan? Ich habe dir auch von meiner Familie erzählt.»

«Genau deshalb.» Er zupft an seinem Haar. Jetzt klingt er so frustriert, als würden wir darüber streiten, wer die Spülmaschine ausräumt. «Ich wusste von Anfang an, wer du bist, Chloe. Ich wusste es in dem Augenblick, als ich dich damals im Krankenhaus sah. Und dann, an dem Tag im River Room, da hast du es nicht angesprochen, und deshalb wollte ich es auch nicht. Das ist nichts, wozu man gedrängt werden sollte.»

Ich denke an seine neugierigen Fragen, seine durchdringenden Blicke. Dann denke ich an jenen Abend auf meiner Couch und werde rot.

«Du hast mich alles erzählen lassen und so getan, als wüsstest du es noch nicht.»

Als mir das Ausmaß seiner Lügen klar wird, werde ich unwillkürlich erneut wütend. Wegen all dem, was er mich glauben machte, wegen der Gefühle, die er in mir geweckt hat.

«Was hätte ich denn sagen sollen? Hätte ich dich etwa mitten im Satz unterbrechen sollen? *Ach, richtig, Dick Davis. Der hat mich auf die Idee gebracht, den Tod meiner Schwester vorzutäuschen.*» Er schnaubt und stößt ein selbstironisches Lachen aus, wird aber gleich darauf wieder ernst. «Ich wollte nicht, dass du denkst, alles bis dahin wäre eine Lüge gewesen.»

Ich erinnere mich lebhaft an diesen Abend – wie erleichtert

ich war, nachdem ich ihm alles erzählt hatte. Innerlich wund, aber sauber nach einer verbalen Reinigung, um die Krankheit auszutreiben. Dann sein Finger, der mein Kinn anhob. Zum ersten Mal diese besonderen Worte: *Ich liebe dich.*

«Aber war es das nicht?»

Daniel seufzt und legt die Hände auf die Oberschenkel. «Ich nehme es dir nicht übel. Dass du wütend bist. Du hast jedes Recht dazu. Aber ich bin kein Mörder, Chloe. Ich fasse es einfach nicht, dass du das glaubst.»

«Und was hast du dann mit meinem Vater zu tun?»

Er sieht mich eindringlich an. Seine Augen wirken müde, so als hätte er direkt in die Sonne gesehen.

«Wenn es für das alles eine harmlose Erklärung gibt, wenn du nichts zu verbergen hast, warum hast du ihn dann besucht?», fahre ich fort. «Woher kennst du ihn?»

Er sackt ein bisschen in sich zusammen, so als hätte er irgendwo ein Leck, aus dem die Luft entweicht. Ein alter Luftballon, der verlegen in einer Ecke schwebt und allmählich zu nichts zusammenschrumpft. Dann greift Daniel in die Tasche und zieht eine lange silberne Halskette hervor. Immer wieder reibt er mit dem Daumen in kreisenden Bewegungen über die Perle in der Mitte, wie man über eine Kaninchenpfote reibt, die Glück bringen soll, so scheint es mir, oder wie man die weiche, an einen überreifen Pfirsich erinnernde Wange eines Neugeborenen streichelt. Blitzartig sehe ich vor mir, wie Lacey in meiner Praxis über ihren Rosenkranz rieb, vor und zurück, hoch und runter.

Schließlich antwortet er mir.

KAPITEL SECHSUNDVIERZIG

Ich sitze an meiner Kücheninsel. Eine angebrochene Flasche Rotwein steht zwischen zwei vollen Gläsern. Ich nehme eines in die Hand, drehe es, rolle den zarten Stiel zwischen meinen Fingern hin und her. Links von mir steht ein orangefarbenes Fläschchen mit geschlossenem Deckel.

Dann sehe ich zur Wanduhr: Der große Zeiger steht auf Sieben. Die zu langen Äste der Magnolie draußen kratzen übers Fenster, Nägel auf Glas. Fast ahne ich das Klopfen an der Tür, bevor ich es höre in diesem Augenblick ahnungsvoller Stille, wie in den Sekunden nach einem Blitz, wenn man auf das Donnergrollen wartet. Dann das vertraute schnelle Klopfen mit der Faust – immer gleich, so einzigartig wie ein Fingerabdruck –, gefolgt von einer vertrauten Stimme.

«Chlo, ich bin's. Lass mich rein.»

«Es ist offen», rufe ich zurück und blicke stur geradeaus. Ich höre die Tür knarren, dann den Signalton meiner Alarmanlage. Die schweren Schritte meines Bruders, als er eintritt und die Tür hinter sich schließt. Er kommt zu mir und küsst mich auf die Schläfe. Dann spüre ich, wie er sich versteift.

«Mach dir deswegen keine Sorgen», sage ich, weil ich ahne, dass er die Tabletten ansieht. «Mir geht's gut.»

Er atmet auf, zieht den Barhocker neben mir zu sich heran und setzt sich. Dann schweigen wir eine Weile, eine gegenseitige Herausforderung. Jeder wartet darauf, dass der andere den ersten Schritt tut.

«Also, ich weiß, die letzten Wochen waren schwer für dich.» Er gibt nach und legt die Hände auf die Kücheninsel. «Für mich waren sie auch schwer.»

Ich antworte nicht.

«Wie hältst du dich?»

Ich hebe mein Glas und streife mit den Lippen den Rand, verharre so und beobachte, wie jeder Atemzug kurz das Glas beschlagen lässt.

«Ich habe jemanden getötet», sage ich schließlich. «Was glaubst du, wie ich mich halte?»

«Ich kann mir gar nicht vorstellen, wie das gewesen sein muss.»

Ich nicke, trinke einen Schluck, stelle das Glas ab. Dann wende ich mich Cooper zu. «Willst du mich wirklich allein trinken lassen?»

Er sieht mich an, mustert mein Gesicht, als suche er etwas. Etwas Vertrautes. Als er es nicht findet, greift er nach dem anderen Glas und trinkt seinerseits einen Schluck. Er atmet aus, dehnt den Nacken.

«Tut mir leid wegen Daniel. Ich weiß, du hast ihn geliebt. Ich wusste bloß einfach von Anfang an, dass er etwas an sich hatte ...» Er hält inne, zögert. «Wie auch immer, jetzt ist es vorbei. Ich bin einfach froh, dass du in Sicherheit bist.»

Schweigend warte ich, bis Cooper noch ein paar Schlucke getrunken hat, bis der Alkohol ihm allmählich ins Blut dringt und seine Muskeln lockert. Dann sehe ich ihn wieder an, direkt in seine Augen.

«Erzähl mir von Tyler Price.»

Ich beobachte, wie Erschütterung über sein Gesicht huscht, nur eine Sekunde lang. So etwas wie ein kleines Erdbeben. Dann reißt er sich zusammen, und sein Gesicht versteinert.

«Wie meinst du das? Ich kann dir sagen, was ich in den Nachrichten gesehen habe.»

«Nein.» Ich schüttle den Kopf. «Nein, ich möchte wissen, wie er wirklich war. Schließlich hast du ihn gekannt. Ihr wart Freunde.»

Er starrt mich an, sein Blick zuckt noch einmal zu den Tabletten.

«Chloe, was du sagst, ist Unsinn. Ich habe den Kerl nie getroffen. Klar, er war aus Breaux Bridge, aber er war ein Niemand. Ein Einzelgänger.»

«Ein Einzelgänger», wiederhole ich, drehe den Stiel meines Weinglases zwischen meinen Fingern hin und her und erzeuge damit ein rhythmisches Kratzen auf der Marmorplatte. «Ach so. Und wie ist er dann in Riverside reingekommen?»

Ich denke zurück an den Morgen bei meiner Mutter, als ich im Gästebuch Aarons Namen las. Ich war so wütend darüber, dass sie einen Fremden zu ihr gelassen hatten. Ich war so wütend, dass ich nicht richtig zuhörte und Marthas Antwort nicht registrierte.

Schätzchen, wir lassen hier niemanden rein, der nicht befugt ist.

«Herrgott, wie oft habe ich dir schon gesagt, du sollst dieses Zeug nicht nehmen!» Cooper nimmt das Fläschchen und spürt, wie leicht es ist. «Liebe Güte, hast du die etwa alle genommen?»

«Es sind nicht die Tabletten, Cooper. Scheiß auf die Tabletten.»

Er sieht mich genauso an wie vor zwanzig Jahren, als ich meinen Vater im Fernseher sah und plötzlich *scheiß Feigling* ausstieß, wie stinkenden Kautabakspeichel.

«Du hast ihn gekannt, Cooper. Du hast jeden gekannt.»

Ich stelle mir Tyler als Teenager vor, mager und linkisch, fast immer allein. Eine gesichts- und namenlose Gestalt, die meinem Bruder auf dem Flusskrebsfest hinterherlief, ihm nach

Hause folgte, vor seinem Fenster wartete. Nach seiner Pfeife tanzte. Schließlich war mein Bruder mit allen gut Freund. Er gab ihnen ein Gefühl von Wärme und Sicherheit, das Gefühl, akzeptiert zu sein.

Dann denke ich an meine Unterhaltung mit Tyler am Fluss, als wir über Lena sprachen. Dass sie nett zu mir gewesen war, sich um mich gekümmert hatte.

Das ist Freundschaft, sagte er und nickte. Wissend. *Die beste Art von Freundschaft, wenn Sie mich fragen.*

«Du hast Kontakt zu ihm aufgenommen», sage ich. «Du hast ihn ausfindig gemacht. Du hast ihn hierhergebracht.»

Jetzt starrt Cooper mich an, und sein Unterkiefer hängt herab wie eine Schranktür mit losem Scharnier. Ich sehe genau, dass ihm die Worte im Hals stecken bleiben wie ein unzerkauter Brotklumpen, und daran erkenne ich, dass ich richtigliege. Denn Cooper hat immer etwas zu sagen. Er hat Worte für alles, die *richtigen* Worte.

Du bist meine kleine Schwester, Chloe. Ich will nur das Beste für dich.

«Chloe», flüstert er mit großen Augen. Jetzt fällt mir auf, dass seine Halsschlagader sichtbar pulsiert und er die schweißfeuchten Finger aneinander reibt. «Scheiße, wovon redest du? Warum sollte ich das tun?»

Ich sehe Daniel in meinem Wohnzimmer vor mir, erst heute Morgen, sehe wieder die Kette zwischen seinen Fingern baumeln. Erinnere mich an das Zögern in seiner Stimme, als er ansetzte, mir alles zu erzählen, an seinen Blick, der so traurig war, als müsste er mich gleich einschläfern – denn so war es in gewisser Weise auch. Ich stand kurz davor, human geschlachtet zu werden, dort, in meinem Wohnzimmer. *Erlöse sie sanft von ihrem Leid.*

«Als du mir zum ersten Mal von deinem Vater erzählt hast»,

sagte Daniel, «von dem, was in Breaux Bridge geschehen war, von dem, was er getan hatte, da wusste ich das schon. Oder jedenfalls dachte ich das. Aber dann hast du mir so vieles erzählt, das mich überrascht hat.»

Wieder erinnere ich mich an diesen Abend am Anfang unserer Beziehung. Daniel strich mir sanft übers Haar, und ich, ich erzählte ihm alles – ich erzählte von meinem Vater, von Lena, wie er sie auf dem Krebsfest angestarrt hatte, die Hände tief in den Taschen vergraben. Von der Gestalt, die durch den Garten hinter unserem Haus geschlichen war, von der Schmuckschatulle im Schrank, der sich drehenden Ballerina und der Melodie, die ich immer noch manchmal im Ohr habe, die mich in meinen Träumen verfolgt.

«Es kam mir einfach merkwürdig vor. Mein ganzes Leben lang hatte ich gedacht, ich wüsste, wer dein Vater ist. Einfach das reine Böse. Jemand, der kleine Mädchen umbringt.» Ich stellte mir Daniel als Teenager in seinem Zimmer vor, wie er den Artikel über meinen Vater in Händen hält und versucht, sich das auszumalen. In den Nachrichten wurden wir alle so schwarz-weiß dargestellt: Meine Mutter, die Helferin. Cooper, der Goldjunge. Ich, das kleine Mädchen, die beständige Erinnerung daran. Und mein Vater, der Teufel in Person. Eindimensional und bösartig. «Aber als ich hörte, was du über ihn erzählt hast ... ich weiß auch nicht. Da passte einfach einiges nicht zusammen.»

Denn mit Daniel, und nur mit Daniel, konnte ich darüber reden, dass nicht alles nur schlecht gewesen war. Mit ihm konnte ich auch über die schönen Erinnerungen sprechen. Ich konnte ihm erzählen, dass mein Vater einmal die Treppe mit Handtüchern ausgelegt und uns in Wäschekörben hintergeschoben hatte, weil wir noch nie Schlitten gefahren waren.

Dass er aufrichtig erschrocken gewirkt hatte, als es bekannt geworden war – ich in der Küche, mit meiner mintgrünen Decke, auf dem Fernsehbildschirm dieser leuchtend rote Balken: MÄDCHEN AUS BREAUX BRIDGE VERSCHWUNDEN. Daniel konnte ich sagen, dass mein Vater mich fest im Arm gehalten, auf der Veranda auf mich gewartet, sich abends vergewissert hatte, dass mein Fenster geschlossen war.

«Wenn er das getan hat, wenn er diese Mädchen ermordet hat, warum hat er dann versucht, dich zu beschützen?», fragte Daniel. «Warum hat er sich Sorgen gemacht?»

Meine Augen brannten. Ich hatte keine Antwort darauf. Diese Frage stellte ich mir schon mein Leben lang. Auf diese Erinnerungen konnte ich mir auch keinen Reim machen – sie schienen unvereinbar zu sein mit dem Ungeheuer, als das er sich erwiesen hatte. Diese Erinnerungen an den Mann, der das Geschirr abwusch und die Stützräder an meinem Fahrrad abmontierte; der mir am einen Tag erlaubte, ihm die Fingernägel zu lackieren, und mir am nächsten das Angeln beibrachte. Ich weiß noch, dass ich weinte, als ich meinen ersten Fisch fing und dieses kleine Maul nach Luft schnappen sah, während mein Vater die Finger auf seine Kiemen drückte, um die Blutung zu stoppen. Eigentlich hatten wir ihn essen sollen, aber ich war so unglücklich, dass Dad ihn wieder ins Wasser warf. Er ließ ihn am Leben.

«Als du mir also von dem Abend erzählt hast, an dem er verhaftet wurde – dass er keinen Widerstand geleistet hat, dass er nicht versucht hat zu fliehen», sagte Daniel, beugte sich vor und hob die Augenbrauen. Hoffte, dass ich es endlich verstehen würde. Es *endlich* kapieren würde. Dass er es nicht selbst aussprechen musste. Dass ich mir den Gnadenschuss selbst verpasste; dass der Abzug von meinem Verstand betätigt würde anstatt von seiner Zunge. «Und was er zuletzt noch gesagt hat.»

Mein Vater, der eine letzte Anstrengung unternommen hatte, in Handschellen. Der zuerst mich angesehen hatte, dann Cooper. Meinen Bruder hatte er direkt angesehen, als wäre sonst niemand im Raum. Und da traf mich die Erkenntnis wie ein unerwarteter Faustschlag in die Magengrube. Er hatte mit *ihm* gesprochen, nicht mit uns beiden. Er hatte nur mit Cooper gesprochen.

Er befahl es ihm, bat ihn, flehte ihn an.

Sei brav.

«Du hast die Mädchen in Breaux Bridge getötet», sage ich jetzt und sehe meinen Bruder an. Immer wieder habe ich diese Worte auf der Zunge hin und her gewendet und versucht, ihnen einen Sinn abzugewinnen. «Du hast Lena umgebracht.»

Cooper ist ganz still, seine Augen werden allmählich glasig. Er wirft einen Blick auf den Wein, auf die Pfütze, die noch im Glas ist, hebt es an die Lippen und trinkt es aus.

«Daniel ist darauf gekommen», sage ich und zwinge mich, fortzufahren. «Jetzt ergibt sie einen Sinn, die Feindseligkeit zwischen euch. Denn er wusste, dass Dad diese Mädchen nicht getötet hat. *Du* warst das. Er wusste es, er konnte es nur nicht beweisen.»

Ich denke daran, wie Daniel mir auf unserer Verlobungsparty den Arm um die Taille schlang und mich näher zu sich heranzog, weg von Cooper. Ich habe ihm so unrecht getan. Er hat nicht versucht, mich zu kontrollieren; er hat versucht, mich zu *beschützen*, vor meinem Bruder und vor der Wahrheit. Nicht auszudenken, was für ein Balanceakt das gewesen sein muss, Cooper auf Abstand zu halten, ohne zu viel preiszugeben.

«Und das wusstest du auch», fahre ich fort. «Du wusstest, dass Daniel dir auf die Schliche gekommen war. Und deshalb hast du versucht, mich gegen ihn einzunehmen.»

Cooper auf meiner Veranda, der die Worte spricht, die seither wie ein Krebsgeschwür an mir genagt haben. *Du kennst ihn nicht, Chloe.* Die Halskette, die ganz hinten in unserem Schrank versteckt war – Cooper hatte sie dort deponiert, am Abend der Party. Er war als Erster da, er hatte ja einen Schlüssel. Still und heimlich hat er die Kette dort versteckt, wo sie den größten Schaden anrichten würde, ehe er nach draußen ging und sich im Dunkeln versteckte. Schließlich hatte ich das schon einmal gemacht. Mit Ethan, auf dem College, wo ich vom Schlimmsten ausgegangen war. Cooper wusste, wenn er die richtigen Erinnerungen weckte und sie mir auf die richtige Weise neu einpflanzte, würden sie in meinen Gedanken wachsen wie Unkraut. Sie würden alles überwuchern.

Ich denke an Tyler Price, der Aubrey, Lacey und Riley entführt und Coopers Verbrechen genau nachgeahmt hat, weil dieser es ihm befohlen hatte. Wie kaputt muss man sein, um sich von einem anderen Menschen überzeugen zu lassen, jemanden umzubringen. Das ist auch nicht anders, als wenn psychisch gestörte Frauen Verbrechern Briefe schreiben und ihnen Heiratsanträge machen, nehme ich an, oder wenn scheinbar ganz normale junge Frauen in die Fänge gefährlicher Männer geraten. Es ist immer das Gleiche: einsame Seelen auf der Suche nach Gesellschaft, irgendeiner Gesellschaft. *Ich bin niemand*, hat Tyler gesagt, die Augen wie leere Wassergläser, zerbrechlich und feucht. Aus ebendiesem Grund bin auch ich immer wieder mit Fremden im Bett gelandet; ich hatte Angst um mein Leben, war aber zugleich bereit, das Risiko einzugehen. *Du bist nicht verrückt*, sagte Tyler zu mir, die Hände in meinem Haar vergraben. Denn so ist das mit der Gefahr – durch sie erlebt man alles intensiver. Den Herzschlag, die Sinneswahrnehmungen, die Berührungen. Es ist eine Sehnsucht nach Lebendigkeit, denn es ist unmöglich, sich nicht lebendig zu fühlen im Angesicht der Gefahr, wenn die Welt in einen schattigen Schleier gehüllt ist. Allein ihre Existenz ist der Beweis, den man braucht – dafür, dass man hier ist, dass man atmet.

Denn im nächsten Augenblick könnte alles fort sein.

Jetzt ist es mir so klar: Mein Bruder zog Tyler, diesen verlorenen, einsamen Menschen, wieder in seinen Bann, so, wie er es immer getan hatte. *Er hat mich dazu gezwungen.* Schließlich hatte Cooper schon immer diese besondere Art. Eine Aura, die Menschen für ihn einnahm, eine Anziehungskraft, der man fast nicht widerstehen konnte, wie Eisen, das von einem Magneten angezogen wird. Auf sanfte, gewissermaßen natürliche Art. Eine Zeit lang konnte man versuchen, dagegen anzukämpfen, während man unter der stetig wachsenden Zugkraft erzitterte. Aber irgendwann gab man einfach nach. So verrauchte ja auch stets meine Wut, wenn er mich in diese vertraute Umarmung zog. Genauso erging es seinen Mitschülern auf der Highschool, von denen ihn immer ein Schwarm umgab, der sich sofort zerstreute, wenn er sie nicht mehr um sich haben wollte, sie nicht mehr brauchte, und sie mit einer knappen Bewegung aus dem Handgelenk entließ, als wären sie keine Menschen, sondern Ungeziefer. Entbehrlich. Als hätten sie keinen anderen Daseinszweck als sein Vergnügen.

«Du hast versucht, es Daniel anzuhängen», sage ich schließlich, und meine Worte fallen herab wie Ruß nach einem Brand.

«Weil er dich durchschaut hat. Er weiß, wer du bist. Also hast du versucht, ihn loszuwerden.»

Cooper sieht mich an und kaut auf der Innenseite seiner Wange. Ich kann förmlich sehen, wie sich hinter seiner Stirn die Rädchen drehen, während er genaue Berechnungen anzustellen versucht – wie viel er sagen soll und wie viel nicht. Schließlich antwortet er mir.

«Ich weiß nicht, was ich dir sagen soll, Chloe.» Seine Stimme ist zähflüssig wie Sirup, seine Zunge scheint aus Sand gemacht. «In mir ist eine Finsternis. Eine Finsternis, die nachts hervorkommt.»

Dieselben Worte habe ich schon einmal gehört, aus dem Munde meines Vaters, während er mit Fußschellen an seinem Tisch im Gerichtssaal saß und eine einzelne Träne auf den Notizblock vor ihm tropfte. Ich habe noch im Ohr, dass sie wie wiedergekäut klangen, fast mechanisch.

«Sie ist so stark, ich kam nicht dagegen an.»

Cooper mit der Nase am Bildschirm, so als hätte alles andere im Raum sich in Luft aufgelöst, in Dunstschwaden, die um ihn herumwaberten. So beobachtete er, wie mein Vater das wiederholte, was Cooper zu ihm gesagt haben musste, als er ihn erwischte.

«Sie ist so ein riesiger Schatten, der immer in einer Ecke schwebt», sagt Cooper jetzt. «Sie hat mich angezogen, sie hat mich ganz verschluckt.»

Fassungslos lasse ich den abschließenden Satz aus meiner Magengrube aufsteigen. Den Satz, der das Schicksal meines Vaters besiegelte, die verbale Faust, die ihm die Luft aus der Lunge quetschte, den Satz, nach dem er für mich tot war. Den Satz, der mich bis ins Innerste ergrimmt hatte – weil mein Vater damit die Schuld diesem eingebildeten Ding zuschob.

Und weil er nicht aus Reue weinte, sondern aus Bedauern darüber, dass man ihn gefasst hatte. Aber jetzt weiß ich, dass es gar nicht so war. Ganz und gar nicht.

Ich öffne den Mund und lasse die Worte aus mir herausströmen.

«Manchmal glaube ich, sie könnte der Teufel selbst sein.»

KAPITEL SIEBENUNDVIERZIG

Anscheinend waren die Antworten die ganze Zeit zum Greifen nahe, nur knapp außerhalb meiner Reichweite. Sie tanzten und drehten sich vor meiner Nase wie Lena damals – hoch erhobene Flasche, kunstvoll zerrissene Shorts, französische Zöpfe, Gras an der Kleidung, Atem, der penetrant nach Gras roch. Drehten sich wie die zerkratzte rosa Ballerina zu dieser zarten Melodie. Aber wenn ich die Hand nach ihnen ausstreckte, versuchte, sie zu berühren, sie zu fassen, lösten sie sich in Luft auf, rannen mir durch die Finger, bis nichts mehr übrig war.

«Der Schmuck.» Ich betrachte Coopers Profil, und sein alterndes Gesicht verwandelt sich zurück in das meines jugendlichen Bruders. Er war noch so jung damals, erst fünfzehn. «Der war von dir.»

«Dad hat ihn in meinem Zimmer gefunden. Unter der losen Diele.»

Die Diele, von der ich Dad erzählt hatte, nachdem ich darunter Coopers Hefte gefunden hatte. Ich senke den Kopf.

«Er hat das Kästchen mitgenommen, es abgewischt und erst mal in seinem Schrank versteckt, bis er wusste, was er damit anstellen sollte», erzählt Cooper. «Aber dazu hatte er keine Gelegenheit mehr. Du hast es vorher gefunden.»

Ich habe es vorher gefunden. Ein Geheimnis, über das ich bei meiner Suche nach Halstüchern gestolpert bin. Ich habe es geöffnet und Lenas Bauchnabelring herausgenommen, nunmehr tot und grau. Und ich wusste es. Ich wusste, dass er ihr gehört hatte. Ich hatte ihn ja an dem Tag gesehen, an dem ich das Gesicht an ihre um den Bauchnabel gewölbten Hände gelegt und ihre glatte, warme Haut gespürt hatte.

Da glotzt jemand.

«Dad hat nicht Lena angesehen», sage ich und denke an den Gesichtsausdruck meines Vaters damals – abgelenkt, angstvoll. Von einer unausgesprochenen Furcht gequält: dass sein Sohn bereits sein nächstes Opfer ins Visier nehmen könnte, bereit zuzuschlagen. «Damals auf dem Krebsfest. Er hat dich angesehen.»

«Seit Tara», sagt Cooper. Feine Äderchen färben seine Augen rosa. Jetzt, wo er einmal angefangen hat zu reden, sprudelt es nur so aus ihm heraus. Wie ich es mir gedacht hatte. Ich betrachte sein Glas, in dem nur noch ein Bodensatz Wein ist. «Er hat mich immer so beobachtet. Als wüsste er es.»

Tara King. Die Ausreißerin, ein Jahr bevor das alles anfing. Tara King, das Mädchen, mit dem Theodore Gates meine Mutter konfrontiert hatte – der Sonderfall, das Rätsel. Die eine, von der kein Schmuck gefunden worden war.

«Sie war die Erste», erzählt Cooper. «Ich hatte mich lange gefragt ... wie sich das anfühlen würde.»

Unwillkürlich zuckt mein Blick in die Ecke, in der Bert Rhodes einmal stand.

Schon mal drüber nachgedacht, wie sich das anfühlen muss? Ich hab früher die ganze Nacht wach gelegen und mich das gefragt. Es mir vorgestellt.

«Und dann, eines Nachts, war sie da. Allein am Straßenrand.»

Ich sehe es so lebhaft vor mir, als säße ich im Kino. Höre mich laut aufschreien, um die Gefahr abzuwenden. Doch niemand hört mich, niemand hört zu. Cooper sitzt im Auto meines Vaters. Er hatte gerade erst fahren gelernt – er suchte die Freiheit, stelle ich mir vor, wollte frische Luft. Ich sehe ihn vor mir, wie er am Lenkrad sitzt und still beobachtet. Überlegt. Sein Leben lang war er von Menschen umgeben gewesen, in der Schule, im Fitnessstudio, auf dem Festival, nie wichen sie von seiner Seite. Aber in diesem Augenblick war er allein und witterte eine Gelegenheit. Tara King. Mit einem schweren Rucksack über der Schulter; in der Küche ihres Elternhauses eine Abschiedsnachricht. Sie machte sich auf und davon, lief weg. Keiner kam auch nur auf die Idee, nach ihr zu suchen, als sie verschwand.

«Ich weiß noch, ich war überrascht, wie leicht es war», sagt Cooper und starrt auf die Kücheninsel. «Meine Hände um ihren Hals, und wie die Bewegungen dann einfach ... aufhörten.» Er hält inne und sieht mich an. «Willst du das wirklich alles wissen?»

«Cooper, du bist mein Bruder», sage ich und lege die Hand auf seine. Als ich ihn jetzt berühre, könnte ich kotzen. Will schreiend davonlaufen. Doch ich zwinge mich, Worte wiederzukäuen, von denen ich weiß, dass sie immer wirken – *seine* Worte. «Erzähl mir, was passiert ist.»

«Ich habe die ganze Zeit damit gerechnet, dass ich geschnappt werde», sagt er nach einer Weile. «Dass irgendwann jemand bei uns vor der Tür steht – die Bullen, was weiß ich? –, aber es ist keiner gekommen. Es hat nicht mal jemand darüber geredet. Und da wurde mir klar ... ich kann damit durchkommen. Keiner wusste etwas, außer ...»

Wieder hält er inne und schluckt schwer, als wüsste er, dass seine nächsten Worte mich schlimmer treffen werden als alles davor.

«Außer Lena», sagt er schließlich. «Lena wusste es.»

Lena, die immer spätabends unterwegs war, allein. Die das Schloss an ihrer Zimmertür knackte, abhaute und durch die Nacht streifte. Die gesehen haben muss, wie Cooper sich damals im Auto langsam von hinten an die nichtsahnende Tara heranpirschte. Lena hatte ihn gesehen. Sie war gar nicht in Cooper verknallt; sie hat ihn bedrängt, auf die Probe gestellt. Sie war die Einzige, die sein Geheimnis kannte, und sie war trunken vor Macht, sie spielte mit dem Feuer wie damals im Gras, ging immer näher an die Flamme heran, bis sie ihr die Haut versengte. *Du solltest mich mal mit deinem Auto da abholen*, rief sie über die Schulter, und Cooper versteifte sich, die Hände in den Taschen. *Du willst nicht wie Lena sein.* Ich sehe sie vor mir, wie sie im Gras lag und ihr diese Ameise über die Wange krabbelte – und sie lag reglos da. Ließ das Insekt krabbeln. Und als sie in Coopers Zimmer einbrach, war da dieses schiefe Grinsen in ihrem Gesicht, als er uns ertappte – dieses wissende Grinsen, die Hände in die Hüften gestemmt, beinahe so, als wollte sie ihm sagen: *Schau doch, was ich mit dir machen kann.*

Lena war unbesiegbar. Wir alle dachten das, auch sie selbst.

«Lena war ein Unsicherheitsfaktor», sage ich und versuche, die Tränen, die mir in die Augen steigen, zurückzudrängen. «Du musstest sie loswerden.»

«Und danach», er zuckt die Achseln, «gab es keinen Grund, damit aufzuhören.»

Es war nicht das Töten, worauf es meinem Bruder ankam – das weiß ich jetzt, wo ich beobachte, wie er sich mit dem Oberkörper schwer auf meine Kücheninsel stützt, vertieft in Erinnerungen aus mehreren Jahrzehnten. Es war die Kontrolle. Und das verstehe ich sogar irgendwie. Ich verstehe es auf eine Weise, wie nur die eigene Familie es kann. Ich denke an meine ganzen Ängste, an den Kontrollverlust, den ich mir ständig einbilde. Zwei Hände, die sich um meinen Hals legen und zudrücken. Genau diese Kontrolle, die ich zu verlieren fürchte, riss Cooper liebend gern an sich. Es war das Gefühl der Macht, die er über diese Mädchen hatte, wenn sie erkannten, dass sie in Schwierigkeiten waren – ihr Blick, ihre bebenden Stimmen, wenn sie ihn anflehten: *Alle, nur ...* Es war das Wissen, dass er und nur er allein die Macht über Leben und Tod hatte. Eigentlich war er immer so gewesen – ich muss nur daran denken, wie er Bert Rhodes die Hand gegen die Brust stieß und ihn herausforderte. Wie er beim Ringen mit zuckenden Fingern über die Matte tänzelte wie ein Tiger, der einen schwächeren Rivalen umkreist, bereit, ihm die Krallen ins Fleisch zu schlagen. Ich frage mich, ob es das war, woran er dachte, wenn er seine Gegner um den Nacken gepackt hielt und ihre Halsschlagadern unter seinen Fingern pulsierten: zudrücken, umdrehen. Durchbrechen. Wie leicht das gewesen wäre. Und wenn er sie schließlich losließ, fühlte er sich wie Gott. Der ihnen einen weiteren Tag schenkte.

Tara, Robin, Susan, Margaret, Carrie, Jill. Es machte einen Teil des Kitzels für ihn aus, seine Wahl zu treffen. Wie man eine Eissorte auswählt, wie man die Auswahl in der Eisdiele begutachtet, ehe man eine Entscheidung trifft, dann darauf deutet, es entgegennimmt. Aber Lena war immer anders gewesen, etwas Besonderes. Bei ihr hatte man das Gefühl, da sei mehr gewesen, und zwar, weil das auch so war. Sie war keine zufällige Wahl; sie wurde aus Not getötet. Lena *wusste Bescheid*, und deswegen musste sie sterben.

Auch mein Vater wusste es. Aber dieses Problem hat Cooper anders gelöst. Er hat es mit Worten gelöst. Mit feuchten Augen, flehendem Blick. Indem er über die Schatten in der Ecke sprach, gegen die er vergeblich angekämpft habe. Cooper fand immer die richtigen Worte und setzte sie zu seinem Vorteil ein – um Menschen zu kontrollieren, Menschen zu beeinflussen. Und sie erfüllten ihren Zweck. Immer. Bei meinem Vater setzte er sie ein, damit er selbst frei blieb. Lena machte er glauben, sie sei unbesiegbar und er würde ihr nichts tun. Und bei mir, ganz besonders bei mir, setzte er sie so ein, dass ich nach seiner Pfeife tanzte. Indem er mir genau die richtige Information genau zur richtigen Zeit gab. Er war der Autor meines Lebens, war es immer gewesen, er machte mich glauben, was ich glauben sollte, spann in meinem Kopf ein Lügennetz – wie eine Spinne, die geschickt Insekten anlockt und zusieht, wie sie um ihr Leben kämpfen, bevor sie sie an einem Stück verschlingt.

«Als Dad es herausfand, hast du ihn davon überzeugt, dich nicht anzuzeigen.»

«Was würdest du denn tun» – Cooper seufzt und sieht mich an, und ich bemerke, wie schlaff seine Haut ist –, «wenn dein Sohn sich als Ungeheuer erweist? Würdest du einfach aufhören, ihn zu lieben?»

Ich denke an das, was meine Mutter sich zurechtgelegt hatte, als sie nach unserem Besuch auf der Polizeiwache zu meinem Vater zurückkehren wollte: *Er wird uns nichts tun. Das wird er nicht. Er wird seiner Familie nichts tun.* Und an mich selbst, die ich Daniel ansah und es immer noch nicht glauben wollte, obwohl die Hinweise sich häuften. Die ich dachte, hoffte: Irgendwo da drin muss etwas Gutes sein. Sicherlich hat mein Vater das auch gedacht. Also hat er sich nicht gewehrt, als ich ihn anzeigte – meinen Vater, für Coopers Verbrechen – und sie ihn holen kamen. Stattdessen sah er Cooper an, seinen Sohn, und bat ihn, ihm etwas zu versprechen.

Ich sehe auf die Uhr. Halb acht. Cooper ist seit einer halben Stunde hier. Der Augenblick ist gekommen. Der Augenblick, über den ich nachdenke, seit ich Cooper hierher einlud. Ich bin jedes denkbare Szenario durchgegangen, habe gründlich über jedes mögliche Ergebnis nachgedacht. Habe sämtliche

Möglichkeiten in meinem Kopf hin und her gewendet, wie man einen Teig knetet.

«Du weißt, dass ich die Polizei rufen muss», sage ich. «Ich muss das tun, Cooper. Du hast Menschen getötet.»

Mein Bruder sieht mich mit schweren Lidern an.

«Das musst du nicht tun», sagt er. «Tyler ist tot. Daniel hat keinen Beweis. Wir können die Vergangenheit Vergangenheit sein lassen, Chloe. Dort kann sie bleiben.»

Ich erwäge diese Möglichkeit – das einzige Szenario, das ich noch nicht in Betracht gezogen habe. Ich überlege, aufzustehen, die Tür zu öffnen, Cooper hinaus- und für immer aus meinem Leben verschwinden zu lassen. Ihn weiter damit durchkommen zu lassen, so wie er seit zwanzig Jahren immer damit durchgekommen ist. Ich frage mich, was ein Geheimnis wie dieses mit mir machen würde – das Wissen, dass er irgendwo da draußen ist. Ein Ungeheuer, das sich mitten unter uns verbirgt, mitten unter uns wandelt. Jemandes Kollege, Nachbar. Freund. Und dann spüre ich, wie mir ein Kribbeln die Wirbelsäule entlangläuft, als hätte ich etwas berührt, und es hätte eine elektrische Entladung gegeben. Ich sehe vor mir, wie meine Mutter vor dem Fernseher hockte und gebannt die Gerichtsverhandlung meines Vaters mitverfolgte, jedes Wort – bis sein Anwalt Theodore Gates zu uns kam und uns von Vaters Geständnis erzählte.

Es sei denn, Sie hätten etwas anderes, womit ich arbeiten kann. Etwas, das Sie mir noch nicht erzählt haben.

Sie wusste es auch. Meine Mutter wusste es. Als wir von der Polizei zurückkamen, nachdem wir die Schmuckschatulle abgegeben hatten, muss mein Vater es ihr erzählt haben. Er hat sie aufgehalten, als sie mit mir nach oben gehen wollte. Doch da war es bereits zu spät. Die Sache nahm ihren Lauf. Die

Polizei würde ihn abholen. Und so legte sie die Hände in den Schoß und ließ es geschehen. Hoffte, dass die Beweise nicht ausreichten – ohne Mordwaffe, ohne Leichen. Dass er vielleicht doch freigesprochen würde. Ich weiß noch, wie Cooper und ich oben an der Treppe lauschten. Wie er mir die Finger in den Arm grub und weintraubengroße blaue Flecken hinterließ, als Tara King erwähnt wurde. Ohne es zu begreifen, sah ich den Augenblick mit an, in dem meine Mutter ihre Entscheidung traf – den Augenblick, in dem sie beschloss zu lügen. Mit seinem Geheimnis zu leben.

Nein, das habe ich nicht. Sie wissen alles.

Und von da an begann sie, sich zu verändern. Ihr langsamer Zusammenbruch: wegen Cooper. Mom lebte mit ihrem Sohn unter einem Dach und sah mit an, wie er damit durchkam. Das Licht in ihren Augen erlosch; sie zog sich aus dem Wohnzimmer in ihr Schlafzimmer zurück und schloss sich ein. Sie konnte mit diesem Wissen nicht leben – was ihr Sohn war, was er getan hatte. Ihr Ehemann im Gefängnis, die Steine, die durchs Fenster flogen, Bert Rhodes, der mit rudernden Armen in ihrem Garten stand und sich die Haut zerkratzte. Ich spüre ihre Finger über mein Handgelenk tanzen, während ich auf die Scrabble-Steine zeigte: Zuerst D, dann A. Jetzt begreife ich, was sie sagen wollte. Sie wollte, dass ich zu meinem Vater gehe. Sie wollte, dass ich Dad besuche, damit er mir die Wahrheit sagen kann. Denn sie hatte mich tatsächlich verstanden, als ich ihr von den verschwundenen Mädchen erzählte, von den Gemeinsamkeiten, dem Déjà-vu-Gefühl. Sie wusste besser als jeder andere, dass die Vergangenheit niemals dort bleibt, wo wir sie verstecken wollen, wenn wir sie ganz hinten in einen dunklen Schrank schieben und hoffen, sie vergessen zu können.

Ich wollte nie mehr nach Breaux Bridge zurück, wollte dieses Haus nie mehr betreten. Wollte nie mehr die Erinnerungen durchleben, die ich in dieser kleinen Stadt zurückzulassen versucht hatte. Doch diese Erinnerungen sind nicht dort geblieben, das weiß ich jetzt. Meine Vergangenheit verfolgt mich schon mein Leben lang, wie ein Gespenst, das ebenso wenig Ruhe findet wie diese Mädchen.

«Das kann ich nicht», sage ich jetzt und sehe Cooper an. Schüttle den Kopf. «Du weißt, dass ich das nicht tun kann.»

Er sieht mir in die Augen und ballt eine Hand langsam zur Faust.

«Tu das nicht, Chloe. Es muss nicht so kommen.»

«Doch», sage ich, schiebe meinen Barhocker zurück und will aufstehen, doch Cooper packt mein Handgelenk. Ich blicke auf seine Hand: Die Knöchel treten weiß hervor, so fest ist sein Griff. Und da weiß ich es. Endlich weiß ich, dass Cooper es getan hätte. Er hätte mich ebenfalls getötet. Gleich hier in meiner Küche. Er hätte die Arme ausgestreckt und mir die Hände um den Hals gelegt. Hätte mir in die Augen gesehen und zugedrückt. Ich zweifle nicht daran, dass mein Bruder mich liebt – in dem Maße, wie jemand wie er dazu in der Lage ist –, aber letzten Endes bin ich ein Unsicherheitsfaktor, genau wie Lena. Ein Problem, das gelöst werden muss.

«Du kannst mir nichts tun», stoße ich hervor und entreiße ihm meine Hand. Ich schiebe den Hocker zurück, stehe auf und beobachte, wie er versucht, sich auf mich zu stürzen – und stattdessen schwerfällig nach vorn taumelt. Seine Knie geben unter ihm nach, er bleibt an einem Bein seines Hockers hängen und stürzt zu Boden. Verwirrt sieht er mich an, dann hebt er den Blick zur Theke. Zu seinem leeren Weinglas und dem orangen Fläschchen.

«Hast du –»

Er bricht ab, mit einem Mal ist diese Anstrengung zu viel für ihn. Ich erinnere mich an das letzte Mal, dass ich mich so fühlte wie Cooper jetzt – das war in der Nacht im Motelzimmer: Tyler, der seine Jeans anzog und ins Bad schlüpfte. Das Glas Wasser, das er mir reichte, mir aufnötigte. Die Tabletten, die später in seiner Tasche gefunden wurden. Diese Tabletten hatte er mir ins Wasser getan, so wie ich jetzt Cooper welche in seinen Wein getan und dann beobachtet habe, wie seine Augen sich rasch umwölkten. Am nächsten Morgen erbrach ich gelbliche Galle.

Ich mache mir nicht die Mühe, ihm zu antworten, sondern sehe zu der winzigen Kamera, die sanft in ihrer Ecke blinkt. Und alles aufnimmt. Ich hebe die Hand zum Zeichen, dass sie jetzt hereinkommen können. Detective Thomas sitzt mit dem Telefon auf dem Schoß draußen in seinem Wagen und hat alles mit angesehen, hat alles gehört.

Wieder sehe ich meinen Bruder an, ein letztes Mal. Zum letzten Mal nur wir beide. Es fällt mir schwer, nicht an die schönen Erinnerungen zu denken. Daran, wie wir einmal durch den Wald hinter unserem Haus liefen und ich über die verkrüppelten Wurzeln stolperte, die wie versteinerte Schlangen aus dem Boden ragten. Cooper wischte das Blut von meinem aufgeschürften Knie und klebte mir ein Pflaster darauf. Oder daran, wie er mir das Seil um den Knöchel band, damit ich in diese verborgene Höhle, unser geheimes Versteck, kriechen konnte. Und plötzlich weiß ich, dass sie dort sind. Die verschwundenen Mädchen. Mitten unter uns, aber verborgen. Tief hinein in die Dunkelheit geschoben, an eine Stelle, die nur wir beide kennen.

Ich rufe mir jene dunkle Gestalt vor Augen, die ich mit der

Schaufel über der Schulter zwischen den Bäumen hervorkommen sah: Cooper. Er war immer groß für sein Alter gewesen und muskulös vom Ringen. Den Kopf gesenkt, das Gesicht im Dunkeln. Die Schatten haben ihn verschluckt – bis er am Ende zu nichts wurde.

JULI
2019

KAPITEL ACHTUNDVIERZIG

Eine kühle Brise weht durch die offenen Fenster und fährt mir durch die Haare, sodass einzelne Strähnen zum geöffneten Verdeck hinaustanzen und mich an der Wange kitzeln. Das Licht der untergehenden Sonne fühlt sich warm an auf meiner Haut, aber dennoch – es ist ungewöhnlich frisch heute. Am Freitag, den 26. Juli.

Meinem Hochzeitstag.

Nach einem Blick auf den Zettel mit der Wegbeschreibung auf meinem Schoß – eine Reihe von Anweisungen, hier und dort abzubiegen, die mit einer einzelnen Adresse enden – betrachte ich durch die Windschutzscheibe die lange Auffahrt, die sich vor mir erstreckt, und den Holzbriefkasten mit den vier Ziffern aus Kupfer darauf. Ich biege ab, fahre die Auffahrt entlang und ziehe eine Staubfahne hinter mir her, bis ich schließlich vor einem kleinen Haus anhalte – roter Backstein, grüne Fensterläden. *Hattiesburg, Mississippi.*

Ich steige aus und schlage die Tür zu. Dann gehe ich zum Haus, steige die Treppe hinauf und klopfe zweimal an die dicke, grün gestrichene Kiefernholztür, in deren Mitte ein Strohkranz hängt. Drinnen höre ich Schritte und leises Stimmengemurmel. Die Tür öffnet sich, und vor mir steht eine Frau in einer schlichten Jeans, einem ärmellosen weißen T-Shirt und Slippern. Sie hat ein offenes Lächeln, und über ihrer nackten Schulter hängt ein Geschirrtuch.

«Kann ich Ihnen helfen?»

Sie mustert mich einen Moment, weiß zunächst nicht, wer ich bin, doch dann dämmert es ihr. Ich sehe genau, wann es passiert. Es ist der Moment, in dem ihr höfliches Lächeln verblasst, weil sie mein Gesicht erkennt. Ich atme den vertrauten Duft ein, den ich so oft an Daniel gerochen habe – sehr süßlich, wie mit karamellisiertem Zucker überzogenes Geißblatt. Ich kann noch das junge Mädchen auf dem Schulfoto in ihr sehen: Sophie Briggs. Ihr krauses Haar ist jetzt mit Gel zu großen Locken gezähmt, und auf ihrem Nasenrücken ist eine zufällige Konstellation aus Sommersprossen versammelt, so als hätte jemand eine Prise voll genommen und darübergestreut wie Salz über eine Speise.

«Hi», sage ich, mit einem Mal verlegen. Ich bleibe auf ihrer Veranda stehen und frage mich, wie Lena jetzt aussähe, wenn sie hätte erwachsen werden dürfen. Ich stelle mir gern vor, sie wäre noch irgendwo da draußen, irgendwo verborgen so wie Sophie, in Sicherheit in ihrer eigenen kleinen Ecke der Welt.

«Daniel ist drinnen.» Sie dreht sich halb um und deutet auf die Tür. «Wenn Sie –»

«Nein.» Ich schüttle den Kopf und werde rot. Daniel zog unmittelbar nach Coopers Verhaftung aus, und aus irgendeinem Grund kam ich nicht auf den Gedanken, dass er hierhergekommen sein könnte. «Nein, schon gut. Offen gesagt bin ich Ihretwegen hier.»

Ich strecke die Hand aus, meinen Verlobungsring zwischen Daumen und Zeigefinger. Die Polizei brachte ihn mir letzte Woche zurück, nachdem die Spurensicherung ihn im Fußraum von Tylers Wagen gefunden hatte. Sophie nimmt ihn mir wortlos aus der Hand und dreht ihn zwischen den Fingern.

«Er gehört zu Ihnen», sage ich. «In Ihre Familie.»

Sie steckt ihn an den Mittelfinger, an seinen alten Platz, spreizt die Hand und bewundert ihn. Ich blicke an ihr vorbei und sehe Fotos auf einem Flurtisch, und am Fuß der Treppe liegen kreuz und quer Schuhe. Auf der Geländerecke liegt eine Baseballkappe. Ich reiße den Blick davon los und sehe mich im Garten um. Ihr Zuhause ist klein, aber malerisch und sichtlich bewohnt: An einem Ast hängt eine Holzschaukel, an der Garage lehnen Rollschuhe. Dann ertönt drinnen eine Stimme – eine Männerstimme. Daniels Stimme.

«Soph? Wer ist da?»

«Ich sollte wohl besser gehen», sage ich und drehe mich um, weil ich plötzlich das Gefühl habe, hier herumzulungern. Als spähte ich bei einem Fremden in den Badezimmerschrank und versuchte, aus dem Inhalt auf sein Leben zu schließen. Versuchte, einen Blick auf die letzten zwanzig Jahre zu erhaschen, von dem Moment an, in dem sie jenes heruntergekommene alte Haus verließ und ohne einen Blick zurück davonging. Wie schwer das gewesen sein muss – dreizehn Jahre war sie alt, noch ein Kind. Einfach das Haus ihrer Freundin zu verlassen und allein diesen dunklen Straßenabschnitt entlangzugehen. Bis hinter ihr ein Wagen mit ausgeschalteten Scheinwerfern anhielt. Daniel, ihr Bruder, der langsam mit ihr davonfuhr und sie zwei Städte weiter an einer Bushaltestelle absetzte. Ihr einen Umschlag mit Geld in die Hand drückte. Geld, das er genau für diesen Zeitpunkt angespart hatte.

Wir sehen uns, hatte er ihr versprochen. *Wenn ich mit der Schule fertig bin. Dann kann ich auch weggehen.*

Seine Mutter, die sich mit ihren schmutzigen Fingernägeln die faltige Haut kratzte; die mich mit wässrigen Augen ansah. *Er ist am Tag nach seinem Highschool-Abschluss ausgezogen, und seitdem habe ich nichts mehr von ihm gehört.*

Ich frage mich, wie diese Jahre waren – für sie beide, zusammen. Für Daniel, während er ein Fernstudium absolvierte. Seinen Abschluss machte. Und für Sophie, die mit allen möglichen Jobs Geld verdiente – als Kellnerin, als Aushilfe im Supermarkt.

Dann sahen sie sich eines Tages in die Augen und erkannten, dass sie erwachsen waren. Dass die Jahre vergangen waren und die Gefahr vorüber war. Dass sie beide ein Leben verdienten – ein *echtes* Leben –, und so ging Daniel fort, nach Baton Rouge, doch er fand immer einen Weg, zurückzukommen.

Als mein Fuß schon auf der Treppe ist, ergreift Sophie noch einmal das Wort – in ihrer selbstsicheren, festen Stimme erkenne ich ihren Bruder wieder.

«Es war meine Idee. Ihnen den Ring zu geben.» Ich drehe mich um und sehe sie an. Sie hat die Arme eng vor der Brust verschränkt. «Daniel hat ständig von Ihnen gesprochen. Tut er immer noch.» Sie grinst. «Als er mir erzählt hat, dass er Ihnen einen Antrag machen wollte, habe ich wohl gedacht, dass ich so mit Ihnen verbunden wäre, in gewisser Weise. Ich habe mir vorgestellt, wie Sie ihn tragen. So als könnten wir uns eines Tages kennenlernen.»

Ich denke an Daniel und die Zeitungsartikel in dem Buch in seinem Jugendzimmer. Und daran, dass Coopers Verbrechen die Inspiration waren, die er brauchte, um Sophie da herauszuholen – um sie verschwinden zu lassen. So viele Menschen haben wegen meines Bruders ihr Leben gelassen; das hält mich noch immer nachts wach, und ihre Gesichter haben sich mir ins Gedächtnis gebrannt. Ein großer schwarzer Fleck, wie der Ruß auf Lenas Handfläche.

So viele Menschenleben – dahin. Bis auf das von Sophie Briggs. Ihr Leben wurde gerettet.

«Ich bin froh, dass Sie das getan haben.» Ich lächle. «Und jetzt kennen wir uns ja.»

«Ihr Vater ist wieder frei, habe ich gehört.» Sie tritt einen Schritt vor, als wollte sie nicht so recht, dass ich gehe. Ich nicke und weiß nicht, was ich darauf sagen soll.

Ich hatte recht damit, dass Daniel meinen Vater in Angola besuchte; dorthin fuhr er auf allen diesen Reisen. Er wollte die Wahrheit über Cooper in Erfahrung bringen. Als er ihm erzählte, dass wieder Morde verübt wurden, dass Mädchen vermisst wurden – zum Beweis zeigte er ihm Aubreys Halskette –, erklärte mein Vater sich bereit, ihm reinen Wein einzuschenken. Doch wenn man sich einmal des Mordes schuldig bekannt hat, kann man nicht einfach seine Meinung ändern. Dazu braucht es mehr; man braucht ein Geständnis. Und da kam ich ins Spiel.

Schließlich war es meine Aussage, die meinen Vater hinter Gitter gebracht hatte; da erschien es nur passend, dass meine Unterhaltung mit Cooper ihn zwanzig Jahre später befreite.

Letzte Woche sah ich in den Nachrichten, wie mein Vater sich entschuldigte. Dafür, dass er seinen Sohn geschützt hatte. Und für die Menschenleben, die das zusätzlich gekostet hat. Ich konnte mich nicht dazu überwinden, ihn persönlich zu treffen, noch nicht, aber ich habe ihn mir im Fernsehen angesehen, genau wie damals. Nur versuchte ich diesmal, sein neues Gesicht mit dem in Einklang zu bringen, das ich immer noch vor mir sah. Die Brille mit dem dicken Rand war durch eine schlichte mit dünnem Metallgestell ersetzt worden. Auf seiner Nase war eine Narbe zurückgeblieben von der Verletzung, die er erlitten hatte, als man ihn mit dem Kopf gegen den Streifenwagen gerammt hatte, die alte Brille zerbrochen war und ein dünnes Rinnsal aus Blut ihm die Wange hinunterlief. Sein Haar war kürzer, sein Gesicht rauer, so als hätte man es geschmirgelt oder über Beton gezerrt. Außerdem fielen mir kreisrunde Narben an seinen Armen auf – Verbrennungen von Zigaretten vielleicht. Die Haut an diesen Stellen war dünn und spannte.

Aber trotz allem war er es. Mein Vater. Lebendig.

«Was machen Sie jetzt?», fragt Sophie.

«Ich weiß es nicht genau», antworte ich. Und das stimmt. Ich weiß es nicht.

An manchen Tagen bin ich immer noch wütend. Mein Vater hat gelogen. Er hat Coopers Verbrechen auf sich genommen. Er hat diese Schmuckschatulle gefunden und sie versteckt, er hat Coopers Geheimnis bewahrt. Hat seine Freiheit gegen Coopers Leben eingetauscht. Und deswegen sind jetzt noch zwei Mädchen tot. Aber an anderen Tagen kapiere ich es. Ich verstehe es. Denn es ist das, was Eltern tun: Sie schützen ihre Kinder, um jeden Preis. Ich denke an all die Mütter, die eindringlich in die Kamera blickten, während die Väter neben ihnen zerflossen. Sie hatten ein Kind, das der Finsternis zum Opfer gefallen war – aber was ist, wenn das eigene Kind die Finsternis *ist*? Würde man es nicht auch schützen wollen? Schließlich dreht sich alles um Kontrolle. Um die Aufrechterhaltung der Illusion, dass der Tod etwas ist, das wir in Schach halten können, das wir in den Griff bekommen und festhalten können, sodass es niemals entkommt. Die Illusion, dass Cooper sich irgendwie ändern könnte, wenn man ihm noch eine Chance gäbe. Dass Lena, die sich vor meinem Bruder spreizte und spürte, wie das Feuer ihr die Haut versengte, genau im richtigen Augenblick zurückweichen könnte. Unversehrt davonkommen könnte.

Doch das lügen wir uns nur vor. Cooper hat sich nicht geändert. Lena konnte den Flammen nicht entgehen. Selbst Daniel hat es versucht. Er hat versucht, die Wut zu beherrschen, die tief in ihm loderte. Verzweifelt hat er versucht, das Erbe seines Vaters zu unterdrücken, das immer wieder aufblitzte, das in seinen schwächsten Momenten durchkam. Auch ich bin in diesem Punkt schuldig. All die Fläschchen in meiner Schreibtischschublade, die nach mir riefen wie ein Flüstern in der Nacht.

Erst als ich in meiner Küche über Cooper gebeugt stand und seinen geschwächten Körper betrachtete, bekam ich eine Ahnung davon, wie sich das eigentlich anfühlt: Kontrolle. Nicht nur, sie zu haben, sondern sie einem anderen abzunehmen. Sie ihm zu nehmen und als die eigene zu beanspruchen. Und einen kurzen Augenblick lang, wie ein Aufflackern im Dunkeln, fühlte sich das gut an.

Ich lächele Sophie an, dann drehe ich mich wieder um, gehe die letzten Stufen hinab und spüre, wie meine Schuhe aufs Pflaster treffen. Die Hände in den Taschen gehe ich zum Auto und betrachte den Horizont, den die Dämmerung mit Rosa-, Gelb- und Orangetönen überzieht – ein letzter Augenblick der Farbe, ehe die Dunkelheit einsetzt, wie sie es immer tut.

Und da bemerke ich, dass die Luft regelrecht summt, als wäre sie elektrisch aufgeladen, ein vertrautes Gefühl. Ich bleibe stehen, werde ganz still und beobachte. Warte. Und dann wölbe ich die Hände, greife nach dem Himmel und lege sie um ein zartes Flattern. Ich blicke auf meine Hände, auf das, was ich darin gefangen habe. Auf das Leben, das ganz buchstäblich in meinen Händen ruht. Dann halte ich sie an die Augen und spähe durch eine winzige Lücke zwischen meinen Fingern hinein.

Im Inneren leuchtet ein einzelnes Glühwürmchen; sein Körper pulsiert vor Leben. Ich betrachte es eine Weile, die Stirn an meine Finger gelegt, sehe es aus nächster Nähe leuchten, in meinen Händen flattern, und denke an Lena.

Dann öffne ich die Hände und lasse es frei.

DANKSAGUNG

Nichts davon wäre möglich gewesen ohne meinen Agenten Dan Conaway. Du hast vor allen anderen an dieses Buch geglaubt, hast mich unter Vertrag genommen, nachdem du nur drei Kapitel gelesen hattest, und beantwortest seitdem liebenswürdigerweise täglich alle meine verzweifelten Fragen. Du hast mir eine Chance gegeben, und das hat mein Leben verändert. *Danke* wird mir nie genug erscheinen.

An alle bei der Literaturagentur Writers House: Ihr seid ein Traum. Lauren Carsley: danke dafür, dass Sie mein Buch aus einem garantiert sehr hohen Stapel ausgewählt haben. Peggy Boulos-Smith, Maja Nikolic und Jessica Berger in der Lizenzabteilung: danke dafür, dass Sie diese Geschichte im Ausland vertreten haben.

Ich danke dem gesamten Verlagsteam bei Minotaur, St. Martin's Publishing Group und Macmillan. Und meiner wunderbaren Lektorin Kelley Ragland: Dein Lektorinnenauge war von unschätzbarem Wert, und ich bin sehr glücklich, dich an meiner Seite zu haben. Ich danke Madeline Houpt, die immer dafür gesorgt hat, dass ich organisiert blieb; David Rotstein für das Cover meiner Träume; und Hector DeJean, Sarah Melnyk, Allison Ziegler und Paul Hochman, die die Werbetrommel gerührt haben. Außerdem geht ein riesiger Dank an Jen Enderlin und Andy Martin für ihre frühe Begeisterung und ihr Vertrauen in dieses Buch.

Ich danke meiner britischen Lektorin Julia Wisdom und allen drüben bei HarperCollins UK. Ein zusätzlicher Dank gebührt allen meinen wunderbaren Verlagen im Ausland dafür, dass sie diese Geschichte in so viele verschiedene Sprachen übersetzen lassen.

Vielen Dank, Sylvie Rabineau von der William Morris Agency, dafür, dass Sie das Leinwandpotenzial dieser Geschichte gesehen haben. Sie haben diesen meinen Traum in völlig neue Gefilde katapultiert.

Ich danke meinen Eltern Kevin und Sue. Dem Thema meines Buchs zum Trotz sind meine Eltern unglaublich liebevolle Menschen, die mich immer angespornt und mich in meiner Leidenschaft für das Schreiben unterstützt haben, solange ich mich erinnern kann. Nichts von alledem wäre möglich gewesen ohne eure Liebe und Ermutigung. Vielen, vielen Dank – für alles.

Meiner Schwester Mallory: Danke dafür, dass du mich gelehrt hast, zu lesen und zu schreiben (ernsthaft!), dass du dich kopfüber in meine ersten schlechten Entwürfe gestürzt und mir immer sehr wertvolles Feedback gegeben hast, auch wenn es mich manchmal missmutig macht. Und dafür, dass du mir erlaubt hast, schon in bedenklich jungen Jahren all diese gruseligen Filme anzusehen. Du bist meine allerbeste Freundin und wirst es immer sein.

Und ich danke meinem Ehemann Britt. Du hast mich nicht aufgeben lassen. Jahrelang hast du das Abendessen gekocht, während ich mich in meinem Arbeitszimmer verbarrikadiert habe, hast dir täglich geduldig angehört, was ich über die Leute erzählte, die ich erfunden habe, und warst immer mein lautstärkster und stolzester Fan. Deswegen und aus einer Million anderer Gründe liebe ich dich. Ohne dich hätte ich das nicht tun können.

Ein weiterer Dank geht an Brian, Laura, Alvin, Lindsey, Matt und den Rest meiner wundervollen Familie für die endlose Begeisterung, den Überschwang und die Unterstützung. Ich habe so ein Glück, euch in meinem Leben zu haben.

Ich danke meinem Anheizerteam, den allerersten Leserinnen von außerhalb: Erin, Caitlin, Rebekah, Ashley und Jacqueline. Ob ihr am Spielfeldrand geschrien oder mir Ermutigendes zugeflüstert habt, ich habe jedes Wort gehört. Vielen Dank dafür, dass ihr für mich da wart. Ich weiß nicht, womit ich Freundinnen wie euch verdient habe.

Außerdem danke ich meiner wunderbaren Freundin Kolbie. Deine Begeisterung über den gesamten Entstehungsprozess hinweg war ansteckend. Du hast mich immer angefeuert und meine eigene Begeisterung am Leben erhalten, selbst als ich nie gute Neuigkeiten hatte. Außerdem bewundere ich, dass du so willensstark bist, das Buch erst zu lesen, wenn es tatsächlich veröffentlicht worden ist. Ich hoffe, es hat sich dann gelohnt!

Und schließlich danke ich euch, ihr wunderbaren Leser, die ihr dieses Buch in Händen haltet. Ob ihr das Buch gekauft oder ausgeliehen oder es als E-Book heruntergeladen habt, der Umstand, dass ihr dies jetzt lest, bedeutet, dass ihr großen Anteil daran habt, wenn jetzt meine wildesten Träume wahr werden. Vielen, vielen Dank für eure Unterstützung.